DEUSES DE NEON

KATEE ROBERT

Deuses de Neon

Tradução Débora Isidoro

NEON GODS copyright © 2021 by Katee Robert
Direitos de tradução cedidos por Taryn Fagerness Agency e Sandra Bruna Agencia Literaria, SL. Todos os direitos reservados.
Tradução para Língua Portuguesa © 2023 Débora Isidoro.
Todos os direitos reservados à Astral Cultural e protegidos pela Lei 9.610, de 19.2.1998. É proibida a reprodução total ou parcial sem a expressa anuência da editora.

Editora Natália Ortega
Editora de arte Tâmizi Ribeiro
Produção editorial Brendha Rodrigues, Esther Ferreira e Felix Arantes
Preparação de texto João Rodrigues
Revisão de texto Camille Perissé, Carlos César da Silva e Fernanda Costa
Design da capa Dawn Adams/Sourcebooks
Imagem da capa © Alexxxey/Shutterstock
Adaptação de capa Tâmizi Ribeiro
Foto da autora Bethany Chamberlin

Dados Internacionais de Catalogação na Publicação (CIP)
Angélica Ilacqua CRB-8/7057

R546d
    Robert, Katee
       Deuses de Neon / Katee Robert ; tradução de Débora Isidoro. — Bauru, SP : Astral Cultural, 2023.
       352 p.

       ISBN 978-65-5566-342-6
       Título original: Neon Gods

       1. Ficção norte-americana 2. Mitologia grega I. Título II. Isidoro, Débora

23-0599   CDD 813

Índice para catálogo sistemático:
1. Ficção norte-americana

BAURU
Rua Joaquim Anacleto
Bueno 1-20
Jardim Contorno
CEP: 17047-281
Telefone: (14) 3879-3877

SÃO PAULO
Rua Augusta, 101
Sala 1812, 18º andar
Consolação
CEP: 01305-000
Telefone: (11) 3048-2900

E-mail: contato@astralcultural.com.br

Para Erin e Melody — nos últimos anos, o podcast de vocês me trouxe muita alegria e, por isso, espero que os assoalhos pretenciosos de Hades lhes retribuam com um pouco de alegria.

1

PERSÉFONE

Eu odeio de corpo e alma essas festas.
— Não deixe nossa mãe ouvir isso.
Por cima do ombro, olho para Psiquê.
— Você também as odeia. — Com o passar dos anos, já perdi as contas de para quantos eventos nossa mãe nos arrastou. Ela está sempre de olho na próxima conquista, na mais nova peça para mover nesse jogo de xadrez cujas regras só ela conhece. Poderia ser mais fácil de aturar se, na maioria dos dias, eu não me sentisse como um dos peões dela.

Psiquê para ao meu lado e bate de leve com o ombro no meu.
— Sabia que te encontraria aqui.
— Este é o único aposento que suporto neste lugar.

Mesmo a sala das estátuas sendo a própria essência da arrogância, ainda é um espaço relativamente simples — se é que se pode chamar de simples assoalhos de mármore brilhante e paredes cinzentas de muito bom gosto — ocupado por treze estátuas de corpo inteiro arranjadas em um círculo folgado em volta do ambiente. Uma para cada membro dos Treze, o grupo que governa o Olimpo. Nomeio cada um deles enquanto meus olhos passam de estátua em estátua: Zeus, Poseidon, Hera, Deméter, Atena, Ares, Dionísio, Hermes, Ártemis, Apolo, Hefesto, Afrodite. Por fim, me viro e olho para a última estátua. Ela está coberta por um pano preto que desce até o chão e se acumula em torno dos próprios pés. Mesmo assim, é impossível não notar os ombros largos, a coroa de pontas que enfeita sua cabeça. Meus dedos coçam, movidos pelo impulso de puxar o tecido, de forma que eu possa finalmente ver seus traços de uma vez por todas.

Hades.

Em poucos meses, estarei livre desta cidade, e então terei escapado para nunca mais voltar. Não vou ter outra oportunidade de voltar a ver o rosto do bicho-papão do Olimpo.

— Não é estranho que nunca o tenham substituído?

Psiquê ri.

— Quantas vezes a gente já teve essa conversa?

— Fala sério. Você sabe que é esquisito. Eles são os Treze, mas, na verdade, são apenas doze. Não tem isso de Hades. Faz tempo que não.

Hades, o governante da cidade inferior. Costumava ser, pelo menos. É um título herdado, e toda a família morreu há muito tempo. Agora, como todos nós, a cidade inferior está tecnicamente sob o reinado de Zeus, mas, pelo que ouvi, ele nem coloca os pés naquele lado do rio. Atravessar o Rio Estige é difícil pelo mesmo motivo que torna-se difícil deixar o Olimpo; dizem que cada passo através da barreira cria a sensação de que sua cabeça vai explodir. Ninguém se submete a algo assim por livre e espontânea vontade. Nem Zeus.

Ainda mais quando as pessoas na cidade inferior não vão puxar seu saco como fazem as da cidade superior. Todo esse desconforto e nenhuma recompensa? Não me surpreende que Zeus, assim como todos nós, evite a travessia.

— Hades é o único que nunca passou tempo algum na cidade superior. Isso me faz pensar que ele era diferente dos outros.

— Vai sonhando — declara Psiquê, com firmeza. — É fácil fingir, agora que ele está morto e o título não existe mais. Mas cada um dos Treze é igual, inclusive nossa mãe.

Ela está certa, sei que está, mas não consigo deixar de fantasiar. Levanto a mão, mas me contenho antes de os dedos fazerem contato com o rosto da estátua. É só a curiosidade mórbida que me atrai para esse legado morto, e isso não vale o problema que eu teria se cedesse à tentação de remover o véu preto. Então, deixo a mão cair.

— O que nossa mãe está tramando para esta noite?

— Não faço ideia — suspira ela. — Queria que Calisto estivesse aqui. *Ela*, pelo menos, faz a mãe dar um tempo.

Minhas três irmãs e eu encontramos maneiras diferentes de nos adaptarmos quando nossa mãe se tornou Deméter, e todas nós fomos jogadas no mundo reluzente que só existe para os Treze. É tão cintilante e extravagante que é quase o suficiente para se distrair do veneno que existe em sua essência. É, basicamente, adapte-se ou afogue-se.

Eu me forço a desempenhar o papel da filha inteligente e brilhante que é sempre obediente, isso permite que Psiquê fique fora do radar e quieta e, assim, passe despercebida. Já Eurídice se agarra a qualquer fragmento de vida e empolgação que consiga encontrar com um desespero limítrofe. Calisto? Esta bate de frente com nossa mãe com uma ferocidade digna de uma arena. Ela prefere se partir a se curvar, e o resultado é que nossa mãe a poupa desses eventos obrigatórios.

— É melhor que ela não esteja. Se Zeus tentar qualquer coisa com Calisto, ela é capaz de tentar eviscerá-lo. E, nesse caso, teríamos um incidente com que lidar.

A única pessoa no Olimpo que assassina sem sofrer consequências — supostamente — é Zeus. Todos os outros devem obedecer às leis.

Psiquê estremece com um arrepio.

— Ele tentou alguma coisa com você?

— Não — respondo, balançando a cabeça em negação, ainda olhando para a estátua de Hades.

Não, Zeus não colocou os dedos em mim, mas nos últimos dois eventos a que comparecemos, senti o olhar dele me seguindo pela sala. Por isso tentei escapar esta noite, embora minha mãe tenha praticamente me arrastado porta afora. Atrair a atenção de Zeus nunca resulta em algo de bom. Sempre acaba do mesmo jeito: com as mulheres destruídas e Zeus saindo da história sem sequer uma manchete para tirar o brilho de sua reputação. Alguns anos atrás houve uma acusação oficial contra ele, e foi um circo tão grande que a mulher sumiu do mapa antes de o caso ir a julgamento. O resultado mais otimista é que, de algum jeito, ela tenha conseguido deixar o Olimpo; o mais realista é que Zeus a tenha acrescentado à sua suposta contagem de cadáveres.

Não, era sempre melhor evitá-lo. Coisa que seria muito mais fácil de fazer se minha mãe não fosse uma dos Treze.

O som de saltos contra o piso de mármore faz meu coração bater mais depressa. Minha mãe sempre andava como se estivesse marchando para uma batalha. Por um momento, pensei seriamente em me esconder atrás da estátua coberta de Hades, mas descartei a ideia antes de minha mãe aparecer à porta da galeria de estátuas. Esconder-me só adiaria o inevitável.

— Achei vocês.

Hoje ela está usando um vestido verde-escuro, ele abraça seu corpo e se adequa ao papel da mãe terra que ela decidiu se ajustar mais à sua marca: a mulher que assegura que a cidade não morra de fome. Ela gosta quando as pessoas veem o sorriso bondoso e a mão amiga, ignorando como ela é capaz de destruir qualquer um que se coloque no caminho de sua ambição enquanto esboça no rosto um sorriso.

Ela para diante da estátua que é sua homônima, Deméter. A estátua tem curvas generosas e usa um vestido solto que se funde às flores que nascem a seus pés. Elas combinam com a guirlanda na cabeça da estátua, que sorri serena como se conhecesse todos os segredos do universo. Peguei minha mãe ensaiando aquela exata expressão.

Os lábios dela se curvam, mas o sorriso não chega aos olhos, os quais se voltam para nós.

— Vocês deviam estar socializando.

— Estou com dor de cabeça. — A mesma desculpa que usei para tentar escapar de vir esta noite. — E Psiquê veio ver como eu estava.

— Aham, sei. — Minha mãe balança a cabeça. — Vocês duas estão ficando como suas irmãs, imprestáveis.

Se eu soubesse que ser imprestável era o caminho mais seguro para escapar das interferências de minha mãe, teria me submetido a esse papel, em vez do que escolhi. Agora é tarde demais para mudar meu caminho, mas, diante da ideia de ter que voltar à festa, a dor de cabeça que fingi está se tornando uma possibilidade real.

— Vou embora mais cedo. Isso está virando uma enxaqueca.

— De jeito nenhum — diz ela, com um tom agradável, mas de aço. — Zeus quer falar com você. Não há nenhum motivo para fazê-lo esperar.

De cara consigo pensar em meia dúzia deles, mas sei que minha mãe não vai ouvir nenhum. Mesmo assim, eu tento:

— Sabe, dizem que Zeus matou três das esposas dele.

— Isso é menos complicado que um divórcio, sem dúvida.

Pisco, surpresa. Sinceramente, não sei se ela está brincando ou não.

— Mãe...

— Ah, relaxa. Você é muito tensa. Confiem em mim, meninas. Sou mais vivida.

Talvez minha mãe seja a pessoa mais inteligente que conheço, mas os objetivos dela não são os meus. No entanto, não tem uma saída fácil para isso, então acompanho Psiquê e nós a seguimos para fora da sala. Por um momento, imagino ser capaz de sentir a intensidade dos olhos da estátua de Hades em minhas costas, mas é mera fantasia. Hades é um título morto. Mesmo que não fosse, minha irmã deve estar certa; ele seria tão ruim quanto os outros.

Deixamos a sala das estátuas e andamos pelo longo corredor que nos leva de volta à festa. É como todo o resto na Dodona Tower — grande, exagerada e o olho da cara. O corredor tem o dobro da largura que precisaria ter, e cada porta pela qual passamos é, no mínimo, trinta centímetros mais alta que o normal. Cortinas vermelha-escuras descem do teto ao chão e estão presas dos dois lados das portas — um toque extra de extravagância do qual o ambiente certamente não precisava. Tenho a impressão de estar andando por um palácio, não por um arranha-céu que se impõe sobre a cidade superior. Como se alguém corresse o risco de esquecer que Zeus se construiu como um rei dos tempos modernos. Francamente, fico surpresa por ele não andar por aí com uma coroa igual à de sua estátua.

O salão de banquete é mais do mesmo. Um espaço imenso, amplo, com uma parede toda ocupada por janelas e algumas portas de vidro que levam à sacada, de onde se tem vista para cidade. Estamos no último andar da torre, e a vista é realmente impressionante. Dali, uma pessoa pode ver boa parte da cidade superior e a faixa escura e sinuosa do Rio Estige. E do outro lado? A cidade inferior. Ela não parece muito diferente da cidade superior, mas, considerando que a maioria de nós não consegue chegar até lá, é como se fosse a lua.

As portas da sacada estão fechadas para impedir que o vento gelado da noite de inverno incomode os convidados. Em vez da vista da cidade, portanto, a escuridão além do vidro das portas mostra um reflexo do cômodo. Todos estão bem-vestidos, um arco-íris de vestidos de grife e smokings, lampejos de joias e adornos terrivelmente caros. Quando as pessoas se movimentam pelos grupos, circulando e fazendo contatos, vertendo veneno dos lábios pintados de vermelho, elas formam um caleidoscópio nauseante. O cenário me faz pensar em uma casa de espelhos de um parque de diversões. Nada no reflexo é o que parece ser, apesar da suposta beleza.

Nas outras três paredes, há retratos gigantescos dos doze membros ativos dos Treze. São pinturas a óleo, uma tradição que remonta ao início do Olimpo. Como se os Treze acreditassem mesmo serem monarcas dos tempos antigos. O artista certamente tomou algumas liberdades com uns poucos deles. A versão mais jovem de Ares, em particular, não tem nenhuma semelhança com ele. A idade transforma uma pessoa, mas o deus nunca teve queixo tão quadrado, nem ombros tão largos. O artista também o retratou segurando uma espada enorme, quando sei que esse Ares conquistou sua posição por submissão na arena — não na guerra. Mas acho que isso não renderia uma imagem muito majestosa.

Só um determinado tipo de pessoa é capaz de fofocar, fazer contatos, circular e esfaquear pelas costas enquanto seus retratos os vigiam do alto, mas os Treze são repletos de monstros assim.

Minha mãe atravessa a sala, muitíssimo à vontade em meio aos outros tubarões. Com quase dez anos de serviço na posição de

Deméter, ela é uma das mais novas entre os membros dos Treze, mas aprendeu a circular por essas rodas como se tivesse nascido entre eles, em vez de ter sido eleita pelo povo, como acontece com todas as Deméteres.

A multidão abre caminho para ela, e sinto os olhares caírem sobre nós quando a seguimos para a vibrante mistura de cores. Essas pessoas poderiam parecer pavões com esse jeito exagerado para cada evento, mas, como pessoas, elas têm olhos frios e impiedosos. Não tenho amigos aqui, só pessoas que tentam me usar como escada para avançar rumo a mais poder. Uma lição que aprendi cedo e de um jeito duro.

Duas pessoas saem do caminho da minha mãe, e vejo de relance o canto da sala que faço de tudo para evitar quando estou aqui. Ele abriga um trono, uma coisa exagerada feita de ouro, prata e cobre. As pernas fortes se curvam e viram descansos de braço, e o encosto se abre em leque, criando a impressão de ser uma nuvem de tempestade. Perigoso e elétrico como seu proprietário, e ele quer se assegurar de que ninguém jamais se esqueça disso.

Zeus.

Se o Olimpo é governado pelos Treze, os Treze são comandados por Zeus. É um posto herdado, passado de pai para filho, uma linhagem que remonta ao primeiro fundador da cidade. Nosso Zeus atual está no posto há décadas, desde que o assumiu aos trinta anos.

Ele já passou da casa dos sessenta. Suponho que ainda é atraente, para quem gosta de homens brancos e grandes de peito largo, com gargalhadas estrondosas e barba grisalha. Ele me causa arrepios. Cada vez que olha para mim com aqueles olhos azuis desbotados, me sinto como um animal em um leilão. Na verdade, menos que um animal. Um vaso bonito, ou uma estátua, talvez. Alguma coisa a ser *possuída*.

Se um belo vaso se quebra, é fácil comprar um para substituí-lo. Pelo menos era assim para Zeus.

Minha mãe reduz a velocidade dos passos, obrigando Psiquê a recuar um pouco, e então segura minha mão. Ela a aperta com força para transmitir o aviso silencioso de que devo me comportar, mas é toda sorrisos para *ele*.

— Veja só quem eu encontrei!

Zeus estende a mão, e não há nada a fazer senão estender a minha e aceitar o beijo nos nós de meus dedos. Os lábios tocam minha pele por um breve momento, e sinto um arrepio que deixa em pé todos os fios de cabelo em minha nuca. Tenho que me esforçar para não limpar a mão no vestido quando ele finalmente a solta. Todos os meus instintos gritam me alertando de que estou em perigo.

Tenho que plantar os pés no chão para não dar meia-volta e sair correndo. Não iria muito longe. Não com minha mãe no caminho. Não com a multidão cintilante de pessoas assistindo à cena como abutres sentindo o cheiro de sangue no vento. Não tem nada que essa gente ame mais que um drama, e criar uma ceninha com Deméter e Zeus traria consequências com as quais não estou a fim de lidar. Na melhor das hipóteses, eu enfureceria minha mãe. Na pior, correria o risco de virar manchete nos tabloides de fofoca, e isso me colocaria em uma situação ainda pior. Melhor deixar rolar até poder escapar.

O sorriso de Zeus é um pouco caloroso demais.

— Perséfone. Você está linda hoje.

Meu coração bate como as asas de um pássaro tentando escapar da gaiola.

— Obrigada — murmuro.

Tenho que me acalmar, controlar minhas emoções. Zeus tem fama de ser o tipo de homem que se diverte com a aflição de qualquer pessoa mais fraca. Não vou dar a ele a satisfação de saber que me amedronta. Esse é o único poder que tenho nessa situação, e me recuso a desistir dele.

Ele chega mais perto, invadindo meu espaço pessoal, e baixa a voz, dizendo:

— É bom finalmente ter a chance de falar com você. Faz alguns meses que tento te encurralar. — Ele sorri, mas o sorriso não alcança os olhos. — É o suficiente para me fazer pensar que está me evitando.

— É claro que não.

Não consigo recuar sem tropeçar em minha mãe... mas, por alguns segundos, considero essa possibilidade com seriedade, antes de descartá-la. Minha mãe nunca vai me perdoar se eu fizer uma cena diante do todo-poderoso Zeus. *Vai levando. Você consegue.* Forço um sorriso radiante e, ao mesmo tempo, começo a entoar o mantra que me sustentou pelo último ano.

Três meses. Só noventa dias entre mim e minha liberdade. Noventa dias até eu ter acesso ao fundo fiduciário em meu nome, dinheiro este que vou usar para sair do Olimpo. *Eu consigo sobreviver a isso.* Eu *vou* sobreviver a isso.

Zeus praticamente troveja em cima de mim, todo cheio de sinceridade calorosa.

— Sei que esta não é a abordagem mais convencional, mas é hora de fazer o anúncio.

Olho para ele com ar confuso.

— Um anúncio?

— Isso mesmo, Perséfone. — Minha mãe se aproxima, e seus olhos lançam adagas. — O anúncio. — Ela está tentando injetar alguma informação diretamente no meu cérebro, mas não tenho a menor ideia do que está pegando.

Zeus segura minha mão de novo, e minha mãe praticamente me empurra atrás dele, que começa a caminhar para a frente da sala. Olho desesperada para minha irmã, mas Psiquê está tão confusa e apavorada quanto eu. O que está acontecendo?

As pessoas ficam quietas quando passamos, lançando olhares que são como milhares de agulhas perfurando minha nuca. Não tenho amigos aqui. Minha mãe diria que é culpa minha por não interagir como ela tantas vezes me instruiu a fazer. Eu tentei. De verdade, tentei. Levei um mês inteiro para perceber que os insultos mais cruéis chegavam acompanhados dos sorrisos doces e das palavras meladas.

Depois que o primeiro convite para almoçar resultou em palavras mentirosas e citações maldosas estampadas nas manchetes de fofoca, acabei desistindo. Nunca vou jogar esse jogo como as víboras nesta sala. Odeio as falsas fachadas e os insultos velados, as facas escondidas em palavras e sorrisos. Quero uma vida normal, mas essa é a única coisa impossível para quem tem como mãe alguém entre os Treze.

Pelo menos, no Olimpo, isso é impossível.

Zeus para na frente da sala e pega uma taça de champanhe. A taça parece absurda em sua mãozona, como se ele fosse estraçalhá-la com um toque indelicado. Ele a levanta, e os últimos murmúrios na sala desaparecem. Zeus sorri para as pessoas. É fácil ver como conserva essa devoção, apesar dos boatos que circulam a seu respeito. O homem transborda carisma.

— Amigos, não fui completamente honesto com vocês.

— Isso é novidade — diz alguém no fundo da sala, provocando uma fraca onda de risadas.

Zeus ri com eles.

— Tecnicamente, estamos aqui para votar os novos acordos comerciais com Sabine Valley, mas também tenho um anúncio a fazer. Já passou da hora de eu encontrar uma nova Hera e completar mais uma vez nosso número. E finalmente a escolhi. — Ele olha para mim, e esse é o único aviso que recebo antes das palavras incendiarem tão completamente meu sonho de liberdade, que só consigo vê-lo se transformar em cinzas. — Perséfone Dimitriou, você aceita se casar comigo?

Não consigo respirar. A presença dele absorveu todo o ar da sala, e as luzes ficam brilhantes demais. Cambaleio, mas me mantenho em pé com muita força de vontade. Se eu desmaiar agora, será que os outros vão se lançar sobre mim como uma matilha de lobos? Não sei e, por não saber, tenho que permanecer em pé. Abro a boca, mas nada sai. Minha mãe me pressiona do outro lado, toda sorridente e alegre.

— É claro que ela quer! Vai ser uma honra. — E então crava o cotovelo nas minhas costelas. — Não é mesmo?

Não tenho a opção de dizer não. Estamos falando de *Zeus*, que, exceto no nome, é rei em tudo. Ele tem o que quer e quando quer e, se eu o humilhar diante das pessoas mais poderosas do Olimpo, ele vai fazer toda minha família pagar por isso. Portanto, engulo em seco.

— Sim.

A multidão aplaude, e o barulho me deixa tonta. Vejo alguém gravando tudo com o celular e não tenho dúvida de que aquele momento vai se espalhar pela internet durante a próxima hora, e na manhã seguinte vai estar em todos os jornais.

Pessoas se aproximam para nos dar os parabéns, na verdade, dar parabéns a *Zeus*, e durante todo esse tempo ele segura minha mão com força. Olho para os rostos que desfilam como um borrão, e sinto uma onda de ódio surgir dentro de mim. Essas pessoas não gostam de mim. Sei disso, é claro. Sei disso desde minha primeira interação com elas, desde o momento em que ascendemos nesse fechado círculo social por conta da nova posição de minha mãe. Mas agora atingi um nível inteiramente diferente.

Todos sabemos os boatos sobre Zeus. Sem exceção. Ele teve três Heras — três esposas — nesse tempo em que lidera os Treze.

Três esposas agora *mortas*.

Se eu deixar esse homem colocar uma aliança em meu dedo, é possível que também o deixe colocar uma coleira. Nunca serei dona de mim, nunca passarei de uma extensão dele até que se canse de mim também e troque a coleira por um caixão.

Nunca me livrarei do Olimpo. Não até ele morrer e o título passar para seu primogênito. O que pode levar anos. *Décadas* até. Isso, pressupondo que ainda estarei viva quando ele morrer, em vez de ir parar a sete palmos do chão, como o restante das Heras.

Francamente, não gosto das minhas chances.

2

PERSÉFONE

A festa continua à minha volta, mas não consigo me concentrar em nada. Rostos se confundem, cores se misturam, o som dos cumprimentos fica estático em meus ouvidos. Um grito está se formando em meu peito, um som de perda grande demais para meu corpo, mas não consigo botá-lo para fora. Se começar a me encolher, tenho certeza de que nunca vou parar.

Bebo champanhe com os lábios adormecidos, minha mão treme tanto que o líquido escorre ao redor da taça. Psiquê aparece na minha frente como que por mágica e, apesar de exibir uma expressão neutra, seus olhos praticamente lançam raios contra nossa mãe e Zeus.

— Perséfone, preciso ir ao banheiro. Vem comigo?

— É claro. — Mal identifico minha voz. Quase tenho que fazer força para me soltar da mão de Zeus, e só consigo pensar naquelas mãos enormes no meu corpo. Pelos deuses, acho que vou vomitar.

Psiquê me leva para fora do salão de festa, usando o corpo voluptuoso para me proteger, desviando-se de pessoas que querem me parabenizar e me blindando como se fosse minha guarda pessoal.

O corredor não parece muito melhor. As paredes se aproximam de mim. Vejo a marca de Zeus em cada centímetro desse lugar. Se me casar com ele, vou aceitar sua marca em *mim* também.

— Não consigo respirar — digo, arfando.

— Só continue andando. — Ela me leva além do banheiro, faz uma curva e segue para o elevador. O sentimento de claustrofobia é ainda pior quando as portas se fecham, nos prendendo no espaço de espelhos. Olho para meu reflexo. Olhos grandes demais no rosto, minha pele clara ainda mais pálida.

Não consigo parar de tremer.

— Acho que vou vomitar.

— Estamos quase lá, falta pouco — incentiva Psiquê.

Ela praticamente me carrega para fora no segundo em que as portas do elevador se abrem, e então seguimos por outro largo corredor de mármore até uma porta lateral. Ao passar por ela, entramos em um dos vários pátios que cercam o edifício, um jardinzinho cuidadosamente mantido no meio de tanta cidade. Naquele momento está adormecido, salpicado pela neve que começou a cair fraca enquanto estávamos no lado de dentro. O frio me corta como uma faca, mas abraço o desconforto. Qualquer coisa é melhor que passar mais um segundo em pé naquela sala.

A Dodona Tower fica no meio do centro do Olimpo, uma das poucas propriedades mantidas pelos Treze como um grupo, em vez de pertencer a um só deles, embora todos saibam que, para todos os efeitos que contam, o prédio pertence a Zeus. É um grande arranha-céu que eu costumava considerar mágico quando era nova demais para entender a realidade.

Psiquê me guia até um banco de pedra.

— Precisa colocar a cabeça entre os joelhos?

— De nada vai adiantar.

O mundo não vai parar de girar. Tenho que... sei lá. Não faço ideia do que devo fazer. Sempre enxerguei meu caminho diante de mim, estendendo-se através dos anos até meu objetivo final. Sempre foi muito claro. Terminar o mestrado aqui no Olimpo, um compromisso que assumi com minha mãe. Então esperar até eu completar 25 anos para ter acesso ao meu fundo fiduciário, e então usar o dinheiro para me libertar do Olimpo. É difícil lutar para atravessar as barreiras que nos mantêm separados do mundo, mas não é impossível. Não com a ajuda das pessoas certas, e meu dinheiro garante essa ajuda. E com isso estarei livre. Vou poder ir para a Califórnia e fazer meu doutorado em Berkeley. Cidade nova, vida nova, um novo começo.

Agora, não consigo ver nada.

— Não dá para acreditar no que ela fez. — Psiquê começa a andar a passos curtos, furiosos, o cabelo escuro e tão parecido com o de nossa mãe se movendo a cada passo. — Calisto vai acabar com a raça dela. Ela *sabia* que você não queria nada disso, e a obrigou a aceitar mesmo assim.

— Psiquê... — Minha garganta estava quente, apertada, o peito ainda mais comprimido. Como se tivessem me empalado e só agora eu percebesse. — Ele matou a última esposa. As últimas *três* esposas.

— Você não sabe — responde ela automaticamente, mas não olha nos meus olhos.

— Mesmo que não possa afirmar... Nossa mãe sabia o que tudo mundo pensa que ele é capaz de fazer, e não se importou. — Envolvo meu corpo com os braços. Não adianta, não consigo conter meus tremores. — Ela me vendeu para firmar seu poder. Mesmo já sendo dos Treze. Por que isso não basta?

Psiquê se acomoda no banco ao meu lado.

— Vamos encontrar um jeito de resolver isso. Só precisamos de tempo.

— Ele não vai me dar tempo — respondi, sem ânimo. — Vai impor o casamento, como fez com o pedido. — Quanto tempo eu tenho? Uma semana? Um mês?

— Temos que falar com Calisto.

— *Nem pensar* — quase gritei, depois fiz um esforço para baixar a voz: — Se contarmos agora, ela virá e armar um barraco.

Sendo Calisto, isso podia significar gritar com nossa mãe... ou tirar um daqueles sapatos de salto agulha de que tanto gosta e tentar furar a goela de Zeus. Haveria consequências de qualquer maneira, e não posso deixar minha irmã mais velha carregar o fardo de me proteger.

Tenho que eu mesma encontrar a saída para isso.

De algum jeito.

— A essa altura, armar um barraco pode ser bom.

Bendita seja Psiquê, mas ela não entende. Como filhas de Deméter, temos duas opções: jogar de acordo com as regras do Olimpo ou dar o fora da cidade. É isso. Não tem como enfrentar o sistema sem pagar o preço, e as consequências são severas demais. Se uma de nós sair da linha, isso vai criar um efeito cascata que afeta todo mundo que tenha conexões conosco. Se chegarmos a esse ponto, não tem salvação, nem com minha mãe sendo uma dos Treze.

Eu devia me casar com ele. Em meio a esse ninho de víboras, me casar garantiria proteção para minhas irmãs, ou o mais perto possível disso. É a coisa certa a se fazer, embora a ideia me cause náuseas. E, como em resposta, meu estômago se contrai e quase não consigo chegar aos arbustos mais próximos antes de vomitar. Tenho uma vaga consciência de Psiquê afastando meu cabelo do rosto e massageando minhas costas em círculos.

Eu devia fazer isso... mas não consigo.

— Não consigo — falar em voz alta faz tudo parecer mais real. Assim, limpo a boca e me obrigo a ficar ereta.

— Nós estamos ignorando uma coisa. Nossa mãe jamais te obrigaria a se casar com um homem que pode te fazer mal. Ela é ambiciosa, mas ama a todas nós. Não nos colocaria em perigo.

Houve um tempo em que eu teria concordado. Depois desta noite, não sei em que acreditar.

— Não consigo — repito. — *Não vou* fazer isso.

Psiquê abre a bolsinha e tira uma goma de mascar. Faço uma careta, e ela dá de ombros.

— De nada vai adiantar se distrair com hálito de vômito enquanto está declarando intenções que vão mudar sua vida.

Aceito o chiclete, e o sabor de hortelã me ajuda a recuperar um pouco do foco.

— Não consigo fazer isso — repito.

— Sim, você já falou.

Ela não me diz o quanto vai ser impossível sair dessa situação. Também não lista todas as razões pelas quais essa luta nunca vai ser do meu jeito. Sou só uma mulher sozinha contra todo poder que o

Olimpo pode exercer contra um oponente. Desobediência não é uma opção. Serei forçada a me ajoelhar antes de poder ir embora. Sair dessa cidade já exigiria todos os recursos que tenho. E sair, naquele momento, depois de Zeus ter declarado que sou sua propriedade? Não sei nem se é algo possível.

Psiquê segura minhas mãos.

— O que você vai fazer?

O pânico grita em minha cabeça. Desconfio que, se entrar no prédio de novo, nunca mais sairei de lá. Pode ser paranoia, mas passei dias achando o comportamento furtivo de minha mãe estranho, e olhe só no que deu. Não, não posso me dar ao luxo de ignorar meus instintos. Não mais. Ou o medo está confundindo meus pensamentos, talvez. Não sei e não me importo. Só sei que *não* posso voltar, de jeito nenhum.

— Você pode buscar minha bolsa? — Eu a deixei lá em cima com o celular. — E avisar para a mãe que não me sinto bem e que estou indo para casa?

Psiquê já estava assentindo.

— É claro. Tudo de que precisar.

Dez segundos depois de minha irmã sair, compreendo que ir para casa não vai resolver nenhum desses problemas. Minha mãe vai me pegar e arrastar de volta para meu novo noivo, com enxoval e tudo, se for necessário. Esfrego as mãos no rosto.

Não posso ir para casa, não posso ficar, não consigo *pensar*.

Fico em pé e me dirijo à entrada do pátio. Devia esperar até Psiquê voltar, devia deixar que ela me convencesse a demonstrar alguma coisa semelhante a calma. Ela é tão ardilosa quanto nossa mãe; se tiver tempo, vai pensar em uma solução. Mas deixar que se envolva significa correr o risco de Zeus castigá-la junto comigo no segundo em que perceber que não quero nenhum anel no meu dedo. Se houver uma chance de poupar minhas irmãs das consequências dos meus atos, o farei. Se elas não me ajudarem a desafiar esse casamento, minha mãe e Zeus não terão motivo para puni-las.

Tenho que sair, e tenho que fazer isso sozinha. Agora.

Dou um passo, depois, outro. Quase paro quando chego ao arco de pedra que marca a passagem para a rua, quase deixo meu medo crescente e inconsequente me abandonar e volto para me submeter à coleira que Zeus e minha mãe estão ansiosos para colocar em meu pescoço.

Não.

A palavra soa como um grito de guerra. Avanço, passo pela entrada e continuo até a calçada. Acelero o passo, andando depressa e, por instinto, viro em direção ao sul. Para longe da casa de minha mãe. Para longe de Dodona Tower e de todos os predadores dentro dela. Se puder me afastar um pouco, vou conseguir *pensar*. É disso que preciso. Se conseguir pôr meus pensamentos em ordem, vou bolar um plano e descobrir uma saída para essa confusão.

O vento fica mais forte enquanto ando, atravessa meu vestido fino como se ele não existisse. Ando ainda mais depressa, meus saltos estalam contra o pavimento de um jeito que me faz lembrar de minha mãe, o que só serve para recordar o que ela fez.

Não me importo se há uma chance de Psiquê estar certa, sobre minha mãe ter alguma carta na manga para não botar meu pescoço na guilhotina. Os planos dela não fazem diferença. Ela nem mesmo falou comigo, não me deu o benefício da dúvida; só foi lá e sacrificou este peão para ter acesso ao rei. Isso me enoja.

Os edifícios altos do centro do Olimpo bloqueiam parte do vento, mas, cada vez que atravesso uma rua, ele sopra do norte e faz meu vestido colar nas pernas. O vento que vem da baía é ainda mais gelado, tão gelado que meu rosto dói. Tenho que me abrigar, mas a ideia de virar e voltar ao Dodona Tower é horrível demais, insuportável. Prefiro congelar.

Dou uma risada rouca com o pensamento absurdo. Sim, isso vai mostrar a eles. Perder alguns dedos dos pés e das mãos por queimadura causada pelo frio certamente vai doer mais em minha mãe e Zeus do que em mim. Não sei se é pânico ou o frio me deixando atordoada.

O centro de Olimpo é tão bem cuidado e polido quanto a torre de Zeus. Todas as fachadas criam um estilo único que é elegante e minimalista. Metal, vidro e pedra. É bonito, mas sem vida. O único indicador do tipo de negócio atrás das diversas portas de vidro são as elegantes placas verticais com o nome de cada loja. Quanto mais longe do centro da cidade, mais individual é o estilo e os aromas dos bairros, mas aqui, perto da Dodona Tower, Zeus controla tudo.

Se nos casarmos, será que ele vai encomendar minhas roupas para que eu me adeque perfeitamente à estética dele? Vai supervisionar meu cabeleireiro para me moldar à imagem que deseja? Vai monitorar o que faço, o que digo, o que *penso*? A ideia me faz estremecer.

Leva três quarteirões para que eu perceba que meus passos não são os únicos que ouço. Olho para trás e vejo dois homens a meio quarteirão de distância. Apresso o passo, e eles fazem o mesmo, sem dificuldade. Não tentam diminuir a distância, mas não consigo me livrar da sensação de que estou sendo caçada.

Já é tarde, todas as lojas na área central estão fechadas. Ouço música a alguns quarteirões, e imagino que venha de um bar ainda aberto. Talvez lá eu consiga despistá-los — e ainda por cima posso aproveitar para me aquecer.

Viro à esquerda na esquina seguinte, indo na direção do som. Olho para trás novamente e vejo que só tem um homem atrás de mim. Para onde foi o outro?

Tenho a resposta alguns segundos depois, quando ele aparece no cruzamento seguinte à minha esquerda. Não está bloqueando a rua, mas todos os meus instintos me alertam para que eu fique o mais longe possível dele. Viro à direita, mais uma vez seguindo para o sul.

Quanto mais me afasto do centro, mais os edifícios começam a se desviarem do padrão. Vejo lixo nas ruas. Várias lojas têm grades nas janelas. Em algumas têm até um ou dois avisos de despejo colados em suas portas empoeiradas. Zeus só se importa com o que pode ver e, pelo jeito, seu olhar não alcança este quarteirão.

Talvez seja o frio confundindo meus pensamentos, mas demoro demais para perceber que eles estão me direcionando para o Rio Estige. Agora estou com medo de verdade. Se me encurralarem na margem, não terei a menor chance de escapar. Só há três pontes entre a cidade superior e a cidade inferior, mas ninguém as usa — não desde a morte do último Hades. É proibido atravessar o rio. Diz a lenda que não é possível fazer a travessia sem pagar algum preço terrível.

Isso se eu conseguir chegar a uma das pontes.

O terror me dá asas. Paro de me preocupar com quanto meus pés doem nesses saltos ridiculamente desconfortáveis. Mal registro o frio. Tem que ter um jeito de despistar os perseguidores, de encontrar pessoas que possam me ajudar.

Não estou nem com a porcaria do meu celular.

Droga, eu não devia ter me deixado ser dominada pelas minhas emoções. Se tivesse esperado Psiquê voltar com minha bolsa, nada disso estaria acontecendo... Ou estaria?

O tempo deixa de ter significado. Os segundos são medidos por cada vez que o ar sai dos meus pulmões sob algum esforço, barulhento. Não consigo pensar, não consigo parar, estou quase correndo. Deuses, como meus pés doem.

De início, mal registro o som de água corrente do rio. É quase impossível ouvir alguma coisa em meio à minha respiração entrecortada. Mas então ele está ali, na minha frente, uma faixa líquida, preta, larga demais para ser atravessada com segurança via nado, mesmo que fosse verão. No inverno, é como uma sentença de morte.

Viro e vejo que os homens estão mais perto. Não consigo enxergar os rostos na escuridão, e é nessa hora que percebo como a noite ficou silenciosa. O barulho daquele bar não passa de um murmúrio distante.

Ninguém vem me salvar.

Ninguém nem sabe que estou aqui.

O homem à direita, o mais alto dos dois, ri e faz meu corpo arrepiar, um arrepio que não tem nada a ver com o frio.

— Zeus gostaria de trocar uma palavrinha.

Zeus. Se imaginei que a situação não poderia piorar? Que tola eu sou. Esses não são predadores aleatórios. Foram mandados atrás de mim como cães para recuperar uma lebre fugitiva. Eu não havia de fato pensado que ele ficaria parado e me deixaria escapar, não é mesmo? Bem, pelo jeito sim, porque o choque rouba o pouco pensamento que me restava. Se paro de correr, eles me pegam e me levam de volta ao meu noivo. E este vai me colocar atrás de grades. Não tenho a menor dúvida de que não haverá outra oportunidade para eu escapar.

Não penso. Não planejo.

Chuto os sapatos e corro pela minha vida.

Atrás de mim, eles xingam e, em seguida, ouço seus passos pesados. Perto demais. O rio faz uma curva bem ali, e eu acompanho a margem. Não sei nem para onde estou indo. Para longe. Tenho que escapar. Não me importo o que vão achar disso. Eu me jogaria no rio congelante para escapar de Zeus. Qualquer coisa é melhor do que o monstro que reina na cidade superior.

A Ponte Cipreste surge diante de mim, uma antiga ponte de pedra com colunas mais largas que eu e duas vezes mais altas. Elas criam um arco que dá a impressão de deixar esse mundo para trás.

— Parada!

Ignoro o grito e cruzo o arco. Dói. Porra, *tudo* dói. Minha pele arde como se tivesse sido esfolada por alguma barreira invisível, e meus pés me dão a impressão de que estou correndo sobre vidro. Não me importo. Não posso parar agora, não com eles tão perto. Não presto atenção à névoa que se ergue à minha volta, subindo do rio em ondas.

Estou na metade da ponte quando avisto o homem em pé na outra margem. Ele usa um manto preto e têm as mãos enfiadas nos bolsos, a névoa se enrosca em suas pernas como um cachorro faz com seu dono. Um pensamento requintado, o que só confirma ainda mais que não estou bem. Não estou nem perto disso.

— Socorro! — Não sei quem é esse desconhecido, mas deve ser melhor do que os que me perseguem. — Por favor, me ajude!

Ele não se move.

Meus passos hesitam, meu corpo finalmente começa a parar de funcionar por conta de frio, medo e dor, aquela dor estranha e cortante que senti ao atravessar a ponte. Tropeço, quase caio de joelhos, e encontro o olhar do desconhecido. *Suplicando.*

Ele olha para mim, ainda como uma estátua vestida de preto, e continua me olhando pelo que parece uma eternidade. Depois, é como se tomasse uma decisão: ele levanta a mão, com a palma voltada para mim, e me chama para terminar a travessia do Rio Estige. Finalmente estou perto o suficiente para ver barba e cabelo escuros, para imaginar a intensidade de seu olhar sombrio enquanto a estranha tensão que vibra no ar parece relaxar à minha volta, permitindo-me dar aqueles últimos passos para o outro lado sem sentir dor.

— Venha — diz ele, apenas.

Em algum lugar, em meio às profundezas do pânico que sinto, minha mente grita que essa é uma péssima ideia. Não estou nem aí. Desenterro meu último resquício de força e corro para ele.

Não tenho nem ideia de quem é esse estranho, mas qualquer um é melhor que Zeus.

Não importa o valor a ser pago.

3

HADES

A mulher não faz parte do meu lado do Rio Estige. Só isso deveria bastar para me fazer dar as costas a ela, mas não posso deixar de notar que está correndo e mancando. Nem que está sem casaco e descalça, no meio de janeiro. Nem a súplica em seus olhos.

Sem falar dos dois homens que a perseguem e tentam alcançá-la antes que ela chegue a este lado. Não querem que ela atravesse a ponte, o que revela tudo que preciso saber: eles são aliados de um dos Treze. Cidadãos normais do Olimpo evitam atravessar o rio, preferem permanecer em seu lado do Rio Estige sem entender completamente o que os faz virar e se afastar quando se aproximam de uma das três pontes, mas esses dois se comportam como se soubessem que ela vai estar fora do alcance deles assim que pisar nesta margem.

Faço um movimento com a mão.

— Rápido.

Ela olha para trás, e o pânico ecoa de seu corpo tão alto quanto um grito. Ela tem mais medo *deles* do que de mim, o que poderia ser uma revelação, se eu parasse para pensar nisso direito. Ela está quase me alcançando, faltam só alguns poucos metros.

É então que percebo que a reconheço. Já vi aqueles grandes olhos castanhos e aquele rosto bonito nos sites de fofoca que adoram acompanhar os Treze e seus círculos de amigos e família. Essa mulher é a segunda filha de Deméter, Perséfone.

O que *ela* está fazendo aqui?

— Por favor — arfa ela, novamente.

Ela não tem para onde correr. Eles estão de um lado da ponte. Eu, do outro. Ela deve estar bem desesperada para fazer a travessia, passar por aquelas barreiras invisíveis e colocar sua segurança nas mãos de um homem como eu.

— Corra — repito. O tratado me impede de ir ao encontro dela, mas assim que me alcançar...

Atrás dela, os homens aumentam o passo, esforçando-se para pegá-la antes que se aproxime de mim. Ela perde um pouco da velocidade, seus passos quase trôpegos, uma indicação de que está machucada. Ou só exausta. Mesmo assim, ela segue em frente, determinada.

Calculo a distância percorrida. *Seis metros. Cinco. Quatro. Três.*

Os homens estão próximos. Muito próximos. Mas regras são regras, e nem eu posso quebrá-las. Ela tem que chegar à margem por conta própria. Olho para os homens atrás dela, e tenho uma sensação horrível de reconhecimento. Sei quem são; tenho arquivos com informações a respeito deles que remontam a anos atrás. São dois agentes que trabalham nos bastidores para Zeus, cuidando das tarefas em que ele prefere que seu público adorador não saiba que está envolvido.

O fato de estarem aqui, perseguindo essa mulher, significa que alguma coisa importante está acontecendo. Zeus gosta de brincar com suas presas, mas certamente não faria esse jogo com uma das filhas de Deméter, faria? Não importa. Ela está quase fora do território dele... e dentro do meu.

E então, como que por milagre, ela consegue.

Pego Perséfone pela cintura no instante em que ela chega a este lado da ponte, então a giro e a amparo contra o peito. Ela parece ainda menor nos meus braços, ainda mais frágil, e uma raiva lenta desperta em mim quando sinto seus tremores. Esses desgraçados a perseguiram por um bom tempo, a aterrorizaram a mando *dele*. Sem dúvida, é algum tipo de punição; Zeus sempre gostou de induzir as pessoas a se aproximarem do Rio Estige, deixando o medo crescer nelas a cada quarteirão que percorriam, até que ficassem encurraladas na margem. Perséfone é uma das poucas a tentar atravessar uma das pontes. Enfrentar a travessia sem ter sido convidada sugere grande força interior, e mais ainda o fato de ter conseguido. Isso é algo que respeito.

Mas todos temos um papel a desempenhar esta noite e, mesmo que eu não pretenda causar mal algum a esta mulher, a realidade é que ela é um coringa que acabou de cair em minhas mãos. É uma oportunidade que não vou desperdiçar.

— Aguente aí — murmuro.

Exceto pela respiração ofegante, ela fica paralisada.

— Quem...

— Agora não. — Por ora, faço o possível para ignorar os tremores e envolvo seu pescoço com uma das mãos, esperando os dois se aproximarem.

Não vou machucá-la, mas exerço a mais leve pressão para mantê-la onde está — para fazer parecer convincente. Ela fica imóvel. Não sei se é confiança instintiva, medo ou exaustão, mas não faz diferença.

Os homens param, não querem nem podem percorrer a distância restante entre nós. Estou na margem da cidade inferior. *Não* infringi nenhuma lei, e eles sabem disso muito bem. O que está à direita me encara.

— Essa é a mulher de Zeus.

Perséfone enrijece em meus braços, mas ignoro a reação. Recorro à minha fúria, e injeto o sentimento em minha voz, alcançando um tom frio:

— Nesse caso, ele não devia deixar seu bichinho andar por aí, tão longe da segurança.

— Você está cometendo um erro. E um nada pequeno.

Errado. Isso não é um erro. É a oportunidade que esperei durante trinta anos. Uma chance de acertar o coração de Zeus em seu império cintilante. Tomar dele alguém importante, da mesma forma que ele fez quando eu era criança, ao tomar de mim as duas pessoas mais importantes da minha vida.

— Ela agora está no meu território. Podem tentar vir pegá-la de volta, mas vão ter que arcar com as consequências de romper o tratado.

Eles são inteligentes o suficiente para saber o que isso significa. Por mais que Zeus queira esta mulher de volta, nem mesmo ele pode romper o tratado sem sofrer a represália dos Treze. Eles se olham.

— Ele vai te matar.

— Ele pode até tentar. — Encaro os dois. — Agora ela é minha. Não deixem de dizer a Zeus o quanto pretendo aproveitar este presente inesperado.

Em seguida, jogo Perséfone sobre um ombro, me viro e começo a andar pela rua, voltando ao centro do meu território. O que a manteve paralisada até esse momento se rompe e ela reage, esperneando e socando minhas costas.

— Me põe no chão.

— Não.

— Me solte.

Eu a ignoro e viro em uma esquina, andando a passos largos. No momento em que não podemos mais ser vistos da ponte, eu a ponho no chão. A mulher tenta me atacar, o que em outras circunstâncias até me faria rir. Para uma das socialites filhas de Deméter, ela é mais forte do que eu esperava. Minha intenção era deixar que caminhasse por conta própria, mas ficar ali perdendo tempo no meio da noite depois daquele confronto seria um erro. Ela não está vestida para isso, e sempre existe a possibilidade de Zeus ter espiões no meu território: eles o informariam a respeito dessa interação.

Afinal, eu tenho espiões no território *dele*.

Tiro o casaco e o enfio nela, fechando o zíper antes que tenha oportunidade de resistir, imobilizando seus braços junto do corpo. Ela xinga, mas já estou em ação de novo, jogando-a sobre o ombro.

— Fique quieta.

— Vai sonhando, porra.

Minha paciência, que já é bem pouca, quase chega ao fim.

— Você está quase congelada e mancando. Cale a boca e fique quieta até estarmos dentro de algum lugar.

Ela não para de resmungar, *mas* para de se debater. O que já é o suficiente. Sair de perto do rio é a prioridade agora. Duvido que os homens de Zeus sejam idiotas a ponto de tentar concluir a travessia, mas esta noite já me trouxe o inesperado. Sei que é melhor não dar nada como garantido.

Perto do rio, os prédios são intencionalmente malcuidados e vazios. Sempre bom preservar a narrativa que a cidade superior gosta de repetir para si mesma quanto ao meu lado do rio. Se aqueles babacas cintilantes pensarem que não tem nada de valor aqui, vão me deixar em paz com minha gente. O tratado só se sustenta enquanto os Treze estiverem de acordo. Se algum dia decidirem se unir para tomar a cidade inferior, vou ter o pior tipo de problema. Então é melhor evitar isso.

Um ótimo plano até esta noite. Chutei o ninho de vespas, e não tem como voltar atrás. A mulher sobre meu ombro vai ser minha ferramenta para finalmente derrubar Zeus... ou vai ser minha ruína.

Pensamentos empolgantes.

Mal cheguei ao fim do quarteirão quando duas sombras aparecem dos edifícios dos dois lados da rua e começam a andar atrás de mim. Minta e Caronte. Há muito tempo me acostumei com o fato de meus passeios noturnos nunca serem realmente solitários. Mesmo quando era criança, ninguém jamais tentou me deter. Eles só garantiam que eu não me metesse em nenhuma encrenca da qual não pudesse sair. Quando, por fim, assumi o comando da cidade inferior e meu guardião deixou o posto, ele abdicou do controle de quase tudo, menos isso.

Uma pessoa mais sentimental presumiria que minha gente faz isso porque se importa. Talvez, em parte, seja por isso. Mas, no fim das contas, se morro agora sem deixar um herdeiro, o equilíbrio do Olimpo, mantido com tanto cuidado, se desfaz e chega ao fim. Os idiotas na cidade superior nem percebem a engrenagem vital que sou para a máquina deles. Não mencionado, não reconhecido... mas prefiro assim. Nada de bom acontece quando os outros Treze voltam seus olhos dourados nesta direção.

Atravesso um beco, depois outro. Há partes da cidade inferior que parecem o resto do Olimpo, mas esta não é uma delas. Os becos cheiram mal e meus pés esmagam cacos de vidro a cada passo dado. Alguém que visse apenas a superfície não notaria as câmeras cuidadosamente escondidas, arranjadas para capturar a área de todos os ângulos possíveis.

Ninguém se aproxima de minha casa sem meu povo ter conhecimento disso. Nem mesmo eu, apesar de ter aprendido alguns truques há muito tempo, para quando preciso *mesmo* de um tempo sozinho. Assim, viro à esquerda e me dirijo a uma porta comum em uma parede de tijolos igualmente comum. Uma olhada rápida para a pequena câmera instalada sobre a porta e a fechadura estala, cedendo sob minha mão. Em seguida, fecho-a sem fazer barulho. Minta e Caronte vão fazer uma varredura na área e garantir que os dois "invasores" não tenham ideias idiotas.

— Já entramos. Pode me pôr no chão. — A voz de Perséfone é tão frígida quanto qualquer princesa da corte.

Começo a descer a escada estreita.

— Não.

Está escuro, a única luz ali é proveniente de lâmpadas de segurança no andar. O ar esfria muito quando chego ao fim da escada. Agora estamos no subterrâneo, e não temos controle climático nos túneis. Eles existem para facilitar deslocamentos ou servir de rota para uma fuga rápida. Não existem para oferecer conforto. Perséfone treme sobre meu ombro, e fico feliz por ter pensado em cobri-la com o casaco. Afinal de contas, não vou poder ver seus ferimentos até estarmos em minha casa e, quanto mais rápido isso acontecer, melhor para todo mundo.

— Me. Põe. No. Chão.

— Não — repito.

Não vou desperdiçar meu ar explicando que ela agora só tem a adrenalina como combustível, o que significa que não sente dor. E *vai* sentir dor quando a adrenalina se esgotar. Os pés dela estão destruídos. Não acredito que esteja sofrendo uma hipotermia, mas não tenho ideia de quanto tempo passou exposta ao frio da noite de inverno naquele vestido.

— Você sempre sequestra pessoas?

Ando mais depressa. A fúria desapareceu, substituída por uma calma que me preocupa. Ela pode estar entrando em choque, o que vai ser muito inconveniente. Tenho um médico à disposição, mas, quanto menos gente souber que estou em posse de Perséfone Dimitriou, melhor. Pelo menos até eu pensar em um plano para usar esse presente inesperado.

— Você me ouviu? — Ela se mexe um pouco. — Perguntei se sempre sequestra pessoas.

— Calada. Estamos quase chegando.

— Isso não é resposta. — Tenho alguns segundos de um silêncio abençoado antes de ela continuar: — Por outro lado, nunca fui sequestrada antes, então suponho que esperar uma resposta sobre sua experiência anterior como sequestrador é bobagem.

Ela está tagarelando *demais*. Choque, com toda certeza. Continuar com esse assunto é um erro, mas me pego respondendo:

— Você correu na minha direção. Isso não é sequestro.

— Eu? Eu só estava fugindo dos dois homens que me perseguiam. Você estar ou não onde estava é irrelevante.

Ela pode repetir esse argumento o quanto quiser, mas vi como olhou para mim. Queria minha ajuda. Precisava dela. E não fui capaz de recusar.

— Você praticamente se jogou nos meus braços.

— Eu estava sendo perseguida. Você parecia o menor de dois males. — Uma pausa breve. — Estou começando a pensar que posso ter cometido um erro terrível.

Sigo pelo labirinto de túneis até acabar em outro lance de escada. É quase idêntico ao que acabei de descer, inclusive com as mesmas lâmpadas fracas nos degraus. Subo os degraus de dois em dois, ignorando a bufada fraca que ela deixa escapar cada vez que meu ombro pressiona seu estômago. Mais uma vez, a porta se abre no segundo em que a toco, destrancada por quem está de plantão na sala de segurança. Reduzo a velocidade só para ter certeza de que a porta se fechou depois da minha passagem.

Perséfone se contorce um pouco sobre meu ombro.

— Uma adega. Por essa eu não esperava.

— Tem alguma parte desta noite que você *esperava*?

Eu me arrependo de ter perguntado, mas ela está agindo de um jeito tão estranhamente tranquilo que sou vencido pela curiosidade. Mais do que isso, se ela está mesmo à beira da hipotermia, fazê-la falar agora é uma escolha sábia.

O tom alegre de antes se torna quase um sussurro:

— Não. Não estava esperando por nada disso.

A culpa me incomoda, porém a ignoro com a facilidade dos anos de prática. Mais uma escada, a última, então saio da adega e paro no corredor detrás da minha casa. Depois de um rápido debate interno, me dirijo à cozinha. Tem material de primeiros socorros distribuídos por vários cômodos no edifício, mas os dois kits maiores estão na cozinha e no meu quarto. A cozinha está mais perto.

Abro a porta e paro.

— O que vocês dois estão fazendo aqui?

Hermes paralisa com duas garrafas do meu melhor vinho nas mãos. Ela sorri para mim, um sorriso vitorioso que não tem nada de sóbrio.

— Teve uma festa da soneca na Dodona Tower. A gente saiu mais cedo.

Dionísio está com a cabeça dentro da geladeira, e isso é suficiente para me informar que ele já está bêbado ou chapado — ou as duas coisas.

— Seus petiscos são os melhores — comenta ele, sem interromper o assalto à geladeira.

— Agora não é um bom momento.

Hermes pisca, atordoada, por trás dos óculos enormes de armação amarela.

— Poxa, Hades.

A mulher em cima do meu ombro dá um pulo, como se fosse atingida por um fio desencapado.

— *Hades?*

Hermes pisca de novo e empurra com o antebraço os cachos pretos que caem sobre os olhos.

— Eu estou muito bêbada, ou essa aí em cima do seu ombro é Perséfone Dimitriou? Está brincando de algum saqueamento sexual?

— Impossível. — Dionísio finalmente aparece com a torta que a empregada deixou na geladeira mais cedo. Ele a está comendo direto da embalagem. Pelo menos está usando um garfo dessa vez. E também tem migalhas na barba, e só um lado do bigode está curvado; o outro está meio amassado, como se ele tivesse esfregado a mão no rosto recentemente. Ele olha para mim, intrigado.

— Tudo bem, talvez não seja impossível. É isso ou a maconha que fumei com Helena no pátio antes de sair estava misturada com mais alguma coisa.

Mesmo que eles não tivessem me contado que vinham direto de uma festa, as roupas diriam tudo. Hermes usava um vestido curto que teria funcionado como globo de boate e projetava centelhas brilhantes em sua pele marrom-escura. Dionísio provavelmente devia ter começado a noite de terno, mas agora estava de camiseta branca com gola em V, e há uma bola de pano em cima da ilha da minha cozinha que devia ser sua camisa e o paletó.

Perséfone estava imóvel em cima do meu ombro. Não sei nem se ela ainda respirava. Sinto a tentação de me virar e sair, mas sei que esses dois vão me seguir e me encher de perguntas, me fazendo ceder à frustração e perder a paciência com eles.

Melhor arrancar o curativo de uma vez.

Coloco Perséfone sentada sobre a bancada e mantenho uma das mãos sobre seu ombro, impedindo que ela caia de cabeça. Ela olha para mim com os grandes olhos castanhos arregalados, e seu corpo é sacudido por arrepios.

— Ela te chamou de Hades.

— É o meu nome. — Faço uma pausa. — Perséfone.

Hermes dá risada e deixa as garrafas em cima da bancada com um barulho de vidro. Depois aponta para si mesma.

— Hermes. — E então aponta para... — Dionísio. — Outra risada. — Mas você já sabia disso. — Ela se apoia no meu ombro e finge sussurrar, mas fala alto: — Ela vai se casar com Zeus.

Viro lentamente e olho para Hermes.

— Como é que é? — Sabia que ela era importante, caso contrário, Zeus não mandaria seus homens atrás dela, mas *casamento*? Isso significa que minha mão descansa sobre o ombro da próxima Hera.

— Uhum. — Hermes tira a rolha de uma das garrafas e bebe diretamente do gargalo. — Anunciaram hoje à noite. Você acabou de roubar a noiva do homem mais poderoso do Olimpo. Ainda bem que eles ainda não são casados, ou você teria sequestrado alguém dos Treze. — Ela ri. — Isso é *diabólico* de um jeito positivo, Hades. Nunca pensei que você fosse desses.

— Eu sabia que ele era assim. — Dionísio tenta comer outro pedaço de torta, mas tem dificuldade para encontrar a boca e enrosca o garfo na barba. Ele olha para o talher como se a culpa fosse do objeto. — Ele é o bicho-papão, afinal. Ninguém conquista esse tipo de fama sem ser um pouquinho diabólico.

— Chega! — Pego o celular do bolso. Preciso cuidar de Perséfone, mas não posso resolver isso enquanto respondo a dezenas de perguntas desses dois.

— Hades! — choraminga Hermes. — Não mande a gente embora. Nós mal acabamos de chegar.

— Eu não convidei vocês. — Não que isso os impedisse de atravessar o rio sempre que tinham vontade. Parte dessa culpa é de Hermes, que pode ir aonde quiser, quando quiser, graças à posição que ocupa. E, tecnicamente, Dionísio tem um convite permanente, mas era para ser apenas para fins comerciais.

— Você *nunca* convida a gente. — Ela faz biquinho com os lábios vermelhos que, de algum jeito, conseguiu manter intactos, sem borrar o batom. — É o suficiente para dar a impressão de que não gosta de nós.

Olho para ela com a expressão que essa declaração merece e ligo para Caronte. Ele já devia ter voltado. E, como sempre, atende no mesmo instante.

— Sim?

— Hermes e Dionísio estão por aqui. Mande alguém levar os dois para os aposentos deles.

Eu podia botá-los em um carro e mandá-los para casa, mas nada garante que eles não fariam uma loucura e acabar voltando para cá, ou que tomariam decisões ainda mais questionáveis. Na última vez que os mandei para casa desse jeito, os dois acabaram se livrando do meu motorista e tentaram nadar no Rio Estige bêbados.

Pelo menos, se estiverem em minha casa, posso ficar de olho nos dois até o porre passar.

Sinto Perséfone olhando para mim como se eu tivesse desenvolvido chifres, mas cuidar desses dois idiotas é a prioridade. Dois membros da minha equipe chegam e os levam dali, mas só depois de uma negociação tensa para levarem junto a torta e o vinho.

Suspiro assim que saem e fecham a porta.

— Cada garrafa de vinho daquelas custa mil dólares. Ela bebeu tanto que não vai nem sentir o gosto.

Perséfone faz um barulhinho estranho, um soluço, e esse é meu único aviso, antes de ela tirar meu casaco — cujo zíper abriu enquanto eu estava distraído — e correr.

Surpreso, fico ali parado e a vejo tentar mancar até a porta. E ela *está* mancando.

O rastro vermelho que fica no chão onde ela pisa é suficiente para me tirar do torpor.

— Que porra você acha que está fazendo?

— Você não pode me manter aqui!

Eu a enlaço pela cintura e a levo de volta à cozinha, onde a coloco novamente sobre a ilha.

— Você está fazendo papel de trouxa.

Os grandes olhos castanhos se voltam para mim.

— Você me sequestrou. Tentar fugir é a atitude mais inteligente a se fazer.

Seguro-a pelo tornozelo e levanto seu pé para dar uma olhada nele. Só quando Perséfone se apressa em segurar o vestido no lugar, percebo que podia ter feito isso de um jeito diferente. Agora já foi. Toco com cuidado a sola do pé e mostro meu dedo.

— Está sangrando. — São vários cortes grandes, mas não sei se são profundos a ponto de precisarem de pontos.

— Então me deixe ir ao hospital para cuidar disso.

Ela é persistente, preciso reconhecer. Seguro o tornozelo com mais força. Ela continua tremendo. Droga, não tenho tempo para essa discussão.

— Digamos que eu concorde com isso.

— Então *concorde*!

— Você acha que vai entrar num hospital sem que a equipe telefone para sua mãe? Sem que avise... seu noivo?

Ela hesita.

— Eu dou um jeito nisso depois.

— Como eu disse... você está fazendo papel de trouxa. — Balanço a cabeça. — Aguente firme, vou ver se tem cacos de vidro.

4

PERSÉFONE

Ele é real.

Sei que devia estar gritando, lutando ou tentando chegar ao telefone mais próximo, mas ainda estou tentando digerir essa informação: *Hades é real*. Minhas irmãs nunca vão ouvir a respeito disso. Eu *sabia* que estava certa.

Além do mais, agora que o pânico está cedendo, não posso acusá-lo de nada. Ele pode ter me ameaçado um pouco na frente dos homens de Zeus, porém a minha outra opção era ser arrastada de volta para a Dodona Tower. E, sim, meu estômago podia muito bem ficar para sempre com a marca daquele ombro, mas apesar de ele continuar rosnando para mim, é verdade, meus pés estão machucados.

Sem mencionar que o cuidado com que ele limpa meus ferimentos não reforça o boato de que Hades é um monstro. Um monstro teria me deixado entregue ao meu destino.

Ele é... outra coisa. É esguio e forte, e tem cicatrizes nos nós dos dedos. Uma barba cheia e o cabelo na altura dos ombros contribuem para a presença imponente que ele cria. Os olhos escuros são frios, mas não perdem inteiramente a gentileza. Ele só parece estar irritado comigo, como estava com Hermes e Dionísio.

Hades remove um pequeno caco de vidro e o joga em um recipiente pequeno que pegou pouco antes. Olha para o vidro como se isso tivesse xingado sua mãe e chutado seu cachorro.

— Aguente firme.

— Eu *estou* aguentando firme. — Tentando, pelo menos.

Dói, e não consigo parar de tremer, mesmo com o casaco novamente sobre os ombros. Quanto mais tempo passo ali sentada, mais isso dói, como se, só agora, meu corpo alcançasse o cérebro e percebesse o tamanho da encrenca em que nos metemos. Não consigo acreditar que saí, que andei por tanto tempo no escuro e no frio até chegar ali.

Pensar nisso está fora de questão agora. Pela primeira vez, não tenho um plano nem uma lista numerada para me levar do ponto A ao B. Estou em queda livre. Minha mãe pode até me matar quando me encontrar. Zeus... estremeço. Minha mãe vai ameaçar me jogar da janela mais próxima ou beber até morrer, mas Zeus pode me matar de verdade. Quem o impediria? Quem tem *poder* suficiente para isso? Ninguém. Se houvesse alguém capaz de parar esse monstro, a última Hera ainda estaria viva.

Hades faz uma pausa com uma pinça nas mãos castigadas e uma pergunta nos olhos.

— Você está tremendo.

— Não estou, não.

— Porra, Perséfone. Está tremendo feito vara verde. Não pode dizer que não está e esperar que eu acredite, quando estou vendo a verdade com meus próprios olhos. — Seu olhar é impressionante, mas estou atordoada demais para sentir qualquer coisa. Fico ali sentada e o vejo caminhar até uma porta no canto do cômodo e voltar com dois cobertores grossos. Ele deixa um sobre a bancada, ao meu lado. — Vou te levantar.

— Não. — Não sei nem por que estou discutindo. Sinto frio. Cobertores vão me ajudar. Mas não consigo me conter.

Ele olha para mim por um longo instante.

— Não acho que você está com hipotermia, mas, se não se aquecer logo, pode acabar tendo. Seria uma pena eu ter que usar o calor do meu corpo para trazer você de volta a uma temperatura segura.

Demoro alguns segundos para entender o significado do que ele disse. É claro que ele não pode estar sugerindo que tiraria as roupas dele e as minhas e nos enrolaria juntos em um cobertor até eu me aquecer. Eu o encaro.

— Você não faria isso.

— Ah, faria, com toda certeza. — Ele sustenta meu olhar. — Se morrer agora, você não vai ter nenhuma utilidade para mim, caralho.

Ignoro o impulso ultrajante de desafiar o blefe e, em vez disso, levanto a mão.

— Posso me mover sozinha.

Tenho dolorosa consciência da atenção dele quando mudo de lugar e me sento sobre o cobertor, não mais sobre o granito frio da bancada. Hades não perde tempo e me envolve com o outro cobertor, cobrindo cada centímetro de pele exposta acima dos tornozelos. Só então ele volta a se dedicar a extrair os vidros das solas dos meus pés.

Desgraçado, o cobertor é realmente confortável. O calor começa a invadir meu corpo de imediato, banindo o frio que se instalou em meus ossos. Os arrepios ficam mais violentos, mas estou consciente o bastante para saber que isso é um bom sinal.

Desesperada para me apegar a qualquer distração, concentro-me no homem que está mexendo nos meus pés.

— O último Hades morreu. Você devia ser um mito, mas Hermes e Dionísio te conhecem. — Os dois estavam na festa da qual fugi, minha... festa de noivado, mas não os conheço bem, não mais que a maioria dos Treze. O que significa que não os conheço.

— Tem uma pergunta nisso? — Ele tira mais um caco de vidro e o joga no recipiente com um plim.

— *Por que* você deveria ser um mito? Não faz nenhum sentido. Você é um dos Treze. Devia ser...

— Eu sou um mito. Você só está delirando — fala ele, com tom seco, enquanto continua examinando meu pé. — Mais alguma dor aguda?

— Não. — Eu pisco. — Só dor.

Ele assente, como se esperasse exatamente por isso. Aturdida, acompanho enquanto ele abre várias bandagens e se dedica a limpar meu pé e fazer um curativo. Eu não... Talvez ele esteja certo e realmente estou delirando, porque isso não faz o menor sentido.

— Você é amigo de Hermes e Dionísio.

— Não sou amigo de ninguém. Eles só aparecem aqui de vez em quando, como gatos de rua dos quais não consigo me livrar. — Apesar das palavras, percebo uma nota de ternura em sua voz.

— Você é amigo de dois dos Treze. — Porque ele *era* um dos Treze. Como minha mãe. Como *Zeus. Ai, deuses, Psiquê está certa, e Hades é tão mau quanto todos os outros.*

Os acontecimentos da noite retornam. Flashes de cena após cena. A sala de esculturas. A cautela de minha mãe. A mão de Zeus aprisionando a minha quando anunciou nosso noivado. A corrida aterrorizada ao longo do rio.

— Eles armaram uma emboscada para mim — sussurro.

Hades levanta a cabeça, e uma ruga na testa aproxima as sobrancelhas fortes.

— Hermes e Dionísio?

— Minha mãe e Zeus. — Não sei por que estou contando isso para ele, mas não consigo parar. Seguro o cobertor com mais força em torno dos ombros e sinto um arrepio. — Eu não sabia que a festa desta noite era para anunciar nosso noivado. Eu não concordei com isso.

Estou exausta o bastante a ponto de quase conseguir fingir que vejo um lampejo de simpatia, antes de a irritação dominar seus traços.

— Olhe só para você. É claro que Zeus quer colocar seu nome na longa lista de Heras.

Ele *tinha* que pensar desse jeito. Os Treze veem alguma coisa que querem e então a pegam.

— Então é *minha* culpa se tomaram a decisão sem ao menos falar comigo? *Por causa da minha aparência?* — É possível o topo da cabeça de uma pessoa literalmente explodir? Tenho a sensação de que vou descobrir se continuarmos com essa conversa.

— O Olimpo é assim. Você se envolve em jogos de poder e arca com as consequências. — Ele termina de envolver meu outro pé com bandagens e se levanta devagar. — Às vezes você arca com as consequências mesmo que sejam seus pais jogando. Pode chorar e espernear sobre quanto o mundo é injusto, ou pode fazer alguma coisa a respeito disso.

— Eu *fiz* alguma coisa a respeito disso.

Ele ri.

— Você correu como uma gazela assustada e achou que ele não viria atrás de você? Querida, para Zeus isso é praticamente uma preliminar. Ele vai te encontrar e te arrastar de volta para aquele palácio. Você vai se casar com ele como a filha obediente que é, e em um ano vai estar parindo os babacas dos filhos dele.

Dou uma bofetada nele.

Não tinha a intenção de fazer isso. Acho que nunca levantei a mão para ninguém em toda minha vida. Nem para minhas irmãzinhas irritantes, quando éramos crianças. Olho horrorizada para a marca vermelha que desabrocha em sua bochecha. Devia pedir desculpa. Devia... fazer alguma coisa. Mas quando abro a boca, não é isso que sai dela.

— Prefiro morrer primeiro.

Hades me encara por um longo momento. Em geral, leio bem as pessoas, mas nem imagino o que se passa por trás daqueles olhos profundos e escuros. Por fim, ele diz:

— Você vai passar a noite aqui. Amanhã conversamos.

— Mas...

Ele me pega de novo e me acomoda em seus braços como se eu fosse a princesa que disse que sou. Seu olhar frio me faz engolir meu protesto. Não tenho para onde ir esta noite, estou sem bolsa, sem dinheiro, sem celular. Não posso olhar os dentes desse cavalo dado, mesmo que ele proteste e tenha o nome que os pais usam para ameaçar os filhos há gerações. Bem, talvez não *este* Hades. Ele parece estar na casa dos trinta, trinta e cinco anos. Mas é o papel de Hades. Sempre nas sombras. Sempre atendendo aos feitos escusos que são mais bem construídos longe dos olhos do nosso mundo normal, seguro.

É realmente tão seguro assim? Minha mãe acabou de me vender para um casamento com Zeus. Um homem que fatos *empíricos* pintam não como o rei dourado, amado por todos, mas como um valentão que deixou em seu encalço uma coleção de esposas mortas. E estou falando só das esposas. Quem sabe quantas mulheres ele vitimizou ao longo dos anos? Pensar nisso é o suficiente para me deixar enjoada. Não importa para onde se olhe, Zeus é perigoso, e isso é um fato.

Em comparação, tudo que cerca Hades é puro mito. Ninguém que conheço acredita em sua existência. Todos concordam que, em um dado momento, Hades existiu, mas que há muito tempo a linhagem familiar que detinha o título foi extinta. Isso significa que este Hades não tem informações a me dar. Não sei se ele é a melhor opção, mas, a essa altura, eu escolheria um homem com mão de gancho e um casaco ensanguentado em vez de Zeus.

Hades me leva por uma escada cheia de curvas que parece ter saído direto de um filme gótico. Para ser sincera, as partes que vi desta casa são todas iguais. Assoalhos de madeira escura, sancas que deveriam ser opressoras, mas parecem criar a ilusão de deixar para trás o tempo e a realidade. O corredor do segundo andar é coberto por um grosso tapete vermelho.

Para esconder melhor o derramamento de sangue.

Solto uma risadinha histérica e cubro a boca com as mãos. Não tem graça. Eu não devia estar rindo. Estou obviamente a trinta segundos de perder o controle por completo.

Hades me ignora, é claro.

A segunda porta à esquerda é nosso destino, e o instinto de autopreservação, até então adormecido, só aparece quando Hades está passando pela porta. Estou sozinha em um quarto com um desconhecido perigoso.

— Me coloque no chão.

— Pare de drama. — Ele não me joga na cama, como espero que faça. Só me deixa em cima dela com todo cuidado e dá um passo para trás. — Se manchar meu piso de sangue tentando fugir daqui, eu vou ser obrigado a te encontrar e te trazer de volta para limpar tudo.

Olho para ele com um quê de chocada. É tão parecido com o que eu estava pensando que chega a ser sinistro.

— Você é o homem mais estranho que já conheci.

É a vez dele de me encarar, desconfiado.

— O quê?

— Exatamente. *O quê?* Que tipo de ameaça é essa? Você está preocupado com o seu *assoalho*?

— É um belo assoalho.

Ele está tirando uma com a minha cara? Eu poderia acreditar nisso vindo de qualquer outra pessoa, mas Hades parece tão sério quanto no momento em que o vi na rua como um ceifeiro sombrio. Olho para ele, intrigada:

— Não te entendo.

— Não precisa me entender. É só ficar aqui até de manhã e tentar resistir ao impulso de fazer qualquer coisa que possa te machucar ainda mais. — Ele acena com a cabeça na direção da porta no canto do quarto. — O banheiro fica ali. Deixe os pés para cima o máximo que puder. — E então saiu, fechando a porta sem fazer barulho.

Conto até dez devagar, depois repito a contagem mais três vezes. Quando ninguém aparece para ver se estou bem, me arrasto pela cama em direção ao telefone em cima da mesa de cabeceira. Fácil demais. É claro que não vou conseguir fazer uma ligação sem que alguém ouça tudo. Com aqueles túneis secretos, Hades não parece ser do tipo que deixa uma brecha de segurança como essa. Provavelmente é uma armadilha criada para me fazer contar segredos, alguma coisa assim.

Mas não importa.

Sinto medo de Zeus. E raiva da minha mãe. Mas não posso deixar minhas irmãs aflitas sem saber onde estou. Psiquê já deve ter ligado para Calisto e, se tem alguém na minha família que vai revirar o Olimpo pisando no calo de todo mundo e fazendo ameaças até eu ser encontrada, esse alguém é minha irmã mais velha. Meu desaparecimento já deve ter ateado fogo ao ninho de vespas. Não posso deixar minhas irmãs fazerem nada que agrave uma situação que já é uma tremenda confusão.

Respirando fundo, o que não me ajuda em nada, pego o telefone e ligo para o número de Eurídice. Ela é a única das minhas irmãs que vai atender a uma chamada de número desconhecido na primeira tentativa. E, como eu esperava, depois do terceiro toque ouço a voz ofegante do outro lado da linha.

— Alô?

— Sou eu.

— Ai, graças aos deuses. — A voz dela se afasta um pouco. — É Perséfone. Sim, sim, vou pôr no viva-voz. — No segundo seguinte, a linha fica um pouco menos nítida. — Calisto e Psiquê também estão aqui. Onde você está?

Olho em volta.

— Você não acreditaria se eu contasse.

— Experimenta. — É Calisto, e a voz tensa sugere que está a meio segundo de tentar encontrar um jeito de passar pela linha telefônica para me estrangular.

— Se eu soubesse que você ia dar no pé no segundo em que eu me afastasse para pegar sua bolsa, não teria te deixado sozinha. — A voz de Psiquê treme como se ela estivesse à beira das lágrimas. — Nossa mãe está revirando a cidade superior toda atrás de você, e Zeus...

Calisto a interrompe.

— Foda-se Zeus. E foda-se nossa mãe também.

Eurídice arfa.

— Você não pode dizer essas coisas.

— Bem, acabei de dizer.

Contrariando a razão, a discussão delas me acalma.

— Estou bem. — Olho para os meus pés enfaixados. — Na maior parte, quero dizer.

— Onde você está?

Não tenho um plano, mas sei que não posso ir para casa. Voltar para a casa de minha mãe é como admitir a derrota e aceitar me casar com Zeus. Não posso fazer isso. *Não vou.*

— Isso não importa, não vou para casa.

— Perséfone — fala Psiquê, devagar —, sei que não está feliz com isso, mas temos que encontrar uma solução melhor do que fugir no meio da noite. Você é a mulher dos planos e, no momento, está sem plano nenhum.

Não, não tenho um plano. Estou em plena queda livre de forma que parece perigosa, como se o terror estivesse lambendo minhas costas.

— Planos existem para serem adaptados.

As três ficam em silêncio, uma ocorrência rara o bastante para eu querer apreciar. Por fim, Eurídice diz:

— Por que está ligando agora?

Essa é a pergunta, não é? Não faço ideia do porquê.

— Só queria avisar que estou bem.

— Nós só vamos acreditar que está bem quando soubermos onde você está. — Calisto ainda parece disposta a atropelar qualquer um que se colocar entre mim e ela, fazendo-me sorrir.

— Perséfone, você desapareceu. Está todo mundo louco atrás de você.

Tento digerir a informação, e a divido em partes. Todo mundo está subindo pelas paredes atrás de mim? Elas mencionaram minha mãe antes, mas não liguei os pontos até aquele momento. Não faz nenhum sentido que a essa altura ela não saiba onde estou, porque...

— Zeus sabe onde eu estou.

— *Como é que é?*

— Os homens dele me seguiram até a Ponte Cipreste. — Pensar nisso me faz estremecer. Não tenho dúvidas de que foram instruídos a me levar de volta, mas poderiam ter me capturado a alguns quarteirões da Dodona Tower. Eles escolheram me seguir, aumentar meu medo e meu desespero. Ninguém sob as ordens de Zeus se atreveria a fazer algo assim com a futura esposa dele... a menos que o próprio Zeus ordenasse. — Ele está agindo como se não soubesse onde estou?

— Aham. — A raiva não se esgotou da voz de Calisto, mas perdeu força. — Está falando de organizar grupos de busca, e nossa mãe está agitada em volta dele, como se já não tivesse dado a mesma ordem para a gentalha dela. Ele também mobilizou a força de segurança privada.

— Mas por quê, se já sabe onde eu estou?

Psiquê pigarreia.

— Você disse que atravessou a Ponte Cipreste.

Droga. Não queria ter deixado escapar essa informação. Fecho os olhos.

— É, eu estou na cidade inferior.

Calisto ri.

— Isso não deve fazer a menor diferença para Zeus. — Ela nunca deu muita atenção aos boatos de que atravessar o rio é quase tão impossível quanto sair do Olimpo. Sendo sincera, eu também não acreditava, até sentir a pressão horrível ao fazer a travessia.

— A menos... — Eurídice controlou suas emoções, e posso quase ver as engrenagens girando em sua cabeça. Ela se faz de donzela indefesa quando interessa, mas é provável que seja a mais inteligente de nós quatro. — A cidade era dividida entre os três. Zeus, Poseidon e Hades.

— Isso foi há muito tempo — murmura Psiquê. — Hoje Zeus e Poseidon trabalham juntos. E Hades é um mito. Perséfone e eu estávamos falando sobre isso hoje mesmo.

— Mas, se não fosse um mito, Hades teria força para dar um chega pra lá em Zeus.

Calisto ri.

— Mesmo que existisse, ele jamais seria tão mau quanto Zeus.

— E não é. — As palavras escapam, apesar de todo o esforço que faço para não dar informações. Droga, queria deixar minhas irmãs fora disso, mas não vai ser possível. Devia saber disso quando liguei para Eurídice. *Perdida por um, perdida por mil.* Pigarreio. — Não importa o que ele é, não é tão mau quanto Zeus.

Minhas irmãs falam ao mesmo tempo, expressando choque:

— *Como assim?*

— Bateu a cabeça quando estava fugindo daqueles cuzões?

— Perséfone, sua obsessão está ficando fora de controle.

Suspiro.

— Não estou delirando e não bati a cabeça. — Melhor não contar a elas sobre meus pés ou sobre ainda estar tremendo um pouco, mesmo depois de ter sido embrulhada em um cobertor. — Ele é real, e esteve aqui esse tempo todo.

Minhas irmãs ficam em silêncio enquanto digerem a notícia. Calisto fala um palavrão.

— Se fosse verdade, as pessoas deveriam saber.

Deveriam. O fato de todos nós termos acreditado que ele é um mito durante todo esse tempo sugere uma influência maior que pretendia apagar a lembrança de Hades da face do Olimpo. É uma indicação da interferência de Zeus. Quem mais tem o poder para algo assim? Talvez Poseidon, mas, se não tem a ver com o mar e as docas, ele não está nem aí. Nenhum dos outros Treze operam com o mesmo poder que operam os três papéis principais. Nenhum deles ousaria tirar o título de Hades, não por conta própria.

Mas ninguém chega a discutir como é incomum o trânsito entre a cidade superior e a inferior. Tudo é aceito como verdade. Eu mesma jamais questionei isso, e olha que questiono, e muito, as coisas relacionadas ao Olimpo e aos Treze.

Finalmente, Psiquê diz:

— O que podemos fazer?

Penso. Só preciso manter as coisas como estão até o meu aniversário, e então estarei livre. O fundo fiduciário que nossa avó deixou vai ser liberado, e então não vou ter que depender de minha mãe, nem de ninguém no Olimpo para mais nada, nunca mais. Mas nada posso fazer antes de completar 25 anos. O dinheiro que tenho para chamar de meu não é *realmente* meu. É da minha mãe. Poderia pedir às minhas irmãs para trazerem minha bolsa, mas minha mãe já deve ter congelado minhas contas. Ela gosta de nos castigar, e, depois de a ter humilhado desse jeito, vai querer garantir que eu volte para casa rastejando. Mais que isso, não quero minhas irmãs na cidade inferior, mesmo que elas pudessem atravessar o Rio Estige. Não quando o perigo parece estar em cada esquina.

Na verdade, só existe uma resposta para isso.

— Pensarei em alguma coisa, mas não vou voltar. Agora não.

— Isso não é um plano. — Bufa Calisto. — Você não tem dinheiro, nem um telefone que provavelmente não esteja grampeado, sem falar que está acampada na casa do bicho-papão do Olimpo, que também é um dos Treze. Ele é a definição de perigo. É o oposto de um plano.

Não posso refutar essa declaração.

— Vou pensar em alguma coisa.

— É, nem pensar. Tente de novo.

Psiquê pigarreia.

— Se Eurídice conseguir distrair nossa mãe, Calisto e eu levamos um celular descartável para você e todo dinheiro que tivermos. Assim, você ganha tempo para pensar em alguma coisa.

A última coisa que quero é envolver minhas irmãs nisso, mas já é tarde demais. Eu me encosto na cabeceira da cama.

— Vou pensar. Amanhã eu ligo com mais detalhes.

— Isso não...

— Amo vocês. Tchau.

Desligo antes que elas encontrem algum outro ponto para discutir. Tomei a decisão certa, mas isso não me impede de sentir que cortei a última ligação com meu passado. Faz muito tempo que penso em um jeito de sair do Olimpo, ou seja, esse rompimento estava destinado a acontecer, eu só esperava ter mais tempo. Esperava poder manter contato com minhas irmãs sem colocá-las em perigo. Esperava que, com o tempo, até minha mãe se conformasse e me perdoasse por não aceitar ser um peão em seus esquemas.

Parece que me enganei a respeito de muitas coisas.

Olho em volta, procurando outra coisa em que pensar. O quarto é tão luxuoso quanto as partes da casa que vi até agora, com uma cama grande e um dossel azul-escuro que deixaria qualquer princesa orgulhosa. O assoalho de madeira, de que Hades tanto gosta, é coberto por um tapete grosso, e tem mais sancas por todos os lados. O mesmo clima do resto da casa, mas não oferece muitas pistas quanto ao homem que é dono deste lugar. É um quarto extra, é claro, por isso não revela nada sobre Hades.

Meu corpo escolhe esse momento para lembrar que andei durante horas a fio no frio, naqueles malditos saltos altos, e que depois corri descalça sobre cascalho e vidro. Minhas pernas doem. As costas doem. Os pés... Melhor nem pensar muito neles. Estou tão incrivelmente exausta que posso até dormir essa noite.

Olho em volta mais uma vez. Hades pode até não ser tão mau quanto Zeus, mas não posso correr riscos. Fico em pé com todo cuidado e caminho mancando até a porta. Não tem fechadura, o que me faz murmurar um palavrão. Sigo mancando até o banheiro e quase choro de alívio ao constatar que essa porta tem uma tranca.

Meus músculos parecem se transformar em pedra a cada segundo que passa, deixando-me pesada quando arrasto o enorme edredom da cama até o banheiro. A banheira é grande, mais que o suficiente para conseguir dormir dentro dela, mesmo que seja desconfortável.

Depois de um rápido debate interno, volto à porta do quarto e arrasto a mesinha de cabeceira para atrás dela. Assim, pelo menos vou ouvir caso alguém entre. Satisfeita por ter feito o que podia, tranco a porta do banheiro e praticamente desabo na banheira.

Quando amanhecer, eu terei um plano. Vou pensar em um jeito de escapar, e isso não vai parecer o fim do mundo.

Só preciso de um plano...

5

HADES

Depois de algumas horas de sono agitado, desço à cozinha à procura de café e dou de cara com Hermes sentada em cima da ilha, tomando sorvete direto da embalagem. Paro bruscamente, assustado ao vê-la vestida com um short cortado e uma camiseta enorme que, sem sombra de dúvida, não era o que ela usava na noite anterior.

— Você deixa trocas de roupas na minha casa.

— Dã. Ninguém quer continuar com as roupas da farra e da bebedeira depois que chega em casa. — E aponta para trás sem virar a cabeça. — Fiz café.

Dou graças aos deuses pelos pequenos favores.

— A combinação de café com sorvete é um bom jeito de lidar com a ressaca.

— Shhh. — Ela faz uma careta. — Minha cabeça dói.

— Imagino — murmuro, e vou pegar canecas para nós dois. Encho dois terços de uma delas com café e entrego a ela. Hermes, no mesmo instante, joga uma colherada de sorvete no café, e eu balanço a cabeça. — Engraçado, eu me lembro de ter trancado a porta ontem à noite. Mas você está aqui.

— Pois é. — Ela me oferece uma versão ligeiramente travessa do sorriso de sempre. — Fala sério, Hades. Você sabe que não existe fechadura nesta cidade que consiga me impedir de entrar.

— Aprendi isso com o passar dos anos.

Ela apareceu pela primeira vez um mês depois de ter conquistado o título de Hermes, há uns cinco ou seis anos. Eu estava no escritório, ela me assustou e quase acabou com uma bala no meio da testa. De algum jeito, essa interação se traduziu na conclusão, por parte dela, de que somos grandes amigos. Levei um ano para entender que não fazia diferença o que *eu* pensava acerca da suposta amizade. Uns seis meses depois disso, Dionísio começou a aparecer com ela, então, desisti de resistir contra a presença deles.

Se são espiões de Zeus, são completamente ineficientes e não conseguem nenhuma informação que eu não queira que tenham. Se não são...

Bom, isso não é problema meu.

Ela bebe um grande gole do café com sorvete e faz um som perturbadoramente sexual.

— Tem certeza de que não quer um pouco?

— Absoluta.

Eu me apoio na bancada e tento decidir como lidar com isso. Não posso confiar em Hermes, não de verdade. Por mais que ela pense que somos amigos, é uma dos Treze, e seria muita idiotice me esquecer disso. E digo mais, ela mora às sombras da Dodona Tower e responde diretamente a Zeus — pelo menos quando convém. Mostrar as cartas antes de ter um plano concreto é a receita certa para o desastre.

Mas, para todos os efeitos, o segredo já foi revelado. Os homens de Zeus já lhe contaram sobre a localização de Perséfone. A confirmação de Hermes não muda nada.

Dionísio entra na cozinha, cambaleando. O bigode está bagunçado e a pele pálida agora é quase verde. Ele acena vagamente em minha direção e vai direto para a cafeteira.

— Dia.

Hermes ri.

— Você está a cara da derrota.

— E a culpa é sua. Quem bebe vinho depois de beber uísque? Vilões fazem isso. — Ele olha para o bule de café por um longo instante, depois serve a bebida em uma caneca. — Alguém dê um tiro na minha cara e acabe com esse sofrimento.

— Não me dê ideias — resmungo.

— Sim, sim, você é carrancudo e aterrorizante. — Hermes se vira na ilha da cozinha para me encarar. Seus olhos escuros são iluminados por um toque de malícia. — Passei todos esses anos achando que era uma encenação, mas então você aparece carregando sua vítima de sequestro.

Abro a boca para esclarecer que na verdade *não* sequestrei ninguém, mas Dionísio solta uma gargalhada.

— Então eu não estava delirando. Perséfone Dimitriou sempre pareceu meio chatinha, mas acabou de se tornar interessante. Ela saiu da festa menos de meia hora depois de Zeus anunciar o noivado e foi parar na outra margem do Rio Estige, aonde boas dondocas da cidade superior não vão. Muito, muito interessante.

Franzo a testa, incapaz de não dar atenção à última parte importante do que ele acabou de dizer.

— Meio chatinha? — Reconheço que não nos conhecemos nas circunstâncias ideais, mas essa mulher pode ser tudo, menos chata.

Hermes balança a cabeça, sacudindo os cachos.

— Você só viu a persona pública, Dionísio, quando a mãe dela a arrasta para os eventos. Ela não é tão ruim quando não está confinada, ainda mais quando está na companhia das irmãs.

Dionísio abre um dos olhos.

— Querida, espionar é altamente reprovável.

— Quem disse que estou espionando?

Ele abre o outro olho.

— Ah, então você tem interagido com as irmãs Dimitriou, é isso? As quatro mulheres que odeiam os Treze com uma paixão realmente notável, considerando quem é a mãe delas.

— Talvez. — Ela não consegue nem ficar séria. — Ok, não. Fiquei curiosa porque a mãe delas faz muita questão de juntá-las a todas as pessoas poderosas que consegue atrair. Vale a pena saber essas coisas.

Fascinado, assisto a essa conversa. Sendo uma dos Treze, Hermes deveria ser alguém de quem eu desgostaria por princípio, mas, de várias maneiras, suas atitudes a colocam nas sombras. Mensageira particular, detentora de segredos que só posso começar a imaginar, ladra quando convém. Ela é quase tão defensora das sombras quanto eu. Isso deveria torná-la ainda menos confiável do que o restante deles, mas ela é tão transparente que às vezes me dá dor de cabeça.

Sigo absorvendo o restante de suas palavras.

— Então é verdade. Ela foi a escolhida para se casar com Zeus.

— Eles anunciaram ontem à noite. Seria triste se meu coração tivesse algum espaço para piedade. Ela se esforçou muito para sustentar o sorriso, mas a coitadinha estava apavorada. — Dionísio fecha os olhos de novo e se apoia na bancada. — Torço para que ela dure mais que a última Hera. Isso é suficiente para me fazer pensar no jogo que Deméter está fazendo. Pensei que ela se importasse mais com a segurança das filhas.

Sinto o olhar de Hermes, mas me recuso a demonstrar interesse. Foram muitos anos trancando tudo dentro de mim, até construir uma muralha me separando do mundo. Tolerar essas pessoas em minha casa não significa que confio nelas. Ninguém merece esse tipo de coisa. Não depois de eu ter visto como a confiança pode ser um tremendo tiro pela culatra e ainda matar pessoas no processo.

Hermes desliza para a beirada da ilha e dá impulso com as pernas, um estudo sobre casualidade.

— Tem razão, Dionísio. Ela não concordou com aquilo. Um passarinho me contou que ela nem sabia que ia acontecer até a arrastarem para a frente do salão e a colocarem naquela posição em que ou concordava com Zeus ou despertava a ira de todos os Treze ali presentes... quero dizer, todos menos Hades e Hera. Todos nós sabemos que isso não acabaria bem.

— Você trabalha para Zeus — comento, com tom moderado, engolindo a raiva instintiva que surge cada vez que o nome do desgraçado é mencionado.

— Nem pensar. Eu trabalho para os Treze. Zeus só tira proveito dos meus serviços com mais frequência que os outros, inclusive você. — Ela se inclina para frente e pisca para mim. — Você devia pensar em usar minhas habilidades em todo seu potencial. Na minha opinião, eu sou muito boa no que faço.

Mais óbvio que isso era só balançar uma isca bem na frente do meu rosto. Arqueio as sobrancelhas.

— Eu seria um tolo se confiasse em você.

— Ele tem razão. — Dionísio arrota e parece ficar ainda mais verde, se é que isso é possível. — Você é ardilosa.

— Não sei do que está falando. Sou a própria personificação da inocência.

Hermes faz um jogo mais minucioso do que todos os outros. É necessário, assim ela mantém o equilíbrio de uma parte vagamente neutra no meio de toda a politicagem, a manipulação e os esquemas dos outros Treze. Confiar nela é como enfiar a mão na boca de um tigre e torcer para a fera não estar a fim de um lanchinho.

Mesmo assim...

A curiosidade crava as garras em mim e se recusa a me soltar.

— A maioria das pessoas no Olimpo daria a mão direita com alegria para se tornar um membro dos Treze, com ou sem casamento com Zeus. — Os tabloides pintam um retrato de Perséfone como o de uma mulher com mais dinheiro do que juízo, o tipo de pessoa que agarraria a chance de se casar com um homem rico e poderoso como Zeus. Essa Perséfone idealizada por eles não tem nada daquela figura forte, mas aterrorizada, que atravessou a ponte correndo na noite passada. Qual delas é real? Só o tempo dirá.

O sorriso de Hermes se alarga como se eu tivesse dado a ela um presente.

— É de se pensar, não é mesmo?

— Tire o homem do sofrimento e divide logo a fofoca — resmunga Dionísio. — Você está fazendo minha dor de cabeça piorar.

Hermes levanta as pernas, e tenho que controlar o impulso de dizer para ela tirar os pés da minha bancada. Ela segura a caneca com as duas mãos e a posiciona diante da boca.

— As filhas de Deméter não têm interesse em poder.

— Sei — rio baixinho. — Todo mundo tem interesse em poder. Se não em poder, em dinheiro. — Não consigo contar quantas vezes as filhas Dimitriou foram fotografadas comprando coisas de que certamente não precisavam. Uma vez por semana, pelo menos.

— Foi o que também pensei. Por isso acho que posso ser perdoada por bisbilhotar. — Ela olha para Dionísio, mas este está distraído demais com o sofrimento causado pela ressaca para notar. — Nenhuma delas apoia a ambição da mãe. A mais nova até manteve um relacionamento com o filho favorito de Calíope.

Isso desperta meu interesse.

— O irmãozinho de Apolo?

— O próprio — ri. — O maior comedor de todos.

Deixo o comentário passar, porque não importa o que penso a respeito de Orfeu Makos. A família dele pode não estar entre as do legado do Olimpo, mas tiveram muito poder e fortuna através de gerações, antes mesmo de o irmão mais velho de Orfeu se tornar Apolo. Pelos boatos que ouvi acerca do sujeito, ele é músico em uma permanente busca de si mesmo. Já vi seu trabalho, e é bom, mas não justifica os excessos a que ele se permite para encontrar suas várias musas.

— Você tem razão.

— Tenho? — Ela levanta as sobrancelhas. — Só estou dizendo que você pode querer ter uma conversa franca com a mulher e perguntar o que ela quer. — Hermes dá de ombros e pula da bancada, balançando só um pouco ao pisar no chão. — Ou pode corresponder às expectativas e trancar a garota numa masmorra. Tenho certeza de que Zeus iria *adorar.*

— Hermes, você sabe que não tenho uma masmorra.

— Úmida e escura, não. — Mais movimento de sobrancelhas. — Mas todos nós já vimos a sala dos brinquedos.

Eu me recuso a responder. As festas que dou esporadicamente são tão parte do meu papel como Hades quanto todo o resto. Uma persona cuidadosamente construída, criada para provocar as mais sombrias emoções e, por consequência, garantir que as poucas pessoas que sabem sobre minha existência na cidade superior não se metam comigo. Se gosto de aproveitar essa parte específica da persona em questão, quem pode me criticar? Perséfone daria uma olhada naquela sala e sairia correndo e gritando.

— Hora de vocês irem para casa. — Aceno com a cabeça, indicando o corredor. — Posso mandar Caronte levar vocês.

— Não se dê ao trabalho. Vamos pegar uma carona. — Ela se levanta na ponta dos pés e beija meu rosto. — Divirta-se com a prisioneira.

— Ela não é minha prisioneira.

— Continue repetindo isso para você mesmo. — E assim ela saiu dançando descalça, como se isso fosse a coisa mais natural do mundo. Essa mulher me esgota.

Dionísio parece não ter intenção de deixar minha caneca, mas para na porta.

— Você e a garota manhã de sol talvez possam se ajudar. — E faz uma careta ao ver minha expressão. — Que foi? É um pensamento perfeitamente legítimo. Ela deve ser uma das poucas pessoas no Olimpo que odeia Zeus tanto quanto você. — Ele estala os dedos. — Ah, e vou mandar aquele seu carregamento até o fim da semana. Não esqueci.

— Você nunca esquece. — E, assim que ele sai, pego a caneca de café deixada por Hermes e a levo para a pia.

A mulher deixa bagunça por onde passa, mas a essa altura já me acostumei com isso. A noite foi relativamente tranquila em relação à escala Hermes-Dionísio. Na última vez em que invadiram, eles trouxeram uma galinha que encontraram sabem os deuses onde. Passei *dias* encontrando penas.

Olho para o bule de café, afastando os pensamentos quanto àqueles dois encrenqueiros. Não é com eles que preciso me preocupar agora. É com Zeus. E estou honestamente surpreso por ele ainda não ter entrado em contato comigo. Quando alguém pega um de seus brinquedos, Zeus não é do tipo que senta e espera.

É tentador para um caralho ser a pessoa a fazer o primeiro contato, esfregar na cara dele que a socialitezinha preferiu correr para *mim* a se casar com ele. Mas seria um gesto impulsivo e mesquinho. Se quero mesmo usar Perséfone para me vingar...

Vou ser tão mau quanto ele.

Tento me livrar desse pensamento. Meu povo sofreu com as maquinações de Zeus. *Eu* sofri, perdi tanto quanto todo mundo. Devia estar agarrando essa chance de ter alguma dose de vingança. E eu *quero* vingança. Mas a quero às custas dessa mulher, que já foi um peão para a mãe e para Zeus? Sou frio o bastante para seguir em frente, apesar dos protestos dela?

Suponho que posso perguntar a ela o que quer. Que pensamento inusitado.

Faço uma careta e volto a encher a caneca de café. Depois de uma rápida consideração, encontro o creme e o açúcar e os acrescento à bebida. Perséfone não parece ser do tipo que bebe café puro. Por outro lado, como posso saber? A única informação que tenho sobre ela é o que se vê nas colunas de fofocas que acompanham os Treze e as pessoas de seus círculos. Esses "jornalistas" adoram as mulheres Dimitriou e as seguem como uma matilha. É bem impressionante que Perséfone tenha conseguido sair daquela festa sem causar um rebuliço.

Quanto é real e quanto é ficção? Impossível dizer. Sei mais que a maioria das pessoas que, com frequência, a reputação tem pouco a ver com a realidade.

Estou só enchendo linguiça.

No segundo em que me dou conta disso, resmungo um palavrão, saio da cozinha e subo a escada. Não é tarde, mas chego a imaginar que a essa altura ela já está acordada e botando o terror nos criados da casa. Hermes e Dionísio conseguiram sair do coma alcoólico que chamam de sono e ir embora antes de Perséfone acordar.

Odeio a névoa de preocupação que surge em mim. A saúde mental dessa mulher não é problema meu. Simplesmente não é. Zeus e eu já dançamos no fio da espada cada vez que somos forçados a interagir. Um movimento errado e serei cortado ao meio. Mais importante, um passo em falso e minha gente sofrerá as consequências.

Estou colocando meu povo e a mim mesmo em perigo por essa mulher, que provavelmente é tão sedenta por poder quanto a mãe e, portanto, vai acordar consciente de que a melhor maneira de obter esse poder é colocar a aliança de Zeus no dedo. Não importa o que ela falou ao telefone ontem à noite com as irmãs. Não pode importar.

Bato na porta e espero, mas não ouço nada. Bato de novo.

— Perséfone?

Silêncio.

Depois de um breve momento de indecisão, abro a porta. Encontro uma pequena resistência e a empurro com mais força, fazendo alguma coisa cair do outro lado. Suspiro e entro no quarto. Dou uma olhada em volta, vejo a mesinha de cabeceira caída e a cama sem o edredom, e concluo que ela passou a noite toda escondida no banheiro.

É claro que passou.

Afinal de contas, está na casa do grande e malvado Hades, por isso presumiu que seria atacada de alguma maneira enquanto estivesse dormindo indefesa. E então construiu uma *barricada*. Isso me faz querer arremessar alguma coisa, mas não me permito esse tipo de falta de controle desde que mal saí da adolescência.

Abandono a caneca de café, levanto a mesinha e a devolvo ao lugar a que pertence. Satisfeito, vou e bato na porta do banheiro.

Um movimento do outro lado. Depois a voz dela, tão próxima que me faz pensar que está encostada na porta.

— Você sempre invade o quarto dos outros sem permissão?

— E por acaso preciso de permissão para entrar num quarto na minha própria casa? — Não sei por que estou perdendo tempo com isso. Devia abrir a porta, tirá-la de lá e mandá-la embora.

— Talvez você deva pedir às pessoas para assinarem um contrato de abdicação antes de entrar, se acha que é assim que a coisa funciona.

Ela é muito estranha. Muito... inesperada. Fico intrigado com a atitude amena.

— Vou pensar a respeito.

— Faça isso. Você me acordou de um jeito bem brusco.

Ela reage com tanto recato que tenho vontade de arrancar a porta com as dobradiças só para dar uma boa olhada na cara dela agora.

— Você dormiu na banheira. Não dá para dizer que teve uma boa noite de sono.

— Essa sua visão de mundo é bem limitada.

Encaro a porta, embora ela não possa ver.

— Abra a porta, Perséfone. Já cansei dessa conversa.

— Pelo jeito, você está sempre de saco cheio de tudo. Se me acha tão cansativa, não devia estar arrombando minha porta a essa hora da madrugada.

— Perséfone. A porta. Agora.

— Ah, já que insiste.

Recuo um passo ao ouvir o estalo da fechadura, e lá está ela, parada à porta e com uma aparência deliciosamente amarrotada. O cabelo loiro está uma bagunça, tem uma marca de travesseiro em uma das bochechas e o edredom a envolve como se fosse uma armadura. Uma armadura muito fofa e ineficiente que a obriga a andar pelo quarto com passos bem curtos para não cair de cara no chão.

Sinto um impulso ridículo de dar risada, mas o controlo. Qualquer reação só vai servir de incentivo, e essa mulher já está me deixando em estado de alerta. *Decida de uma vez. Ou se aproveite dela ou a mande embora.* Isso é tudo que importa. Pego a caneca de volta.

— Café?

Os olhos castanhos de Perséfone se abrem um pouco mais.

— Você trouxe café para mim.

— Muita gente bebe café de manhã. Não é nada de mais. — Faço uma careta. — Embora Hermes seja a única que conheço que mistura café com sorvete.

Ela arregala ainda mais os olhos.

— Não dá para acreditar que Hermes e Dionísio sabiam a seu respeito esse tempo todo. Quantas outras pessoas sabem que você não é um mito?

— Algumas. — Uma resposta boa, segura, que não me compromete.

Ela continua me encarando como se procurasse reconhecer alguém, como se, de algum jeito, eu lhe fosse familiar. Isso é muito desconcertante. Tenho a suspeita irracional de que ela aperta o edredom com muita força para não correr o risco de estender a mão e me tocar.

Perséfone inclina a cabeça de lado.

— Sabia que tem uma estátua de Hades na Dodona Tower?

— Como eu poderia saber?

Só estive no edifício uma vez, e Zeus não me deu o tour completo. Não quero repetir a experiência nunca mais, a menos que seja para acabar com a raça do filho da mãe de uma vez por todas. Essa fantasia de vingança me sustentou em mais dias difíceis do que cabem nos dedos de duas mãos.

Ela continua como se eu não tivesse respondido, ainda estudando meu rosto com toda atenção.

— Lá tem estátuas de cada um dos Treze, mas a sua fica coberta por um pano preto. Acho que para dizer que sua linhagem acabou. Você não devia existir.

— É, você já disse isso. E parece que passou um bom tempo estudando essa tal estátua de Hades. Não é o tipo de homem que Deméter aprovaria para a filha.

E, do nada, alguma coisa desaparece de seus olhos e seu sorriso se torna radiante, quase ofuscante.

— O que posso dizer? Sou uma eterna decepção como filha. — Ela dá um passo e geme.

Está machucada. Merda, me esqueci. Entro em ação antes de ter uma chance de pensar na sabedoria do gesto. Eu a pego nos braços e, ignorando o gritinho, a coloco na cama.

— Seus pés estão machucados.

— Sim, mas posso me sentar por conta própria.

Olho para ela, encontrando seus olhos, e percebo o quanto estamos próximos. Uma reação inesperada se manifesta em mim. Quando consigo falar, minha voz é ríspida demais:

— Fique à vontade.

— É o que vou fazer. Agora, *fique longe.* Não consigo pensar com você perto assim.

Dou um passo lento para trás, depois outro. Deitá-la na cama foi um erro, porque agora ela parece deliciosamente amarrotada lá, e penso em outras atividades relacionadas à cama que produziriam aquela mesma aparência. Porra, ela é linda. É o tipo de beleza quente que provoca a sensação do sol de verão no meu rosto, como se pudesse derreter caso chegue perto demais. Olho para essa mulher linda, impressionante, e não sei se vou conseguir me aproveitar dela, mesmo que seja para punir Zeus por todo mal que causou a mim e aos meus.

Coloco as mãos nos bolsos e me esforço para adotar um tom neutro.

— É hora de conversarmos sobre o que vem a seguir.

— Na verdade, eu estava pensando na mesma coisa. — Em seguida, Perséfone remove cuidadosamente a armadura de edredom e olha para mim por um longo instante. Esse é o único alerta que recebo antes de ela atravessar a parede das minhas boas intenções. — Acho que a gente pode se ajudar.

6

PERSÉFONE

Uma noite de sono na banheira de um desconhecido é o suficiente para trazer clareza à situação. Não tenho para onde ir. Não tenho recursos. Nem amigos que não vão se curvar à vontade de minha mãe. Um inverno não parecia tanto tempo quando eu estava levando minha vida normal. Agora? Considerando minha capacidade de chegar ao fim dele, três meses podem ser uma eternidade.

Minhas irmãs me ajudariam — Calisto usaria todo o dinheiro do fundo fiduciário dela para me ajudar a sair ilesa do Olimpo —, mas não posso permitir que elas se envolvam tanto. Eu até posso sair da cidade, mas elas, não, e seria de extrema covardia aceitar a ajuda delas e então desaparecer, sabendo que teriam que arcar com as consequências. Não, realmente não existe outra opção.

Preciso da misericórdia de Hades e tenho que convencê-lo de que podemos ajudar um ao outro.

Para complicar ainda mais, a luz suave da manhã o faz parecer bem mais ameaçador. Tenho a sensação de que o homem anda por aí com uma porção da meia-noite no bolso. Certamente se veste de acordo, todo de preto. Roupas caras, de bom gosto e muito apropriadas ao estilo, quando se leva em conta a barba aparada e o cabelo comprido. E aqueles olhos. Deuses, o homem parece um demônio de encruzilhada criado especificamente para me tentar. Considerando o acordo que estou prestes a propor, talvez isso não seja tão ruim.

— Perséfone. — Ele arqueia uma das sobrancelhas. — Você acha que nós podemos nos ajudar. — Um lembrete de que me calei logo depois de fazer essa declaração.

Ajeito o cabelo, tentando não me deixar abalar pela aparência dele. Passei os últimos anos convivendo com gente poderosa, mas agora é diferente. *Ele* me causa uma sensação diferente.

— Você odeia Zeus.

— Acho que isso é bastante óbvio.

Ignoro o comentário.

— E, por algum motivo, Zeus está hesitante a mover um dedo contra você.

Hades cruza os braços.

— Zeus pode fingir que as regras não existem para ele, mas nem mesmo ele pode resistir ao conjunto dos Treze. Temos um tratado construído de maneira muitíssimo cuidadosa. Uma pequena seleção de pessoas pode transitar entre a cidade superior e a inferior sem sofrer consequências, e ele não faz parte desse grupo. Assim como eu também não faço.

Isso é novidade para mim.

— O que acontece se você atravessar a fronteira?

— Guerra. — Ele dá de ombros como se não fosse um desfecho preocupante. Talvez para ele não seja. — Você cruzou a linha por livre e espontânea vontade, e ele não pode levá-la de volta sem correr o risco de promover um conflito que vai envolver todo o Olimpo. — Um sorriso. — Seu noivo nunca faz nada que possa pôr em risco seu poder e sua posição, por isso, para evitar esse confronto, ele vai me deixar fazer o que eu quiser com você.

Ele está tentando me amedrontar. Nem imagina que, na verdade, está me dando a garantia de que esse plano perigoso tem uma chance de dar certo.

— Por que todo mundo acredita que você é um mito?

— Eu não arredo o pé da cidade inferior. Não é problema meu se a cidade superior gosta de contar histórias que não têm nenhuma relação com a realidade.

Isso não chega nem perto de uma resposta completa, mas acho que, neste momento, não preciso dessa informação. Consigo ver o panorama bem o bastante, mesmo sem ter todos os detalhes. Com ou sem tratado, Zeus tem um interesse velado em manter Hades como um mito. Sem o papel do terceiro legado em seu lugar, o equilíbrio de poder o favorece. Sempre achei estranho que ele ignorasse metade do Olimpo, mas agora que sei que Hades é real isso faz mais sentido.

Endireito as costas e sustento seu olhar:

— De qualquer maneira, isso não explica o jeito como você falou com os homens dele ontem à noite. Você o *odeia.*

Hades nem pisca.

— Ele matou meus pais quando eu era muito novo. Odiar é pouco.

O choque quase me rouba o ar. Não me surpreende ouvir mais uma acusação de assassinato contra Zeus, mas Hades fala da morte dos pais com muita naturalidade, como se tivesse acontecido com outra pessoa. Engulo em seco.

— Sinto muito.

— É. As pessoas sempre dizem isso.

Ele está se distanciando. Posso ver no jeito como olha ao redor, como se estivesse calculando com que rapidez pode me despachar. Respiro fundo e sigo em frente. Apesar do que ele disse àqueles homens na noite passada, não podia ser mais evidente que não tem nenhuma intenção de me manter por perto. E isso eu não posso permitir.

— Me use.

Hades volta a olhar para mim.

— O quê?

— Não é a mesma coisa, não é nem o mesmo nível, mas ele me reivindicou e agora *você* me tem.

Vejo a surpresa estampada em seu rosto.

— Não sabia que estava tão completamente resignada ao papel de peão numa partida de xadrez entre dois homens.

Sinto a humilhação arder em meu rosto, mas a ignoro. Ele está tentando provocar uma reação, mas não demonstrarei nenhuma.

— Um peão entre vocês ou um peão para ser usado por minha mãe, no fim, dá tudo na mesma — sorrio, gostando de ver que ele hesita, como se tivesse levado uma bofetada. — Não posso voltar, sabe?

— Não estou te impedindo.

Nenhum motivo para isso doer. Não conheço esse homem nem tenho nenhuma intenção de ser *mantida* aqui. Mas ainda incomoda ver que ele está tão propenso a se desfazer de mim. Mantenho o sorriso radiante e o tom animado:

— Não para sempre, é claro. Tenho para onde ir daqui a três meses, mas, antes disso, preciso completar 25 anos, só assim poderei ter acesso ao meu dinheiro no banco e cuidar da minha vida.

— Você tem 24. — Ele fica ainda mais carrancudo, como se minha idade fosse uma ofensa pessoal.

— Sim, é o que diz a matemática.

Abaixe a bola, Perséfone. Você precisa dele. Pare de cutucar a onça com vara curta. Não consigo me controlar. Em geral, tenho mais facilidade para deixar as pessoas à vontade, o que as torna mais inclinadas a fazer o que eu quero. Hades desperta em mim a vontade de pisar nele com meus saltos e enfiá-los nele até que se contorça.

Ele se vira e olha pela janela, e só então percebo que devolveu a mesinha de cabeceira ao lugar exato onde estava antes de eu a tirar de lá. Que coisa mais banal. Não combina nem um pouco com o bicho-papão do Olimpo. Aquele homem teria arrombado a porta com um chute e me arrastado para fora pelos cabelos. Teria aceitado minha oferta com prazer, em vez de olhar para a porta aberta do banheiro como se eu tivesse deixado meu juízo na banheira.

Quando olha para mim de novo, recuperei a expressão tranquila e feliz. Hades rosna.

— Você quer ficar aqui por *três* meses.

— Na verdade, é isso mesmo. Faço aniversário no dia dezesseis de abril. Sumirei da sua casa no dia seguinte. Sumo da sua vida e da de todo mundo.

— Como assim?

— Assim que o dinheiro do fundo fiduciário estiver nas minhas mãos, vou subornar alguém para me tirar do Olimpo. Os detalhes não têm importância; o que importa é que vou embora daqui.

Ele semicerra os olhos.

— Sair da cidade não é tão fácil assim.

— Atravessar o Rio Estige também não, mas consegui essa proeza na noite passada.

Ele para de me encarar daquele jeito ameaçador e me estuda.

— Que vingança mais boba. Por que eu me incomodaria com o que você faz ou deixa de fazer? Como já deixou claro, você não vai voltar para Zeus ou para sua mãe, e fui eu quem a tirou dele. Manter você aqui ou não, ir embora agora ou daqui a três meses, para mim, pouco importa.

Ele está certo, e odeio que esteja certo. Zeus já sabe que estou aqui, o que significa que Hades me deixou contra a parede. Eu me levanto com cuidado, controlando a reação à dor que sinto ao ficar em pé. A julgar por como ele estreita os olhos, percebe mesmo assim, e não gosta do que vê. Por mais que esse homem finja ser frio, se *realmente* o fosse, não teria me posto sentada sobre a bancada de sua cozinha e cuidado dos meus pés, não teria me embrulhado com cobertores para garantir que eu estava aquecida. Não estaria se controlando para não me empurrar de volta para a cama e impedir que eu acabe me machucando.

Para parecer menos agitada, uno as mãos diante do corpo.

— E se você torcesse a faca, digamos assim?

Ele olha para mim com tanta atenção que tenho o pensamento histérico de que deve ser assim que uma raposa se sente antes de os cães serem soltos. Se eu correr, ele vai vir atrás de mim? Não tenho como ter certeza e, por isso, meu coração acelera.

Finalmente, Hades responde:

— Sou todo ouvidos.

— Me mantenha aqui até o fim do inverno. E em meio a tudo o que isso engloba.

— Não me venha com comentários vagos agora, Perséfone. Vá direto ao ponto com sua proposta, com todos os detalhes.

Meu rosto deve estar vermelho, mas não deixo o sorriso vacilar.

— Se ele pensar que escolhi você em vez dele, isso vai deixá-lo doidinho. — Hades continua esperando, e então engulo em seco. — Você mora na cidade inferior, mas certamente sabe como as coisas funcionam do outro lado do rio. O valor que tenho é diretamente ligado à minha imagem. Entre outras coisas, tem um motivo para ninguém me ver namorando outra pessoa publicamente desde que minha mãe se tornou Deméter.

Agora que penso nisso, arrependo-me profundamente de ter me submetido à interferência de minha mãe nesse assunto. Achei mais fácil não criar ruídos enquanto ela cultivava uma determinada reputação para mim e minhas irmãs; nem imaginava que ela usaria dessa mesma reputação para me vender para Zeus.

— Zeus é famoso por não querer mercadoria que considera danificada. — Respiro fundo: — Então... me danifique.

Hades finalmente sorri e é como ser atingida por um raio laser. Calor suficientemente intenso para fazer meus dedos formigarem. Olho para ele, impressionada com a intensidade daqueles olhos. E o vejo balançar a cabeça, aplacando a estranha correnteza em meu corpo.

— Nem pensar.

— Como assim, *nem pensar*?

— Sei que não deve ter ouvido isso muitas vezes em sua vida privilegiada, então vou tentar ser mais claro: Não. Nein. Nyet. Non. Absolutamente não.

Sinto a irritação crescer. É um plano muito bom, ainda mais por ter sido bolado em tão pouco tempo.

— Por que não?

Por um momento, penso que ele não vai responder. Por fim, Hades balança a cabeça:

— Zeus não é idiota.

— Suponho que essa seja uma dedução justa. — Ninguém conquista nem mantém o poder no Olimpo sem ter um certo nível de inteligência, mesmo em uma posição hereditária. — E daí?

— Mesmo se tirarmos Hermes da equação, Zeus tem espiões no meu território, assim como eu tenho no dele. Nenhuma farsa superficial vai enganá-lo. Basta um relatório para provar que tudo não passa de encenação, o que acaba com o propósito da coisa toda.

Se ele estiver certo, meu plano não vai funcionar. Frustrante. É minha vez de cruzar os braços, embora, por princípio, me recuse a encarar alguém de forma ameaçadora.

— Nesse caso, vamos fazer a coisa ser de verdade.

A reação chocada de Hades é como uma recompensa.

— Você perdeu a cabeça.

— De jeito nenhum. Sou uma mulher com um plano. Aprenda e se adapte, Hades. — Minha voz leve não me trai como meu coração que bate acelerado, tão depressa que me causa vertigem. Não acredito que estou fazendo essa oferta, não acredito que estou agindo de um jeito tão impulsivo, mas as palavras continuam transbordando da minha boca: — Você é atraente o bastante, e de um jeito meio carrancudo. Mesmo que eu não faça seu tipo, tenho certeza de que pode fechar os olhos e pensar na Inglaterra, ou sei lá em que pensa o bicho-papão quando se dedica a atividades carnais.

— Atividades carnais. — Acho que ele não respirou nem uma vez nos últimos sessenta segundos. — Você é virgem, Perséfone?

Torço o nariz.

— Isso não é da sua conta. Por quê?

— Só uma virgem chamaria sexo de "atividades carnais".

Ah, é isso que o faz hesitar. Eu não devia gostar tanto de provocar esse homem, mas, apesar do que disse a ele antes, não acredito que vai me machucar.

Não sinto arrepios de repulsa cada vez que estou com ele em algum cômodo, o que já é muito melhor do que acontece com Zeus e algumas outras pessoas que frequentam aquele círculo social. E digo mais, Hades pode rosnar, atacar e tentar me agredir verbalmente, mas olha para os meus pés a todo instante, como se o fato de eu estar em pé lhe doesse fisicamente. O homem é irritante, mas, se tem toda essa preocupação com meu grau de conforto, ele não vai me machucar.

Olho para ele com uma expressão levemente penalizada.

— Hades, apesar da importância ridícula que a cidade superior atribui à virgindade, há muitas atividades que podem ser consideradas "carnais" e que não envolvem sexo do tipo pênis na vagina. Sério, pensei que já soubesse disso.

Seus lábios se movem, mas ele consegue se controlar antes de deixar escapar um sorriso. Depois olha para mim novamente com aquela expressão contrariada.

— Você está tão aflita assim para vender sua virgindade por segurança?

Reviro os olhos.

— Fala sério. Qualquer que seja a história que minha mãe vendeu para Zeus, não sou virgem. Portanto, se é *isso* que está ameaçando explodir sua cabeça, pode relaxar. Está tudo bem.

Ele me olha com uma cara ainda mais fechada.

— Isso não torna sua proposta mais atraente.

Ah, que ridículo. Suspiro, sem tentar esconder a irritação.

— Bobagem minha pensar que você faz parte da porcentagem da população humana que não se ajoelha no altar do hímen.

Ele resmunga um palavrão, parecendo querer passar a mão no rosto.

— Não foi isso que eu quis dizer.

— Foi o que você disse.

— Você está distorcendo minhas palavras.

— Estou? — Já ultrapassei o limite da frustração com essa conversa. Costumo vender minhas ideias para as pessoas com muito mais facilidade. — Qual é o problema, Hades? Temos interesses em comum nessa história. Você quer castigar Zeus pelo mal que ele lhe causou. Eu quero garantir que os planos dele de se casar comigo tenham uma morte rápida e eficiente. Convencê-lo de que estamos trepando em todas as superfícies disponíveis até você ficar gravado em minha pele é o caminho para a conquista desses dois objetivos. Ele não vai me tocar nem com uma vara de três metros, e nunca vai conseguir superar o fato de ter sido você quem me arruinou.

Ele continua em silêncio. Suspiro de novo:

— É por que você pensa que estaria me coagindo? Pois não está. Se eu não quisesse transar com você, não ofereceria.

Seu choque é tão delicioso que quase sinto o sabor em minha boca. Como o resto do Olimpo, esse homem viu as diversas notícias da mídia a respeito de mim e de minha família e tirou as próprias conclusões. Não posso dizer que todas estão erradas, mas sinto um prazer especial com essa interação. Sei que papel minha mãe criou para mim, entre as quatro filhas — a doce e alegre Perséfone que sempre sorri e faz o que mandam.

Mal sabem eles.

Não estou mentindo, exatamente. Sim, não tenho muitas opções no momento, mas a ideia de dormir com Hades para arruinar quaisquer chances de Zeus colocar uma aliança no meu dedo... agrada uma parte minha muito sombria, secreta. Quero torcer a faca, punir Zeus por agir como se eu fosse uma obra de arte em leilão, não uma pessoa com pensamentos, sentimentos e planos. Quero que ele se contorça de dor com a lâmina que vou forjar, quero minar sua autoridade escorregando por entre seus dedos para me unir ao seu inimigo. Uma coisa pequena, mas nada é realmente pequeno quando se trata de reputação. Minha mãe me ensinou essa lição direitinho.

Poder tem tanto a ver com percepção quanto com os recursos que se tem à disposição.

— Não sei como você escolhe seus parceiros sexuais, mas eu não costumo negociar em troca do privilégio. — Ele cerra uma das mãos junto do corpo. — Agora, sente-se logo, antes que suje todo meu tapete com sangue.

— Primeiro o piso de madeira, agora o tapete. Hades, você tem uma certa obsessão pelos seus assoalhos. — Depois de hesitar por um instante, sento-me na beirada do colchão. Ele não vai conseguir prestar atenção em nada do que estou dizendo se eu continuar em pé. Junto as mãos sobre o colo, adotando uma postura de recato. — Melhor assim?

Hades está com aquela mesma expressão que vejo no rosto de minha mãe, antes de ela começar a ameaçar jogar as pessoas pela janela. Não creio que ela já tenha realmente chegado a arremessar qualquer coisa durante um acesso de raiva, mas, quando éramos crianças, a ameaça era convincente. Ele balança a cabeça devagar.

— Não. Você ainda está aqui.

— Essa doeu. — Sustento o olhar dele. — Ainda não entendo qual é o problema. Ontem à noite você me segurou pelo pescoço e rosnou um "minha", e hoje se comporta como se estivesse ansioso para me jogar na rua. Não faço seu tipo, é isso?

É possível, embora não seja provável, se o que ele quer é vingança. Tenho espelhos. Sei qual é minha aparência. Beleza tradicional, essas coisas, e isso foi antes de minha mãe nos atormentar e gastar uma fortuna absurda com cabelo, tratamentos de pele e roupas para todas nós, embora eu tenha dado um chega pra lá antes da rinoplastia.

— A não ser que você prefira... donzelas indefesas? Acho que consigo desempenhar esse papel, se é o que preciso fazer para você aceitar. — Em seguida olho para Hades, e não me esforço para exibir uma expressão artificial ou sedutora. Não vai funcionar com ele. Eu sei. Em vez disso, sorrio, debochada, mostrando um pouquinho da minha disposição normalmente alegre, animada. — Você me quer, Hades? Um pouquinho que for, pelo menos?

— Não.

Opa. Será que imaginei o calor nos olhos dele? Se for isso, acabei de me comportar como uma tremenda cuzona.

— Tudo bem, então. Acho que o plano não vai dar certo, afinal. Foi mal. — Engulo a decepção.

Era um bom plano, e me conheço o suficiente para saber que ia gostar de ter um lance com esse homem bonito e carrancudo, além de alcançar meus outros objetivos. *Mas, né, paciência.* Tem outro caminho. Só preciso pensar nos passos para chegar lá. Mesmo não querendo envolver minhas irmãs ainda mais, juntas podemos pensar em como vou me esconder nos próximos meses.

Fico em pé, com os pensamentos muito longe dali. Talvez tenha que fazer um empréstimo com Calisto, mas farei questão de pagar tudo com juros. Não sei se a passagem que me prometeram pode ser disponibilizada mais cedo, mas suponho que, se jogar uma boa quantia na situação, posso dar um jeito nisso. Só não posso pensar demais no quanto do meu fundo vou comprometer nessa brincadeira, depois de devolver o dinheiro a Calisto.

— Perséfone.

Paro antes de me chocar contra o peito de Hades e levanto a cabeça para olhar para ele. Não é um homem particularmente grande, mas de perto parece maior, como se a sombra fosse mais imponente que o próprio homem. Estamos perto o suficiente para um movimento descuidado colocar meu peito em contato com o dele. É uma ideia terrível. Ele acabou de dizer que não me quer, e posso ser teimosa demais, mas sei aceitar uma rejeição.

Começo a recuar, mas ele me segura pelos cotovelos, mantendo-me no lugar. A proximidade transforma o contato em um quase abraço.

Os olhos escuros não revelam nada, o que não devia ser excitante. Não devia, de verdade. Ver o controle desse homem fraquejar em tempo real é um desejo que não posso me dar ao luxo de ter.

Isso não me impede de respirar bem fundo, nem sufoca o sentimento de triunfo que brota em meu peito quando a atenção dele se desvia para como meus seios pressionam o tecido fino do vestido. A mandíbula dele se contrai sob a barba perfeitamente aparada.

— Não tenho o hábito de negociar por sexo.

— Sim, você já disse isso. — Minha voz é muito sussurrante, para desmentir minha aparência indiferente, mas não posso fazer nada. Ele é envolvente demais, o tipo de presença no qual uma parceira desatenta poderia se perder. Talvez elas nem se importem. Mas eu não sou desatenta. Sei exatamente em que estou me metendo. Pelo menos, espero saber.

— Suponho que exista uma primeira vez para tudo — murmura ele. Convencendo a si mesmo ou me convencendo? Eu poderia dizer a ele que a segunda opção é desnecessária, mas fico de boca fechada. Hades finalmente presta atenção em mim. — Se eu concordar com isso, você vai ser minha pelos próximos três meses.

Isso. Mal consigo disfarçar o entusiasmo.

— Isso sugere que vou concordar com mais do que apenas sexo.

— E vai mesmo. Vou te proteger. Nós vamos representar a narrativa que você quer. Você vai ser minha. Vai me obedecer. — Os dedos dele apertam rapidamente meus cotovelos, como se Hades se esforçasse para não me puxar contra o corpo. — Vamos encenar todas as coisas depravadas que quero fazer com você. Em público. — Ao ver minha expressão confusa, ele esclarece: — Zeus sabe que, ocasionalmente, faço sexo em público. É com isso que você está concordando.

Se controle, Perséfone. Deixe-o bancar o grande lobo mau, se é isso que ele tanto quer. Lambo os lábios e abro bem os olhos. Nunca fiz sexo em público, não de verdade, mas não posso dizer que me oponho à ideia. É surpreendentemente excitante.

— Acho que vou ter que sorrir e suportar, então.

— Não deveria.

Ele é gostoso demais. Não consigo me conter e me inclino um pouco para frente, atraída pela força gravitacional que ele exala.

— Concordo com seus termos, Hades. Serei protegida por você, serei sua propriedade e faremos sexo depravado em público, uau. — Devia deixar a história acabar aí, mas nunca fui muito boa em negar a mim mesma o que quero. — Acho que temos que selar o acordo com um beijo. É o jeito tradicional de fazer as cosias.

— É o que parece. — O tom de voz faz da frase menos questionadora e mais uma afirmação debochada.

Ele é tão frio que poderia me congelar até os ossos. Isso deveria me assustar. Cada parceiro que tive até hoje foi o oposto de Hades, pessoas dispostas a aceitar o que ofereci sem fazer perguntas, sem exigir de mim maiores comprometimentos. A reputação de minha mãe garantia que o desejo por mim não fosse maior do que o medo por ela, por isso todos se empenharam em manter o relacionamento em segredo. No começo, viver às escondidas era divertido. Mais tarde se tornou exaustivo. Mas era seguro, o tanto que alguém pode ter sendo filha de Deméter e morando no Olimpo.

Hades não é seguro. Está tão longe disso que eu deveria repensar esse acordo antes mesmo de ele começar. Posso dizer a mim mesma que não tenho escolha, mas não é verdade. Quero essa situação com cada parte obscura da minha alma que tanto me esforço para manter trancafiada. Não tem lugar na narrativa pública da mulher doce, alegre e submissa para as coisas que me pego desejando no escuro da noite. Coisas que estou certa de que Hades é capaz de me dar.

Então a boca dele encontra a minha, e não tenho certeza de mais nada.

7

HADES

Ela tem sabor de verão. Não sei como é possível, não depois de ter acabado de dormir em uma banheira, ou com o inverno rigoroso lá fora, mas é verdade. Seguro-a pelos cabelos e inclino sua cabeça para trás, buscando uma posição que me ofereça mais acesso. Selar um acordo é a desculpa mais esfarrapada para beijá-la; não tenho motivos para prolongar o contato, aprofundá-lo. Nenhum pretexto além de desejá-la. Perséfone se move para eliminar a minúscula distância entre nós e mergulha completamente em meus braços, quente, macia e, porra, ela morde minha boca de leve, como se realmente quisesse isso.

Como se eu não estivesse tirando proveito da situação.

O pensamento me arranca do transe, e me obrigo a dar um passo para trás, depois outro. Sempre houve limites que me recusei a atravessar, fronteiras que são tão frágeis quanto as que impedem Zeus de vir à cidade inferior. Isso não muda o fato de eu nunca as ter atravessado antes. Perséfone olha para mim com um ar atordoado e, pela primeira vez desde que a conheci na noite anterior, ela parece real. Não a personificação de uma manhã de sol. Não a mulher assustadoramente calma que existe na cabeça dela. Nem mesmo a filha perfeita de Deméter, o papel que ela desempenha para o público. Só uma mulher que gostou desse beijo tanto quanto eu.

Ou estou projetando, e essa é só mais uma de suas máscaras. Não tenho como ter certeza e, como não posso ter certeza, dou um terceiro passo para trás. Não importa o que o resto do Olimpo pensa a meu respeito — o *bicho-papão* —, não posso me permitir confirmar essas impressões.

— Começamos hoje.

Ela pisca, e os cílios muito longos tocam as bochechas com um movimento que quase consigo ouvir.

— Preciso falar com minhas irmãs.

— Você fez isso ontem à noite.

É fascinante ver como ela veste uma armadura. Primeiro endireita as costas, só um pouquinho. Depois o sorriso, alegre e enganosamente autêntico. Por fim, a expressão inocente nos olhos castanhos. Perséfone une as mãos diante dela.

— Os telefones são grampeados. Eu já suspeitava.

— Sou paranoico. — É verdade, mas não totalmente.

Meu pai não foi capaz de proteger sua gente, sua família, porque acreditou nas coisas que via. Foi o que sempre me disseram. Mesmo sem Andreas colorindo os acontecimentos com sua percepção, os fatos se mantêm. Meu pai confiou em Zeus, e ele e minha mãe morreram por causa disso. Eu também teria morrido, se não fosse por pura sorte.

Perséfone processa a informação como se não fosse nada mais que o esperado.

— Então você vai descobrir que minhas irmãs são muito mais do que capazes de aparecer batendo na sua porta, se devidamente motivadas, com ou sem travessia do Rio Estige. Elas são insistentes assim.

A última coisa de que preciso é de mais Perséfones na minha casa.

— Ligue para elas. Vou mandar alguém buscar roupas para você. — Viro para sair.

— Espere! — Uma pequena brecha em sua calma perfeita. — É só isso?

Olho para trás, esperando ver medo ou raiva, talvez. Mas não, se estou lendo sua expressão direito, é decepção que vejo em seus olhos. Não posso confiar nisso. Eu a quero mais do que tenho o direito, e ela só está aqui porque não tem para onde correr.

Se eu fosse um homem melhor, eu mesmo a tiraria da cidade e lhe daria dinheiro suficiente para sobreviver até seu aniversário. Ela tem razão; se tem coragem para atravessar o rio, provavelmente também tem para sair da cidade, com a devida ajuda. Mas não sou esse tipo de homem.

Por mais que esse acordo me cause conflito, quero essa mulher. Agora que ela se ofereceu a mim em uma barganha diabólica, pretendo tê-la.

Só não ainda.

Não até que isso atenda ao nosso objetivo comum.

— Vamos conversar mais hoje à noite. — Saboreio sua reação irritada quando saio do quarto e desço para o meu escritório.

Há consequências para as atitudes que tomei na noite passada, e para o acordo que acabei de fazer com Perséfone. Tenho que preparar meu pessoal para elas.

Não me surpreendo ao dar de cara com Andreas esperando por mim no escritório. Ele segura uma caneca que pode ser de café ou uísque — ou os dois — e usa a habitual calça social com suéter de lã, como a mais estranha mistura de pescador e CEO que alguém já viu. As tatuagens nas mãos envelhecidas e no pescoço só contribuem para a imagem desconectada. O que sobrou do cabelo ficou branco há muito tempo, dando a ele uma aparência de quem vai completar setenta anos a qualquer minuto.

Ele levanta a cabeça quando entro e fecho a porta.

— Ouvi dizer que você roubou a mulher de Zeus.

— Ela atravessou a fronteira por conta própria.

Ele balança a cabeça.

— Trinta anos de mudança para evitar problema, e você joga tudo no lixo por uma coisinha bonita usando minissaia.

Olho para ele como a declaração merece.

— Eu cedo demais em relação àquele idiota. Antes foi necessário, mas não sou mais criança. Agora é hora de colocá-lo no devido lugar. — É o que eu quero desde que cresci o suficiente para entender o escopo de tudo que ele tirou de mim. Por isso passei anos compilando informações sobre ele. Uma oportunidade que não posso deixar passar.

Andreas solta o ar lenta e demoradamente, e vejo um resquício de lembrança do medo em seus desbotados olhos azuis.

— Ele vai te destruir.

— Talvez ele fosse capaz disso há dez anos. Mas agora não é.

Fui muito cuidadoso, construí minha base de poder deliberadamente. Zeus matou meu pai quando o título ainda lhe era recente, quando ainda era inexperiente demais para distinguir amigo de inimigo. Tive a vida inteira para treinar a derrubada desse monstro. Embora fosse pouco mais que um Hades de fachada antes de completar dezessete anos, na verdade tive dezesseis anos à frente do título. Se há um momento para isso, para delimitar minha linha na areia e desafiar Zeus a atravessá-la, este é o momento. Não há como prever se terei outra oportunidade como Perséfone, uma chance de humilhar Zeus e aparecer sob os holofotes de uma vez por todas. Pensar em todos os olhos do Olimpo voltados para mim é suficiente para abrir um buraco em meu estômago, mas faz muito tempo que Zeus negligencia a cidade inferior e finge ser o governante aqui.

— Chegou a hora, Andreas. Na verdade, já passou da hora.

Outro movimento negativo com a cabeça, como se eu o desapontasse. Odeio o quanto isso é importante para mim, mas Andreas tem sido a luz que me guia pela vida há muito tempo. Ele se aposentou alguns anos atrás, mas nada mudou. É o tio que não tive, embora nunca tenha tentado fingir que era o pai. Ele sabe que não seria capaz. Finalmente, Andreas se inclina para frente:

— Qual é o plano?

— Três meses mostrando o dedo do meio para ele. Se atravessar o rio e tentar pegar Perséfone de volta, nem mesmo os outros Treze vão apoiá-lo. Existe um motivo para esse tratado existir.

— Os Treze não salvaram seu pai. Por que acha que vão te salvar?

Tivemos essa conversa mil vezes ao longo dos anos. Controlo a irritação e dou a ele toda minha atenção.

— Porque o tratado não existia quando Zeus matou meu pai.

É uma merda pensar que meus pais tiveram que morrer para o tratado ser criado e aplicado, mas se as coisas escapam ao controle entre os Treze, isso os prejudica financeiramente, e essa é a única preocupação deles. Essa foi uma das poucas vezes na história do Olimpo que os Treze trabalharam juntos por tempo suficiente para desafiar o poder de Zeus e forçar um acordo que ninguém está disposto a romper.

Zeus não pode vir aqui e eu não posso ir lá. *Ninguém* pode fazer mal a outro membro dos Treze ou a suas famílias sem causar o apagamento da própria raça. É uma pena que essa regra não se aplique a Hera. Esse posto já foi um dos mais poderosos, mas os últimos poucos que ocuparam a posição de Zeus o reduziram até torná-lo pouco mais que um acessório para o marido. Isso permitiu a Zeus que agisse como bem entendesse sem sofrer consequências, porque Hera é vista como uma extensão dele, e não mais como uma posição que se mantém por si mesma. Se Perséfone se casar com ele, nem mesmo o tratado a manterá segura.

— Não é um plano infalível.

Eu me permito sorrir, apesar da sensação de tensão no rosto.

— Você vai se sentir melhor se dobrarmos o número de guardas nas pontes, para o caso de ele tentar promover a marcha do pequeno exército de Ares através do rio? — Não vai acontecer e nós dois sabemos disso, mas eu já planejava aumentar a segurança para o caso pouco provável de Zeus tentar atacar. Não vou ser pego desprevenido, como meus pais foram.

— Não — resmunga ele. — Mas acho que já é um começo. — Andreas deixa a caneca em cima da mesa. — Você não pode ficar com a garota. Enfrente o homem, se sentir que é necessário, mas não pode ficar com ela. Ele não vai permitir. Talvez não possa te atacar diretamente, mas vai criar uma armadilha para te induzir a violar o tratado, e então toda a força daqueles idiotas emperiquitados vai cair sobre você. Nem você e certamente nem seu povo podem sobreviver a isso.

Aí está. A lembrança constante de que não sou um homem comum, de que o peso de muitas vidas repousa sobre meus ombros. Na cidade superior, a responsabilidade pela vida dos cidadãos recai em cima de doze pares de ombros. Na cidade inferior, apenas sobre os meus.

— Isso não vai ser um problema.

— Diz isso agora, mas, se fosse verdade, nunca a teria trazido para cá.

— Não vou ficar com ela.

Essa ideia é ridícula. Não posso criticar Perséfone por não querer usar a aliança de Zeus, mas ela ainda é uma bela princesa a quem foi dado de tudo durante toda a vida. Ela pode gostar da aventura de inverno no lado sombrio da vida, mas a sugestão de algo permanente a faria sair correndo e gritando no meio da noite. Tudo bem. Não tenho utilidade para uma mulher como ela, não a longo prazo.

Andreas finalmente assente.

— Acho que é tarde demais para me preocupar com isso. Você vai saber resolver tudo.

— Vou. — De um jeito ou de outro.

O que seria capaz de incitar Zeus a romper o tratado? Muito pouco, espero. Sua ira é lendária. Ele não vai reagir bem quando souber que "deflorei" sua linda noiva diante de quem quisesse ver. É bem fácil armar um espetáculo para as pessoas certas, as quais vão colocar em movimento a roda da fofoca, e a história vai se espalhar pelo Olimpo como fogo no mato seco. Pessoas suficientes comentando, e então Zeus talvez sinta que tem que tomar uma atitude drástica. Algo que terá consequências reais.

E digo mais, o povo do Olimpo finalmente vai ficar frente a frente com a verdade. Hades não é um mito, mas, se for para atingir meus objetivos, estou mais do que satisfeito com o papel de bicho--papão na vida real.

Andreas está pensativo.

— Você me mantém informado?

— É claro. — Sento-me na beirada da mesa. — Vou fazer isso quando eu te lembrar de que você já se aposentou.

— Ah! — Ele balança a mão. — Está falando como aquele merdinha do Caronte.

Considerando que Caronte é neto dele, o qual logo se tornará meu braço direito, "merdinha" não é a melhor palavra para descrevê-lo. Ele tem vinte e sete anos e é mais capaz que a maioria das pessoas sob o meu comando.

— Ele é bem-intencionado.

— Ele é um intrometido, isso sim.

Uma batida na porta precede a aparição do homem de quem estamos falando. Ele é a imagem esculpida em carrara do avô, embora tenha ombros largos e cabelo escuro abundante. Mas os olhos azuis, o queixo quadrado e a confiança estão ali. Ele vê Andreas e sorri.

— Oi, vô. Está com cara de quem precisa tirar um cochilo.

Os olhos de Andreas parecem lançar facas.

— Não vai pensando que eu não posso dar uns tapas na sua bunda como fazia quando você tinha cinco anos.

— Eu nem sonharia com isso. — O tom de Caronte diz o contrário, mas ele gosta de brincar com fogo ao interagir com Andreas. Ele entra na sala e fecha a porta. — Queria falar comigo?

— Precisamos decidir as mudanças nos turnos das sentinelas.

— Problemas? — Seus olhos se iluminam com a possibilidade. — Tem alguma coisa a ver com aquela mulher?

— Ela vai passar um tempo aqui. — Posso ter sido franco quanto aos meus planos com Andreas, mas ele fez por merecer, depois de tudo que sacrificou para me manter vivo e proteger esse território. Não estou pronto para falar sobre isso com mais ninguém, embora minha janela de silêncio esteja se fechando rapidamente. — Diga para a Minta emprestar algumas roupas para Perséfone até eu ter uma chance de encomendar novas.

Caronte arqueia as sobrancelhas.

— Minta vai adorar.

— Ela vai superar. Vou reembolsar tudo que ela doar. — Isso não torna o pedido menos complicado, Minta é possessiva com tudo que considera dela, mas é o melhor que posso sugerir agora. Hoje preciso de tudo para mobilizar as defesas e proteger meu povo do que estou prestes a fazer.

E quanto a amanhã?

Amanhã vamos ter que gritar nosso anúncio para os quatro ventos, para que até aqueles babacas dourados na Dodona Tower ouçam.

Meu telefone toca, e sei quem é antes mesmo de dar atender à ligação. Olho para os dois homens no escritório, e Caronte se acomoda na cadeira ao lado do avô. Eles vão ficar em silêncio. Não me permito nem respirar fundo antes de atender. Apenas digo:

— Sim?

— Você tem culhões, seu merdinha.

A satisfação toma conta de mim. Zeus e eu tivemos motivos para interagir várias vezes ao longo dos anos, e ele sempre foi condescendente e temperamental, como se me honrasse com sua presença. Agora ele está apenas furioso.

— Zeus. Que bom ter notícias suas.

— Devolva-a imediatamente, e ninguém precisa saber dessa transgressãozinha. Afinal, você não vai querer fazer nada que ponha em risco a frágil paz que temos mantido.

Mesmo depois de tantos anos, surpreende-me saber que ele me considera tão míope. Houve um tempo em que o blefe teria feito meu peito queimar em pânico, mas percorri um longo caminho desde então. Não sou mais uma criança que ele pode intimidar. Mantenho a voz branda, pois sei que isso vai aumentar a fúria dele:

— Eu não rompi o tratado.

— Você pegou minha esposa.

— Ela não é sua esposa. — Meu tom é incisivo demais, então paro um segundo para me livrar de qualquer emoção. — Sem falar que ela atravessou a ponte por vontade própria. — Eu devia parar por aqui, mas estou tomado por uma raiva fria. Ele acha que pode foder com a vida das pessoas só por ser Zeus. Isso pode valer na cidade superior, mas a inferior é *meu* domínio, independentemente do que o resto do Olimpo pensa. — Na verdade, ela estava tão desesperada para escapar das suas garras, que acabou com os pés ensanguentados e quase teve uma hipotermia. Não sei o que é considerado como romance na cidade superior, mas por essas bandas essa não é uma reação normal a um pedido de casamento.

— Devolva-a ou você vai sofrer as consequências. Como seu pai sofreu.

Só os anos de aprendizado para me ajudarem a disfarçar minhas emoções e me impedirem de vacilar. Esse *filho da puta* desgraçado.

— Ela atravessou o Rio Estige. Agora é minha, pelo poder e pelos termos do tratado. — Baixo a voz e então continuo: — Você é mais do que bem-vindo a ficar com ela quando eu não a quiser mais, mas nós dois sabemos de que tipo de brincadeira eu gosto. Ela não vai mais ser a princesa pura que você está correndo atrás. — As palavras deixam um gosto horrível na boca, mas não tem importância. Perséfone concordou que o objetivo é enfiar a faca e torcer. Esse joguinho verbal com Zeus é só parte dele.

— Se você encostar um dedo imundo nela, eu te esfolo vivo.

— Vou encostar mais que apenas um dedo nela. — Injeto um pouco de humor na voz. — É engraçado, não acha? Que ela prefira participar de todas as coisas depravadas que quero fazer com aquele corpinho com tudo pra cima a permitir que você a toque. — Dou risada. — Bom, *eu* acho engraçado.

— Hades, é a última vez que faço a oferta. É bom você considerá-la. — A raiva desaparece da voz de Zeus, deixando apenas uma calma gelada. — Devolva-a nas próximas vinte e quatro horas, e vou fingir que isso nunca aconteceu. Fique com ela e então vou destruir tudo que você ama.

— Tarde demais, Zeus. Esse navio zarpou trinta anos atrás. — Quando ele provocou o incêndio que matou meus pais e me deixou coberto de cicatrizes. Deixei a pausa se prolongar por alguns instantes, antes de dizer: — Agora é minha vez.

8

PERSÉFONE

Recebo uma pequena coleção de vestidos de uma morena alta com atitude azeda, alguém que parece ser capaz de esmagar minha cabeça com uma das mãos. Não descubro o nome dela, que sai e me deixa sozinha outra vez.

A conversa por telefone com minhas irmãs transcorreu tão bem quanto se podia esperar. Elas estão furiosas por eu as estar excluindo pelo bem delas. Acham que meu plano é terrível. Tenho certeza de que vão continuar tentando encontrar outra alternativa, mas não posso fazer nada para impedir.

Isso é quase suficiente para me distrair do sol se movendo pelo céu e descendo em direção ao horizonte. Do conhecimento acerca do que vem a seguir. Ou melhor, da falta dele quanto ao que vem a seguir.

Hades adora fazer declarações sinistras e dar pouca informação para sustentá-las. Ele me diz para ficar pronta, mas não revela muito de para que tenho que me aprontar. E aquele beijo. Passei a maior parte do dia tentando, e falhando em, não pensar em como foi bom sentir a boca dele na minha. Se ele não tivesse se afastado, não sei o que eu teria feito, e isso deveria me assustar.

Tudo nessa situação deveria me assustar, mas não vou deixar Hades me intimidar a ponto de me fazer recuar. O que ele planejou para esta noite não pode ser pior do que Zeus. Disso tenho certeza.

Eu me arrumo sem pressa. O quarto oferece uma seleção enorme de produtos para cabelo, o que me faz pensar se Hades tem o hábito de manter mulheres aqui. Isso não é da minha conta. Posso sair deste quarto e desta casa a qualquer momento, e isso é tudo de que preciso saber.

Todos os vestidos são lindos, mas vários números maiores que o meu. Resignada, pego o mais simples, um que tem uma bainha de contas semelhante ao que eu usava ontem à noite. As contas dão peso ao tecido, que balança de um jeito satisfatório. Estou olhando os sapatos que a mulher deixou para mim, e considerando minhas opções, quando escuto as batidas na porta.

Hora do show.

Respiro fundo e vou abrir porta, descalça. Hades está parado do outro lado e, bons deuses, nunca vi um homem usar preto sobre preto com tanta perfeição. Ele é como uma sombra viva, uma sombra muito sexy e viva. Olha para baixo, para os meus pés. Recuo alguns passos, constrangida de repente.

— Vou calçar os sapatos.

— Não seja ridícula.

Contenho minha irritação. Melhor entrar em um campo de batalha verbal do que deixar o medo e a insegurança dominarem tudo.

— Não estou sendo ridícula.

— Tem razão. Usar sapatos de salto alto depois de ter machucado os pés menos de vinte e quatro horas atrás não é ridículo. É estupidez. — Ele agora me encara muito aborrecido. — Como correr pelo Olimpo no meio da noite usando só um vestido de seda.

— Não sei por que estamos falando disso de novo.

— Estamos falando disso porque começo a ver que negligenciar sua saúde e sua segurança é uma tendência.

Não escondo a surpresa.

— Hades, são só sapatos.

— Mesmo assim. — Ele entra no quarto, e sua intenção é clara. Dou um passo para trás.

— Não se atreva a me pegar no colo. — Bato no ar entre nós. — Já deu disso.

— Que fofa. — O tom de voz sugere tudo, menos isso.

Hades se move tão depressa que, mesmo prevendo o que ele ia fazer, quase não consigo deixar de soltar um grito de indignação antes de ele me pegar no colo.

Fico paralisada.

— Me põe no chão. — Beijá-lo foi uma coisa. Aceitar dormir com ele, outra. Mas isso é totalmente diferente. Permitir que ele me segure tão perto do corpo enquanto percorre os corredores de sua casa para que eu não me machuque mais... A sensação é muito, *muito* diferente. Saber que ele não quer que eu me machuque mais foi uma ferramenta útil de negociação. Agora é só um obstáculo que não sei como superar. — Você não precisa cuidar de mim.

— Ah, sim, você está fazendo um excelente trabalho por conta própria. — Ele parece tão contrariado com a situação toda que me animo imediatamente.

O desejo mesquinho de irritá-lo retorna, e não tento resistir. Em vez disso, deito a cabeça em seu ombro e mexo em sua barba.

— Talvez eu só queira ser carregada por um homem grande e forte que está determinado a me salvar.

Hades arqueia uma sobrancelha, transmitindo ao mesmo tempo ceticismo e deboche.

— Ah, é?

— Ah, sim. — Pisco com exagero. — Sou muito indefesa, sabe? O que eu faria sem o Príncipe Encantado na armadura preta e amassada para me salvar de mim mesma?

— Não sou nenhum Príncipe Encantado.

— Nisso a gente concorda.

De leve, acaricio a barba dele mais uma vez. Gosto de como me segura com mais força quando faço isso. Ele toma o cuidado de manter as mãos no meu vestido, não na pele, mas pensar nos dedos dele me pressionando enquanto faz... outras coisas... é suficiente para me deixar agitada.

— Fique quieta.

— Tem uma solução muito simples para isso. Me coloca no chão, e eu posso andar com as minhas próprias pernas. Problema resolvido.

Hades desce a escada para o andar principal... e segue em frente. Pelo jeito, vai me ignorar, o que é um jeito de se ganhar uma discussão. Eu usava essa mesma tática com Psiquê quando éramos crianças e ela sempre acabava roubando meus brinquedos para brincar com eles em aventuras fantásticas. Brigar não era suficiente, ela não parava. Contar à nossa mãe estava fora de cogitação. Falar com Calisto só a faria "resolver" o problema destruindo os brinquedos em questão. Não, a única coisa que funcionava era ignorar completamente Psiquê. Em algum momento, ela sempre cedia e devolvia os brinquedos. Às vezes até pedia desculpas.

Eu não vou ceder.

Como nossa conversa parece ter acabado, eu me acomodo nos braços de Hades como se esse fosse exatamente o lugar em que quero estar. Por estarmos nos tocando demais, sinto que ele fica cada vez mais tenso. Escondo o sorriso em sua camisa. *Segura essa.*

Finalmente, ele para diante de uma porta. Uma porta preta. Perfeitamente plana, sem relevos ou painéis, e com um brilho sinistro provocado pela fraca luminosidade. Olho para o nosso reflexo distorcido na porta. É quase como olhar para uma poça d'água sob a lua nova. Tenho a estranha suspeita de que, se tocá-la, minha mão vai atravessar a superfície.

— Vamos mergulhar de cabeça?

Só então Hades hesita.

— Essa é sua última chance de mudar de ideia. Quando passarmos por essa porta, você assume um compromisso.

— Um compromisso com atos depravados de sexo em público. — É muito fofo como ele sempre insiste em me oferecer uma escapatória. Levanto a cabeça o suficiente para enxergar seu rosto e mostrar o meu. Não sinto o conflito que vejo em seus olhos escuros. — Eu já aceitei. Não vou mudar de ideia.

Ele espera um instante. Dois.

— Então, vai precisar escolher uma palavra de segurança.

Arregalo os olhos antes de conseguir conter a reação. Leio muito, sei que um conjunto muito específico de entretenimentos requer o uso de uma palavra de segurança. Queria saber que estilo Hades prefere. Chicote, submissão ou humilhação? Talvez todas as opções. Diabolicamente delicioso.

Ele interpreta minha surpresa como confusão.

— Considere como um freio de segurança. Se as coisas ficarem muito intensas ou você sentir que foi além do seu limite, é só falar essa palavra de segurança e tudo para. Sem perguntas, sem ter que dar explicações.

— Simples assim.

— Simples assim — confirma ele. Hades olha para a porta, depois volta a olhar para mim. — Quando eu disse que não negociava sexo, não fui completamente verdadeiro. Cada encontro tem um elemento de negociação. O que eu quis dizer é que o consentimento é importante. Consentir porque não tem outras opções não é consentimento.

— Hades, você pretende me pôr no chão antes de passar por essa porta? — Seja lá para onde ela dê.

— Não.

— Então esse consentimento só vale para o sexo?

Ele fica tenso, como se estivesse prestes a dar meia-volta e me carregar de volta para o quarto.

— Tem razão. Isso foi um erro.

— Espere, espere, espere. — Ele é tão teimoso que eu poderia beijá-lo. Em vez disso, olho para ele com a testa franzida. — Já tivemos essa conversa antes, por mais que agora queira pintá-la de outro jeito. Eu tenho outras opções. E escolho essa. Só estava pegando no seu pé sobre a parte de me carregar.

Pela primeira vez desde que nos conhecemos, tenho a sensação de que ele está olhando para mim *de verdade*. Sem reservas. Sem máscaras nem carrancas.

Hades olha diretamente para mim como se quisesse me consumir mordida a mordida. Como se já tivesse pensado em uma dúzia de maneiras de me ter, e as tivesse planejado nos mínimos detalhes. Como se já fosse meu dono e pretendesse anunciar essa posse para o mundo todo ver.

Passo a língua nos lábios.

— Se eu disser que gosto quando me carrega, vai fazer isso pelos próximos três meses? Ou vai decidir me punir, me fazendo andar por conta própria? — Minutos atrás, eu diria que isso era psicologia reversa, mas neste momento nem eu sei que resposta quero ouvir.

Finalmente, ele entende que estou brincando e me surpreende ao revirar os olhos.

— É sempre uma surpresa essa sua determinação em ser petulante. Escolha a palavra de segurança, Perséfone.

Sinto um arrepio de apreensão. Brincadeiras à parte, isso é real. Vamos mesmo fazer isso e, quando passarmos por essa porta, ele pode respeitar minha senha, mas no fim das contas eu não tenho como saber. Dois dias antes, Hades era pouco mais que um mito apagado que podia ter sido um homem algumas gerações atrás. Agora, ele é real demais.

No fim, tenho que confiar nos meus instintos, o que significa confiar em Hades.

— Romã.

— Boa. — Ele abre a porta e entra em outro mundo.

Pelo menos, é assim que me sinto. A luz se move de um jeito estranho aqui, e levo alguns segundos para perceber que se trata de um truque inteligente de luminárias que projetam as faixas de luz que dançam no teto e água.

É o extremo oposto do salão de banquetes de Zeus. Não tem janelas, mas sim cortinas grossas e vermelhas cobrindo as paredes, dando ao cômodo um clima de pecado e decadência, em vez de torná-lo claustrofóbico. Tem até um trono preto, como o restante da sala, e de aparência confortável.

Entendo o significado do que vejo e dou risada.

— Ah, puxa, você é bem pedante.

— Não sei do que está falando.

— Ah, sabe, sim. Só falta um retrato seu gigante.

Ele deve ter visto o salão de banquete em algum momento, porque construiu a antítese dele. É um aposento menor e com mais móveis, mas é impossível não ver a relação entre os dois. E digo mais, é diferente do restante da casa. É óbvio que Hades gosta de coisas caras, mas as partes da casa que vi até agora são aconchegantes, habitadas. Isso aqui é frio como o edifício de Zeus.

— Não preciso de um retrato gigante — diz ele, em um tom seco. — Todos que passam por essa porta sabem muito bem quem é que manda aqui.

— Muito pedante — repito. E dou risada. — Gostei.

— Anotado. — Não posso ter certeza, mas acho que ele está resistindo a um sorriso.

Para não ficar olhando para o rosto bonito dele como uma tola apaixonada, olho para os sofás e poltronas confortáveis — todos de couro — posicionados de maneira estratégica pelo espaço, bem como alguns móveis que reconheço por descrição, embora não de vista. Um banco de palmadas. Uma cruz de Santo André. Uma estrutura onde se pode pendurar uma pessoa, caso tenha um pouco de criatividade e cordas.

E a sala também está completamente vazia.

Viro nos braços de Hades para olhar para ele.

— O que é isso?

Ele me põe no sofá mais próximo, e deslizo os dedos pelo couro macio. Como todos os outros móveis que consigo ver, é impecável e muito limpo. E gelado. Incrivelmente gelado. Exatamente o que eu teria esperado de Hades, com base no mito que o cerca, e nada parecido com o homem em si. Levanto a cabeça e vejo que ele me observa com mais atenção.

— Por que não tem ninguém aqui?

Hades balança a cabeça devagar.

— Pensou que eu jogaria você aos lobos já na primeira noite? Me dê um pouco de crédito, Perséfone.

— Eu não sou obrigada a te dar nada. — A resposta soa ríspida demais, mas reuni coragem para isso, e a decepção está me deixando meio tonta. Este *lugar* me deixa tonta. Não é como eu esperava. *Ele* não é como eu esperava. — Você tem que marcar seu território, e tem que ser agora.

— E *você* tem que parar de me dizer o que *eu* tenho que fazer. — Ele olha ao redor, com ar pensativo. — Você disse que não é virgem, mas já fez alguma coisa mais além disso?

Isso me pega de surpresa. Não adianta mentir, não agora.

— Não.

— Foi o que pensei.

Então ele tira o paletó e dobra as mangas lentamente. Não está nem olhando para mim, não presta atenção em como devoro com os olhos cada centímetro de pele exposta. Ele tem belos antebraços, musculosos e tatuados, mas não consigo ver os desenhos. Parecem espirais, e demoro um pouco para entender que as tatuagens contornam cicatrizes.

O que *aconteceu* com esse homem?

Ele se senta ao meu lado, mantendo uma almofada inteira entre nós.

— Existem algumas questões preliminares para as quais preciso de respostas.

A surpresa me faz rir.

— Não sabia que isso era uma entrevista de admissão.

— Longe disso. — Ele dá de ombros, e parece um rei ocupando mais espaço do que precisa sem sequer demonstrar qualquer tipo de remorso.

Não é nem o corpo — ele não é particularmente grande. É a presença. Ele ocupa esse espaço amplo até eu mal conseguir respirar além da sua presença. Hades está me observando com muita atenção, e tenho a desconfortável sensação de que ele não deixa passar batido nenhuma das minhas microexpressões.

Por fim, ele faz um gesto mostrando a sala.

— Este arranjo pode ter um propósito que vai além do prazer, mas não quero te traumatizar. Se vai trepar comigo, é melhor que também esteja curtindo.

Pisco duas vezes.

— Quanta consideração, Hades.

Meu sarcasmo passa por ele como uma brisa. Mas tenho certeza de que seus lábios se contraem.

— As respostas são sim, não, talvez.

— Eu...

— Submissão.

Meu corpo esquenta com a sugestão.

— Sim.

— Foder na frente de outras pessoas.

Não. Mas essa resposta não é a verdade. A verdade é que a ideia é suficiente para me incendiar. Olho para o rosto dele, mas não vejo nada. Nenhum incentivo. Nenhum julgamento. Talvez por isso eu seja capaz de responder com honestidade.

— Já falamos disso. Sim.

— É bom garantir.

E assim ele continua. Citando uma coisa depois da outra e tentando me fazer responder com toda a honestidade possível. Nunca pensei muito na maioria das coisas fora de uma plataforma fictícia. Sei o que me excita e mexe comigo nos livros que leio, mas a possibilidade de pôr tudo em prática é quase mais do que posso contemplar.

A conversa, se é que se pode chamar assim, não chega nem perto de confortável, mas me tranquiliza mesmo assim. Ele está realmente fazendo o dever de casa, em vez de me jogar na fogueira. Não me lembro da última vez em que fui alvo de uma atenção tão intensa; a constatação provoca uma onda de calor que me invade aos poucos, e minha respiração acelera quando penso em fazer todas essas coisas que Hades menciona.

Ele acaba se acomodando, e então assume um ar pensativo.

— É o suficiente.

Espero, mas seu olhar está muito distante. É como se eu nem estivesse ali. Abro a boca, mas decido não interromper seus pensamentos. Em vez disso, me levanto e olho para o móvel pervertido mais próximo. Parece uma versão menos desalmada da mesa em que costumamos nos deitar em um consultório médico, e quero ver exatamente como ela funciona.

— Perséfone.

O tom firme parece fazer brotar raízes da sola dos meus pés, e fico onde estou. Olho para trás.

— Sim?

— "Sim, senhor" é a resposta adequada para quando estivermos nesta sala. — Em seguida, ele aponta para o lugar que deixei vago: — Sente-se.

— O que acontece se eu não obedecer desse jeito? — Estalo os dedos.

Ele volta a me observar com atenção, o corpo tenso e posicionado como se fosse saltar sobre mim na primeira oportunidade que tivesse. Isso deveria me assustar, mas não é medo o que pulsa em meu sangue como um tambor. É excitação. Hades se inclina para a frente muito devagar, determinado.

— Você será castigada.

— Entendo — digo, devagar. Uma escolha, então. Não tem ninguém olhando agora, ninguém para quem atuar. Não preciso ser perfeita, alegre, brilhante ou qualquer um dos rótulos que adquiri ao longo dos anos. A constatação me deixa meio tonta, quase inebriada.

Olho em volta novamente.

— O que este lugar significa para você? Uma liberdade dos rótulos?

— Este lugar *é* o rótulo. — Franzo a testa, e ele suspira. — Existem poucos métodos para se controlar o poder. Medo, amor, lealdade. Os últimos dois são, na melhor das hipóteses, instáveis, para dizer o mínimo; já o primeiro é difícil de construir, a menos que você se disponha a sujar as mãos.

— Como Zeus — murmuro.

— Como Zeus — confirma ele. — Embora aquele filho da mãe tenha charme suficiente para não ter que sujar as mãos quando não quer fazê-lo.

— E *você,* suja as suas mãos? — Olho em volta de novo, começando a entender. — Pensando bem, não seria necessário, se todo mundo já tem medo de você, não é mesmo?

— Reputação é tudo.

— Isso não é resposta.

Hades me estuda.

— E você precisa mesmo de uma resposta?

Preciso? Não é necessário para o nosso acordo; já aceitei e não pretendo recuar. Mas não consigo deixar de lado a curiosidade que me domina. Minha fascinação por Hades começou anos atrás, mas conhecer o homem de verdade por trás do mito é mil vezes mais interessante. Já deduzi o propósito desta sala, desse palco montado com tanto cuidado. Quero saber mais a respeito *dele*. Assim, sustento seu olhar.

— Quero uma resposta, se você aceitar responder.

Por um momento, penso que não vai acontecer, mas ele acaba assentindo.

— As pessoas já são preparadas para terem medo de Hades. Como você insiste em lembrar, o título é o bicho-papão do Olimpo. Eu uso essa vantagem e a amplio. — Ele mostra a sala. — Dou festas exclusivas aqui para membros da cidade superior selecionados a dedo. Meus gostos já são excêntricos; uso dessa predileção para servir aos meus propósitos, só isso.

Estudo a sala, prestando atenção especial no trono. Tudo do melhor para criar a imagem de um Hades que é maior que a vida, um rei obscuro em contraposição ao rei dourado de Zeus. Nenhuma das imagens que eles apresentam a suas plateias é real, mas prefiro a versão de Hades.

— Então, você se senta ali, preside esse covil de perversão e satisfaz seus desejos de um jeito que dá a todos os presentes um arrepio de medo e uma história para fofocarem.

— Exatamente. — Alguma coisa estranha em sua voz me faz olhar para ele. Hades está me encarando como se eu fosse um quebra-cabeça que está ansioso para montar. Ele se inclina para a frente. — Na cidade superior, eles realmente não sabem que bem valioso você é, sabem?

Exibo meu habitual sorriso ensolarado.

— Certamente não sei do que você está falando.

— Você é um desperdício no meio daqueles idiotas.

— Se você diz...

— Sim, digo. — Devagar, Hades se levanta. Só falta uma capa esvoaçando para completar a imagem sexy e ameaçadora que ele cria. — Quer uma demonstração de como vai ser nossa primeira noite aqui?

De repente, tudo isso é muito real. Sinto um arrepio que mistura nervosismo e expectativa.

— Sim, senhor.

Ele olha para os meus pés.

— Estão doendo?

Para dizer a verdade, ficar em pé por alguns minutos foi o suficiente para causar dor.

— Nada que eu não consiga suportar.

— Nada que você não consiga suportar — repete ele, tomando seu tempo e balançando a cabeça. — Você abusa do seu corpo sempre que tem a menor chance. Fiquei pensando se aquela primeira noite foi uma exceção, mas não foi, né? Essa é a regra.

Sinto uma pontada de culpa, mesmo dizendo a mim mesma que não tenho motivo para me sentir assim. O corpo é *meu*. Para sobreviver, posso fazer o que eu quiser com ele. Se, às vezes, é ele quem paga o preço? Bem, essa é a vida. Para me distrair do sentimento incômodo que cresce dentro de mim, dou mais um passo para trás.

— Já falei que está tudo bem, e é sério.

— Vou acreditar em você. Dessa vez — acrescenta ele, antes que eu diga alguma coisa. — Mas vou *examinar* os curativos antes do fim da noite e, se tiver se machucado ainda mais por pura teimosia, você vai sofrer as consequências.

— Você é muito arrogante. O corpo é meu.

— Errado. Enquanto esta cena durar, o corpo é *meu*. — Ele aponta para o palco baixo instalado no centro da sala. — Suba.

Ainda estou processando essa afirmação quando seguro a mão estendida dele e aceito sua ajuda para subir no palco de meros trinta centímetros de altura. Não é alto, mas me passa a impressão de estar olhando de cima para o restante da sala. De estar em exibição. Não importa se somos só nós dois, se não há mais ninguém ali. Imaginar todas as cadeiras e todos os sofás ocupados faz meu coração disparar.

Hades solta minha mão.

— Fique aí um momento.

Eu o vejo caminhar entre os móveis até uma porta escondida atrás de uma cortina. Alguns segundos depois, luzes se acendem sobre o palco. Não são muito intensas, mas na penumbra elas imediatamente impedem que eu enxergue o resto da sala. Engulo em seco.

— Não estava brincando sobre compor uma cena, não é?

— Não. — A voz dele vem de uma direção inesperada, à minha direita e ligeiramente atrás de mim.

Viro nessa direção, mas não consigo vê-lo além da luminosidade.

— O que é isso?

— Diga sua palavra de segurança.

Não é uma resposta, mas eu esperava mesmo uma? Não sei se ele está tentando me assustar, ou se isso é realmente uma prévia do que ele pretende fazer diante de uma plateia. Umedeço os lábios.

— Romã.

— Tire o vestido. — Dessa vez, ele fala de algum lugar à minha frente.

Levo as mãos à bainha do vestido e hesito. Não me considero tímida, mas cada encontro remotamente sexual que tive até este momento aconteceu atrás de portas fechadas e, de maneira geral, no escuro, ou seja, o oposto desta experiência. Assim, fecho os olhos, tentando controlar o tremor do corpo. *Isso é o que eu quero, o que pedi.* Seguro a bainha e começo a levantar o vestido.

O ar frio toca minhas coxas, a curva inferior da minha bunda, o quadril.

— Perséfone. — A voz dele é enganosamente branda.

Não consigo respirar direito. Ainda nem fizemos nada e meu corpo parece estar pegando fogo.

— Sim... senhor?

— Você não está usando nada por baixo do vestido — diz ele, como se comentasse o tempo.

Tenho que resistir ao impulso de me contorcer, de soltar o vestido para cobrir minha nudez.

— Faltam alguns itens ao meu guarda-roupa emprestado.

— Está dizendo a verdade? — Ele sai da escuridão e se junta a mim no palco, e é quase como se a luz se esquivasse dele. Sem pressa, Hades me contorna, parando atrás de mim. Não me toca, mas posso *senti-lo.* — Ou você pensou que poderia me tentar a fazer o que quer?

A ideia havia passado por minha cabeça.

— E, se eu tentasse, teria funcionado?

Ele levanta meu cabelo das costas. Um toque inocente, considerando todas as coisas ali, mas sinto como se ele tivesse me lavado com gasolina e riscado um fósforo. A outra mão de Hades toca a pele nua do meu quadril.

— O vestido, Perséfone.

Respiro devagar e continuo tirando o vestido. Ele fica parado atrás de mim, mas juro que consigo sentir seu corpo devorando cada centímetro de minha pele exposta na medida em que o tecido vai subindo. É horrivelmente íntimo e incrivelmente sexy. Finalmente passo o vestido pela cabeça e, depois de uma breve hesitação, jogo-o no chão.

Agora nada esconde o meu corpo de seus olhos.

Pulo ao sentir os dedos dele apertando meus braços. Hades ri, sombrio.

— Como se sente?

— Exposta. — Ter que responder à pergunta só torna a sensação ainda mais intensa.

— Você *está* exposta. — Ele desliza os dedos, subindo até meus ombros. — Na próxima vez que fizermos isso, todos os olhos na sala estarão em você. Vão olhar para você e desejá-la. — E então ele está ali, com o corpo junto do meu, uma das mãos tocando meu pescoço de leve. Sem fazer pressão. É um toque simples, de propriedade, que me obriga a fazer um esforço para não estremecer. — Mas você não é deles, ou é?

Engulo com dificuldade, e o movimento projeta meu pescoço contra a mão dele, aumentando a pressão.

— Não. Não sou deles.

— Eles podem olhá-la o quanto quiserem, mas sou eu quem pode tocá-la. — Seu hálito acaricia minha orelha. — E vou fazer isso agora.

Não consigo parar de tremer, e a reação não tem nada a ver com a temperatura na sala.

— Você está fazendo isso agora. — Essa voz ofegante, baixa e convidativa é minha? Sinto que estou flutuando sobre meu corpo e, ao mesmo tempo, presa a ele de um jeito devastador.

Hades desliza a mão até meu esterno, traçando uma linha entre meus seios. Ainda não é onde estou desesperada para que ela esteja. Ele não fez praticamente nada, e mesmo assim não consigo parar de tremer. Mordo o lábio inferior com força e tento ficar parada enquanto os dedos deslizam sobre minhas costelas e descem até meu estômago.

— Perséfone.

Pelos deuses, o jeito como esse homem diz meu nome. Como se fosse um segredo só nosso.

— Toque em mim.

— Como você disse, *estou* fazendo isso. — E lá estava, aquela nota deliciosa de humor. Ele fica parado, com a mão apoiada na parte inferior da minha barriga. O peso parece ser a única coisa que me mantém presa a esse mundo. Ele desliza os dedos até o osso do meu quadril. — É assim que vai ser. Preste atenção.

Estou tentando, mas toda minha concentração está em não abrir as pernas e me contorcer até a mão dele estar onde preciso que esteja. Trêmula, assinto com a cabeça.

— Sim, senhor.

Estranho, mas tratá-lo dessa maneira não me soa estranho.

— Vou tornar realidade cada fantasia com que sonhou nessa sua cabecinha ambiciosa. Em troca, você obedece a todos os meus comandos.

Enrugo a testa, tentando pensar além da sensação do corpo dele contra minhas costas, da ereção longa pressionada contra mim. Quero muito uma experiência próxima e íntima com esse homem, despi-lo e tocá-lo com a mesma intimidade com que está me tocando agora.

— Eu tenho muitas fantasias.

— Quanto a isso, não tenho dúvidas. — Com os lábios, ele toca minha têmpora. — Está tremendo de nervoso ou desejo?

— Os dois. — É tentador deixar a resposta por isso, mas preciso que ele me entenda por completo. — Não é como se eu odiasse.

— E quanto à ideia de pessoas de verdade enchendo essa sala e me vendo te tocar desse jeito?

— Também não odeio — respondi.

— Eu vou te fazer gozar, Perséfone. E depois vou levar você lá para cima e trocar os curativos dos seus pés. Se você for uma boa garota e conseguir não reclamar, deixo você ter um segundo orgasmo. — Ele afaga meu ventre lentamente mais uma vez. — Amanhã vamos providenciar roupas adequadas para você.

É muito difícil prestar atenção com os dedos dele chegando cada vez mais perto da minha boceta, mas eu tento.

— Pensei que estivéssemos negociando orgasmos.

— Isso tem a ver com mais do que orgasmos.

Só entendo esse jogo em grandes pinceladas, mas reconheço que é um pedido de permissão à maneira dele, como se eu não tivesse dado autorização meia dúzia de vezes só hoje. Hades não está exatamente me jogando em alto-mar para ver se afundo ou nado. Está me conduzindo com cuidado, de forma inexorável para um único destino. Não acredito em destino, mas este momento me faz sentir como se cada um de nós tivesse passado anos trilhando o próprio caminho até aqui. Não posso recuar agora. Nem quero fazer isso.

— Sim. Eu digo sim.

9

HADES

Estou errado a respeito de Perséfone. Cada vez que a pressiono, que a testo, tentando ver se essa é a coisa que a fará sair correndo de volta para casa, na cidade superior, ela se mostra de acordo. Mas é mais que isso. Acho que o jogo a excita tanto quanto me excita. Cada vez que seus lábios se curvam e ela personifica uma manhã de sol na forma humana, sei que as coisas vão ficar interessantes. E agora?

Não tenho palavras para descrever o que estou sentindo, não com ela nua em minha casa, a pele bronzeada quente de desejo pelo *meu* toque. Assim, deslizo a mão por seu ventre, odiando a mãe dela e o restante da cidade superior por criarem circunstâncias nas quais essa mulher se concentra tanto em sobreviver e escapar, fazendo-a ignorar as necessidades de seu corpo. Ela é muito magra. Não exatamente frágil, mas ela mesma admitiu que não cuida de si como deveria.

— Hades. — Perséfone empurra suas costas contra mim, apoiando a cabeça em meu ombro, se doando. — Por favor.

Como se a essa altura e, mesmo que quisesse, eu pudesse parar. Estamos juntos nesse caminho para o mundo inferior, já muito além do ponto de retorno. Por isso não perco mais tempo. Toco a boceta dela e não contenho um rugido abafado quando a sinto molhada, ansiando.

— Você gosta do jogo. Gosta de estar exposta.

Ela assente.

— Já falei que gosto.

Eu me concentro em fazer movimentos lentos, porque a alternativa é cair sobre ela como uma criatura faminta e destruir toda a frágil confiança que construí. Ela é macia, molhada e bem quente. Introduzo dois dedos nela e como resposta ouço o mais delicioso gemido. Sinto seus músculos apertarem meus dedos. Aos poucos vou explorando, à procura daquele ponto que vai fazê-la entrar em combustão, mas não é o bastante. Preciso vê-la. Ver todas as partes dela.

Logo.

Com a mão livre, desço até a coxa e a seguro, em seguida a levanto e a arreganho para aumentar minha área de acesso. Exibindo-a para a plateia vazia. Sempre gostei de brincar em público, e não posso negar a intensidade com que anseio por tomá-la desse jeito diante de uma plateia. Sua resposta hoje indica que ela vai aproveitar tanto quanto eu.

Afago seu clitóris com o polegar, experimentando até encontrar o movimento certo que faz todo seu corpo se contrair. Então inclino o corpo até meus lábios roçarem sua orelha e digo:

— Amanhã à noite, esta sala vai estar cheia de gente. Todo mundo vai aparecer para dar uma olhada na sua boceta linda, ouvir como consigo te fazer gozar gostoso.

— Ah, deuses.

— Você vai dar um bom espetáculo para eles, Perséfone?

Depois de dizer isso, não resisto e deslizo a boca por seu pescoço. É como se perceber que posso tocá-la como quiser, que ela está à beira do orgasmo, que quer mais... finalmente me atingisse. Essa mulher é *minha*, mesmo que só por alguns meses. Saber isso é excitante.

— Hades, por favor.

Paro, e ela tenta girar o quadril para continuar fodendo meus dedos. Eu a castigo com uma mordidinha no ombro.

— Por favor o quê? Seja explícita.

— Me faça gozar. — Ela inspira, arfante. — Me beije. Me foda. Só não pare.

— Não vou parar — afirmo, minhas palavras saindo como um grunhido, mas não me importo.

Beijo Perséfone e volto a levá-la em direção ao orgasmo. Ela ainda tem sabor de verão. Quero embrulhar essa mulher e mantê-la em segurança. Quero foder com ela até todas as máscaras caírem, e ela gritar e gozar no meu pau.

Eu *quero*.

Por mais que eu quisesse prolongar esse momento, estamos os dois à beira do descontrole. Pressiono a base da mão sobre o clitóris dela, aumentando a fricção. Perséfone geme baixinho, e eu daria tudo para ouvir esse som de novo. Saber que sou eu que o provoco.

— Goze. Eu te ajudo.

Então volto a beijar seu pescoço, enquanto ela se contorce contra mim. A respiração é ofegante e, de repente, ela explode, a boceta dela aperta meus dedos enquanto ela goza.

Para trazê-la de volta à realidade, suavizo meu toque enquanto levanto a cabeça. Perséfone treme em meus braços, recosta-se em meu peito e me deixa sustentar seu peso de um jeito que sugere uma confiança que não mereço. Abaixo a perna dela, mas não me contenho e beijo seu pescoço pela última vez. Ainda nem transamos e já quero senti-la em meus braços, seu gosto em minha língua, com um desejo que é quase doentio.

Tenho que fechar os olhos por um longo momento para resistir ao impulso de deitá-la no palco e comê-la ali mesmo. As razões para não fazer isso são tênues como teias de aranha, fáceis de se esgarçar sem pensar duas vezes.

Ainda não.

Tenho que me esforçar muito para resistir, recuar para trás da máscara fria que normalmente sinto como algo mais natural do que minha versão atual. Volto à Perséfone, mantendo uma das mãos em seu quadril para impedir que caia. Ela não cai. Como era de se esperar.

Ignoro seu olhar confuso sobre mim. Mal consigo encará-la por medo de que a necessidade que me invade assuma o controle, pego as roupas jogadas e a visto pela cabeça. Ela resmunga um palavrão, mas consegue enfiar os braços no lugar certo e puxar o vestido para baixo, cobrindo o resto do corpo. Já era uma provocação irresistível antes de eu saber tudo que havia embaixo dele. Agora tenho que me concentrar para continuar minha tarefa. Seria muito fácil cair sobre essa mulher e passar o resto da noite aprendendo o que posso fazer para extrair de sua boca aqueles gemidos deliciosos. Memorizar o gosto e a sensação dela até estarem gravados em sua pele.

Impossível. Se eu ceder um centímetro que for, Perséfone vai transformá-lo em um quilômetro. Posso não a conhecer direito, mas sei disso sem sombra dúvida. Essa mulher não é uma princesa acanhada em uma torre. Ela é um tubarão e, se tiver qualquer chance, vai tentar ir do fundo ao topo.

Minha reputação, meu poder, minha capacidade de proteger as pessoas na cidade inferior, tudo depende de eu ser o fodão, o pior filho da puta deste lado do Rio Estige. Essa reputação é o motivo para eu não ter sangue nas mãos; todo mundo tem muito medo de me testar.

Se uma bela socialite da cidade superior começa a me levar pela coleira, isso vai prejudicar tudo pelo que passei a vida toda lutando.

Não posso permitir isso.

Eu a pego no colo. E, para alguém com uma personalidade tão grande, ela é bem pequena quando a seguro desse jeito. Isso desperta instintos de proteção que eu nem sabia ter. A cada passo em direção à porta, fica mais fácil ignorar as demandas de meu corpo por ela. Tenho um plano, e vou me manter fiel a ele. Fim da história.

Perséfone apoia a cabeça em meu ombro e olha para mim.

— Hades?

Sinto a armadilha, mas não poderia ignorar essa mulher nem mesmo se quisesse.

— Sim?

— Sei que você tem planos para esta noite e amanhã.

— Uhum. — Abro a porta, saio e verifico se está bem fechada. Depois começo a andar pelo corredor em direção à escada. Cinco minutos e nós estaremos no quarto dela, onde vou poder colocar alguma distância entre a gente.

Ela passa a mão no meu peito e enlaça meu pescoço.

— Eu estava falando sério quando disse que queria transar com você.

Quase tropeço. Quase. Tenho que fazer todo um malabarismo para não olhar para ela. Se olhar, vamos trepar no meio do corredor.

— Ah é?

— É. — Ela acaricia a pele sensível da lateral do meu pescoço. — O orgasmo foi bom, muito bom, mas não acha que devemos fazer um teste antes de você me comer na frente de uma sala cheia de gente?

Que espertinha. Ela sabe exatamente o que está fazendo. Chego às escadas e me concentro em andar a passos largos, mas não rápido demais para que não pareça que estou correndo.

Perséfone continua com aquela carícia leve que me faz sentir como se estivesse prestes a sair do meu corpo.

— Suponho que devo levar em consideração que você tem um plano. Afinal de contas, você parece ser um homem que gosta de um plano, e isso é algo que respeito. — Ela se aconchega mais e roça a bochecha no meu peito. — Nós dois podemos chegar a um meio-termo. Você verifica se estou mesmo tão bem quanto disse que estava, e depois eu mamo seu pau.

Não respondo até chegar ao quarto dela e nós entrarmos. Então a sento na cama e enrosco os dedos no cabelo sedoso. A maneira como ela entreabre os lábios quando enrolo seu cabelo em meu punho me faz ter que resistir para não voltar a rosnar.

— Perséfone. — Puxo o cabelo dela. — Tenho a impressão de que você está acostumada a fazer o que quer.

Ela olha para mim como se esperasse que eu tirasse o pau de dentro da calça e fodesse a boca dela até nós dois explodirmos. Então arqueia um pouco as costas.

— Só em alguns territórios.

— Hummm. — Um último puxão e me forço a parar de tocá-la. *Não* posso perder o controle agora, ou nunca vou recuperá-lo. Se eu fosse outro homem, não pensaria duas vezes em aceitar tudo o que ela está oferecendo. Mas não sou um homem qualquer. Sou Hades. — Tenho uma palavra para você com a qual deveria se acostumar.

Suas sobrancelhas se juntam.

— Que palavra?

— "Não".

Tenho que fazer um esforço maior do que jamais admitirei para me afastar de uma Perséfone amarrotada sentada na cama e entrar no banheiro. A distância não ajuda em nada. Essa mulher está no meu sangue. Vasculho o armário embaixo da pia em busca do kit de primeiros socorros. Temos um em cada banheiro da casa. Tecnicamente, não estou em guerra com ninguém, mas minha área de atuação significa que, às vezes, meu pessoal acaba tendo que lidar com ferimentos inesperados. Como ferimentos à bala.

Meio que espero encontrar Perséfone pronta para a próxima tática de sedução quando volto ao quarto, mas ela está sentada empertigada onde a deixei. Até conseguiu ajeitar um pouco o cabelo, embora o rubor da pele a traia. Desejo ou raiva, ou uma combinação de ambas as coisas.

Eu me ajoelho ao lado da cama e olho para ela.

— Comporte-se.

— Sim, senhor.

As palavras são doces e venenosas o suficiente para atormentar meu couro, mas eu já estava esperando por isso.

Nunca mantive uma submissa. Prefiro limitar as coisas à sala de jogos e a cenas individuais, mesmo que haja parceiras repetidas. A única regra é que a parceria pare no segundo em que a cena termina. Mas isso é outra coisa, e não estou preparado para os sentimentos conflitantes que invadem meu peito quando removo as bandagens dos pés de Perséfone e os examino. Estão cicatrizando bem, mas continuam muito machucados. Aquela corrida pela cidade superior realmente chegou perto de mutilá-la. Sem mencionar que, quando me encontrou, estava perigosamente perto de ter uma hipotermia. Muito mais tempo na noite e ela poderia ter causado danos irreparáveis a si mesma.

Poderia ter *morrido*.

Imagino que os homens de Zeus teriam entrado em ação antes disso, mas não tenho fé quando se trata de Zeus. Ele é bem capaz de deixá-la correr até a morte como forma de puni-la por ter fugido dele, tanto quanto é capaz de arrastá-la de volta e mantê-la ao seu lado.

— Por que não chamou um táxi quando saiu do evento? — Não pretendia verbalizar a pergunta, mas ela ocupa o espaço entre nós da mesma forma.

— Eu queria pensar um pouco, e faço isso melhor quando estou em movimento. — Ela se mexe um pouco enquanto espalho antisséptico na pior das feridas. — Tinha muito em que pensar ontem à noite.

— Que idiotice.

Ela fica tensa.

— Não é idiotice. Quando percebi que estava sendo perseguida, empurrada na direção do rio, simplesmente... — Perséfone levanta a mão e a deixa cair. — Eu não podia voltar. Não *vou* voltar.

Eu devia dar o assunto por encerrado, mas perto dessa mulher não consigo manter a boca fechada.

— Machucar-se quando eles a contrariam não lhes causa dano. Na verdade, talvez seja o que eles queiram. Você trata seu corpo como se fosse o inimigo. Por isso fica mais fraca na luta contra eles.

Perséfone bufa.

— Você age como se eu estivesse praticando automutilação, ou algo assim. Sim, às vezes coloco as necessidades do meu corpo em segundo plano por causa do estresse ou da necessidade de lidar com todas as consequências de ser uma das filhas de Deméter, mas não faço isso com a intenção de me machucar.

Depois de cobrir cada corte com a pomada, começo a enfaixar os pés dela novamente.

— Você só tem um corpo, e é uma péssima guardiã dele.

— Você está mesmo levando um pequeno machucado para o lado pessoal.

Talvez esteja, mas a maneira como ela insiste em minimizar o perigo a que se expôs me irrita muito. Significa que ela já fez isso antes, com frequência suficiente para nem valer a pena mencionar. Significa que vai fazer de novo, assim que tiver uma oportunidade.

— Já que não se pode confiar em você para cuidar do próprio corpo, então eu vou me encarregar disso.

O silêncio se prolonga por tanto tempo que acabo levantando a cabeça, e então a encontro me encarando, boquiaberta. Ela finalmente se recupera.

— É uma boa ideia, acho, mas desnecessária. Posso ter concordado com o sexo, e de forma bem aberta, mas não concordei com você ocupando o cargo de babá mais mal-humorada do mundo. Está pensando em dar comida na minha boca também? — Perséfone ri, radiante. — Não seja ridículo.

Seu desprezo me irrita mais do que deveria. Não por ela estar tentando recusar minha ajuda. Não, tem algo de frágil por trás da tentativa de distração. Alguém, algum dia, já cuidou de Perséfone de verdade? Não é da minha conta. Eu deveria me levantar e sair do quarto, e só voltar a vê-la para as cenas em público, as quais são necessárias.

Fazer qualquer outra coisa dá abertura ao tipo de ruína da qual um homem como eu talvez não se recupere.

10

PERSÉFONE

Quando Hades disse que pretendia cuidar de mim, não acreditei nele. E por que deveria? Sou uma mulher adulta e mais do que capaz de cuidar de mim mesma, não importa o que ele pareça pensar. Se ele não fosse tão incrivelmente agressivo, eu até poderia admitir quanto a noite em que nos conhecemos foi perigosa para minha saúde. Eu não pretendia ignorar o frio nem a dor, mas, quando percebi que isso era um problema, não tive outra escolha a não ser seguir em frente. Posso até tranquilizá-lo dizendo que, embora às vezes me esqueça de comer ou de outras coisinhas desse tipo, não tenho o hábito de me colocar no caminho de um dano real.

Mas Hades *está* sendo agressivo e, por mais que parte de mim goste disso de uma maneira meio confusa, o restante do meu ser não pode deixar de reagir.

Ele se levanta lentamente, vai se impondo sobre mim, e meu corpo fica tenso de expectativa. Mesmo com a conversa irritante, meu orgasmo anterior foi... além do que posso colocar em palavras. Ele se encarregou do meu prazer como sua obrigação, e levou por volta de trinta segundos para descobrir como me estimular e provocar. Se pode fazer isso só com os dedos, o que pode fazer com o resto do corpo?

De um jeito mais egoísta, quero tocá-lo e saboreá-lo. Quero ir além do terno preto chique e ver tudo que esse homem tem a oferecer. Não queria alguém com tanta intensidade assim desde... Não consigo nem me lembrar de quando. Talvez Maria, a mulher que conheci em um barzinho perto da área dos armazéns alguns anos antes. Ela virou meu mundo de cabeça para baixo da melhor maneira possível e, de vez em quando, ainda trocamos mensagens, embora nosso tempo juntas nunca tenha sido mais do que uma aventura.

Será que estou destinada a me relacionar com pessoas com quem só posso ter uma breve convivência?

O pensamento me deprime, por isso o deixo de lado e estendo a mão para Hades. Ele a pega antes que eu possa tocá-lo e balança a cabeça devagar.

— Você parece ter a impressão equivocada de que pode simplesmente estender a mão e pegar o que quer.

— Não tem motivo para não pegar, se é o que nós queremos.

Ele solta minha mão e dá um passo para trás.

— Durma um pouco. Amanhã vamos ter muito trabalho pela frente.

Só percebo que isso não é um blefe quando ele chega à porta.

— Hades, espere.

Ele não se vira, mas faz uma pausa.

— Sim?

Se humilhação pudesse matar, eu estaria dura no chão. O orgulho exige que eu o deixe sair deste quarto e o amaldiçoe até finalmente pegar no sono. Não consigo guardar rancor tão bem quanto Psiquê ou Calisto, mas não sou desapegada. De maneira instintiva, sei exatamente o que ele quer de mim, e odeio isso. Sim, definitivamente, odeio isso.

Sendo assim, umedeço os lábios e tento ser mais natural:

— Você me prometeu que, se eu me comportasse, eu teria um segundo orgasmo.

— E você acha mesmo que se *comportou,* Perséfone?

Toda vez que ele diz meu nome parece que está passando as mãos ásperas por toda minha pele nua. Eu não deveria gostar tanto disso. Certamente, não deveria querer que ele fizesse isso de novo, de novo e de novo. Ele ainda não olhou para mim. Levanto o queixo.

— Sabe, é que sou hedonista o suficiente para ser motivada por um orgasmo. Acho que posso prometer te mostrar meu melhor comportamento amanhã, se você fizer valer a pena esta noite.

Ele ri. O som é um pouco irregular, quase enferrujado, mas, quando Hades ri, ele se vira para encostar na porta. Pelo menos ainda não foi embora. Ele põe as mãos nos bolsos, um movimento que deveria ser completamente comum, mas me faz lutar para não apertar as coxas uma contra a outra. Por fim, ele diz:

— A senhorita está fazendo promessas que não tem intenção de cumprir.

Olho para ele com ar inocente.

— Com certeza não faço ideia do que você está falando.

— Você, pequena Perséfone, é uma mimada. — Ele dá outra risada enferrujada. — Aqueles idiotas da cidade superior sabem disso?

Quero responder com uma piada, mas, por algum motivo, a pergunta me faz parar e pensar.

— Não — respondo, sendo honesta, algo que me choca. — Eles veem o que querem ver.

— Eles veem o que *você* quer que eles vejam.

Eu dou de ombros.

— Acho que é uma avaliação justa.

Não sei o que esse homem tem que me tenta a abandonar a personalidade de manhã de sol — ou transformá-la em uma arma —, mas Hades me perturba. Em outras circunstâncias, eu poderia ficar impressionada. Ele está decidido a me enxergar quando estou igualmente decidida a não ser vista. Não dessa forma.

A vulnerabilidade é um convite que deve ser rasgado, pedacinho por pedacinho. Aprendi isso da maneira mais difícil no primeiro ano em que minha mãe assumiu o cargo de Deméter. As únicas pessoas em quem posso realmente confiar são minhas irmãs. Todo mundo quer algo de mim ou quer me usar para promover as próprias intenções. É exaustivo, e é muito mais fácil não dar nada a eles.

Aparentemente, não tenho essa opção com Hades.

Ele está me observando com atenção, como se fosse capaz de tirar os pensamentos da minha cabeça.

— Não espero perfeição.

Isso me faz dar uma risada seca.

— Quase me enganou. Você quer obediência perfeita.

— Na verdade, não. — É a vez de ele dar de ombros. — O jogo pode ser jogado de várias maneiras. Em uma cena única, a maioria das coisas é negociada com antecedência. Essa situação é infinitamente mais complicada. Então, vou perguntar de novo: o que você quer? A perfeição obviamente irrita. Quer que eu a obrigue a ser obediente? Que permita sua liberdade e a castigue quando sair da linha? — Seus olhos escuros são fogo esperando para me queimar. — O que vai deixar você mais excitada, Perséfone?

Paro de respirar por um instante.

— Quero sair da linha. — Eu não queria dizer isso. Não queria mesmo. Mas Hades me perguntando de que preciso? É mais inebriante do que qualquer bebida que já provei. Ele está oferecendo um tipo estranho de parceria, um que eu nem sabia que desejava. Ele pode dominar. Eu posso me submeter. Mas o poder é surpreendentemente igual para ambos os envolvidos.

Eu não sabia que poderia ser assim.

— Aí está — fala ele, como se eu tivesse revelado algo profundo com essas quatro palavrinhas. Hades volta para a cama e, se antes era casualmente dominador, agora ele parece esmagador. Recuo um pouco sobre o colchão, incapaz de deixar de encará-lo. Ele estala os dedos. — O vestido. Tire-o.

Minhas mãos se movem para a bainha antes que meu cérebro as alcance.

— E se eu não quiser?

— Então eu vou embora. — Ele arqueia aquela maldita sobrancelha mais uma vez. — A escolha é sua, é claro, mas nós dois sabemos o que você realmente quer. Tire o vestido. Depois se deite e abra as pernas.

Ele me encurralou e eu não posso nem fingir que não. Eu o encaro, mas, na melhor das hipóteses, é um olhar meio enfraquecido, com a expectativa lambendo minha pele. Não perco tempo provocando-o. Tiro o vestido e o jogo para o lado.

Hades acompanha o movimento do tecido, e sinto sua reprovação irradiar.

— Da próxima vez, dobre-o, ou então vou fazer você rastejar pelo chão como castigo.

Choque. Raiva. Pura luxúria.

Eu me inclino para trás, me apoio sobre os cotovelos e olho para ele.

— Você pode tentar.

— Pequena Perséfone. — Ele balança a cabeça lentamente, enquanto eu abro as pernas. — Você nem sabe o que quer, não é mesmo? Não tem problema. Eu vou te mostrar.

Eu devia deixar isso para lá. Sério, seria melhor. Mas, por alguma razão, não consigo ficar indiferente na presença de Hades.

— Ah, tenha paciência. Eu sei do que gosto.

— Então prove.

Fico confusa.

— Como é que é?

Ele acena com um gesto casual, como se não estivesse devorando minha boceta com os olhos.

— Mostre. Está mesmo tão desesperada por um orgasmo? Então cause um você mesma.

Agora eu o encaro de verdade.

— Não é isso o que eu quero.

— É sim. — Ele sobe na cama e se ajoelha entre minhas coxas. Hades não me toca, mas parece que tatuou sua propriedade em cada parte do meu corpo. Seu evidente desejo por mim aumenta minha necessidade.

Eu vou fazer isso. Vou me tocar entre as coxas e acariciar meu clitóris até gozar na frente dele. Considerando o quanto estou excitada agora, não vou demorar muito. E eu... eu quero fazer isso, que inferno. Mas não posso simplesmente ceder. Não está no meu DNA. Então lambo os lábios.

— Eu proponho um acordo.

Lá vai aquela sobrancelha novamente, mas ele diz:

— Sou todo ouvidos.

— Eu queria muito que... — não sei como falar sem morrer de vergonha, então só boto para fora — quero que você goze quando eu gozar. — Ele continua me observando, esperando, e me forço a continuar: — Se eu vou mesmo me dar um orgasmo... então eu quero muito, muito mesmo, que você faça a mesma coisa.

Ele me encara por um longo momento, como se esperasse que eu mudasse de ideia. Eu poderia dizer que não existe o menor risco de isso acontecer, algo que ele parece perceber alguns segundos depois.

As mãos de Hades se movem como se ele não fosse capaz de se conter, descansam em minhas coxas e me afagam de leve.

— Pode ser do seu jeito hoje, mas não vá se acostumando.

Dou um sorriso luminoso que faz um músculo se contrair na face dele.

— Se fosse realmente do meu jeito, você já estaria dentro de mim.

— Hummm. — Ele balança a cabeça. — Você é incorrigível.

— Palavras chiques. — Então não resisto mais. Deslizo a mão pela barriga e arregaço minha boceta. Vou bem devagar, porque gosto do jeito como ele aperta minhas coxas, como se lutasse para não me tocar em outros lugares. Esse homem se cerca de controle como se fossem correntes. Queria saber o que é necessário para essas restrições se romperem. O que acontece quando elas finalmente desaparecerem?

Uso o dedo médio para puxar a umidade para cima e ao redor do clitóris, e Hades resmunga:

— Safada.

— Não sei do que está falando. — Mesmo com a lentidão intencional, com o toque deliberadamente leve, o prazer se espalha dentro de mim. Em algum canto periférico da minha cabeça, penso que poderia gozar só com a força do olhar dele em meu corpo. Sendo assim, deslizo o dedo em volta do clitóris novamente. — *Hades, por favor.*

— Gosto de como você pronuncia meu nome.

Ele me solta, afastando os dedos das minhas coxas tão lentamente que é óbvio que não quer parar de me tocar. Também não quero que pare, mas o resultado compensa o breve desvio. Ele toca a frente da calça. Prendo a respiração enquanto ele bota o pau para fora. Ele é... Uau. É perfeito. Grande e grosso, e meu corpo se contrai com a necessidade de tê-lo dentro de mim. Hades move a mão com firmeza.

— Não pare.

Percebo que reduzi meus movimentos até parar e então volto a acelerar o ritmo. Não consigo tirar meus olhos de seu pau enquanto ele bate uma.

— Você é lindo.

Ele dá uma daquelas risadas irregulares que já estou aprendendo a desejar.

— Você está bêbada de tesão.

— Pode ser. Mas isso não me torna menos verdadeira. — Mordo o lábio inferior. — Me toque. Por favor? — Ele não responde imediatamente, e eu insisto: — Por favor, Hades. Por favor, *senhor*.

Hades resmunga um palavrão e empurra minha mão para longe do clitóris.

— Você acaba com meu autocontrole.

— Sinto muito — murmuro, tentando parecer arrependida.

— Não sente nada. Agora pare de se mexer ou isso acaba.

— Não vou me mexer. Prometo.

Olho para o meu corpo enquanto Hades segura o pau com uma das mãos e o aproxima de mim, esfregando a cabeça no meu clitóris. Parece sacana e um pouco errado, e quero que isso nunca acabe. Pelos deuses, como isso pode ser mais quente do que alguns dos sexos que já tive? Só por ser *ele*? Não tenho essa resposta. Não agora. E talvez nunca.

Ele espera um instante para depois me acariciar novamente, fazendo movimentos circulares em torno do clitóris como fiz antes com os dedos. Prendo a respiração, desejando que ele continue. É como se Hades lesse meu pensamento, porque desliza o pau para baixo, se molhando no meu desejo. Malvado. Isso é muito mais que perverso.

A essa altura estou quase implorando para que me coma, mas engulo as palavras. Não importa quanto o prazer me faça delirar, ainda tenho consciência suficiente para saber que esta noite eu o levei ao limite. Se eu tentar mais alguma coisa, é possível que ele recue. Que interrompa o movimento decadente do pau entre meus lábios inferiores. Para baixo, depois para cima para circular o clitóris, depois para baixo.

Ele fica tenso ao pressionar minha entrada, mas nem tenho chance de jogar a cautela pela janela antes de ele falar:

— Mãos acima da cabeça.

Eu nem hesito. Ele não vai me deixar na mão esta noite. Apesar do que parece pensar a meu respeito, sou *capaz* de obedecer quando devidamente motivada. O jeito como ele me olha revela que notou a rapidez com que parei de discutir agora que estou conseguindo o que quero. Ele se inclina para a frente para pressionar meu corpo contra o colchão, imobilizando-me com seu peso. E então ele move o quadril, e todo o comprimento de seu pau esfrega meu clitóris a cada impulso lento.

Tão cuidadoso! Ele sempre toma muito cuidado comigo, mesmo agora. Está me imobilizando, mas garante que seu peso não me impeça de respirar. Eu poderia avisar que é bobagem, porque o prazer já se encarregou disso. Estou ofegante, lutando para ficar quieta, obedecer, não fazer nada que possa convencê-lo a parar.

Seus movimentos lentos fazem sua roupa deslizar contra minha pele nua. Neste momento, eu daria o pulmão direito para tê-lo tão nu quanto eu estou.

Fico na expectativa de que me beije, mas ele beija um lado do meu rosto e segue beijando até morder de leve a ponta da minha orelha.

— Está vendo como é bom obedecer, pequena Perséfone? — Outro movimento longo do pau contra meu clitóris. — Faça o que eu pedir amanhã, e eu deixarei você ter minha rola.

Meus pensamentos se dispersam, disparando em mil direções diferentes.

— Promete?

— Prometo.

Em seguida, ele aumenta um pouco o ritmo. Não consigo me conter, arqueio o corpo na direção do dele. Hades passa um braço sob minha coxa e a puxa para cima e para o lado, me abrindo toda. O menor movimento, e ele estará dentro de mim. Quero com tanto ímpeto, que corro o risco de implorar.

Meu corpo não me dá essa chance. Tenho um orgasmo forte, e todos os meus músculos se contraem. Hades continua se movendo, prolongando a explosão, até que se contrai, ergue o corpo e goza na minha barriga. Olho atordoada para o líquido sobre minha pele e tenho o desejo absurdo de passar os dedos nele.

Enquanto ainda estou me recuperando, Hades ajeita as roupas e se senta sobre os calcanhares. A maneira como me observa... Nós nem transamos ainda, e esse homem me olha como se quisesse me manter com ele.

Devia ser o suficiente para me botar para correr, mas não consigo reunir energia para me preocupar com isso. Temos um acordo. Não sei por que tenho tanta certeza, mas *sei* que Hades não vai deixar de cumpri-lo. No fim disso, ele vai garantir que eu saia ilesa do Olimpo.

— Não se mexa. — Ele se levanta da cama e vai até o banheiro. Alguns segundos depois, volta com um pano úmido. Estendo a mão para pegá-lo, mas ele nega com a cabeça. — Fique quieta.

Observo-o me limpar. Isso deveria me incomodar... não? Não tenho certeza, não quando ainda estou no auge do pós-orgasmo. Hades deixa o pano de lado e se acomoda apoiado à cabeceira.

— Vem cá.

Mais uma vez, parte de mim protesta e acha que eu deveria resistir, mas já estou me movendo na direção dele e permitindo a ele que me acomode em seu colo. Ainda assim, não consigo ficar calada.

— Não sou muito de carinho.

— Não tem a ver com carinho. — Hades passa a mão nas minhas costas e puxa minha cabeça para seu ombro.

Espero, mas ele não parece muito motivado a continuar falando. Deixo escapar uma risadinha.

— Não se sinta obrigado a elaborar. Vou ficar aqui quietinha nessa agradável confusão enquanto ela durar.

— Para alguém com a sua reputação, você tem uma língua bem afiada. — Ele não parece incomodado com isso. Não, se não perdi minha capacidade de observação, ele está se divertindo.

Suspiro e relaxo junto do corpo dele. É óbvio que não vai me soltar até decidir encerrar essa coisa que não tem a ver com carinho e, portanto, ficar tensa o tempo todo é muito cansativo. Além disso... é bom fingir desse jeito. Só por um tempo.

— Não sei por que está tão surpreso. Você já admitiu que usa sua reputação como ferramenta. É tão estranho assim pensar que posso fazer a mesma coisa?

— Por que aceitou o papel de manhã de sol? Nenhuma das suas irmãs fez a mesma escolha.

Inclino a cabeça um pouco para trás para poder encará-lo.

— Hades... você parece saber muito a nosso respeito. Pelo visto deve acompanhar os sites de fofoca.

Ele não parece nem um pouco arrependido.

— Se você ler nas entrelinhas e tiver uma perspectiva um pouco privilegiada, ficaria surpresa com as informações que se pode extrair deles.

Não tenho como rebater o comentário. Tenho a mesma sensação. Dou uma risadinha e volto a relaxar contra ele.

— Eurídice não desempenha um papel, não de todo. Ela realmente é a sonhadora inocente, e foi assim que acabou com aquele namorado pau no cu.

A risada de Hades ressoa em seu peito.

— Você não aprova Orfeu.

— E você aprovaria, se ele namorasse alguém de quem gosta? Ele se passa demais nesse papel de artista faminto, chega a ser ridículo, se pensar que ele é herdeiro como todas nós. Ele pode pensar que Eurídice é sua musa agora, mas como vai ser quando ficar entediado e começar a procurar *inspiração* fora do relacionamento?

Eu sei exatamente o que vai acontecer. Eurídice vai ficar destruída. Isso pode de fato acabar com ela. Mantivemos nossa irmã caçula tão protegida quanto foi possível, para alguém tão próxima dos Treze. Pensar em Eurídice perdendo a inocência... dói. Não quero isso para ela.

— E suas outras irmãs?

Encolho os ombros na medida do possível.

— Psiquê prefere passar despercebida. Ela nunca revela o que está pensando, e às vezes parece que todo o Olimpo a ama por isso. É uma espécie de criadora de tendências, mas faz parecer que isso acontece sem precisar se esforçar, como se não se desse ao trabalho de tentar.

Embora às vezes eu perceba a expressão vazia quando ela pensa que ninguém está olhando. Ela nunca exibia essa expressão antes de mamãe se tornar Deméter. Enfim, pigarreio e continuo a falar:

— Calisto não está atuando. Ela realmente é tão feroz quanto parece. Odeia os Treze, odeia o Olimpo, odeia todo mundo, menos nós.

Já me perguntei algumas vezes por que ela não foi embora. É a única de nós que tem acesso ao dinheiro de seu fundo fiduciário e, em vez de usá-lo para abrir uma via de fuga, ela só parece se aprofundar mais no ódio.

Tomando seu tempo, Hades enrola uma mecha do meu cabelo nos dedos.

— E você?

— Alguém tem que manter a paz. — Esse era o meu papel em nossa pequena unidade familiar, mesmo antes de subirmos na escala social e política no Olimpo, e parecia natural mantê-lo. Eu suavizo as coisas, faço planos e coloco todo mundo a bordo. Não era para ser eterno. Só até eu conseguir dar o fora.

Nunca imaginei que usar a máscara da filha doce e obediente pode ser a única coisa que me prenderia aqui para sempre.

11

HADES

É preciso mais determinação do que eu esperava para sair da cama de Perséfone depois que ela adormece. É bom tê-la em meus braços. Bom demais. É como acordar e descobrir que o sonho feliz era real o tempo todo, e essa fantasia é a única coisa que não posso permitir. Isso é, em última análise, o que me leva a dar um beijo em sua têmpora e sair.

A exaustão pesa sobre mim, mas não posso descansar antes de fazer minhas rondas noturnas. É uma compulsão a que cedi muitas vezes, e esta noite não é exceção. No entanto, estou melhor do que costumava ser. Houve um tempo em que não conseguia fechar os olhos antes de verificar todas as portas e janelas desta casa. Agora, são apenas as portas e janelas do térreo, terminando com uma parada no núcleo de segurança.

Meu pessoal nunca comenta a respeito de como superviso o trabalho deles, e sou grato por isso. Tem menos a ver com a capacidade deles e mais com o medo que lambe meus calcanhares quando baixo a guarda.

Eu não esperava que a presença de Perséfone em casa piorasse a sensação. Prometi a ela minha proteção, dei minha palavra de que estaria segura aqui. A ameaça dos Treze pode ser suficiente para deter Zeus, mas se ele decidir que vale a pena o risco de tentar um ataque que pode não ser rastreado até que...

Ele realmente incendiaria este lugar sabendo que Perséfone está dentro dele?

Antes mesmo de o pensamento ser registrado em minha mente, já sei a resposta. Claro que faria. Ainda não; não quando ele continua pensando que tem uma chance de recuperá-la. Mas a imprudência de seus homens a perseguindo de tão longe prova que, se ele decidir que Perséfone está além de seu alcance, não vai hesitar em atacar. Melhor estar morta do que pertencer a qualquer outra pessoa, especialmente a mim.

É algo que preciso discutir com ela, mas a última coisa que quero agora é renovar o medo que vi em seus olhos na primeira noite. Ela se sente segura aqui, e quero ter certeza de não trair sua confiança. Minha hesitação em dar o resumo completo diz mais a meu respeito do que a respeito dela, e preciso corrigir isso amanhã, mesmo gostando tão pouco da ideia.

No momento em que entro em meu quarto, sei que não estou sozinho. Caminho para pegar a arma que mantenho escondida no cofre magnético embaixo da mesa de cabeceira, mas só dou um passo quando uma voz feminina surge da escuridão.

— Tsc, tsc. Surpreendo um amigo, e quase levo um tiro em troca.

Um pouco da tensão desaparece, e a exaustão ocupa o espaço deixado por ela. Franzo a testa na escuridão.

— O que você está fazendo aqui, Hermes?

Valseando, ela sai do armário com uma das minhas gravatas mais caras enrolada na mão e exibindo um sorriso brilhante em seu rosto.

— Queria te ver.

É um esforço não revirar os olhos.

— O mais provável é que tenha vindo buscar o que sobrou da minha adega.

— Bom, é claro, isso também. — Ela se afasta para o lado quando entro no closet e tiro o paletó. Hermes se encosta no batente da porta. — Sabe, manter todas as janelas e portas trancadas manda um tipo específico de mensagem para seus amigos. É quase como se não quisesse companhia.

— Eu não tenho amigos.

— Sim, sim, você é uma montanha de solidão, toda isolada. — Ela gesticula como se não acreditasse nisso.

Penduro o paletó no devido lugar e tiro os sapatos.

— E mesmo assim não consigo te manter do lado de fora.

— Verdade. — Ela ri, um som enganosamente alto, considerando o quanto é pequena. Essa risada é parte do motivo para eu não ter intensificado minha segurança. Por mais que me irrite com as travessuras dela e de Dionísio, a casa parece menor e menos sombria quando eles estão por perto.

Ela franze a testa e aponta para a minha camisa e calça.

— Não vai continuar o show de strip?

Posso até tolerar a presença dela aqui, mas não temos nem de longe o nível de confiança necessário para me despir completamente na frente dela. Não confio muito em ninguém, mas em vez de dar essa resposta, mantenho o tom leve, cauteloso.

— É um show de strip se você não foi convidada?

Ela sorri.

— Não sei, mas eu ia dar meu biscoito mesmo assim.

Balanço minha cabeça.

— Por que está aqui?

— Ah, sim. Quanto a isso. O dever me chama. — Ela revira os olhos. — Tenho uma mensagem oficial de Deméter.

A mãe de Perséfone. Existe um elemento nesse verdadeiro show de horrores que Perséfone não chegou a considerar de verdade, que é a mãe dela ter decidido empurrá-la para um casamento com um homem perigoso apenas por ambição, sem discutir com ela essa decisão. Tenho muitos pensamentos quanto a isso, nenhum deles gentil.

Ponho as mãos nos bolsos.

— Muito bem, vamos ouvir o que ela tem a dizer.

Hermes endireita as costas e levanta o queixo. Apesar de todas as diferenças, de repente recebo a imitação de Deméter. Quando ela fala, é a voz de Deméter que emerge. O mimetismo de Hermes é parte de como ela acabou sendo nesta posição, e é perfeito, como sempre.

— Eu não faço ideia de que ressentimento você nutre contra Zeus e o resto dos Treze, para ser sincera, não estou nem aí. Liberte a minha filha. Se você a prejudicar ou se recusar a devolvê-la, cortarei todos os recursos sob meu controle destinados à cidade inferior.

Eu suspiro.

— Nada que eu já não esperasse. — Mas a crueldade é quase além do compreensível. Ela quer a colaboração da filha, por isso tem toda a intenção de arrastar Perséfone de volta para a cidade superior... e para o altar. E vai passar por cima do meu povo para garantir que isso aconteça.

Hermes relaxa a postura e dá de ombros.

— Você sabe como são os Treze.

— *Você* é membro dos Treze.

— Assim como você. Além disso, eu sou diferente. — Ela torce o nariz. — Além de fofa e adorável, e sem um certo nível obsessivo por poder.

Não posso desmenti-la. Hermes nunca parece jogar os jogos que os outros fazem. Até mesmo Dionísio está concentrado em expandir seu cantinho no mapa de poder do Olimpo. Hermes apenas... voa por aí.

— Então, por que aceitou a posição?

Ela ri e dá um tapinha no meu ombro.

— Talvez só por gostar de debochar de pessoas poderosas que se levam muito a sério. Conhece alguém que se encaixe no perfil?

— Que encantadora.

— É, eu sou mesmo. — Ela fica séria. — Espero que saiba o que está fazendo. Você está deixando muitas pessoas pistolas, e tenho a sensação de que você pretende irritá-las muito mais antes que isso acabe.

Errada ela não está, mas ainda tenho que lutar contra uma reação contrariada.

— Todo mundo esquece muito fácil que Perséfone fugiu deles porque não queria o casamento que Zeus e Deméter tramaram.

— Ah, eu sei. E, de verdade, isso me faz gostar um pouquinho dela. — Ela mostra o indicador e o polegar separados por um centímetro. — Mas isso não vai fazer diferença. Zeus bate o pauzão na mesa e todo mundo corre para fazer o que ele quer.

Opto por ignorar o comentário.

— Para alguém tão investida na persona da mãe terra, Deméter é rápida para mandar as filhas para a guilhotina.

— Ela *de fato* ama as meninas. — Hermes dá de ombros. — Você não faz ideia de como é lá fora. Deste lado do rio, você é o rei e criou uma coisa muito boa para o seu povo. Eles não desperdiçam esforços nem recursos recriando o brilho e o glamour da cidade superior, nem estão se apunhalando pelas costas com punhais incrustados com diamantes. — Eu a encaro, e ela balança a cabeça rapidamente. — Já aconteceu. Você deve se lembrar daquela luta entre Cratos e Ares. Aquele filho da puta simplesmente se aproximou dele no meio da festa, sacou uma adaga e... — Ela faz movimentos de esfaqueamento. — Se Apolo não tivesse interferido, teria sido um assassinato a sangue frio, não só um ataque com uma arma letal.

— Tenho certeza de que devo ter deixado passar a parte do relatório onde estão as acusações pelas quais Cratos foi preso.

Ela encolhe os ombros.

— Você sabe como é. Cratos não é um dos Treze, e estava mesmo desviando fundos de Ares. A luta foi um drama delicioso; um julgamento não teria chegado nem perto disso.

Se alguma vez houve um bom exemplo de como os Treze abusam de seu poder, aí está ele.

— Isso não muda nada. Perséfone atravessou a ponte. Ela está aqui. — *E é minha.* Não digo isso, mas Hermes está com seu olhar perspicaz cravado em meu rosto. Limpo a garganta. — Ela é livre para ir embora a qualquer momento. Está aqui porque quer. — Eu deveria parar por aí, mas pensar em Deméter e Zeus arrastando Perséfone de volta para a cidade superior contra a própria vontade faz a raiva explodir. — E, se tentarem levá-la, vão ter que passar por mim antes.

— "Vão ter que passar por mim antes".

Fico surpreso. Hermes me imita perfeitamente.

— Isso não é uma mensagem.

— Não mesmo? — Ela examina as unhas. — Para mim, soou como uma mensagem.

— *Hermes.*

— Eu não tomo partido, não enquanto todos estiverem seguindo as regras. Ameaças não as violam. — Ela sorri de repente. — Só acrescentam um pouco de tempero à vida de todo mundo. Só isso!

— Hermes!

Mas ela se foi, passou correndo pela porta. Persegui-la não vai mudar nada. Quando decide fazer alguma coisa, ela vai e faz, não importa o que quem está por perto diga. Pelo *tempero.* Passo as mãos no rosto. Isso é uma confusão do caralho.

Não sei se Deméter é capaz de cumprir a ameaça. Ela está na posição há anos, mas sua reputação foi cuidadosamente estudada para que se tivesse uma boa leitura acerca do que ela faria em uma situação como essa. Será que está disposta a prejudicar milhares de pessoas cujo único crime é viver do lado errado do Rio Estige?

Porra. Não sei. Realmente não sei.

Se eu não fosse uma porcaria de mito para a maior parte da cidade superior, poderia enfrentar tudo isso com mais eficiência. Ela nunca tentaria esse blefe com qualquer um dos outros Treze, pois teria medo do possível golpe em sua reputação. Estou nas sombras, então ela pensa que está segura, que não tenho recursos. Se insistir nisso, vai descobrir o quanto está errada.

A essa altura, estou propenso a pagar para ver e desafiar o blefe de Deméter. Os outros Treze estão cagando e andando para a cidade inferior, mas até mesmo eles precisam ver quanto é perigoso deixar Deméter despirocar. Além disso, passei uma vida inteira sem confiar nos Treze, então meu povo está preparado para enfrentar qualquer tempestade que tentem mandar sobre nós.

Se Deméter acha que pode se meter comigo sem pensar nas consequências, é melhor pensar duas vezes.

∼

Depois de uma noite quase sem pregar os olhos, me arrumo e desço à cozinha em busca de café. O som de risadas ecoa pelos corredores vazios quando chego ao andar térreo. Reconheço a voz de Perséfone, mesmo que ela nunca tenha rido tão livremente perto de mim. É tolice sentir ciúme disso depois de conhecê-la há apenas alguns dias, mas, quando se trata dessa mulher, a razão parece ter saído pela janela.

Caminho para a cozinha, sem pressa, notando como a casa parece mais viva esta manhã. Realmente não tinha sentido falta disso até agora, e a percepção não me agrada. Não importa quanta *vida* Perséfone traga para minha casa, porque em algumas semanas ela vai embora. Acostumar-se com a ideia de acordar com ela rindo na minha cozinha é um erro.

Empurro a porta e a vejo em pé diante do fogão ao lado de Georgie, que tecnicamente é a minha governanta, mas ela tem um pequeno exército de funcionários para cuidar da limpeza deste lugar, então se encarrega principalmente da cozinha e das refeições. Há uma razão para a maioria do meu pessoal aparecer por aqui pelo menos para uma refeição por dia; ela é uma mulher branca de meia-idade e feliz, que pode ter cinquenta ou oitenta anos. Tudo que sei é que ela parece não ter envelhecido um único dia nos vinte anos desde que assumiu o cargo. Seu cabelo sempre foi prateado e brilhante, e sempre houve linhas de riso ao redor dos olhos e da boca. Hoje ela usa um dos aventais de sempre com babados na bainha.

Sem me olhar, ela aponta para minha cadeira de costume.

— Acabei de passar o café. Sanduíches do café da manhã estão saindo.

Olho para as duas mulheres ao me sentar. Perséfone está do outro lado da ilha e tem um pouco de farinha no vestido. Obviamente, colocou a mão na massa durante o preparo do café da manhã. A percepção provoca em mim uma sensação estranha.

— Desde quando você deixa a gente ajudar?

— Não existe "a gente". Perséfone se ofereceu para resolver umas coisinhas enquanto eu arrumava tudo. Simples assim.

Simples assim. Como se não tivesse rejeitado todas as minhas ofertas de ajuda nas últimas duas décadas. Aceito meu café e tento não encarar a governanta. O mais próximo que Georgie me deixou chegar de "ajudar" foi olhar uma panela de água por quinze segundos enquanto ela vasculhava a despensa em busca de alguns ingredientes.

Com certeza nada participativo o suficiente para deixar manchas de farinha na minha roupa.

— Talvez essa sua cara seja o motivo de Georgie não querer que você faça o papel de uma nuvem de tempestade humana na cozinha dela.

Olho para Perséfone e a vejo lutando contra um sorriso, os olhos castanhos brilhando de alegria. Arqueio as sobrancelhas.

— Alguém acordou de bom humor hoje.

— Sonhei com coisas boas. — Ela pisca para mim e se vira para o fogão.

Eu já não tinha planos de devolvê-la para Deméter e Zeus, mas, mesmo que tivesse cogitado a ideia, esta manhã a teria eliminado. Perséfone está em minha casa há menos de quarenta e oito horas e já se pode ver mudanças nela. Se eu fosse mais arrogante, atribuiria isso aos orgasmos da noite passada, mas sei que não é bem por aí. Ela se sente segura, por isso baixou a guarda um ou dois níveis. Posso até ser um babaca, mas não vou retribuir essa pequena medida de confiança jogando-a aos lobos.

Vou manter minha palavra.

Independentemente do que aconteça.

12

PERSÉFONE

Imagino que Hades, em vez de me deixar sair de casa, vai mandar alguém trazer roupas para mim. Tudo em nome da segurança, é claro. Então, fico surpresa quando ele me leva até a porta da frente. Lá tem um par de botas de pele de carneiro à minha espera. Então, ele aponta para o banco que estava escondido em uma alcova do vestíbulo.

— Sente-se.

— Você comprou botas para mim. — São horríveis, mas não é isso que me faz arquear as sobrancelhas. — Essa é sua ideia de compromisso?

— Sim, acredito que já ouvi essa palavra antes. — Ele espera que eu as coloque, observando atentamente como se estivesse prestes a interferir e fazer isso por mim. Quando volto a arquear as sobrancelhas, ele enfia as mãos nos bolsos, quase conseguindo fingir que não é uma mãe ursa superprotetora. — Estou bem ciente de que você não vai se submeter a ser carregada pela rua.

— Muito inteligente da sua parte.

— Você mesma disse: compromisso. — Em seguida, surge um casaco grande, tipo um sobretudo, que cobre meu vestido emprestado. Estou absolutamente ridícula, mas isso não impede meu coração de ficar quentinho.

Hades, rei da cidade inferior, bicho-papão do Olimpo, alguém mais próximo de mito do que realidade, está cuidando de mim.

Eu me pego prendendo a respiração quando Hades abre a porta da frente e nós saímos. A rua não parece em nada com o beco que leva à passagem subterrânea que ele usou para me trazer para a casa. Sem lixo. Sem prédios próximos e sem sujeira.

A cidade superior é toda de arranha-céus, os prédios quase bloqueando o horizonte; eles podem ganhar mais personalidade à medida que se afastam do centro da cidade, mas não perdem altura. Todos os prédios desta rua têm só três ou quatro andares e, quando olho em volta, vejo uma lavanderia, dois restaurantes, alguns estabelecimentos que não consigo identificar e uma pequena mercearia de esquina. Todos os edifícios parecem velhos, como se estivessem aqui há cem anos e ainda estarão aqui daqui a outros cem. A rua é limpa e tem bastante movimento de pedestres nas calçadas. As pessoas são variadas, usando todo tipo de vestuário, do casual ao jeans até um cara de calça de pijama e cabelo despenteado que entra na loja da esquina. É tudo muito *normal*. Está na cara que essas pessoas não estão preocupadas com os paparazzi na esquina ou com um passo em falso que pode causar consequências sociais catastróficas. Há uma facilidade aqui que eu nem sei como explicar.

Eu me viro e observo a casa de Hades. Depois do que vi de seu interior, parece exatamente como eu esperava. Quase vitoriana com seus telhados íngremes e todos os extras estilísticos. É o tipo de casa que narra uma história longa e complicada, o tipo de lugar para onde as crianças se desafiam a correr e tocar os portões depois que escurece. Aposto que há tantas lendas sobre esta casa quanto sobre o homem que mora nela.

Não deveria combinar com o resto do bairro, mas o embate eclético de estilos não é um choque. Parece estranhamente homogêneo, com a personalidade que o centro da cidade superior não tem.

Eu amo isso.

E, quando olho para trás, vejo Hades me observando.

— Que foi?

— Você está fascinada.

Suponho que sim. Dou mais uma olhada na direção da rua, prestando mais atenção nos pilares que sustentam a lavanderia. Não tenho como ter certeza a essa distância, mas parece que há cenas esculpidas nelas.

— Nunca estive deste lado do rio. — Antes, nunca achei isso estranho... a maneira como o Olimpo é cortado em dois pelo Rio Estige. A total falta de contato entre os dois lados. Existem outras cidades que são assim, certo? Mas o Olimpo não é como qualquer outra cidade.

— E por que atravessaria? — Ele pega minha mão e a encaixa na dobra do cotovelo como um cavalheiro do velho mundo. — Só os mais teimosos, ou desesperados, atravessam o rio sem convite.

Acompanho o ritmo de seus passos.

— Você... — respiro fundo — ... você me mostraria a cidade?

Hades para.

— Por que você quer fazer isso?

A dureza na pergunta me choca, mas só por um momento. É claro que ele ficaria na defensiva quanto a este lugar, estas pessoas. Assim, toco no braço dele com cautela.

— Só estou tentando entender, Hades. Não vou olhar para eles com cara de espanto, como uma turista.

Ele olha para a minha mão, depois, para o meu rosto, e sua expressão é ilegível. Mas não totalmente. Ele só esfria quando quer distância ou quando não sabe como reagir.

— Podemos dar uma caminhada breve depois de comprarmos algumas roupas adequadas para o clima.

Parte de mim quer discutir quanto à caminhada ser breve, mas a verdade é que meus pés estão doendo e, depois dos eventos dos últimos dias, é melhor não abusar.

— Obrigada.

Ele acena positivamente com a cabeça e continuamos andando. Depois de um quarteirão, não consigo mais guardar as perguntas só para mim.

— Você diz que as pessoas não podem vir até aqui sem um convite, mas Hermes e Dionísio estavam aqui há menos de dois dias. Você os convidou?

— Não. — Ele faz uma careta. — Não há limite capaz de conter esses dois. É irritante para um caralho. — Suas palavras dizem uma coisa, mas há um certo carinho no tom de sua voz que me faz lutar contra um sorriso.

— Como os conheceu?

— Foi menos um encontro e mais uma emboscada — resmunga Hades em resposta. Está observando a rua como se esperasse um ataque, mas sua postura é solta e relaxada. — Pouco depois que Hermes assumiu o cargo, eu a encontrei na minha cozinha, comendo minha comida. Ainda não tenho certeza de como ela passou pela segurança. Nem como *continua* passando. — Hades balança a cabeça. — Dionísio e eu nos conhecemos porque, apesar de ser com partes distintas, nós dois lidamos com carregamentos, mas ele só começou a aparecer fora das reuniões de trabalho depois de Hermes. O homem é capaz de beber como um peixe e está sempre mexendo na porra da minha geladeira, comendo minhas sobremesas.

Conheci os dois anteriormente, é claro, mas, ao contrário de muitos dos outros Treze, eles não parecem se importar com politicagem. Na última festa, estavam sentados em um canto e falavam alto, criticando as roupas de todos como se estivessem em um tapete vermelho. Afrodite, em particular, não achou graça quando chamaram seu vestido de "vagina inchada".

Hermes representa uma posição ambígua. Ela é um gênio da tecnologia que lida com todos os recursos de segurança na cidade superior. Sempre achei estranho que os Treze a deixassem ficar tão perto, quando guardam seus segredos como se fossem amantes ciumentos, mas eu ocupo uma posição distante. Talvez eles entendam algo que não entendo. Ou talvez sejam vítimas dessa fraqueza gritante em suas defesas porque é assim que as coisas sempre aconteceram. Difícil dizer.

Quanto a Dionísio? Ele é pau para toda obra sob o guarda-chuva do entretenimento. Festas, eventos e posicionamento social são seu forte. E também drogas, álcool e outros entretenimentos ilícitos.

Ou pelo menos esse é o boato. Minha mãe sempre se esforçou para garantir que nunca nos aproximássemos dele, o que é um pouco irônico, considerando como ela está tentando me vender para Zeus.

Eu estremeço.

— Frio?

— Não, só perdida em pensamentos. — Eu me controlo. — A gente vive num mundo estranho.

— Que eufemismo!

Ele me guia para virar na esquina e caminhamos em silêncio por alguns quarteirões. Mais uma vez, me impressiona o quanto as pessoas parecem estar confortáveis aqui. Não olham para Hades nem para mim quando passamos, algo que eu não tinha percebido. Na cidade superior, a única coisa que as pessoas amam mais do que politicagem e ambição é a fofoca e, como resultado, os sites pagam uma boa nota por fotos e notícias sobre os Treze e as pessoas em seus respectivos círculos. Minhas irmãs e eu somos constantemente fotografadas como subcelebridades.

Aqui, eu poderia ser qualquer pessoa. É uma ideia revigorante.

Estou tão ocupada contemplando as diferenças entre a cidade superior e a cidade inferior que levo uns bons dez minutos para perceber que Hades está se movendo muito mais devagar do que andaria naturalmente. Dá para perceber que ele regula a velocidade com determinação.

— Estou bem.

— Eu não falei nada.

— Não, mas tenho certeza de que aquela velhinha acabou de dar um olé na gente nos ultrapassando. — Aponto para a mulher latina de cabelos grisalhos. — De verdade, Hades. Meus pés estão muito melhores. Eles mal doem hoje. — É verdade, não que eu ache que ele vá acreditar em mim.

Como esperado, ele ignora minha tentativa de ser razoável.

— Estamos quase chegando.

Luto contra a vontade de revirar os olhos e me deixo ser conduzida por mais um quarteirão até o que parece ser um distrito comercial. Temos várias áreas como essa na cidade superior, prédios e mais prédios grandes, todos em tons variados de cinza e branco. Minha mãe é encarregada de tudo que se relaciona ao abastecimento de alimentos.

Hades se aproxima de uma porta estreita sem identificação e a mantém aberta para mim.

— Por aqui.

Passo por ela e paro.

— Uau. — O armazém é uma sala enorme que deve ocupar a maior parte do quarteirão, um espaço divino cheio de tecidos e roupas em todas as cores e texturas imagináveis. — Uau — repito. Minhas irmãs morreriam por uma chance de explorar este espaço.

Hades fala baixinho, projetando as palavras para não irem muito longe:

— Juliette era a principal designer de Hera, aquela antes das duas últimas, mas quando ela morreu, Juliette falou demais sobre suas suspeitas em relação a Zeus, e ele, então, se dedicou a destruir os seus negócios. E, por isso, ela atravessou o rio em busca de proteção e segurança.

Eu me aproximo do manequim mais próximo, que sustenta um magnífico vestido vermelho.

— Vi a filha mais velha de Zeus, Helena, usando algo parecido com isso há duas semanas.

— Sim. — Hades ri. — O fato de Juliette estar efetivamente exilada não significa que ela perdeu a clientela. Os Treze funcionam assim. Eles fazem uma coisa sob os olhos do público e outra atrás de portas fechadas.

— Mais uma vez, só quero te lembrar de que você é um deles.

— Tecnicamente.

A voz de uma mulher brota de algum lugar mais distante no armazém:

— É Hades que ouço?

Ele solta um suspiro quase silencioso.

— Oi, Juliette.

Por entre araras surge uma mulher negra de beleza atemporal, do tipo que começa nas passarelas e que só melhora com a idade. Seu cabelo preto e curto deixa o rosto à mostra, e eu suspiro diante de sua beleza. Parece uma pintura ou uma obra de arte. Perfeita. Graciosa, ela caminha em nossa direção, dando-me a certeza de que já desfilou por muitas passarelas. Juliette me analisa com um olhar único.

— Você me trouxe um presente. Que atencioso.

Ele me dá um leve empurrão na direção dela.

— Precisamos de uma mãozinha.

— Hummm. — Ela anda à minha volta como um tubarão, toda elegante e predatória. — Conheço essa garota. Ela é a filha do meio de Deméter.

— Isso mesmo.

Juliette para bem na minha frente e inclina a cabeça levemente para o lado.

— Você está muito longe de casa.

Não tenho certeza do que devo responder. Não consigo fazer uma boa leitura dessa mulher. Em geral, eu a colocaria entre as outras pessoas bonitas e poderosas que conheci, mas Hades confia nela o suficiente para me trazer aqui, o que deve significar alguma coisa. Por fim, dou de ombros.

— A cidade superior pode ser extremamente cruel.

— Não é? — Ela olha para Hades. — Você vai ficar ou vai embora?

— Vou ficar por aqui.

— Fique à vontade. — Ela me chama com um aceno. — Por aqui. Vamos tirar as medidas e decidir o que fazer.

As horas seguintes passam depressa. Juliette tira minhas medidas, depois me leva a prateleiras e mais prateleiras de roupas para eu experimentar. Esperava receber vestidos. Nada de roupas mais relaxadas e casuais. E, no momento em que ela traz as lingeries, estou sentindo muita dor nos pés.

Ela percebe, é claro.

— Quase acabando.

— Não vou ficar por aqui por tanto tempo. Não sei se tudo isso é necessário. — Sem mencionar que fico apavorada cada vez que penso no quanto isso vai custar. Duvido muito que Juliette venda fiado.

Ela balança a cabeça.

— Você sabe que não é bem assim. Os holofotes podem não ser tantos na cidade inferior, mas, se Hades está usando você para fazer uma declaração, então *faça uma declaração*.

— Quem disse que Hades está me usando para fazer uma declaração? — Não sei por que estou discutindo. É exatamente para isso que Hades e eu temos um acordo.

Ela olha para mim por um longo instante.

— Vou fingir que você não insultou minha inteligência. Conheço Hades há anos. O homem não faz nada sem ter um propósito, e ele certamente não roubaria a noiva de Zeus debaixo do próprio nariz se não quisesse ver o circo pegar fogo.

Nem pergunto como ela sabe que estou prometida a Zeus. A cidade inferior tem acesso aos mesmos sites de fofocas que a cidade superior; só porque não olhei as manchetes, não significa que elas não existam. Devem ter anunciado meu noivado e meu desaparecimento. Se Zeus e minha mãe não tivéssem tanta certeza de mim, talvez não tivéssemos chegado a esse ponto. Agora nós dois estamos encurralados e estou determinada a não ser a primeira a piscar.

Respiro fundo e me viro em direção à última prateleira.

— Então vamos de lingerie.

E assim levo mais uma hora percorrendo caminhos entre as prateleiras, até encontrar Hades acomodado em um canto do armazém o qual parece servir exclusivamente para esse propósito. Tem várias cadeiras, uma televisão que está no mudo e uma pilha de livros sobre uma mesa de centro.

De relance, vejo o que está nas mãos de Hades quando ele o fecha e coloca em cima da pilha.

— Não pensei que você fosse do tipo que gosta de true crime.

— E não sou. — Ele se levanta. — Você parece confortável.

— Vou interpretar o seu comentário como uma constatação dos fatos, não como um insulto. — Olho para minha legging e o suéter forrados de lã. Juliette também me deu um casaco bem quente para enfrentar a temperatura lá fora. — Você prometeu me mostrar um pouco desse lugar.

— Prometi — concorda ele, e então pega o casaco das minhas mãos, examinando-o como se quisesse determinar sua capacidade de me manter aquecida. Eu deveria estar irritada com tanta superproteção, mas tudo que sinto é um tipo estranho de quentinho no peito. A sensação aumenta quando ele coloca o casaco sobre meus ombros e olha para mim. Ajeita as lapelas, e quase parece que está me tocando, em vez do tecido. — Você está ótima, Perséfone.

Umedeço os lábios.

— Obrigada.

Ele olha por cima do meu ombro quando Juliette se aproxima, mas não recua nem abaixa as mãos.

— Caronte vem pegar o pedido ainda hoje.

— É claro. Divirtam-se, vocês dois. — E, em seguida, ela desaparece, movendo-se entre as várias prateleiras mais para o fundo do armazém.

Eu a vejo ir e franzo a testa.

— Não paguei.

— Perséfone. — Ele espera que eu o encare. — Você não tem dinheiro.

A vergonha aquece minha pele.

— Mas...

— Eu já cuidei disso.

— Não posso te deixar fazer isso.

— Não existe isso de você me *deixar* fazer algo. — Hades pega minha mão e me puxa para a porta da frente. Quase não percebo como agora ele me toca de um jeito casual. Parece muito natural, como se estivéssemos fazendo isso há bem mais tempo do que alguns poucos dias.

Ele não solta minha mão quando chegamos à rua. Simplesmente se vira e volta por onde viemos. Com ou sem botas, meus pés doem e sinto a exaustão se apoderando de mim em ondas. Ignoro as duas sensações. Quando terei outra chance de ver a cidade inferior, quanto mais com Hades de guia? É uma oportunidade muito grande para deixar passar só porque meu corpo ainda não está cem por cento.

E talvez eu só queira passar mais tempo com Hades.

No meio do caminho de volta para a casa, ele vira à direita e me leva a uma porta com flores pintadas em cores alegres. Como alguns outros comércios que vi durante nossa caminhada, tem colunas brancas dos dois lados da entrada. Não consegui ver as outras de perto, mas essas retratam um grupo de mulheres junto de uma cascata, rodeadas de flores.

— Por que algumas lojas têm colunas e outras, não?

— É um sinal de que este lugar está aqui desde a fundação da cidade.

A importância histórica me atordoa. Não temos isso na cidade superior. Ou, se temos, eu nunca soube. A história é menos importante para as pessoas no poder do que apresentar uma imagem polida, por mais falsa que seja.

— São muito detalhados.

— Foram todos feitos pelo mesmo artista. É o que diz a história, pelo menos. Tenho uma equipe cujo único trabalho é cuidar da manutenção e dos reparos, quando necessários.

Claro que tem. É claro que ele veria esse sinal da história como um consentimento, não como algo a ser apagado em favor do novo e brilhante.

— São lindos. Eu quero ver todos eles.

Ele olha para mim de um jeito estranho.

— Não sei se conseguiríamos passar por todos antes da primavera. Mas podemos tentar.

A estranha sensação de quentinho no meu peito floresce.

— Obrigada, Hades.

— Vamos entrar e fugir do frio — anuncia ele, inclinando-se para abrir a porta.

Não sei o que espero encontrar lá dentro, mas é uma pequena floricultura, com buquês dispostos em lindos baldes de lata ao redor dos balcões. Um homem branco de cabeça raspada e um impressionante bigode preto nos vê e se afasta da parede em que estava encostado.

— Hades!

— Matthew. — Hades o cumprimenta. — A estufa está aberta?

— Para você? Sempre. — Ele se abaixa, pega um molho de chaves que estava embaixo do balcão e o joga para Hades. Se não estivesse atenta, poderia confundir sua ânsia com medo, mas é ânsia mesmo. Está encantado com a presença de Hades, e mal disfarça a reação.

Hades acena com a cabeça.

— Obrigado. — E, sem dizer mais nada, me puxa pela sala até uma pequena porta escondida no canto de trás.

Por meio dela, entro em um corredor estreito e em uma escada até outra porta. Subo em silêncio, lutando para não estremecer quando cada passo provoca uma dor que ecoa por minhas pernas.

A visão que nos espera atrás dessa última porta faz o desconforto valer a pena. Cubro a boca com a mão e olho para tudo.

— Ah, Hades. É linda.

Uma estufa cobre o que espero ser a totalidade do telhado do edifício, abrigando fileiras e mais fileiras de flores de todos os tipos e cores. Há vasos pendurados com videiras e flores brancas e cor-de-rosa caindo em cascata. Rosas, lírios e flores para as quais não tenho nome alinhadas cuidadosamente sob linhas d'água habilmente ocultas. O ar quente e levemente úmido me aquece de imediato.

Ele fica para trás e me observa andar pelo corredor. Paro diante de um aglomerado de flores gigantes e roxas parecidas com bolas. Pelos deuses, são lindas. E então me escuto falando sem querer:

— Antes de minha mãe ser Deméter, quando eu era pequena morávamos na área rural no entorno do Olimpo. Havia um campo de flores silvestres onde minhas irmãs e eu brincávamos. — Eu me aproximo das rosas brancas e me inclino para cheirá-las, apreciando o perfume. — Nós fingíamos que éramos fadas, até que ficamos grandinhas demais para esse tipo de brincadeira. Este lugar me lembra de tudo isso.

Apesar de ser tudo cultivado, em vez de flores crescendo naturalmente, há uma aura mágica sobre esse lugar. Talvez seja um pouco da primavera no meio de uma cidade mergulhada no inverno. O vidro está levemente embaçado, escondendo o lado de fora e dando a impressão de estarmos no meio de um outro mundo.

Hades parece determinado a me levar através de portas e mais portas. Primeiro o cômodo atrás da porta preta. Agora esta pequena fatia floral do céu. Que outros tesouros a cidade inferior guarda? Quero conhecer todos eles.

Eu sinto Hades às minhas costas, embora ele mantenha uma distância cuidadosa entre nós.

— Aqui em cima é fácil se esquecer de que se está no Olimpo.

Um trunfo quando alguém carrega os mesmos fardos que Hades. Mesmo que ele não seja um membro publicamente ativo dos Treze, está ficando claro que tem muitas responsabilidades nos bastidores. Com toda a cidade inferior sobre seus ombros, é de se admirar que ele queira escapar de vez em quando.

Eu me viro e olho para ele, deslocado em seu terno preto e com a boa aparência melancólica como um cão do inferno que invadiu uma festa no jardim.

— Por que aqui?

— Gosto das flores. — Seus lábios se curvam um pouco. — E a vista daqui é excelente.

Por um segundo perco o ar, acho que ele está falando de *mim*. Está na maneira como me olha, como se o ambiente deixasse de existir à nossa volta. Prendo a respiração e espero o que ele vai fazer a seguir, mas Hades apenas volta a pegar minha mão e me leva pelo corredor, através de um conjunto de portas de vidro que eu não tinha notado até então. Passamos por elas e chegamos a uma segunda sala menor, a qual foi montada quase como uma sala de estar. Ainda há flores nas paredes, mas no centro do cômodo tem várias cadeiras e um sofá, todos arranjados em cima de um tapete grosso. Há uma mesa de centro baixa com uma pilha de livros, e toda a cena convida uma pessoa a se acomodar e se perder por algumas horas.

Hades contorna os móveis e para em frente à parede de vidro que faz fronteira com o perímetro do telhado.

— Olhe.

— Ah — murmuro.

Ele tem razão. A paisagem é excelente. Da estufa se vê a faixa curva do Rio Estige esculpindo uma divisão entre a cidade superior e a inferior. Esta seção do rio se curva formando um profundo C invertido, criando uma pequena península no lado da cidade superior, trazendo a água para mais perto de nós. A divisão entre as duas partes da cidade é quase imperceptível a partir desta posição. Não estamos perto do centro; os prédios do lado da cidade superior são mais antigos e mais variados do que estou acostumada a ver. Pergunto-me se têm o mesmo tipo de colunas que vi na cidade inferior, se o artista que as criou atravessou o rio para deixar sua marca.

— A loja é de um velho amigo da família. Tive alguns problemas quando era criança, e como punição tive que cuidar da estufa por algumas semanas.

Deixo de apreciar a paisagem e olho para ele.

— Que tipo de problema?

Ele faz uma careta.

— Isso não vem ao caso.

Agora que tenho que saber mesmo. Eu me aproximo e sorrio.

— Ah, poxa, Hades. Fala aí. Que tipo de coisa você aprontou?

Hades hesita, e a decepção ameaça azedar o clima, mas acaba resmungando de má vontade:

— Peguei o carro do dono para dar uma volta. Eu tinha catorze anos. Na época pareceu uma boa ideia.

— Que escandaloso da sua parte.

Ele olha para o rio.

— Eu queria dar o fora do Olimpo sem nem olhar para trás. Tem dias em que tudo isso é demais, sabe?

— Como sei... — sussurro. O desejo de tocá-lo aumenta, mas não tenho certeza se ele vai aceitar meu conforto. — Você foi pego?

— Não. — Hades olha para o vidro. — Cheguei ao limite da cidade e não consegui ir adiante. Nem mesmo tentei cruzar a fronteira para sair da cidade. Fiquei sentado naquele carro parado por algumas horas, xingando a mim mesmo, meus pais, Andreas. — Ao ver minha expressão confusa, ele explica: — Ele era o braço direito do meu pai. Depois que eles morreram, Andreas cuidou de mim. — Então passa a mão no cabelo. — Voltei, devolvi o carro e contei a Andreas o que tinha tentado fazer. Ainda não sei ao certo se a estufa foi um castigo ou a maneira dele de me dar um tempo.

Meu coração dói pela versão de catorze anos desse homem, que deve ter sofrido tanto.

— Parece que trabalhar aqui ajudou.

— Aham. — Ele encolhe os ombros como se não significasse nada, quando não poderia ser mais óbvio que significa tudo. — Ainda ajudo às vezes, mas desde que Matthew assumiu o lugar do pai, ele fica nervoso como um gato numa sala cheia de cadeiras de balanço toda vez que eu apareço.

Dou risada.

— Um caso sério de idolatria.

— Não é isso. Ele tem medo de mim.

Não escondo o espanto.

— Hades, se ele tivesse um rabo, teria abanado no segundo em que você entrou. O medo não funciona assim. Pode acreditar, eu sei bem do que estou falando. — Ele não parece convencido. Mas está ficando bastante óbvio que Hades se mantém afastado de todos os outros. Não é espantoso que não reconheça a verdade de como as pessoas o enxergam, quando ele procura apenas pelo medo em seus olhos. Estendo a mão e toco seu braço. — Obrigada por me mostrar aqui.

— Se você quiser voltar a qualquer momento e eu não estiver disponível, mandarei que alguém te faça companhia. — Ele se mexe, quase como se estivesse desconfortável. — Sei que a casa pode ficar asfixiante e, embora aqui seja suficientemente seguro, não acredito que Zeus não vá tentar alguma coisa se o pessoal dele te vir andando sozinha.

— Estou realmente ansiosa para explorar a casa. — Olho em volta. — Mas vou aceitar esse convite, sem dúvida. Este lugar é muito reconfortante. — Um bocejo me surpreende, e cubro a boca com a mão. — Desculpe.

— Vamos voltar.

— Ok.

Não sei se é estresse, a noite mal dormida, ou se Hades está certo e sou muito boa em ignorar os sinais do meu corpo. Certamente, não é a última opção. Dou um passo e depois outro, movendo-me por pura teimosia. Mas, no terceiro degrau, a sala adquire uma ondulação doentia e meus joelhos se transformam em gelatina. Estou caindo e já sei que não vou levantar as mãos a tempo de me salvar.

— Sua bobinha teimosa — resmunga Hades, que me ampara com os braços antes de eu cair no chão. — Por que não disse que estava se sentindo tonta?

Levo um longo momento para entender que estou, mais uma vez, nos braços de Hades, por isso o contato violento com o chão nunca veio.

— Estou bem.

— Está bem porra nenhuma. Você quase caiu de cara no chão. — Ele anda pela estufa e desce a escada pulando os degraus, com uma expressão de tormenta. — Você e todos os outros que fazem parte da sua vida podem até estar dispostos a brincar com sua saúde, mas eu não estou.

Vejo de relance um Matthew assustado quando Hades joga as chaves de volta, e então estamos na rua. Eu me remexo em seus braços.

— Posso ir andando.

— É claro que *não* pode. — Ele percorre os quarteirões entre a floricultura e sua casa em um ritmo surpreendente. Estava mesmo contendo a rapidez dos passos quando caminhamos mais cedo. Parte de mim quer continuar discutindo, mas a verdade é que ainda estou um pouco tonta.

Ele praticamente chuta a porta da frente. Em vez de me colocar no chão como eu esperava, Hades sobe a escada sem parar no segundo andar. Por mais que eu me ressinta por ser tratada feito uma criança — mesmo que talvez devesse ter avisado no caminho para a estufa que não me sentia bem —, ele despertou minha curiosidade. Georgie me encontrou esta manhã antes que eu tivesse a chance de fazer qualquer exploração real, e as únicas partes que vi foram a masmorra do sexo, meu quarto e a cozinha. O terceiro andar é uma completa novidade para mim.

Isso me anima um pouco.

— Para onde estamos indo?

— Você obviamente não é confiável e não sabe cuidar de si mesma, por isso tenho que ficar de olho.

Acabo por desistir e descanso o rosto em seu ombro. De verdade, não deveria gostar tanto de ser carregada por este homem.

— Deve ser só hipoglicemia — murmuro. — Nada com que se preocupar. Só preciso comer alguma coisa.

— Nada com que se preocupar — repete ele, como se não entendesse as palavras. — Você tomou café da manhã há poucas horas.

Minha pele esquenta e não consigo encará-lo.

— Belisquei alguma coisa.

— Perséfone — ele emite um barulho espantoso, como um rosnado. — Quando foi a última vez que você fez uma refeição completa?

Não quero ser honesta, mas sei que não devo mentir quando ele está desse jeito. Examino minhas unhas.

— Acho que foi o café da manhã no dia da festa.

— Isso foi há três dias.

— Eu comi depois disso, é claro. Mas não da forma como acho que está perguntando. — Ele não responde de imediato, então o encaro. Hades ficou tão frio, que é surpreendente que minha respiração não apareça no ar entre nós. Enrugo a testa. — Eu não como quando estou estressada.

— Isso muda a partir de agora.

— Você não pode simplesmente decretar que algo vai mudar e fazer a mudança acontecer.

— Só observe, então — grunhe ele.

Hades abre uma porta para o que parece ser um escritório, embora eu consiga ver uma cama do outro lado do cômodo. Ele caminha até o sofá e me põe no chão.

— Não se mexa.

— Hades.

— Perséfone, juro pelos deuses, se não me obedecer desta vez, vou te amarrar e te obrigar a comer. — Hades aponta um dedo para mim. — Não saia dessa merda de sofá. — Ele sai do cômodo.

Mostro a língua para a porta fechada.

— Que drama queen.

A tentação de bisbilhotar é quase esmagadora, mas não acho que ele esteja blefando quanto à ameaça de me amarrar, por isso reprimo a curiosidade e fico quieta.

Hades não me faz esperar muito. Pouco menos de dez minutos depois, a porta é aberta e ele entra, seguido por cerca de meia dúzia de pessoas.

Sinto que arregalo os olhos cada vez mais quando um deles monta uma pequena mesa na minha frente e os outros cinco colocam sobre ela comida para viagem enviada de cinco restaurantes diferentes.

— O que é isso, Hades? Você roubou a comida de alguém? Como trouxe tudo isso tão rápido? — Registro a quantidade. — Não vou dar conta de comer *tudo* isso.

Ele espera até que as pessoas saiam e então fecha a porta.

— Você vai comer um *pouco* de tudo isso.

— Quanto desperdício.

— Fala sério. Meu povo adora comida requentada de um jeito quase profano. Depois que você terminar, a comida que não for consumida não vai durar até o fim do dia. — Ele reorganiza as caixas e empurra a coisa toda para perto de mim. — Coma.

Uma parte nada insignificante de mim quer teimar apenas pelo simples ato de resistir. Mas isso é bobagem. Se estou tonta, significa que preciso de calorias, e há um banquete delas bem na minha frente. Pura lógica. Olho para ele.

— Pare de olhar para mim enquanto tento comer.

— Os deuses que me livrem. — Ele caminha até a mesa do outro lado da sala. É menor do que eu esperava, embora a madeira escura e as figuras esculpidas nas pernas confiram a ela um toque dramático.

Na primeira chance que tiver, estarei no chão tentando descobrir o que essas esculturas representam. Quero ver se combinam com o estilo das colunas dos prédios.

Este não é o lugar onde ele conduz o trabalho de verdade. Não pode ser. Hades parece pau no cu o suficiente para preferir seu espaço de trabalho limpo e organizado, mas isso aqui é arrumado demais para ser usado dia após dia. Mais do que isso, o quarto dele fica logo depois da porta do canto. Ninguém faz reuniões tão perto de onde dorme. Seria muita idiotice.

O que não explica por que ele me trouxe aqui, em vez de escolher um dos muitos outros cômodos da casa.

Afasto o pensamento e, enquanto examino minhas opções de comida, os pensamentos voltam à estufa. Mesmo irritada com a arrogância de Hades, não posso ignorar que ele me deixou ver alguma coisa atrás da cortina. Aquele lugar é muito especial, e Hades me deu acesso a ele, planeja continuar me dando acesso a ele. Para alguém tão obviamente fechado, esse é um presente de grande valor.

Não tenho certeza se isso significa alguma coisa, mas parece que sim. Se ele é capaz de confiar tanto em mim, suponho que posso tentar deixar de ser esse pé no saco que sou, pelo menos quando o assunto é cuidar de mim mesma. Mesmo que goste de como Hades se torna superprotetor e agressivo.

Tenho certeza de que posso encontrar outra maneira de provocá-lo.

Na verdade, já tenho várias ideias quanto a isso.

13

HADES

Perséfone me colocou em uma posição nada invejável. E ela está certa, precisamos espalhar o quanto antes aos quatro ventos que estamos juntos, mas também está provando sem parar que colocará a própria saúde e segurança em último lugar em sua longa lista de prioridades. Aqueles cuzões da cidade superior podem aplaudi-la por isso, mas por essas bandas significa que não posso confiar na honestidade dela para comigo. Ou seja, se eu não tomar cuidado, posso machucá-la.

Não quero ser cuidadoso. Porra, nunca estive tão perto de perder o controle com outra pessoa antes. Cada comentário inteligente que sai daqueles lindos lábios rosados e cada sinal de humor naqueles olhos castanhos me fazem querer arrastá-la para a escuridão comigo. Adivinhar todas as suas fantasias mais sombrias e imundas que ela mal conseguiu admitir para si mesma... e depois realizar cada uma delas.

Mas isso não explica por que a levei para a estufa. Aquele lugar não tem nada a ver com reputação ou sexo. É um dos meus poucos refúgios. Só a levei lá porque ela também parece estar precisando de um pouco de refúgio. É isso. Simples, realmente. Não há razão para pensar mais nisso.

Viro uma página do livro em minhas mãos e, com o canto dos olhos, a vejo comer. Seus movimentos são curtos e irritados, mas Perséfone parou de me olhar como se quisesse me furar com o garfo.

Demora mais do que eu esperava para ela se recostar na cadeira com um suspiro.

— Não consigo comer mais nada.

Eu a ignoro e viro outra página. Vai ser uma dor de cabeça voltar e descobrir onde eu realmente parei neste livro, porque tenho certeza de que não estou absorvendo nada. Perséfone resmunga um palavrão que por bem pouco não me faz sorrir e se acomoda melhor no sofá.

Ela começa a roncar suavemente em questão de minutos.

Balanço a cabeça e me levanto. Como, em nome dos deuses, ela conseguiu chegar tão longe ignorando suas necessidades mais básicas? A mãe dela é Deméter há anos. Uma pessoa só pode avançar cegamente por um certo tempo, antes que tudo desmorone ao seu redor. Pelo que parece, ninguém ensinou essa lição a Perséfone.

Eu mando uma mensagem para Caronte e, alguns minutos depois, ele e outros dois aparecem para levar a comida embora sem emitir nenhum barulho. Puxo um cobertor do pequeno baú encostado na parede e cubro Perséfone. Ela parece menor quando dorme. Isso desperta em mim instintos que eu pensava nem ter. Mais uma vez, tudo nessa mulher confunde meus instintos.

Observo seu sono por um tempo, avaliando a respiração. Ela está bem. Sei que está. Não sei por que tenho tanta certeza de que, no momento em que me virar, ela vai descer de rapel pela lateral da minha casa ou tocar o terror.

Meus planos originais para esta noite precisam ser revisados, o que significa que preciso fazer algumas ligações.

No momento em que Perséfone acorda, algumas horas mais tarde, tenho tudo em andamento como eu queria. Ela se senta como se alguém tivesse disparado uma arma perto de sua cabeça e olha para mim, assustada.

— Peguei no sono.
— Aham.
— Por que você me deixou dormir?

Ela usa um tom tão acusatório que quase sorrio. De novo.

— Você estava precisando. Tem uma hora para se arrumar. Juliette já mandou algumas coisas para esta noite. Estão na minha cama. — Ela continua olhando para mim sem se mexer, e movo as mãos, apressando-a. — Você está determinada a me convencer de que está bem. A menos que realmente não esteja se sentindo bem para isso...

— Estou bem. — Ela quase se enrosca no cobertor ao se levantar, mas consegue se equilibrar. Perséfone me encara. — Eu tenho meu próprio quarto, sabe?

Quanto mais tempo ela passa aqui, fica mais difícil lembrar que não é realmente minha, que não é meu dever protegê-la. Sim, prometi segurança a ela, mas as coisas mundanas do dia a dia não se enquadram nesse guarda-chuva. A menos que eu queira. Não tenho o direito de dizer a ela que vai ficar no meu quarto daqui para frente, não importa o quanto a ideia me atraia.

— Vá se arrumar.

Ela franze a testa, mas acaba se movendo e indo para o meu quarto. Perséfone para ao passar pela porta.

— Se eu demorar muito, você vai chutar a porta por ter certeza de que desmaiei?

Ainda bem que não sinto culpa, ou poderia ficar vermelho.

— Você tem um histórico de ignorar as necessidades do seu corpo. E isso com base apenas nas últimas quarenta e oito horas.

— Foi o que pensei — ela sorri para mim de um jeito absolutamente angelical; se eu tivesse pelos, eles estariam eriçados diante disso. Perséfone morde o lábio inferior. — Por que não evitamos a entrada dramática? Você pode brincar de cão de guarda e supervisionar ao mesmo tempo. — Ela pressiona os dedos contra as têmporas. — Não corro o risco de desmaiar, mas nunca se sabe, né?

Sinto meu corpo esquentar, e tenho que me segurar para não me aproximar dela.

— Você não está tentando me fazer perder o controle, está?

— Claro que não. — Ela se vira, e os passos provocam um balanço mais pronunciado dos quadris, algo que não tinha antes.

Enquanto observo, Perséfone tira o suéter pela cabeça e o joga no chão. Não está usando nada embaixo dele.

Mesmo dizendo a mim mesmo para aguentar firme, eu a sigo até o meu quarto. Ela faz uma pausa na porta do banheiro e tira a legging que está usando, se dobrando para frente. Cacete. Sou presenteado pela visão de sua bunda redonda, e em seguida ela desaparece banheiro adentro.

Segui-la é um erro. Ela mais uma vez está tentando comandar o espetáculo e, se eu deixar...

Estou com dificuldade para me lembrar do motivo para ter que manter o controle. Ela pode acender a faísca que nos transforma em um inferno, mas sou dominante demais para deixá-la dirigir as coisas por muito tempo. Também sou bem autoconsciente para perceber quando estou arrumando desculpas esfarrapadas. E todo esse conhecimento não é suficiente para me impedir de segui-la até o banheiro.

Perséfone entra no chuveiro como se não fosse a tentação em vida. Gosto de ver que não se sente nem um pouco constrangida por estar nua na minha frente. Que é destemida o bastante para agarrar o tigre pela cauda. Porra, eu meio que *gosto* dela.

— Perséfone.

Ela para e olha para mim, por cima do ombro.

— Sim, senhor?

A mimadinha sabe exatamente o que está fazendo comigo, e está aproveitando cada momento. Verdade seja dita, eu também estou. Vou me sentar no banco perto da entrada do chuveiro, bem longe do jato de água.

— Venha cá.

Seu sorriso é nada menos que radiante. Ela dança de volta para mim e para antes de seus joelhos tocarem os meus. É uma deusa dourada com longos cabelos loiros, seu corpo é uma tentação que não tenho intenção de ignorar.

— Sim, senhor?

— Sua boca está obedecendo, mas suas atitudes, não.

Ela faz aquela coisa adorável de morder o lábio novamente, os olhos dançando.

— Isso significa que quer recompensar minha boca, suponho.

Fico surpreso a ponto de rir. Parece tão engessado quanto soa, mas gosto de como os lábios dela se curvam em resposta. Não é o sorriso radiante de manhã de sol. Não, essa expressão é diversão autêntica. Eu bufo.

— Não me surpreende nem um pouco que você tenha chegado a essa conclusão.

Ela se inclina um pouco para frente, colocando os mamilos rosados bem na altura dos meus olhos.

— Posso escolher minha recompensa?

Devagar, nego com a cabeça.

— Você está perdendo tempo. Chuveiro, Perséfone.

Ela hesita por um instante, como se eu a tivesse pegado de surpresa, mas obedece. Em alguns segundos, o vapor quente está me envolvendo. Ela se coloca embaixo do jato e, sem pressa, passa as mãos pelo corpo. Provocando-me. Provocando a si mesma. Não sei qual é seu objetivo principal, mas isso não importa. Meu pau está tão duro que mal consigo pensar direito para lembrar por que não posso tocá-la. Ainda não.

Afinal de contas, se eu começar, não vou conseguir parar. Ontem à noite foi meu limite. Se ela não estivesse praticamente implorando pela minha pica, eu poderia ter uma chance melhor de resistir, mas Perséfone quer ainda mais do que eu, algo que vinte e quatro horas atrás eu não achava possível. Agora? Não confio em nós dois juntos. Se eu arrastar essa mulher para minha cama, não vamos dar as caras por dias, semanas até. Pode resultar em muito prazer, mas não vai servir para atingir o coração de Zeus. O que o resto do Olimpo não sabe não o machuca.

E é esse o problema.

Perséfone puxa os mamilos e desliza as mãos pela barriga. Já estou balançando a cabeça.

— Não.

— Não?

— Você ouviu o que eu disse.

Ela apoia as mãos nos quadris.

— Você me quer.

— Sim.

— Então *venha*.

Sim, é oficial. Eu gosto dela. Contenho um sorriso.

— Vou fazer isso. Quando estiver pronto. — E assim fico em pé. — Você parece ter as coisas sob controle. Não demore muito. Esteja você pronta ou não, saímos em... — Olho para o relógio. — Quarenta minutos. Portanto, é melhor se apressar.

Os palavrões dela me seguem até o quarto. Só então me permito sorrir. Não esperava dançar essa valsa com ela, muito menos gostar tanto. Volto para o escritório e me sento para esperar.

Trinta e oito minutos depois, Perséfone entra na sala.

— Fale a verdade, Hades. Você tem um fetiche na Princesa Leia, não é?

Eu a encaro. Mudo. Sem palavras. Ela prendeu o cabelo em um penteado que lembra uma coroa e vestiu as roupas que preparei para ela. É um conjunto de sutiã e calcinha que seria comum, não fosse pelas alças de seda que emolduram os seios e envolvem sua cintura e quadril.

Devo admitir que a saia é muito parecida com o traje de banho de Leia, com um tecido longo e transparente nas costas e outro estreito na frente.

Ela parece um presente que mal posso esperar para desembrulhar.

Faço um movimento giratório com o dedo indicador. Perséfone bufa, mas obedece, virando-se devagar. Tecnicamente, tanto o sutiã quanto a calcinha cobrem tudo, mas são de renda e dão um toque tentador aos mamilos e à boceta. Eu a quero na minha boca, e quero agora mesmo.

Assim que ela me encara novamente, eu me controlo. Na maior parte, pelo menos. Então fico em pé e estendo a mão.

— Tenho algo especial planejado para esta noite.

— Não espero menos que isso. Levei vinte minutos inteiros para entrar nessa coisa. — Ela puxa uma das tiras e estremece. Cada passo que dá em minha direção exibe as pernas. Ela é magnífica. Olho para seus pés, e ela reage rapidamente, antes que eu possa dizer qualquer coisa. — Fiz curativos pequenos. Não precisava dos grandes.

É tentador examinar, mas o brilho ardente em seus olhos diz que ela está apenas esperando eu tentar, para assim poder me atacar de novo. Não estou disposto a reconhecer que exagerei nos cuidados com ela, não quando aparentemente tenho que ser cuidadoso por nós dois, mas esta noite pretendo ficar atento. O pensamento me faz sorrir.

— Vamos lá.

Saímos da sala juntos e encontramos Caronte nos esperando. Ele olha de relance para Perséfone, mas mantém a atenção em mim.

— Estamos prontos.

Não recebo mais pessoas com a mesma frequência de antes. Existem outros locais ao redor da cidade inferior que atendem aos ricos e excêntricos interessados em se divertirem com o lado sombrio. Minha casa não está aberta a qualquer um; é só para convidados. Houve uma época, quando eu tinha vinte e poucos anos, em que eu não dava a mínima para quem aparecia, e minha imprudência dava às minhas festas um status quase lendário, o que só fazia aumentar o mito de Hades. Isso foi há muito tempo. Agora, escolho a dedo quem entra por aquelas portas.

Esta noite, afrouxei um pouco as rédeas, escolhi alguns nomes da longa lista de espera. Caronte e mais algumas pessoas vão garantir que os novos convidados fiquem nos lugares apropriados e não tenham nenhuma ideia engraçadinha de bisbilhotar.

— Duas pessoas na porta?

— Sim, Hades.

— Mais nas outras entradas.

Ele não revira os olhos, mas é o que parece querer fazer.

— Revisamos todo o plano mais cedo. Eu o segui de acordo com suas especificações. Está tudo certo. Ninguém vai acabar onde você não quer.

Não acho que é o suficiente, mas vai ter que servir.

— Bom.

Descemos até a porta que mostrei para Perséfone no dia anterior. Brilha tanto que é quase um espelho quando nos aproximamos, e o reflexo mostra a mim no meu terno e a ela naquela roupa... Perséfone é um presente bonito, uma bela refém, e eu sou o filho da puta assustador que vai arrebentar qualquer um que tente tirá-la dos meus braços.

Eu me sacudo mentalmente. Não adianta pensar assim. Ela até pode ser minha enquanto isso durar, mas *não* é minha de fato. Não é para conservar. Não posso me dar ao luxo de esquecer isso, nem mesmo por um segundo.

Caronte se posiciona ao lado da porta. Encaixo a mão de Perséfone na curva do meu braço.

— Estamos prestes a ter uma plateia. Desta vez vai ser de verdade.

Ela respira fundo.

— Estou pronta.

Não está, não, mas isso é parte do significado desta noite. Facilitar para ela. Clamá-la, sim, mas de um jeito que não a jogue no fundo do poço para se afogar.

— Eu sou sua âncora. Não se esqueça disso.

Os lábios dela se curvam como se ela quisesse dar uma resposta engraçadinha, mas, por fim, balança a cabeça.

— Eu posso ser obediente.

Dou risada. Porra, é a quarta vez em um período de vinte e quatro horas. Ignoro o olhar surpreso de Caronte e aponto para a porta.

— Vamos lá.

Entrar na sala é sempre um pouco como entrar em outro mundo, mas hoje à noite o efeito é mais pronunciado. A iluminação baixa faz o espaço parecer maior do que realmente é. Perséfone acertou em cheio ontem; é de fato a antítese do salão de banquetes de Zeus. A luz prateada lançada do teto na água dá a impressão de que estamos em algum lugar abaixo da superfície do mundo. Uma verdadeira fantasia do submundo.

As luzes ainda não iluminam completamente o palco. Esse será o sinal de que o espetáculo está prestes a começar. Agora, as pessoas estão espalhadas nos sofás e cadeiras. Algumas conversando, outras já começando festinhas próprias. As regras da cidade superior não se aplicam aqui, e as pessoas que atravessam o rio tendem a se jogar no prazer com um abandono imprudente.

Diminuo a velocidade, dando tempo para Perséfone se acostumar com a iluminação baixa. Dou tempo para os nossos convidados nos verem, perceberem que as coisas estão finalmente começando. Os olhos se voltam para nós, e um murmúrio baixo paira sobre a sala quando percebem quem está me acompanhando.

Conduzo Perséfone ao trono escuro que fica encostado na parede no centro da sala. É dramático demais e absolutamente ridículo, mas serve ao seu propósito. Um rei só é rei se todos que o cercam o reconhecerem. Posso nunca mais voltar a colocar os pés na cidade superior, mas é bom para os meus interesses fazer cada pessoa nesta sala lembrar quem é que *manda* aqui.

Afinal, tenho uma reputação a zelar.

Eu me sento na cadeira e puxo Perséfone para se sentar no meu colo. Ela está tão tensa que eu poderia ter uma estátua empoleirada em minhas coxas. Levanto uma sobrancelha.

— Se você não relaxar, vai ficar dolorida.

— Todo mundo está olhando — responde pelo canto da boca.

— Esse é o ponto da coisa.

Ela olha para as mãos entrelaçadas, e sua mandíbula se contrai.

— Sei que esse é o ponto, mas saber e vivenciar são duas coisas muito diferentes.

Por isso mudei os planos iniciais desta noite. Ela é muito destemida, avança mesmo quando mente e corpo estão gritando para que desacelere. Afundo mais na cadeira, levando-a comigo. No início, ela resiste, mas, quando lanço um olhar significativo em sua direção, ela me permite ajeitá-la para que fique encostada no meu peito.

— O show vai começar em breve. — E então ela se distrai o suficiente para deixar de se preocupar com todos os outros na sala.

— *Qual* show?

Eu me permito um sorriso e passo um braço em torno de sua cintura. As luzes diminuem ainda mais na sala toda, e as que são dirigidas para o centro do palco ficam um pouco mais brilhantes.

— Você se lembra de estar exposta?

— É claro. Aconteceu ontem mesmo.

Eu a seguro com mais firmeza. Em outra noite, me interessaria mais mantê-la insegura, mas eu a quero à vontade.

— Você não vai estar lá em cima esta noite.

Percebo como seus músculos relaxam com sutileza. Sei que a ideia de ser observada a excita, mas ela é nova nisso. Ser posta no centro seria demais, cedo demais, e não posso negar que quero muito que ela aprecie esse momento comigo.

— Não vou, é?

— Não. Agora relaxe e aproveite o espetáculo — murmuro em seu ouvido. — É todinho para você.

14

PERSÉFONE

Como posso me concentrar no "show", se Hades está me tocando em todos os lugares? Suas coxas duras embaixo das minhas, o peito sólido nas minhas costas, o braço como uma faixa de ferro em meus quadris, e nada disso me incomoda nem um pouco. Eu me mexo ligeiramente e sinto a tensão de Hades me segurando sem de fato me segurar.

— Fique quieta.

Mudo de posição de novo só para contrariar, e me arrependo da decisão ao sentir o pau duro dele contra meu rabo. Uma tentação à qual não estou autorizada a ceder, ainda não, pelo menos. Achei que poderia convencê-lo a mudar de ideia no chuveiro, mas deveria ter pensado melhor. Hades não hesitou. Se não consegui convencê-lo a me pegar nua e molhada, certamente não tenho nenhuma chance agora, com ou sem lingerie requintada.

Por um momento, distraio-me com as duas pessoas que sobem no palco. Um homem branco e uma mulher branca e gorda que não reconheço. Ele veste calça de couro de cintura baixa e ela não usa nada. Deve haver quase cinquenta pessoas na sala, mas ele só tem olhos para ela. De onde estou, não consigo ouvir o que dizem um para o outro, mas ela cai de joelhos graciosamente como se o movimento fosse pura memória muscular.

Sinto uma resposta física, um pulsar em meu corpo, um profundo reconhecimento. Relaxo no colo de Hades e inclino um pouco a cabeça.

— Quem são eles?
— E isso importa? Olhe para a frente. Preste atenção.

Suspiro e olho de novo para o palco. O homem toca o queixo da mulher e inclina sua cabeça para cima. O que ele diz provoca nela um sorriso beatífico. Ele ainda não fez nada, mas, apesar de tudo, estou extasiada. Ele se afasta alguns passos, e é então que percebo que tem uma bolsa na beirada do palco. O homem pega um pedaço de corda e começa a amarrar sua parceira.

É *quase* o suficiente para não ver que cabeças ainda estão voltadas em nossa direção. Por causa das sombras, não consigo ver a maior parte do público com clareza, mas não há como confundir um murmúrio baixo que começou quando chegamos e ainda não diminuiu. Ouço meu nome sendo pronunciado e tenho que lutar contra a tensão.

Não há como recuar agora. Nunca houve.

Fecho os olhos por um longo momento, lutando contra a sensação de vibração no peito. Eu escolhi isso. Vou me manter firme e forte com essa escolha. E uma pequena parte proibida de mim gosta da atenção, gosta do choque que sei que algumas dessas pessoas estão experimentando. Quero continuar provocando esse choque nelas.

Respiro devagar e volto a me concentrar no casal sobre o palco. O homem já está no meio da tarefa de amarrar a parceira. Cada torção, cada corda com que ele envolve o corpo curvilíneo dela faz a tensão aumentar em mim. É como ver um artista criar uma obra-prima, exceto que a obra é outra pessoa e o desejo óbvio entre os dois pulsa a cada minuto que se passa. Minha respiração fica entrecortada, e tenho que lutar contra o desejo do meu corpo de se mover contra o de Hades.

Os lábios dele tocam a curva da minha orelha.

— É a submissão ou a exibição que está te deixando toda quente e com inveja?

— Está todo mundo de olho — sussurro de volta. — Podemos vê-la inteirinha. — Pelo menos podemos ver agora, porque ele amarrou as pernas dela de forma que ficassem arreganhadas e está trabalhando em uma série de nós entre as coxas. O rubor se espalhando por sua pele diz que ela está gostando de viver aquilo ainda mais do que eu estou gostando de ver.

Hades se move, deslizando sem pressa alguma a ponta dos dedos por meu estômago. Levo vários segundos para perceber que ele está acompanhando as tiras que cruzam meu corpo, e mais alguns segundos para fazer a conexão entre o que estou vestindo e a cena que se desenrola diante de nós. Sua respiração acaricia meu pescoço.

— Vou te tocar agora.

— Você já *está* me tocando. — Não sei por que estou discutindo, agindo como se não estivesse prendendo a respiração para não implorar para que me toque mais.

— Perséfone. — Um pouquinho de censura misturado com humor. — Fale que você não vai gozar mais forte que ontem à noite se eu te tocar bem aqui na frente de todo mundo... Fale e então eu paro.

Não posso falar sem acabar mentindo. De repente, quero que ele me leve para aquele palco, que me dobre sobre uma cadeira ou só me jogue no chão e me foda ali mesmo, com todos os olhos sobre nós. Já estão olhando para nós, mesmo que não possam nos ver com mais clareza do que eu posso vê-los. Eles vão notar que Hades está enfiando a mão na minha calcinha? Eu quero que notem?

Quero.

Vou um pouco mais para trás e abaixo os braços para pressionar o corpo contra o quadril dele. A nova posição deixa meu corpo completamente aberto para Hades. Engulo e me esforço para alcançar um tom agradável e contrito, em vez de exigente.

— Por favor, me toque, Hades.

— Você está especialmente motivada com seu prazer em jogo. — Ele ri contra o meu ombro. Apesar de eu quase implorar, Hades não tem pressa. Desliza o dedo médio ao longo da alça que cobre minha cintura. — Metade dos olhos deste lugar está sobre você, Perséfone.

Eu tremo, pressionando minhas mãos com ainda mais força em seus quadris e me esforço para ficar quieta.

— Bem, estamos mandando uma mensagem, não é mesmo?

— Sim, estamos. Olhe em volta. — Se ele fosse literalmente um demônio sobre meu ombro, não poderia ser mais tentador. Hades deixa a mão descer mais um centímetro, até o dedo mindinho roçar o topo da minha calcinha através da frente da saia.

Com certeza, ele tem razão. Apesar da pouca luminosidade, posso ver com clareza que metade das pessoas na sala está olhando para nós, não para o casal no palco. É quase como se *elas* estivessem aqui para aumentar o *meu* prazer. Não imaginei olhos em mim quando Hades me afagou ontem? Quando estávamos no mesmo palco e ele me fez gozar tão forte que minhas pernas tremeram? Acontece que a coisa real é exponencialmente mais quente.

A barba de Hades faz cócegas no meu ombro nu.

— Saia transparente. Calcinha de renda. Eles vão poder ver tudo o que eu faço com a sua boceta linda. Está preparada?

Será que estou?

Tenho certeza de que posso morrer aqui mesmo, se ele não continuar com essa magia de luxúria que está fazendo comigo. Lambo os lábios e luto para não levantar o quadril para guiar a mão dele para baixo.

— Sim, senhor.

Ele beija meu ombro.

— Diga a palavra e tudo isso para. Nenhum dano, nenhum problema.

Para alguém tão determinado a ser chamado de monstro, ele investe forte no meu prazer e consentimento. Sinto uma onda de emoção que se parece muito com poder. Não estou no comando. Nem mesmo se eu forçar, e muito, minha imaginação. Mas saber que, seja lá o que Hades faça comigo, essa é uma escolha *minha*? É mais que sexy.

— Eu sei. Confio em você.

A mais simples hesitação, como se eu o tivesse surpreendido.

— Que bom. — Ainda assim, ele se move lentamente, deslizando a mão para baixo para me tocar entre as pernas através da saia. O tecido é tão fino que nem existe, e não consigo evitar um pulinho ao sentir o calor de sua palma. Ele murmura um palavrão. — Consigo sentir o quanto está molhada.

— Faça alguma coisa quanto a isso.

Ele me aperta, me segura naquele lugar íntimo como se fosse meu dono.

— Um dia, você aprenderá a parar de tentar me dar ordens.

E assim ele usa a mão livre para tocar meu seio direito e puxa a renda para baixo, expondo-me à sala. Projeto o corpo para trás, mas o peito dele limita o movimento e a mão entre minhas pernas me acompanha, pressionando meu corpo contra o dele. Hades repete o tratamento no meu seio esquerdo. Ainda estou coberta pelas tiras de seda, mas meus mamilos estão nus e à mostra. Ele faz um som baixo de reprovação.

— Só por esse ato de rebeldia, vou fazer você gozar forte e de forma barulhenta bem aqui, na frente de todos eles.

Nem me ocorre cobrir os seios. Em vez disso, abro as pernas um pouco mais.

— Faça o seu pior.

— Meu pior, Perséfone? — Sua voz fica mais baixa, quase um rosnado. — Você mergulha um dedo do pé na água e pensa que está pronta para atravessar o Rio Estige a nado. Você não é capaz de começar a lidar com o que o meu pior tem a oferecer. — Então, por fim, move a mão para cima, apenas para enfiá-la na minha calcinha e me penetrar com dois dedos. O contato me faz arquear as costas, mas a outra mão está lá, segurando meu pescoço e me mantendo no lugar. — Consegue sentir os olhos de todos eles em você?

Quero continuar peitando Hades, mas meu cérebro ficou todo confuso pelo prazer. Ele nem mesmo está me fodendo com os dedos. Está só me segurando, me possuindo de uma maneira como nunca experimentei antes. Como se estivesse declarando minha posse na frente de uma sala inteira de testemunhas, da maneira mais primitiva possível. *Não, a maneira mais primitiva possível seria me dobrar sobre essa cadeira e me foder até eu gritar.* Eu tremo.

— Sim — suspiro. — Sinto que eles estão assistindo a tudo.

— Sabe o que eles veem? — Ele não se move, apenas me prende contra si. — Eles veem um monstro prestes a devorar uma linda princesa. Eles me veem pegando alguém igual a eles e a arrastando para a escuridão comigo. Estou arruinando você diante dos olhos deles.

— Que bom — sussurro, selvagem. — Acabe comigo, Hades. Eu quero que você me destrua.

— Está ficando apertadinha. — A voz dele fica ainda mais profunda. — Você gosta disso.

— Claro que gosto. — Hades move a mão, esfrega meu clitóris com a palma e, de repente, palavras estão saindo da minha boca: — Gosto de você declarando que me possui.

— É isso que estou fazendo? — Ele finalmente começa a mover a mão, os dedos encontram o ponto G e o acariciam de leve.

— Não é? — Tenho que me esforçar para não levantar o quadril e para não gemer. — Declarando a posse. Me maculando. Advertindo todos os outros.

— Perséfone — ele fala meu nome como se fosse uma música que memorizou recentemente. — Quem disse alguma coisa sobre alertar todos os outros? — Ele morde minha orelha. — E se eu quiser compartilhar? E se eu puxar sua calcinha para o lado e deixar quem estiver interessado vir aqui e te foder contra o meu peito?

Meu corpo inteiro se contrai, mas estou muito atordoada para decidir se é um protesto ou desejo.

— Você faria isso?

Ele fica parado por um momento interminável. Depois solta um palavrão e me puxa para mudar minha posição, colocando-me sentada em seu colo na transversal. Ele agarra meu cabelo com uma mão e abre minhas pernas com o outro cotovelo. E então ele para de me provocar. Cada penetração de seus dedos me levando mais para perto do abismo.

— Não, pequena Perséfone. Compartilhar não é meu lance. Eu vou ser o único a tocar em você. Sua boceta é minha até deixar de ser, e não vou perder um único momento disso te dando de presente para outra pessoa.

Palavras grosseiras.

Palavras sensuais.

Levanto a mão trêmula para tocar seu pescoço.

— Hades?

— Sim? — Ele diminui a velocidade dos movimentos e acrescenta o polegar, traçando círculos devastadores em volta do clitóris. — Você quer algo.

Esqueço de ser recatada. Das regras. De tudo. Menos do prazer que cresce dentro de mim, uma onda que, de repente, tenho certeza de que vai me afogar se eu não tomar cuidado. Não me resta nada a fazer além de ser honesta.

— Eu te quero.

— Você adora falar. Então, bote pra fora.

— Me fode — sussurro. — Me fode na frente deles. Mostre para cada um deles a quem eu pertenço. — Eu preciso parar, guardar as palavras, mas não consigo, não com ele me tocando desse jeito. — Sua, Hades. Não de Zeus. Nunca dele.

Algo parecido com conflito surge em seu rosto, mas desaparece, tão depressa quanto o luar refletido em águas agitadas.

— Ainda não me decidi se você merece.

Eu poderia rir, se tivesse ar. Deslizo a mão por seu peito até tocar a rola dele.

— Deixe para me castigar mais tarde, se quiser. Mas, agora, faça o que nós dois precisamos. — Tenho uma vaga consciência do barulho de sexo em cima do palco, o contato de carne contra carne, mas só tenho olhos para Hades. — Por favor. — Eu o beijo. Ele tem gosto de uísque e pecado, uma tentação que eu quero abraçar por completo. Minhas razões para concordar com esse acordo começam a parecer distantes quando o desejo pulsa em meu corpo. Preciso dele. Mais do que preciso de comida, de água ou de ar. Roço os dentes de leve em seu lábio inferior. — *Por favor*, Hades.

— Você vai acabar me matando — murmura ele.

Antes que eu possa responder, ele tira os dedos. Há um barulho de tecido sendo rasgado, e lá se vai a frente da minha saia. Outro puxão violento, e minha calcinha também desaparece. Olho para ele com ar surpreso e vejo o sorriso malicioso.

— Arrependida?

— Nem um pouco. — Não preciso de uma ordem para mudar de posição e montar nele. Corro o risco de me esfregar no pau dele por cima da calça como um monstro viciado em sexo. Quase, *quase* não consigo me segurar. — Camisinha?

— Hummm.

Ele se inclina para a lateral da cadeira e pega uma embalagem prateada. Eu espero... não tenho certeza.

A essa altura eu nem deveria tentar prever os gestos de Hades. Ele põe a camisinha em minha mão e me empurra para trás o suficiente para abrir a calça.

Rasgo a embalagem enquanto ele bota o pau para fora. Passo a língua pelos lábios.

— Promete que logo vou ter você nu.

— Não.

Eu o encaro, mas, na melhor das hipóteses, é um olhar suplicante. Estou ansiosa demais por ele. Não demoro nada para colocar o preservativo em seu membro duro. Ele agarra meu quadril com uma das mãos, imobilizando-me até que eu olhe para ele.

— Que foi?

— Se fizer isso, não tem volta. Se cavalgar no meu pau com todas essas pessoas olhando, elas vão acreditar que você realmente é minha.

As palavras parecem sérias, cheias de camadas nas quais não posso mergulhar com meu corpo praticamente chorando de necessidade por ele. Amanhã. Vou descobrir tudo amanhã.

— Sim, você já disse isso. — De repente, tenho medo de que ele mude de ideia. Desconfio de que vai me dar um orgasmo de qualquer maneira, mas quero o pau dele dentro de mim, quero demais a ponto de não me preocupar com jogo limpo. Eu me inclino até meus lábios roçarem a orelha dele. — Pegue o que é seu, Hades. É isso que eu quero que faça.

— Você não é uma princesa. Você é a porra de uma sereia. — E então ele me puxa para frente, entrando em mim. Mal consigo respirar quando ele me faz descer em seu pau, preenchendo-me até ser quase desconfortável.

— Ah, pelos deuses.

— Eles não têm nada a ver com isso. — Hades parece furioso e excitado, mas ainda não é nem de longe tão selvagem quanto quero que seja. — Era isso o que você queria, sereia. Meu pau dentro de você. — E do nada ele me solta, apoiando os braços na cadeira e assumindo um ar de rei indulgente. — Monte, Perséfone. Me use para se fazer gozar.

O choque me acalma. Fazer sexo na frente de uma sala cheia de pessoas é uma coisa quando ele está ali comigo, mas Hades está impondo a distância entre nós, mesmo que não tenha se movido um único centímetro. De repente, sou *eu* quem está em exibição, em vez de *nós* estarmos em exibição.

E... eu gosto disso.

Ninguém que está assistindo a essa cena pode sequer pensar que não sou uma participante entusiasmada. Hades deve saber disso, deve saber que peso tem isso. Trepar com ele desse jeito é como gritar para todo o Olimpo que realmente sou dele.

Deslizo as mãos por seu peito, desejando poder sentir a pele, em vez da camisa. Outra hora. E *haverá* outras vezes. Agarro seus ombros e começo a me mover. Não importa o quanto minha pulsação se torne frenética, quero que isso dure.

Porque é um show, sim, mas mais do que isso, porque é nossa primeira vez. Não quero que isso acabe tão cedo.

Cavalgo sem pressa, movendo-me para cima e para baixo no pau dele, levando meu prazer a níveis cada vez mais altos. Não é suficiente e ao mesmo tempo é muito. Mais. Preciso de mais. Infinitamente mais.

Por mais que eu queira diminuir a distância e beijar Hades de novo, o jeito como ele me observa é muito inebriante. Seu olhar percorre meu corpo com uma intensidade que quase posso sentir como uma carícia na pele. Ele absorve a imagem, me vê transando com ele enquanto aperta os braços da cadeira com as mãos. Pode estar usando a máscara da frieza, mas tem que fazer um esforço enorme para não me tocar.

Sustento o olhar dele e me inclino para trás, apoiando as mãos em suas coxas e arqueando as costas, exibindo meus seios. Uma parte distante de mim sabe que estou fazendo um show para mais gente, mais do que apenas para ele, mas agora Hades é o único com quem me importo.

— Está vendo alguma coisa de que gosta?

— Uma pirralha que fala demais.

Meu orgasmo se aproxima. Sinto que estamos nos testando, nos provocando para ver quem cede primeiro. Eu sempre, sempre cedi no passado. Com minha família, com os Treze, com tudo.

Dobrar para que não me quebrassem, mantendo os olhos no horizonte.

Não vou fazer isso agora. Eu me recuso.

Mordo o lábio inferior e desacelero ainda mais, girando o quadril em círculos pequenos e deliciosos.

— Hades.

— Hummm?

Minha respiração falha e ele observa meus seios subirem e descerem de acordo com o movimento. Tenho que fazer duas tentativas para encontrar as palavras.

— Você tem uma ameaça para cumprir.

— Tenho? — Ele arqueia aquela maldita sobrancelha. — Fique à vontade para me lembrar do que é.

— Você disse que me faria gozar forte e de forma barulhenta, aqui, na frente de todos. — Não consigo trazer meu sorriso normal de manhã de sol. — Que você me pegaria de um jeito que ia mostrar para todo mundo que sou sua.

Seu corpo fica tenso embaixo de mim.

— Fiz isso, não é mesmo? — E assim ele me levanta e tira o pau de dentro de mim antes que eu registre o movimento. Não tenho chance de protestar antes de Hades me virar e me penetrar novamente. Com as pernas abertas, uma de cada lado de suas coxas, de frente para a sala. A mão dele está de volta à minha garganta, o polegar acariciando a pele sensível enquanto a voz sussurra no meu ouvido: — Eu ia odiar que eles perdessem o resto do show.

No palco, o homem colocou a mulher de bruços no chão, amarrada e indefesa, e a está fodendo por trás. A expressão feliz em seu rosto bonito só se compara à expressão dele, totalmente concentrada. É sexy para caralho.

Mas a maioria das pessoas que consigo distinguir estão olhando para nós. Estão me vendo trepar com Hades, vendo-o me tocar e aumentar meu prazer.

Hades desliza a mão pelo meu ventre e faz um círculo lento sobre o clitóris.

— Não pare. Pegue o que você precisa.

Solto o ar quase como um soluço. É um pouco mais difícil montá-lo assim, mas eu dou conta. Cada movimento faz os dedos deslizarem no meu clitóris, mas ele está me forçando a fazer todo o trabalho. Nesta posição, não há como ignorar quantas pessoas estão nos observando. A atenção só me deixa mais quente, mais desesperada.

— Hades, por favor.

— Não implore. Pegue.

Estou tendo uma experiência extracorporal e, no entanto, de repente tenho certeza de que posso sentir cada uma das terminações nervosas. Sua força nas minhas costas, os braços me ancorando no lugar enquanto me mexo sobre o pau de Hades, a atenção de tantas pessoas... Tudo está criando uma experiência diferente de qualquer outra que já tive antes. Apoio as mãos na cadeira e movo o corpo em círculos montada naquele pau, esfregando meu clitóris nos dedos dele. O prazer cresce cada vez mais, tão intenso que tenho que fechar os olhos. Uma respiração interrompida, a sensação de estar sendo derrubada e, de repente, estou gozando mais forte do que nunca. As palavras saem da minha boca, mas estou sobrecarregada demais para entender o que digo. Tudo que sei é que não quero que isso pare nunca.

Mas nada dura para sempre.

A explosão das ondas recua lentamente, o toque suave de Hades me traz de volta à terra. Ele desliza para fora de mim e me move o suficiente para guardar o pau de volta, mas sou incapaz de fazer mais do que permitir a ele que me mova como quiser. Quando Hades finalmente me acomoda em seu colo, descanso a cabeça em seu peito e suspiro devagar.

— Hum.

A risada dele reverbera em meu rosto.

— Sim?

Não sei bem o que devo dizer. Agradecer? Perguntar a ele se me deu algum chá afrodisíaco mágico, porque nunca tive um orgasmo assim antes? Acusá-lo de jogar sujo? Eu me aconchego mais.

— Você não gozou.

— Não, não gozei.

Sinto alguma coisa parecida com insegurança, e isso amortece a deliciosa sensação de leveza.

— Por que não?

Ele acaricia minhas costas.

— Porque ainda não estou nem perto de ter terminado isso com você.

15

HADES

Não há nada que eu queira mais do que carregar Perséfone até meu quarto e terminar o que nós começamos. Mesmo que agora eu devesse estar mais preparado, ela me surpreendeu mais uma vez. Quero continuar aprendendo o modo dela de ser, descobrir cada fantasia que ela tem para poder fazê-la gozar de novo e de novo.

Infelizmente, a noite está longe de terminar. Nós nos divertimos. Agora é a vez da politicagem.

Não consigo deixar de dar um beijo na testa dela.

— O show está quase no fim.

— Pelo menos um deles já acabou — comenta ela, aninhando-se em meu peito como um gato pedindo afago.

Isso faz meu coração dar um tranco desconfortável. Ela fecha os olhos e se aconchega em mim como se eu fosse seu cobertor favorito. É... fofo.

— Perséfone. — Injeto dureza o suficiente no meu tom para fazê-la olhar para mim. — Temos que socializar, pelo menos por um tempo.

É com isso que tem a ver essa noite. — E foi fácil me esquecer disso depois que entrei nela. A sala desapareceu, e só tive olhos para ela.

Perséfone franze a testa e suspira.

— Sabia que era pedir demais só continuar trepando até o raiar do sol.

Tenho que lutar contra um sorriso.

— Acho que podemos abrir mão do tempo que isso vai nos tomar.

— Aham. — Ela mexe em um dos botões da minha camisa e olha para mim com um ar malicioso. — Me pergunto se você vai me recompensar por isso mais tarde?

— Você não tem jeito.

— Você é o único que parece despertar isso em mim.

Gosto disso de um jeito meio perverso. Perséfone consegue me incomodar como mais ninguém que já conheci, mas gosto das nossas brincadeiras mais do que tenho o direito. Gosto de muitas coisas em Perséfone. Sou poupado da necessidade de pensar em uma resposta pelas luzes um pouco mais intensas e pela aproximação de um homem branco. Ele é incrivelmente bonito, tem feições tão perfeitas que é quase doloroso olhar para ele. Mandíbula quadrada, lábios sensuais, uma tormenta selvagem de cabelos castanhos encaracolados. Parece bonito demais para ser levado a sério, mas é o filho de Afrodite. Sei que cuida das tarefas desagradáveis da mãe para que esta possa manter as mãos limpas. Ele é extremamente perigoso.

Bato um dedo no quadril de Perséfone e me inclino para trás.

— Eros.

Ele sorri, exibindo dentes brancos e alinhados.

— Obrigado pelo espetáculo — comenta, e então olha para Perséfone. — Você deixou muita gente na cidade superior puta da cara.

Ela se mexe sobre meu colo. Espero vê-la corar, gaguejar, fazer alguma coisa que sinalize seu arrependimento por ter deixado as coisas irem tão longe na frente dos outros. Perséfone nunca fez nada como o que acabamos de fazer; transar na frente de uma plateia é algo muito grandioso para uma princesa protegida como ela. Começo a me preparar para responder e salvá-la.

No entanto, ela me surpreende mais uma vez. Sua voz se torna doce e muito, muito venenosa:

— Engraçado, muita gente na cidade superior *me* deixou com esse mesmo sentimento.

O sorriso dele não vacila, embora os olhos azuis sejam frios.

— Zeus está espumando pela boca, e é do interesse de todos mantê-lo feliz.

— Não tenho o menor interesse em manter Zeus feliz. — Ela exibe o sorriso de manhã de sol. — Seja um querido e mande lembranças minhas à Afrodite. Ela tem lidado com Zeus há tanto tempo. Tenho certeza de que é mais do que capaz de cuidar dele mais um pouco.

Isso apaga o sorriso no rosto de Eros, que a encara como se nunca a tivesse visto antes. Consigo entender o sentimento. Ele assobia baixinho.

— Parece que subestimamos a filha perfeitinha de Deméter.

A voz de Perséfone ganha um tom duro:

— Não se esqueça de também dizer isso a eles quando entregar o relatório a respeito desta noite.

Eros ergue as mãos, e aquele sorriso fácil retorna. É uma máscara, mas nem de longe tão boa quanto a de Perséfone.

— Esta noite estou aqui apenas para me divertir.

Esta noite. É a mais tênue das garantias. Sustento seu olhar.

— Então, divirta-se... esta noite. Mas não esqueça quem é o anfitrião de cuja hospitalidade você está desfrutando no momento.

Ele tira um chapéu imaginário para mim e se afasta. Um casal em um sofá do outro lado do palco acena, e ele se junta aos dois. Em poucos segundos, eles o estão despindo para participar da diversão. Olho para baixo e vejo Perséfone acompanhando tudo com uma cara feia. Ela mordisca o lábio inferior.

— Você sabe que ele está aqui como espião, né?

— Melhor do que estar aqui para pôr em prática a vingança de Afrodite. — Algo que comentam que ele faz com certa regularidade.

Ela olha em volta, e é como se eu conseguisse ver as engrenagens girando em sua cabeça, enquanto finalmente consegue distinguir os rostos da multidão.

— Tem muito mais gente da cidade superior aqui do que eu esperava. Pessoas que frequentam as mesmas festas que eu costumava frequentar.

— Sim. — Enrolo em meus dedos uma mecha do cabelo loiro dela, esperando que ela digira o que está ruminando.

— Eles *sabiam* que você estaria aqui. Se todas essas pessoas sabem de sua existência, por que você não passa de um boato?

Eu acaricio seu cabelo com o polegar.

— Essa é uma pergunta fácil e sua resposta, complicada. A versão simplificada é que Zeus tem interesse em me manter como um mito.

Ela olha para mim.

— Porque isso dá a ele mais poder. Poseidon costuma ficar em seu território nas docas e não tem paciência para política. Você é o único outro título herdado. Sem você na equação, não tem ninguém para impedir Zeus de ficar bancando o rei de todo o Olimpo.

Pequena sereia inteligente.

— Exato.

À própria maneira, todos os outros Treze respondem a Zeus. Nenhum deles pode mobilizar o poder que um dos títulos herdados pode. Nem mesmo Deméter, que controla o suprimento de alimentos da cidade, ou Ares com seu exercitozinho de soldados contratados.

Quando Perséfone continua franzindo a testa, puxo seu cabelo de leve.

— Que foi?

— É muito... hipócrita. Na cidade superior, todos adotam a cultura da pureza e fingem que estão acima das necessidades humanas básicas, valorizando a negação de si mesmos. E aí eles vêm aqui e desfrutam da sua hospitalidade para fazer o tipo de jogos sexuais que provocaria o exílio de seus círculos sociais e humilhação pública. — Ela olha ao redor da sala. — E não são só jogos sexuais, são? Eles vêm para a cidade inferior por uma série de coisas que não querem que os outros saibam.

Não me surpreende que Perséfone conecte os pontos tão rapidamente, não quando já provou ter uma mente astuta por trás da personalidade fofa.

— Se os pecados deles acontecem no escuro, dá para dizer que são levados em conta?

Sua expressão é de ferocidade pura.

— Eles usam você e depois o colocam de volta nas sombras, fingem que você é um bicho-papão. Isso não é certo.

Aquela estranha pulsação em meu peito fica mais forte. Acho que estou sem palavras. É a única explicação para olhar para ela como se nunca a tivesse visto antes. No entanto não é só isso. Eu já a vi furiosa antes, mas ela nunca usou essa emoção para me defender. É estranho e novo, e não sei o que fazer com isso.

Felizmente, Hermes e Dionísio me salvam de ter que dar uma resposta. Desde que os espetáculos — oficiais e não oficiais — terminaram, todos à nossa volta estão em vários estágios de nudez e preliminares. Não esses dois. Eles sempre aparecem, mas Hermes é a única que participa, ainda que raramente. Dionísio não inclui entre seus vícios nenhuma modalidade de sexo.

Ele aponta para uma cadeira ocupada por duas mulheres.

— Pulem daí.

Elas se afastam, e ele arrasta a cadeira para perto de nós.

— Bacanal dos bons.

— Que bom que gostou — digo, com tom seco.

Ele se joga na cadeira e Hermes se empoleira no braço dela. Ela passa os dedos pelos cabelos de Dionísio com um ar distraído, mas seus olhos escuros estão alertas. Eu suspiro.

— O que foi, Hermes?

— Sabe que eu não gosto de dizer como tem que viver sua vida.

— E nem por isso você deixa de dizer.

Sinto Perséfone tensa como uma cobra enrolada e passo as mãos por seu corpo, aconchegando-a com mais firmeza contra o meu e passando um braço em torno de sua cintura. Não acho que minha pequena sereia vai atacar alguém fisicamente, muito menos um dos Treze, mas também não esperava que ela desse um chegue para lá em Eros com tanta eficiência. Ela é uma caixinha de surpresas, o que não deveria me agradar tanto.

Dionísio enlaça a cintura de Hermes com um braço e inclina a cabeça para continuar recebendo o afago ausente. Não importa o quanto ele pareça relaxado, agora está tão sóbrio e alerta quanto ela.

— Você está cutucando onça com vara curta, meu amigo. Está preparado para o que acontecerá em seguida?

Não deveria ser possível Hermes e Dionísio serem mais dramáticos sóbrios do que quando estão bêbados. E, mesmo assim, aqui estamos nós.

— Nem todos nós tomamos decisões no calor do momento.

— Sabe, quando dissemos que você deveria relaxar, não era para trepar com a noiva de Zeus na frente de cinquenta pessoas que agora estão espumando pela boca, loucas para voltar correndo à cidade superior e contar a ele, em detalhes explícitos, o que viram aqui. — Hermes ajusta os óculos. — Não nós, é claro. Não nos dedicamos a espalhar histórias como essa.

Sufoco uma risadinha.

— Se tem alguém que acredite nessa sua declaração, tenho uma bela propriedade à beira-mar em Ohio para vender a essa pessoa.

— Hades. — Ela para de acariciar Dionísio e se endireita. — Isso foi uma *piada*? — Então aponta para Perséfone. — O que você fez com ele? Três dias e ele já está contando piadas. É estranho e antinatural. Vocês dois precisam parar com isso agora mesmo.

Perséfone ri.

— Você saberia que ele tem um senso de humor seco se parasse de falar e o deixasse dizer uma palavra sequer.

Hermes pisca lentamente.

— Hum.

— E, mais uma coisa, se são tão bons amigos, talvez você devesse considerar não voltar correndo para Zeus e contar tudo que vê aqui toda vez que o visita. Esse tipo de coisa faz de você uma *péssima* amiga, e não o contrário, não importa quantas noites acabe dormindo bêbada na casa de Hades.

Hermes pisca de novo com a mesma lentidão.

— Hades, estou apaixonada.

— Pode ir tirando o olho.

— *Mais uma* piada — grita ela, fazendo um movimento de corpo inteiro que força Dionísio a se mover rapidamente para evitar que ela caia do braço da cadeira. — Ai, meus deuses, eu amo essa mulher. — Ela se endireita e sorri para Perséfone. — Você é um colírio para os olhos.

Perséfone olha para mim.

— Eu acabei de gritar com ela, e agora ela está falando sobre o quanto me ama. Qual é o problema dessa garota?

— Ela é Hermes, só isso. — Dou de ombros. — Fazer o leva e traz entre o Rio Estige faz parte de seu trabalho. É por isso que todas essas pessoas estão aqui.

As bochechas de Perséfone ganham dois pontos coloridos.

— Verdade. Por um segundo eu esqueci.

Ela esqueceu porque foi muito rápida para me defender. Não entendo. Perséfone não tem nada a ganhar ao fazer isso. Foi ela quem veio até mim para ter proteção, não o contrário. Mais uma vez, Dionísio me poupa de ter que dar uma resposta adequada.

Ele ri.

— Você deveria ver como Zeus está pistola. Ele se faz de indiferente em público, mas dizem que destruiu uma sala inteira quando descobriu seu paradeiro. Quando souber que você está quicando na rola de Hades para todo mundo ver...? — Ele balança a cabeça. — Uma guerra nuclear não vai ser nem o começo.

Perséfone fica tensa, e não preciso ver seu rosto para saber que está pensando nas irmãs. Ela pode ter sentimentos conflitantes quanto à mãe, mas de tudo que disse e de tudo que eu vi, não se pode pensar que sente a mesma coisa pelas irmãs. Se existe um trunfo que Zeus tem à disposição, são elas. *Porra.* Eu devia ter pensado nisso antes. Não posso mandar minha gente para cuidar da segurança delas sem violar o tratado, e Zeus não vai ficar parado se eu permitir a entrada delas em minha casa. É um problema para o qual não tenho uma solução de prontidão, mas vou dar um jeito.

Beijo a testa de Perséfone.

— Cansada?

— Isso é uma metáfora para se "quero sair daqui e ir para o seu quarto"? — Ela se vira apenas o suficiente para encostar os lábios nos meus. — Se é, então, *sim*. Se não, se prepare, porque vou tentar fazer você mudar de ideia.

— Eu. Amo. Essa. Garota. — Hermes aplaude. — Hades, você tem que ficar com ela. Ela está te tornando humano, e você a está fazendo mais interessante, isso em menos de uma semana. Imagine como vocês dois serão divertidos em um ano, ou em cinco.

— Hermes. — Abaixo o tom o suficiente para dar o aviso.

Como sempre, ela me ignora.

— Por outro lado, acho que, se você provocar Zeus a ponto de ele atacar, estamos diante da possibilidade de uma guerra, e isso vai acabar com toda a diversão.

Perséfone olha para ela.

— Espere aí, guerra? Se ele romper o tratado, os Treze vão atrás dele. É assim que funciona.

— Correção, é assim que *deveria* funcionar. — Hermes encolhe os ombros. — A verdade é que, pelo menos um terço deles, são pequenos lacaios de Zeus e estão fortemente empenhados em manter o *status quo*. Se acharem que ele vai mudar a maré, vão se unir a ele para esmagar Hades e jogá-lo no ostracismo.

— E os outros dois terços?

Outro encolher de ombros.

— Não tem como prever.

A informação não chega a ser exatamente uma surpresa, embora seja uma grande decepção. Se eu for o único a sair da linha, todos se unirão para me derrubar sem nem hesitar. Hermes e Dionísio podem se sentir mal quanto a isso, mas vão se juntar aos outros quando chegar a hora de tomar a decisão. Claro que a mesma lógica não se aplica ao pedaço de bosta do Zeus.

Assim, pego Perséfone nos braços e me levanto, ignorando os protestos sobre ela poder andar. Carregá-la agora não tem a ver com o que ela pode ou não fazer. Tem a ver com o que eu quero, com o pequeno conforto que vou me permitir ter. Preciso pensar, e não posso fazer isso aqui. Embora não tenha nem noção do que espero realizar. Já traçamos nosso plano e mergulhamos nele de cabeça. Não há como voltar atrás agora. Não importa quais sejam as consequências, temos que ir até o fim.

Só preciso descobrir uma forma de garantir que todas as pessoas pelas quais sou responsável não acabem mortas por isso.

16

PERSÉFONE

Ainda estou digerindo as novas informações quando Hades me carrega para fora da sala. Protesto por ser arrastada desse jeito, mas uma pequena e secreta parte de mim gosta disso. Gosto de muitas coisas em Hades, verdade seja dita. Ele é espinhoso e arrogante, mas, mesmo depois de poucos dias, posso ver a verdade nele.

— Hades. — Deito minha cabeça em seu ombro e deixo a batida constante de seu coração me acalmar. — Eu sei qual é o seu segredo.

Ele segue para a escada.

— E qual é?

— Você rosna e resmunga, mas tem uma essência fofa escondida sob a aparência dura. — Deslizo o dedo em torno do botão do colarinho de sua camisa. — Você se *importa*. Acho que realmente se importa mais do que qualquer um dos outros Treze, o que é irônico, considerando o papel que assumiu no Olimpo.

— De onde você tirou uma coisa dessas? — Ele ainda não olha para mim, mas tudo bem. Na verdade, é mais fácil falar com ele assim, sem sentir que pode ler minha mente com apenas um olhar penetrante.

— Você quer que Zeus pague pelo que fez, mas não às custas de seu povo. E eles são *seu* povo. Vi como você trata Georgie, Juliette e Matthew. É assim com todo mundo, não é? Todos eles colocariam a mão no fogo por você, e você os protege com sua grande imponência.

— Eu não protejo ninguém.

— Você é a própria definição de "proteção".

Ele bufa:

— Só não mais que sua mãe. É ela quem garante que toda a cidade seja alimentada e tenha suas necessidades atendidas.

— Sim, é o papel dela. — Impossível banir a amargura da voz. — Ela é muito boa no que faz, mas não faz nada disso por caridade. Ela quer poder e prestígio. A sensação de "bastante" está sempre além do próximo horizonte. Ela ia me vender para Zeus. Não vai reconhecer, mas esse noivado foi isso... uma transação. Ela me ama, mas todo o resto é mais importante.

Hades não responde de imediato, então levanto a cabeça e vejo que ele tem uma expressão estranha no rosto. Parece estar quase... em conflito. Fico tensa.

— O que você sabe que eu não sei?

— Várias coisas.

Eu me recuso a deixar que ele me distraia com esse humorzinho meia-boca.

— Hades, é sério. Estamos nisso juntos, de uma forma ou de outra, pelo resto do inverno. Fale logo.

Quanto mais ele hesita, mais a ansiedade começa a tomar conta de mim. Ele espera até chegarmos ao quarto, e só responde depois de fechar a porta que nos isola do resto da casa.

— Sua mãe deu uma espécie de ultimato.

Não sei por que estou surpresa. Claro que ela fez isso. Não está nem um pouco mais feliz com minha fuga do que Zeus. Todos os planos traçados por ela com tanto cuidado foram desperdiçados por uma filha desobediente. Ela não seria capaz de deixar isso de lado, não se sabe onde estou. Eu me mexo e, com cuidado, Hades me põe no chão. Não me sinto mais firme.

— Fale logo — repito.

— Se eu não te mandar de volta, ela vai cortar o abastecimento da cidade inferior.

Pestanejo, esperando as palavras se reorganizarem em uma ordem que faça sentido.

— Mas isso é... Há milhares e milhares de pessoas na cidade inferior. Pessoas que não têm nada a ver com você, comigo ou com os Treze.

— Sim — diz ele, apenas.

— Ela está ameaçando matar essa gente de fome.

— Sim. — Hades não desvia o olhar, não faz nada além de me dar a honestidade que exijo.

Espero, mas ele não continua. Com certeza isso é o fim de tudo. É claro que, se tanta gente vai ser prejudicada, nós não podemos dar continuidade ao plano. A barreira que mantém o Olimpo separado do resto do mundo é forte demais para que as pessoas saiam em busca de suprimentos, sem mencionar que parte do papel de Deméter é negociar preços favoráveis para garantir que todos tenham recursos para manter uma alimentação equilibrada, independentemente de sua renda. Sem esses suprimentos, as pessoas vão passar fome.

Não acredito que ela faria isso, mas minha mãe não brinca em serviço.

Respiro devagar.

— Então eu tenho que voltar.

— Você *quer* voltar?

Dou uma risadinha impotente.

— A ironia disso tudo, se é que se pode chamar assim, é que a única coisa que minha mãe e eu temos em comum é essa coisa de manter o olhar no horizonte. Tudo que eu quero é me livrar deste lugar e descobrir quem sou sem ser a filha do meio de Deméter. Se eu não tenho que desempenhar um papel específico para sobreviver, em que tipo de pessoa posso me transformar?

— Perséfone...

Mas não estou prestando atenção.

— Acho que isso me torna tão egoísta quanto ela, não é? Nós duas queremos o que queremos e não nos importamos com quem tem que pagar o preço. — Balanço a cabeça. — Não. Não vou fazer isso. Não vou deixar seu povo ser prejudicado em troca da minha liberdade.

— Perséfone. — Hades cruza o espaço entre nós e, de forma gentil, mas firme, segura meus ombros. — Você quer voltar?

Não posso mentir para ele.

— Não, mas não vejo como...

Ele balança a cabeça como se eu tivesse respondido a mais do que essa pergunta.

— Então você não vai.

— Como assim? Você acabou de dizer que...

— Você acha que sou ingênuo a ponto de confiar aos Treze a saúde e o bem-estar do meu povo? Estávamos sempre a um passo de irritar um deles e causar uma interrupção como essa. — Seus lábios se curvam, embora os olhos permaneçam frios. — Minha gente não vai morrer de fome. Temos muitos recursos na cidade inferior. As coisas podem ficar desconfortáveis por um tempo, mas ninguém vai sofrer um prejuízo irreparável.

Como é que é?

— De onde você consegue seus suprimentos?

— Tritão e eu temos um acordo de gaveta. — Ele não está surpreso ou bravo, não demonstra nenhuma das emoções que me dominam agora. Não está nem mesmo preocupado.

As surpresas são intermináveis.

— Você... Você negociou com o braço direito de Poseidon para contornar os Treze. Há quanto tempo isso está acontecendo?

— Desde que assumi o poder aos dezessete anos. — Ele me encara. — Sei melhor do que ninguém que não se pode confiar na boa vontade dos Treze. Seria apenas uma questão de tempo até um deles tentar usar meu povo para me machucar.

Olho para ele com novos olhos. Este homem... Pelos deuses, ele é ainda mais complexo do que eu suspeitava. Um verdadeiro líder.

— Você sabia que isso poderia acontecer quando concordou em me ajudar.

— Eu sabia que era uma possibilidade. — Ele levanta as mãos para tocar meu rosto e desliza os polegares pelas laterais. — Há muito tempo, prometi a mim mesmo que nunca mais deixaria aqueles idiotas da cidade superior prejudicarem nada que fosse meu. Eles podem fazer muito pouco, com exceção da guerra, para prejudicar de verdade as coisas por essas bandas.

Como seria se, em vez de Zeus, Hades governasse o Olimpo? Não consigo nem começar a pensar nessa ideia. Hades realmente *se importa*.

Eu o beijo antes mesmo de perceber que vou fazer isso. Não há plano, nem joguinhos, não passa da necessidade de mostrar a ele... nem sei o quê. Alguma coisa. Algo que não consigo expressar com palavras.

Ele fica parado por um meio suspiro, depois transfere as mãos para o meu quadril e me puxa contra o peito. Ele me beija com a mesma intensidade feroz que borbulha em meu peito. Um sentimento que beira ao desespero, algo ainda mais complicado.

Eu me afasto o suficiente para dizer:

— Preciso de você.

Ele já está se movendo, empurrando-me em direção à cama. Hades olha para o meu corpo quase nu e rosna.

— Quero você nua.

— Tomara que esteja preparado para esperar.

— Não estou. — Ele tira um canivete do bolso do paletó. — Não se mexa.

Fico quieta. Prendo a respiração enquanto ele desliza a lâmina entre minha pele e a primeira tira. É surpreendentemente quente, talvez por estar tão perto do corpo dele. A faixa cede com facilidade à lâmina afiada. E depois outra, e outra, e outra, até que estou completamente nua diante de seus olhos. Hades guarda a lâmina e dá um passo para trás, me admirando da cabeça aos pés.

— Bem melhor.

Ele se aproxima do interruptor e apaga a luz, ignorando meu protesto sem palavras. Quero *ver*. Hades passa por mim em direção às janelas e abre as cortinas pesadas. Meus olhos se ajustam com rapidez suficiente e percebo que consigo enxergar, pelo menos um pouco. As luzes da cidade inundam o quarto com um brilho neon pálido.

Hades se despe enquanto caminha em minha direção. Paletó e camisa. Sapatos e calça. Ele para a alguns metros de distância e não consigo deixar de tocá-lo. Ele pode estar me oferecendo a visão que quero ter, mas preciso de algo ainda mais vital — a pele dele contra a minha.

Ele segura minha mão antes que eu toque seu peito e a guia até o pescoço. Assim, Hades termina de percorrer a distância entre nós, e nossos peitos se tocam. Tenho a leve impressão de sentir cicatrizes ásperas contra a pele, mas Hades volta a me beijar e esqueço qualquer outra coisa que não seja senti-lo dentro de mim o mais rápido possível.

Ele me levanta, e enlaço sua cintura com as pernas. A nova posição coloca seu pênis quase perfeitamente alinhado com a região onde preciso dele, mas Hades se move antes que eu possa perder a cabeça o suficiente para tirar proveito disso. Minha necessidade é uma coisa que me consome por inteiro desde o momento em que coloquei os olhos nele. Fazer sexo na frente de uma plateia foi uma coisa, mas mal amenizou o desejo. Aquilo tinha a ver com reputação. Isso é sobre *nós*.

Hades nos leva até a cama e sobe nela. Em seguida, pega minhas mãos e as guia até a cabeceira da cama.

— Mantenha as mãos aqui.

— Hades. — Estou ofegante como se tivesse corrido uma maratona. — Por favor. Eu quero te tocar.

— Mantenha as mãos aqui — repete ele, apertando meus pulsos.

Ele não precisa dizer isso de novo. Já estou assentindo. Qualquer coisa para continuar como estamos e evitar que este momento chegue ao fim.

— Tudo bem.

Hades volta a se ajoelhar entre minhas coxas afastadas. A frente de seu corpo está na sombra, mas tenho a sensação de que ele pode me ver com detalhes por meio da luz que entra pelas janelas. Ele segura meus seios, mas não demora muito antes de deslizar pelo meu corpo e beijar de boca aberta o ponto sensível logo abaixo do meu umbigo. E então ele chega à minha boceta. Sua respiração afaga meu clitóris como se ele estivesse tão afetado por este momento quanto eu. Talvez até mais.

— Vou ter você, pequena sereia. Em todas as posições, em todos os sentidos, até ficar impresso na sua pele.

Não sei se ele está falando comigo ou se está falando sozinho, mas não me importo. Agarro a cabeceira da cama com força e luto para ficar quieta.

— Então faça isso. — Um eco do que eu disse a ele no trono, mas agora significa algo diferente. Não posso fingir que quero isso apenas para construir nossas reputações.

Não, eu só *o* quero.

Meu desejo de ouvir a risada seca e áspera de Hades está se tornando um vício. E é mil vezes melhor quando ele está produzindo esse som entre minhas pernas. Ele desliza a língua de ponta a ponta. Seu rosnado é o único aviso que tenho antes de ele agarrar minhas coxas e as mover para cima e para os lados, segurando-me toda arreganhada. Não tem provocação, tentação ou carícias. Ele me lambe como se nunca mais fosse ter essa chance de novo. Como se precisasse do meu orgasmo mais do que precisava continuar respirando.

Cada expiração sai como um soluço. Não consigo pensar direito, não consigo me mexer, não consigo fazer nada além de obedecer à ordem de ficar quieta e aproveitar o prazer que ele faz crescer a cada movimento de sua língua. Começo a tremer e não consigo parar.

— Hades!

Ele não responde, só continua com os mesmos movimentos que fazem o desejo se acumular cada vez mais forte dentro de mim. É bom demais. Eu quero que dure, quero o final prometido; quero e acabou, é isso. Hades chupa meu clitóris com força e introduz dois dedos em mim. Gozo tão forte que parece que todo o sistema está desligando. É como se aquele orgasmo o tivesse aliviado, porque agora ele não tem pressa, passa a boca sobre meu ventre, beija as curvas dos meus seios. Ainda estou atordoada, mas cada toque, combinado com o peso de seu corpo sobre o meu, me puxa lentamente de volta à terra. Passo a língua nos lábios.

— Hades.

Ele faz uma pausa.

— Sim?

— Posso te tocar agora? Por favor?

Sua respiração afaga meu pescoço.

— Você já está me tocando.

— Não é isso o que quero dizer e você sabe.

Não solto a cabeceira, não vou deixar de seguir uma ordem dele sem permissão. Este parece ser um momento importante, como se estivéssemos à beira de algo grandioso. Não faz nenhum sentido. Isso é só sexo, um ato que pode ser reduzido a seus componentes básicos. Eu o desejo, então é natural que eu queira tocá-lo. Não quero que isso pare, então é claro que não vou desobedecer à ordem.

Mas não parece tão simples assim.

Intencionalmente, Hades está se escondendo de mim. Do olhar, do tato, de tudo. Eu não deveria me ressentir dessa última distância entre nós, não quando ele está tão decidido a me dar prazer. Mas me ressinto. Quero tudo, da mesma forma que ele está exigindo de mim. Meu peito fica apertado.

— Hades, por favor.

Ele hesita por tanto tempo que acho que vai me rejeitar de novo. Por fim, resmunga um palavrão e estende a mão por cima da minha cabeça para pegar uma das minhas mãos e trazê-la para baixo, pressionando-a contra o peito, e então repete o movimento com a outra mão. A pele é irregular, muito lisa em alguns lugares e saliente em outros. Cicatrizes. Estou sentindo cicatrizes.

Não falo absolutamente nada enquanto acaricio seu peito, sem pressa, descendo e subindo. Hades se mantém perfeitamente imóvel. Não tenho certeza de que ele está mesmo respirando. Alguma coisa — alguém — o machucou, e não foi pouco. Mesmo sem ver a extensão do dano, posso dizer que tem sorte por estar vivo.

Talvez um dia ele confie em mim o suficiente para me deixar vê-lo completamente. Arqueio as costas e o beijo. Neste momento não precisamos de mais palavras. Ele relaxa no mesmo instante contra mim, e tenho o pensamento distante de que ele esperava que eu o rejeitasse. Tolinho. Cada pedaço dele que descubro, cada pequena nuance e mistério, só me faz querê-lo mais. Hades é um quebra-cabeça que eu poderia passar a vida inteira montando e nunca ter o quadro completo.

É quase uma pena que eu só tenha três meses.

Ele interrompe o beijo por tempo suficiente para estender a mão para a mesa de cabeceira e pegar uma camisinha. Pego a embalagem da mão dele, o empurrando suavemente com uma das mãos em seu peito.

— Deixe comigo.

— Você é péssima na submissão — resmunga, mas ouço em sua voz aquela risada rouca.

— Errado. — Rasgo a embalagem. — Eu sou excelente sendo submissa. Mas sou igualmente excelente em comunicar o que quero quando quero. Isso se chama versatilidade.

— É mesmo? — A respiração dele chia quando acaricio seu pau e repito o movimento.

— Hades?

Ele dá uma risada tensa.

— Sim?

— Prometa para mim que vou poder te mamar em breve. Muito em breve. Preciso muito de você dentro de mim agora, mas eu quero muito te chupar.

Ele estende a mão e desliza o polegar no meu lábio inferior.

— Sempre que decidir que precisa do meu pau na sua boca, ajoelhe-se e peça com educação. Se eu estiver de bom humor, te darei essa oportunidade.

Eu mordo seu polegar.

— Bem, eu mereci essa.

— Põe logo essa camisinha em mim, Perséfone. Agora.

Acontece que também não estou com vontade de continuar provocando. Por isso, desenrolo a camisinha em seu membro. Mal tiro minhas mãos do caminho, e Hades me empurra de volta para a cama. Antes de ficar com ele, eu teria dito que não gosto de ser conduzida pelo parceiro, com ou sem cuidado. Acontece que eu só precisava do homem certo me tratando desse jeito. Ele me vira de lado e levanta uma das minhas pernas, a qual sustenta com o braço para se ajoelhar entre minhas coxas. É uma posição estranha, mas não tenho tempo para comentar porque, meio instante depois, ele está dentro de mim. Hades me penetra fundo e gememos juntos.

Ele mal me dá um segundo para eu me ajustar, antes de começar a me foder. Movimentos longos e completos que me prendem todinha na cama.

— Se acaricie — rosna ele. — Quero sentir você gozar no meu pau. Sem testemunhas. Sem plateia. Dessa vez, é só para mim.

Faço o que ele manda, abaixo a mão e acaricio meu clitóris. É muito, muito bom. Parece que tudo que fazemos juntos é bom. Estar com Hades é como estar em um sonho quente do qual nunca mais quero acordar. Não quero que isso pare nunca, nunca mesmo.

Hades ajusta a posição e acelera o ritmo, provocando um prazer que forma uma onda que me torna incapaz de retardá-lo.

— Ah, pelos deuses.

— Não pare. Não se atreva a parar. — É como se ele estivesse tirando as palavras do meu peito e devolvendo para mim na voz dele.

Eu não poderia parar nem mesmo se quisesse. Palavras escapam dos meus lábios e formam seu nome uma vez, e então outra. Ele se inclina, curvando meu corpo à sua vontade, e a boca se apodera da minha quando gozo. As penetrações se tornam mais bruscas e fortes, menos uniformes, e ele me acompanha no mergulho ao abismo.

Meus ossos parecem derreter. É difícil não interromper o beijo. Passou de feroz para algo gentil, quase amoroso. Como se ele estivesse me dizendo, sem verbalizar, o quanto está satisfeito comigo. Não é algo de que alguma vez antes pensei precisar, mas agora isso suaviza um pedaço irregular no meu peito.

Hades acaba se afastando.

— Não se mexa.

— Não poderia nem se quisesse.

Sua risada áspera o segue até o banheiro. Alguns segundos depois, está de volta. Eu o vejo caminhar em direção à cama e lamento não ter uma iluminação melhor. Nessas condições, ele mal parece humano. É quase como se fosse um íncubo enviado para satisfazer meus desejos sombrios e desaparecer com a luz da manhã.

— Fique.

Hades para.

— Como é?

— Fique. — Me sento na cama sentindo algo parecido com pânico vibrar na garganta. — Não vá embora.

— Perséfone. — Ele se acomoda na cama e me toma nos braços. — Pequena sereia, eu não vou embora.

São necessárias algumas manobras para irmos para baixo dos cobertores, mas Hades não se desgruda de mim em momento algum. Acabamos nos acomodando de lado, com ele me abraçando por trás.

E só quando estou totalmente envolvida por ele que consigo respirar novamente.

— Obrigada.

— Para onde eu iria? Você está na minha cama.

Quero rir, mas não consigo. Então, acaricio seus braços.

— Mas você vai embora, em algum momento. Ou melhor dizendo, eu vou. — Em algum momento, mesmo isso tudo sendo muito bom, *vai* acabar.

— Sim, vai.

Fecho os olhos, odiando quanto a resposta dele me deixa decepcionada. O que eu esperava? Nós nos conhecemos há menos de uma semana. O motivo para eu ter insistido tanto nesse acordo é para poder ser verdadeiramente livre. Saltar de um noivado com Zeus para essa barganha com Hades... Isso não é liberdade. Sei disso, mas meus olhos ainda ardem de um jeito estranho quando penso no fim.

Ainda não acabou.

Ainda tenho um pouco de tempo, e planejo torná-lo eterno enquanto durar.

17

HADES

O sol me acorda. Abrir os olhos e ver Perséfone na minha cama faz algo comigo que tenho medo de examinar com muita atenção. Gosto dela aqui. Me acalma, o que é uma droga. Não posso me dar ao luxo de olhar nos olhos dela meio que me implorando para ficar e passar a noite. Ela ainda estava sob o efeito da adrenalina da encenação e do sexo. Mesmo se não estivéssemos na minha cama, eu não a teria deixado sozinha naquele momento.

Isso não muda o fato de eu gostar de ver seus cabelos dourados espalhados sobre o travesseiro ao lado do meu. E a evidência de que o sono de Perséfone foi agitado, o lençol enrolado em sua cintura, deixa seus seios nus para receber a luz da manhã que entra pelas janelas. É quase o suficiente para me fazer esquecer de mim mesmo e acordá-la com minha boca.

Quase.

Olho para o meu peito, para a confusão de cicatrizes deixadas pelo fogo que matou meus pais. Uma lembrança da qual nunca posso fugir, porque está marcada em minha pele. Com um suspiro, saio da cama, tomando o cuidado de ajeitar os cobertores em torno de Perséfone, para que ela não sinta frio, e vou em direção às cortinas para fechá-las. Um banho rápido, e logo estou vestido. Quase desço para o meu escritório no andar principal, mas hesito. Perséfone vai interpretar isso como uma rejeição, como se eu a estivesse abandonando? Não tenho como ter certeza. Porra, eu não deveria me importar. Não importa quanto o sexo é bom, isso não é um relacionamento. Esquecer essa realidade, esquecer a data de validade, é a receita para o desastre.

Continuo dizendo isso a mim mesmo ao me sentar na cadeira ainda nova por falta de uso, a qual fica no escritório ao lado do quarto. Dou uma olhada rápida no telefone e vejo meia dúzia de mensagens de texto. Rolo a tela e paro em uma de Hermes.

Hermes: Reunião obrigatória às 9h. Não deixe de comparecer, Hades. Estou falando estranhamente sério.

Eu sabia que isso ia acontecer, embora esperasse a convocação dias atrás. Respiro fundo e abro o notebook. Demora alguns minutos para iniciar tudo, mas ainda estou dez minutos adiantado para a reunião. Todos já estão ali, o que não me surpreende.

A tela se divide em quatro. Uma das imagens é a minha. Um quadro mostra Hermes e Dionísio, que parecem estar sentados em uma cama de hotel comendo Cheetos, ainda com as roupas da noite anterior. O terceiro mostra Poseidon, seus ombros grandes e fortes ocupando todo o espaço. Ele tem uma expressão aborrecida emoldurada por cabelo e barba ruivos, como se não quisesse estar ali nem um pouco a mais do que eu. O quadro restante contém as outras oito pessoas que representam o restante das outras Treze sentadas ao redor de uma mesa da sala de reuniões. Como Zeus é sozinho depois que a última Hera morreu, temos uma pessoa a menos.

Pensar em Perséfone sentada àquela mesa me causa náusea.

Zeus está sentado no centro, e não deixo de notar que sua cadeira é um pouco mais alta que as outras. Mesmo que tecnicamente o poder pertença ao grupo, e não a seus membros, ele sempre se imaginou um rei moderninho. À sua direita está Afrodite, com a pele impecável e o cabelo preto caindo sobre os ombros em ondas cuidadosamente definidas. À sua esquerda, Deméter.

Estudo a mãe de Perséfone. Já a vi antes, é claro. É impossível evitar sua imagem nas colunas de fofocas e nos *feeds* de notícias. Vejo um pouco de Perséfone nos olhos castanhos e penetrantes dela e na linha do queixo, embora a de Deméter tenha perdido um pouco a definição com a idade. Ela é tão altiva quanto uma rainha em seu terninho, e parece pronta para pedir pela minha cabeça. Encantadora.

Por um longo momento, ninguém fala nada. Eu espero. Certamente não vou ser quem vai quebrar o silêncio. Não fui eu que convoquei esta reunião. Zeus me quer aqui, então ele que continue com isso.

Como se pudesse ler meus pensamentos, Zeus se inclina para frente.

— Devolva minha noiva.

— O tratado foi respeitado e você sabe disso. Ela fugiu de você, correu até os pés sangrarem e quase congelou até a morte, porque estava desesperada para se afastar de você o quanto antes. Ela atravessou o Rio Estige por conta própria. Sem falar que é livre para voltar quando quiser. — Faço questão de olhar para todos ali reunidos antes de continuar: — E ela não quer fazer isso. Você está fazendo todo mundo perder tempo aqui.

— Você está corrompendo meu bebê, seu monstro.

Arqueio as sobrancelhas para Deméter.

— Você estava disposta a vender *seu bebê* para um homem com fama de matar as esposas. Não vamos jogar pedras.

Deméter suspira, mas é tudo teatro. Não a conheço bem o suficiente para ter certeza se o que vejo em seu rosto é culpa ou apenas fúria. Mas, para mim, não importa. Perséfone vai fazer qualquer coisa para fugir dessas pessoas, e eu me jogaria na frente de uma espada antes de devolvê-la contra a própria vontade.

Devagar, Zeus balança a cabeça.

— Não me teste. O último Hades...

— Você quer dizer o meu pai? Aquele que você matou? A razão para esse tratado ter sido criado, para começo de conversa? — Eu me inclino para a frente: — Se vai me ameaçar, escolha uma arma melhor. — Um a um, encaro os outros membros dos Treze. — Eu respeitei o tratado. Perséfone é livre para ir e vir quando quiser. Podemos encerrar por aqui?

— Prove — rosna Deméter.

Um momento antes de Perséfone tocar meu ombro de leve, eu a sinto atrás de mim. No monitor, eu a vejo sobre meu ombro, enrolada no meu lençol. Seu cabelo está despenteado e tem um arranhão de barba em seu pescoço, e um pouco do peito está à mostra. Ela se inclina e olha para a tela.

— Estou onde quero estar, mãe. E estou *muito feliz* com Hades. — Dito isso, ela estende a mão por cima do meu ombro e fecha o notebook.

Eu me viro lentamente para olhar para ela.

— Você acabou de desligar na cara dos Treze.

— Eles que se fodam.

Não sei se rio ou a embrulho e a levo para algum lugar onde esteja protegida da inevitável vingança de Zeus.

— Perséfone.

— Hades. — Ela imita meu tom de censura. — Eles não acreditariam em você se não me vissem com os próprios olhos e, ainda assim, metade deles seguirá sem acreditar. Deixar Zeus reclamar só serve para fazer todos eles perderem tempo. Você deveria me agradecer.

— Eu deveria te agradecer?

— Sim. — Ela monta no meu colo. — De nada.

Deixo minhas mãos descansarem em seu quadril.

— Eles não têm nem ideia de quem você é de verdade, né?

— Não mesmo. — Ela passa as mãos no meu peito com ar pensativo. — Mas nem eu sei quem realmente sou. Esperava que sair do Olimpo me ajudasse a descobrir isso.

Cubro as mãos dela com as minhas.

— E você vai sair do Olimpo. — Dói dizer isso, mas não deixo transparecer no tom de voz. Fiz uma promessa e, não importa quanto eu tenha gostado de estar com ela nos últimos dias, vou cumprir o que prometi. Temos até abril. Será o suficiente.

Tem que ser.

Ela olha para mim com um sorrisinho triste.

— Logo vou ter que ligar para minhas irmãs para fazer o check-in novamente, se não quiser que elas invadam sua casa.

— Hoje mesmo vou providenciar um celular para você. — Faço uma pausa. — Um que não é grampeado.

— Obrigada. — Seu sorriso é lindo.

Olho para ela meio em choque. Já vi Perséfone astuta, radiante e furiosa. Nunca a vi desse jeito. Isso é felicidade? Estou com medo de perguntar e descobrir que é só outra versão de sua máscara habitual.

Perséfone me beija na boca, um beijo rápido, depois sai do meu colo e se ajoelha entre minhas coxas. Ela olha para mim com cara de expectativa, e deixo de lado meus sentimentos confusos para me concentrar no aqui e agora.

— Quer alguma coisa, pequena sereia?

Ela desliza as mãos por minhas coxas, mordendo o lábio inferior.

— Você prometeu que, se me ajoelhasse e pedisse com jeitinho, eu poderia ter sua pica. — Em seguida, estende as mãos para a frente da minha calça. — Eu queria muito, muito mesmo, te mamar, Hades. Por favor.

Seguro as mãos dela.

— Você sabe que não precisa fazer isso.

— Estou ciente e quero continuar. — Ela me encara altiva, condescendente. — Dizer que eu não tenho que fazer nada que eu não queira é ridículo, porque *quero* fazer de um tudo com você. Absolutamente tudo.

Ela só está se referindo a sexo, mas meu coração dá um solavanco em resposta, como se estivesse acordando de um longo sono. Enferrujado e sem uso, mas ainda vivo. Eu a solto e apoio as mãos trêmulas nos braços da cadeira.

— Nesse caso, não deixe que eu a impeça.

— Fico muito feliz por você estar vendo as coisas do meu jeito. — Ela abre minha calça e puxa meu pau para fora. Perséfone lambe os lábios. — Ah, Hades. Agora meio que desejo que eu tivesse algum talento artístico, porque ia adorar te pintar.

Ainda estou processando essa declaração estranha quando ela se inclina e põe meu pau na boca. Espero... Não faço ideia do que estou esperando. Já deveria ter entendido que Perséfone nunca é exatamente o que eu acho que será. Ela me chupa como se quisesse saborear e se deleitar com cada centímetro. Um deslizar quente e úmido que deixa todos os músculos do meu corpo tensos. Luto para ficar quieto, para deixá-la viver esse momento enquanto termina sua exploração e olha para cima.

Seus olhos ficam mais escuros e as bochechas, coradas.

— Hades?

— Sim?

Ela massageia minhas coxas com a ponta dos dedos.

— Deixe de ser tão soca fofo comigo e me diga o que você quer.

O choque me faz responder com honestidade:

— Quero foder sua boca até você chorar.

Ela me dá um lindo sorriso.

— Aí está. Foi tão difícil assim? — Perséfone se inclina para trás. — Você banca o lobo mau, mas tem sido muito cuidadoso comigo desde que nos conhecemos. Você não precisa disso. Garanto que posso aguentar tudo que me der. — Ela deixa o lençol cair no chão. A mulher diz que quer me pintar, mas ela é a obra de arte, a imagem exata da sereia que associo a ela.

Começo a pensar que me afogaria de bom grado por esta mulher.

Devagar, eu me levanto e aliso o cabelo dela para trás. Porra, é tão linda que rouba minha respiração. Eu a quero mais do que qualquer outra coisa na minha vida, um fato que não estou preparado para examinar muito de perto. Enrolo o cabelo dela no punho e o puxo.

— Se for demais, bata na minha coxa.

— Não vai ser demais.

Eu toco seu lábio inferior com o polegar.

— Abra.

Perséfone é toda de um prazer perverso quando ponho o pau na boca dela. Começo devagar, deixando que ela se ajuste à posição, mas o desejo de fazer exatamente o que descrevi é muito forte. Ganho ritmo, empurrando mais fundo em sua boca. Garganta adentro. Ela fecha os olhos.

— Não. Não faça isso. Olhe para mim enquanto eu fodo sua boca. Veja o que está fazendo comigo.

Imediatamente ela abre os olhos. Perséfone fica solta e relaxada, submetendo-se totalmente a mim neste momento. Sei que não vai demorar, o que torna tudo ainda mais doce. O prazer aumenta a cada penetração, ameaçando me fazer explodir. Só fica mais intenso quando lágrimas escorrem dos cantos de seus olhos. Seguro seu rosto e as enxugo com os polegares, carinhoso mesmo nesse momento de brutalidade contida.

É demais. Nunca vai ser o suficiente.

— Vou gozar — murmuro, rangendo os dentes.

Ela passa as mãos pelas minhas coxas e as aperta. Um consentimento. É toda a permissão de que preciso para deixar acontecer. Tento manter meus olhos abertos, tento saborear cada momento deste presente que ela está me dando enquanto transbordo em sua boca. Perséfone me engole, sustentando meu olhar. Ela me olha como se me enxergasse. Como se ela estivesse amando tudo isso tanto quanto eu. Nunca me senti tão dominado em toda minha vida.

Não sei o que fazer com isso, como processar. Me forço a soltá-la, e ela dá uma última chupada preguiçosa no meu pau antes de se inclinar para trás e lamber os lábios. Rastros de lágrimas marcam suas bochechas e ela sorri, como se estivesse particularmente satisfeita pelo que fez. É um contraste com o qual não sei o que fazer, então a coloco de pé e a beijo com força, por completo.

— Você é um presente.

Ela ri na minha boca.

— Me conte uma novidade.

Eu a levo em direção à porta do meu quarto.

— Tenho coisas para fazer hoje.

— Tem é? — Perséfone passa os braços por trás do meu pescoço e sorri, totalmente impenitente. — Acho que devia fazer essas coisas.

— Humm. — Seguro a parte de trás de suas coxas e a levanto para jogá-la de costas na cama. — Daqui a pouco. — Eu me ajoelho ao lado da cama e abro suas pernas. A boceta dela é bonita e rosada e, ah, molhadinha. Separo os lábios com os polegares e sopro de leve o clitóris. — Você gostou quando fodi sua boca.

— Gostei, gostei mesmo. — Ela levanta a cabeça o suficiente para olhar para o próprio corpo e para mim. — Eu disse que posso aguentar qualquer coisa que você queira me dar. Acho melhor deixar isso claro. Eu quero *tudo* e qualquer coisa que você fizer comigo.

Puta merda, a confiança que ela deposita em mim. Ainda não tenho certeza se mereço isso.

Olho nos olhos dela e contorno seu clitóris com a ponta da língua.

— Acho que os negócios podem esperar um pouco mais.

O sorriso que estampa o rosto dela já é recompensa suficiente, mas Perséfone praticamente vibra com a necessidade de sentar na minha cara...

Na verdade, é uma puta ideia fantástica.

Vou para cima da cama.

— Vem cá.

Perséfone já está obedecendo, seguindo meu comando para subir e montar no meu peito. Deslizo para baixo e lá está ela, exatamente onde a quero.

— Não se segure, pequena sereia. Você sabe muito bem que quer ser safada.

Ela faz um movimento experimental, e eu a recompenso com uma longa lambida. Não demora muito para que Perséfone esteja se movendo contra minha boca, perseguindo o próprio orgasmo enquanto me perco no gosto dela. Ela goza com um grito que soa muito parecido com meu nome, seu corpo estremecendo em cima de mim enquanto ela se esfrega em minha língua.

Não é o suficiente. Quantas vezes vou pensar isso antes de reconhecer que nunca será o suficiente? Não importa. Pelo menos mais uma vez.

Eu a jogo de costas na cama e continuo devorando seu corpo, impulsionado pela necessidade de... não faço ideia. Quero imprimir na pele dela a lembrança desse prazer, para que se lembre disso para sempre, esteja onde estiver e passe o tempo que passar.

Para que se lembre de *mim* para sempre.

18

PERSÉFONE

Hades e eu não saímos da cama até quase a hora do almoço, e só saímos porque meu estômago roncando parece ser uma ofensa pessoal a ele. É assim que vou parar na cozinha, sentada na ilha com três pratos de comida na minha frente. Ainda estou comendo as batatas fritas quando Hermes entra.

Arqueio as sobrancelhas.

— Você nunca vai para casa?

— Casa é um conceito muito fluido. — Ela aponta para o celular novo em cima da bancada, ao meu lado. — Então você *tem* um celular. Suas irmãs recorreram a mim no papel de mensageira porque não conseguem falar com você.

Olho para o celular, depois para ela.

— Minhas irmãs que te mandaram aqui?

— Pelo que entendi, você já deveria ter entrado em contato com elas novamente e, como não as procurou, elas pensaram no pior. Além disso, Psiquê mandou um recado. — Ela pigarreia, e, em seguida, ouço a voz de minha irmã saindo de sua boca: — Só consigo dar uma segurada em Calisto por mais um ou dois dias. Ligue assim que receber esta mensagem para podermos acalmá-la. Ela e a mamãe têm brigado, e você sabe *como* é isso. — Hermes sorri e rouba uma batata frita do meu prato. — Fim da mensagem.

— Hum, obrigada. — Tinha ouvido dizer que ela era capaz disso, mas ainda é assustador demais testemunhar a imitação.

— É apenas o meu trabalho. — Ela pega outra batata frita. — Mas, então, você e Hades estão se pegando de verdade, não é só um teatro. Não estou exatamente surpresa, mas também estou muito, muito surpresa.

Não vai ser agora que vou começar a compartilhar segredos com a mulher cujo trabalho principal é coletá-los. Arqueio as sobrancelhas.

— Você e Dionísio parecem muito próximos para serem só bons amigos. É verdade que ele não tem muito interesse por sexo?

— Entendi. — Ela ri. — É melhor ligar para suas irmãs. Seria horrível se Calisto fizesse alguma coisa para deixar Zeus pistola.

Pensar nisso me dá um frio na espinha. Psiquê sabe jogar o jogo bem o bastante. Eurídice está toda distraída com o namorado. Mas Calisto? Se Calisto e nossa mãe partirem para unhas e dentes, não sei se a cidade sobrevive. Se ela for atrás de Zeus...

— Vou ligar para elas.

— Boa menina. — Ela dá um tapinha em meu ombro e sai da cozinha, provavelmente para poder atormentar alguma outra alma inocente.

Apesar de tudo, gosto dela. Hermes pode fazer jogos mais densos do que sou capaz de imaginar, mas pelo menos ela é interessante. E acho que ela e Dionísio realmente se importam com Hades. Não tenho certeza se é o suficiente para impedi-los de se aliarem aos outros Treze, se for o caso, mas isso é uma preocupação para outro dia.

Como uma última batata, pego o celular que Hades me deu, saio da cozinha e sigo pelo corredor até chegar ao cômodo que encontrei durante uma exploração superficial do primeiro andar. Suponho que seja uma sala de estar, mas parece um cantinho de leitura aconchegante com duas cadeiras confortáveis, uma lareira gigante e várias estantes de livros cheias de todos os gêneros, de não ficção a fantasia.

Eu me afundo na cadeira roxo-escuro e ligo o celular. Já contém as informações de contato das minhas irmãs e o aplicativo de videochamada instalado. Respiro fundo e ligo para Psiquê.

Ela atende na mesma hora.

— Ai, graças aos deuses. — E se inclina para trás. — É ela!

Calisto e Eurídice aparecem atrás dela. Qualquer um que olhasse para nós quatro não diria que somos irmãs. Tecnicamente, somos todas meias-irmãs. Minha mãe passou por quatro casamentos antes de atingir seu objetivo de se tornar parte dos Treze e não precisar mais de homem algum para impulsioná-la para suas ambições. Todas nós temos os olhos castanhos de nossa mãe, mas as semelhanças param por aí.

Eurídice parece prestes a chorar, sua pele marrom-clara está quase sem cor.

— Você está viva.

— Sim, estou viva. — A culpa me invade. Estava muito preocupada em ficar o mais perto possível de Hades para me lembrar de fazer contato com minhas irmãs. Egoísta. Muito egoísta da minha parte. Por outro lado, que outro nome se dá ao meu plano de deixar o Olimpo para sempre? Agora não é hora, por isso afasto o pensamento.

Calisto se inclina e me examina com um olhar crítico.

— Você parece... bem.

— E eu estou bem. — Por mais tentador que seja minimizar a situação, ser perfeitamente honesta com elas é o único caminho a seguir. — Hades e eu fizemos um acordo. Ele vai me manter em segurança até que eu consiga sair do Olimpo.

Calisto estreita os olhos.

— Em troca de quê?

Aí está o X da questão. Sustento o olhar dela.

— Se Zeus me considerar menos desejável porque tenho dormido com Hades, ele não vai tentar me perseguir quando eu for embora. — Quando minhas irmãs só ficam olhando para mim, eu suspiro: — E, sim, estou com muita raiva da nossa mãe e de Zeus e queria deixar isso bem claro.

Psiquê franze a testa.

— Tem um boato circulando esta manhã quanto a você e Hades terem, bem, terem transado na frente de metade da cidade inferior. Eu pensei que fossem só as pessoas fazendo fofoca, falando bobagens, mas...

— É verdade. — Posso sentir meu rosto ficando vermelho. — Nosso plano não vai funcionar se for apenas fingimento. Tem que ser real.

É Eurídice, minha doce e inocente irmã, quem fala em seguida, com a voz baixa e furiosa:

— A gente vai te buscar agora mesmo. Se ele acha que pode te forçar...

— Ninguém está me *forçando*. — Levanto uma das mãos. Tenho que me adiantar a essa reação. Eu devia saber que tentar ser vaga só acabaria incitando cada um de seus instintos protetores. — Vou contar tudo, mas vocês têm que parar de reagir e ouvir o que vou falar.

Psiquê põe a mão no ombro de Eurídice.

— Conte, e daí nós decidimos como reagir.

Esta é a melhor oferta que vou receber. Suspiro e conto tudo a elas. Como forcei o acordo. A proteção constante de Hades. Como o sexo é *bom*.

Deixo de fora a história entre Hades e Zeus, as cicatrizes que marcam seu corpo e que sem dúvida foram deixadas pelo incêndio que matou os pais dele. O incêndio causado por Zeus. Confio plenamente em minhas irmãs, mas algo em mim se revolta contra a ideia de compartilhar essa história. Não é exatamente um segredo, mas é como parece, como uma informação de que Hades e eu compartilhamos, a qual nos une ainda mais.

E...

Hesito, mas, no final, com quem mais eu poderia falar sobre isso?

— Sinto que aqui posso respirar. Com Hades não preciso fingir, não preciso ser perfeita nem brilhante o tempo todo. É como... como se eu finalmente começasse a descobrir quem sou por trás da máscara.

Eurídice tem corações nos olhos.

— Só você mesmo para fugir e acabar na cama com um homem sexy determinado a fazer qualquer coisa para te proteger. Você é realmente abençoada pelos deuses, Perséfone.

— Não foi o que pareceu quando eles anunciaram o noivado.

A felicidade de Eurídice diminui.

— Não, acho que não.

Psiquê está olhando para mim como se nunca tivesse me visto antes.

— Tem certeza de que não é tudo uma armadilha elaborada? Você desenvolveu essas defesas *por um motivo*.

Engulo a negativa instintiva e me forço a pensar a respeito do que perguntou.

— Não, não é uma armadilha elaborada. Ele odeia Zeus tanto quanto eu; não tem motivos para pensar que me fazer mal acabaria machucando alguém além de mim. Além disso, ele não é assim. Não é nada parecido com o resto dos Treze. — Tenho certeza disso. Afinal de contas, sobrevivi todo esse tempo me movendo pelo círculo de poder e influência do Olimpo por meio da confiança em meus instintos e ao mentir na cara dura. Com Hades não tenho que mentir. Além disso, meus instintos o consideram seguro.

— Tem certeza? Porque a gente sabe bem que você tem esse fascínio pelo título de Hades e...

— *Hades* não é o problema. — Não queria contar a elas o que sei quanto à nossa mãe, mas elas precisam saber. — Nossa mãe ameaçou cortar completamente o abastecimento para a cidade inferior até que Hades me devolva.

— Nós sabemos. — Calisto passa a mão pelo cabelo longo e escuro. — Ela está agitadíssima e reclamando desde que você foi embora.

— Ela está preocupada — diz Eurídice.

Calisto ri.

— Ela está com *raiva*. Você a desafiou e a deixou com cara de tonta na frente do resto dos Treze. Ela está enlouquecendo tentando salvar as aparências.

— *E* está preocupada. — Eurídice olha para nossa irmã mais velha. — Ela tem feito limpeza.

Suspiro. É fácil pintar nossa mãe como sendo a vilã bem ao lado de Zeus, mas ela de fato nos ama. Só não deixa esse amor atrapalhar suas ambições. Minha mãe pode ficar impassível ao dar ordens como um general prestes a ir para a batalha, mas quando está preocupada ela faz faxina. É o único sinal.

Em última análise, isso não muda nada.

— Ela não devia ter feito isso comigo.

— Ninguém está discutindo isso. — Psiquê levanta as mãos. — Ninguém está discutindo *nada*. Estamos só preocupadas. Obrigada por mandar notícias.

— Se cuidem. Estou com saudades.

— Também estamos — sorri Psiquê. — Não se preocupe com a gente. Temos tudo sob controle por aqui, na medida do possível. — Ela desliga antes que eu registre o significado da resposta.

Não me preocupar com elas.

Eu não *estava* preocupada com elas, não realmente. Até agora.

Ligo de volta. Espero vários toques antes de Psiquê atender. Dessa vez, Calisto e Eurídice não estão na tela, e Psiquê não parece tão animada quanto estava minutos atrás. Franzo a testa.

— O que está acontecendo? O que não estão me dizendo?

— Nós estamos bem.

— É, você já disse, mas parece que está tentando me tranquilizar, e não estou me sentindo assim. Bota para fora. O que está acontecendo?

Ela olha para trás, e a luz na sala fica um pouco mais fraca, como se fechasse a porta ou uma janela, ou alguma coisa assim.

— Acho que tem alguém seguindo Eurídice. Na verdade, não só ela. Calisto não disse nada, mas ela está ainda mais nervosa do que a situação justifica. E acho que vi a mesma senhora nas últimas três vezes em que saí da cobertura.

Um calafrio desce pela minha espinha.

— Eles sabem onde estou. Por que tentariam seguir vocês para chegarem até mim?

Psiquê comprime os lábios, e acaba dizendo:

— Acho que querem ter certeza de que nenhuma de nós vai tentar fugir.

— Por que nossa mãe... — Paro. — Não nossa mãe. Zeus.

— É isso que eu penso. — Psiquê passa os dedos pelos cabelos e torce uma mecha, um gesto nervoso que tem desde que éramos crianças. Está com medo.

Eu fiz isso. Zeus não seguia nenhuma de nós antes de eu fugir. Fecho os olhos, tentando pensar em possíveis cenários, possíveis razões para ele fazer o que está fazendo, além de para garantir a presença delas na cidade superior. Não gosto da conclusão a que sempre chego.

— Você não acha que ela vai empurrar uma de vocês para o casamento no meu lugar, acha? — Se for esse o caso, *tenho* que voltar. Não posso ser a razão de uma das minhas irmãs acabar casada com aquele crápula, mesmo que tenha que ser eu a levar a bofetada para garantir que isso não aconteça.

— Não. — Ela nega com a cabeça e a balança novamente com mais força. — De jeito nenhum. Eles se encurralaram ao fazer o anúncio publicamente. Não podem forçar uma de nós a ocupar o seu lugar sem parecerem idiotas, e isso é uma coisa que Zeus e nossa mãe não farão.

É um alívio, mas não tanto quanto eu gostaria que fosse.

— Então por quê?

— Acho que ele pode tentar te induzir a atravessar o Rio Estige de volta. — Psiquê sustenta meu olhar, séria como nunca a vi. — Você não pode fazer isso, Perséfone. Independentemente do que aconteça, você vai manter o plano com Hades e dar o fora do Olimpo. Temos as coisas sob controle por aqui.

O calafrio se espalha por todo o meu corpo. Até que ponto Zeus vai chegar para me levar de volta? Estava tão concentrada em como ele poderia tentar me pegar, que não considerei os outros ângulos. Minha mãe nunca machucaria as próprias filhas, mesmo que nos movesse como peças de xadrez. Ela pode nos deixar correr um certo nível de perigo, mas não chega a ser um monstro por completo. Tenho a sensação de que, se eu aceitasse o casamento, ela colocaria em prática algum tipo de plano secundário para impedir que eu acabasse como as outras Heras. Mas isso não importa, porque ela não perguntou o que eu achava disso.

Mas Zeus?

Sua reputação não é inventada. Mesmo que o assassinato das esposas seja apenas um boato, a maneira como ele lida com os inimigos não é. Ele não sustenta seu domínio de ferro sobre o Olimpo sendo gentil e atencioso e evitando atitudes brutais. As pessoas o obedecem porque o temem. Zeus deu motivos a elas.

Psiquê deve ver o medo em meu rosto, porque se inclina e baixa a voz:

— Estou falando sério, Perséfone. Estamos bem e temos tudo sob controle por aqui. Não se *atreva* a voltar por nossa causa.

A culpa em que tenho evitado pensar há dias ameaça rasgar minha garganta. Tenho estado tão concentrada em meu plano, na jogada final, que não parei para pensar que minhas irmãs poderiam estar pagando o preço.

— Eu sou a pior das irmãs.

— Não. — Ela balança a cabeça. — De jeito nenhum. Você quer sair e deve fazer isso. Se quiséssemos, nós três poderíamos sair.

Isso não faz com que eu me sinta melhor. Na verdade, faz com que me sinta pior.

— Estar naquela cobertura, perto daquelas pessoas... Isso faz com que me sinta como se estivesse me afogando.

— Eu sei. — Seus olhos escuros são solidários. — Não precisa se justificar para mim.

— Mas meu egoísmo...

— Pare com isso. — Uma nota áspera altera a voz de minha irmã. — Se quer culpar alguém, culpe nossa mãe. Culpe Zeus. Inferno, culpe todos os Treze, se quiser. Nós não escolhemos esta vida. Estamos apenas tentando sobreviver a isso. E cada uma de nós reage de forma diferente. Não se desculpe comigo e não se chame de egoísta.

Minha garganta está queimando, mas me recuso a sentir autopiedade a ponto de chorar. Forço um sorriso.

— Você é inteligente demais para uma irmã mais nova.

— Tenho duas irmãs mais velhas brilhantes com quem aprender. — Ela desvia o olhar. — Preciso ir. Ligue se precisar de alguma coisa, mas não se atreva a mudar seus planos por nós.

A ferocidade em sua voz garante que não vou mudar nada. Assim, aceno com a cabeça, concordando.

— Não vou. Prometo.

— Ótimo. Se cuide. Te amo.

— Também te amo.

E então ela desliga, me deixando olhando para a lareira vazia e pensando se cometi um erro terrível.

19

HADES

O entardecer está se espalhando pelo céu quando termino tudo que tinha que fazer e vou me encontrar com Perséfone. Nosso território está tão preparado quanto é possível para o que virá. Mandei meu pessoal avisar que pode haver interrupções no fornecimento e planejar de acordo com essa possibilidade. Os espiões na cidade superior estão em alerta máximo e prontos para cruzarem o rio em prol da segurança. Todos observam e esperam para ver o que Zeus e Deméter farão.

Estou cansado. Cansado para um caralho. O tipo de exaustão que se esgueira e derruba a pessoa entre um passo e outro.

Não percebo o quanto estou ansioso para ver Perséfone até entrar na minibiblioteca e encontrá-la encolhida no sofá. Ela usa um dos vestidos que Juliette mandou, um tom vibrante de azul, e está lendo um livro. Um fogo baixo crepita na lareira, e a pura normalidade da cena quase me derruba.

Por uma fração de segundo, permito-me imaginar que essa é uma cena que me receberia no final de todo dia. Em vez de me arrastar para o quarto e desabar na cama sozinho, eu encontraria essa mulher à minha espera.

Afasto a fantasia. Não posso me dar ao luxo de querer coisas assim. Não de maneira geral, e não com ela. Isso é temporário. Essa coisa toda é *temporária*.

Eu me preparo e entro na sala, deixando a porta se fechar suavemente atrás de mim. Perséfone levanta a cabeça, e sua expressão assombrada me faz caminhar naquela direção.

— Qual é o problema?

— Além do óbvio?

Sento-me no sofá ao lado dela, perto o suficiente para ser um convite, se ela quiser, mas longe o bastante para dar espaço caso seja isso de que precise. Mal me acomodei quando Perséfone desliza para o meu colo e levanta as pernas até se equilibrar sobre minhas coxas. Eu a envolvo com os braços e descanso o queixo em sua cabeça.

— O que aconteceu?

— Hermes trouxe uma mensagem das minhas irmãs.

Eu sabia disso, é claro. Hermes pode até ter uma incrível capacidade de escapar dos meus guardas, mas nem ela é capaz de se esquivar completamente das câmeras.

— Você ligou para elas e se chateou com a conversa.

— Digamos que sim. — Ela relaxa um pouco. — Só estou sentada aqui, me afundando no meu poço de autocomiseração. Sou uma idiota egoísta que acabou provocando toda essa confusão porque queria ser livre.

Nunca ouvi a voz dela tão amarga. Afago de leve suas costas e ela suspira, e eu repito o gesto.

— Sua mãe não foi obrigada a assumir a posição de Deméter. Ela se submeteu a isso.

— Eu sei. — Ela desliza um dedo pelos botões da minha camisa. — Como eu disse, é autocomiseração, o que é quase imperdoável, mas estou preocupada com minhas irmãs e com medo de ter piorado a situação, fugindo de lá em vez de simplesmente seguir os planos de minha mãe.

Não sei bem o que devo dizer para que ela se sinta melhor. Um dos efeitos colaterais de ser filho único e órfão é que não tenho muitas habilidades sociais. Posso intimidar, ameaçar e governar, mas confortar não está entre minhas especialidades. Eu a puxo para mais perto como se isso fosse o suficiente para colar de volta todos os seus pedaços espalhados.

— Se suas irmãs são tão capazes quanto você, elas vão ficar mais do que bem.

Ela dá uma risada hesitante.

— Acho que até mais capazes do que eu. Pelo menos Calisto e Psiquê. Eurídice ainda é muito jovem. Nós a protegemos durante todos esses anos, e agora penso se isso não foi um erro.

— Por causa de Orfeu.

— Ele não é um cara de má índole, acho. Mas ama a si mesmo e sua música mais do que ama minha irmã. Eu nunca vou lidar bem com isso. — Enquanto fala, ela relaxa e o resto da tensão se dissipa. Bastou uma distração.

Talvez eu não seja tão ruim nessa coisa de confortar quanto pensei. Arquivo as informações para mais tarde, mesmo que diga a mim mesmo que elas não têm nenhum valor. O relógio está contra nós, apesar de termos o restante do inverno. Depois disso, não vai fazer diferença eu saber confortar Perséfone quando ela estiver aborrecida. Afinal, ela vai embora.

É tentador usar o sexo para distraí-la, mas não sei se é disso que ela precisa neste momento.

— Quer sair daqui um pouco?

A maneira como ela se anima confirma que essa foi a decisão certa. Perséfone crava aqueles grandes olhos castanhos em mim.

— Sério?

— Sim, por que não? — Sufoco a vontade de dizer para ela vestir roupas mais quentes. Não vamos longe, e a última coisa que quero agora é pressioná-la demais em relação a qualquer coisa, não quando já está se sentindo tão frágil. Eu a tiro do meu colo e seguro sua mão quando ela se levanta. — Vamos lá.

Perséfone sorri para mim.

— Esse é outro segredo como a estufa?

Ainda não consigo acreditar em como me sinto por ter compartilhado isso com ela. Como se ela tivesse visto uma parte de mim que ninguém mais pode ver. Em vez de ignorar, Perséfone parece entender o que aquele lugar significa para mim. Balanço a cabeça lentamente.

— Não, isso é outra coisa. Uma espiada atrás da cortina da cidade inferior.

Os olhos dela se iluminam ainda mais.

— Vamos lá.

Quinze minutos depois, andamos pela rua de mãos dadas. Parte de mim se pergunta se devo soltar a mão dela, mas não quero fazer isso, porra. Gosto da sensação de sua palma contra a minha, dos nossos dedos juntos.

Eu a conduzo para leste, para longe de casa, mantendo um ritmo suave que não a sobrecarregue muito. Não importa que outras verdades tenhamos aqui, Perséfone ainda não se recuperou cem por cento da noite que a trouxe para mim. Ou talvez eu esteja apenas procurando uma desculpa para cuidar dela.

Caminhamos em silêncio, mas posso dizer que os pensamentos dela ainda estão ocupados com as irmãs. Não tenho nada a dizer que possa realmente confortá-la quanto a isso, então me proponho a fornecer uma experiência que vai distraí-la, tirá-la da própria cabeça.

— Estamos quase chegando.

Ela finalmente olha para mim.

— Vai me dizer aonde?

— Não.

— Você gosta de ser malvado.

Aperto a mão dela.

— Talvez eu só goste de ver sua cara quando vive alguma coisa pela primeira vez.

É difícil dizer em meio às sombras da escuridão cada vez mais intensas, mas acho que ela fica vermelha.

— Sabe, se quiser me distrair, sexo é sempre uma boa opção.

— Vou me lembrar disso.

Em seguida, entramos em um beco estreito. Perséfone me acompanha sem hesitar até a grande porta de metal ao fundo. Olho para ela.

— Nervosa?

— Não — responde de imediato. — Eu estou ao seu lado, e nós dois sabemos que você não vai deixar nada acontecer comigo.

O comentário me pega de surpresa.

— Tem tanta confiança assim em mim?

Perséfone sorri, e um pouco da preocupação se apaga de seus olhos.

— Claro que sim. Você é o temível Hades. Ninguém se mete com você, o que significa que ninguém vai se meter comigo enquanto eu estiver em sua companhia. — Ela se inclina, pressionando os seios contra meu braço. — Certo?

— Certo — falo com franqueza.

Não consigo nem curtir a tentativa de sedução, porque estou muito ocupado me recuperando de sua declaração casual. *Estou ao seu lado, e nós dois sabemos que você não vai deixar nada acontecer comigo.* Como se fosse tão simples. Como se fosse uma verdade.

E é. Eu cometeria atos imperdoáveis para manter Perséfone segura. Mas, de alguma forma, ouvi-la dizer isso em voz alta torna tudo muito mais real.

Ela confia em mim.

Aponto para a porta, só para fazer alguma coisa.

— Ainda tem luz suficiente para ver as colunas, se quiser.

— Eu ia amar. — Ela segura minha mão enquanto olha para as colunas brancas de cada lado da porta. Eu a observo, em vez de olhar para os pilares, já sabendo o que está vendo. Uma festa em uma floresta mágica com sátiros e ninfas comendo, bebendo e se divertindo. Perséfone finalmente se inclina para trás e sorri para mim. — Outro portal.

— Portal?

— Me mostre o que tem atrás da porta, Hades.

Abro a porta, e o suspiro de Perséfone quase se perde em meio à comoção do outro lado. Ela começa a passar por mim, mas continuo segurando sua mão.

— Não precisa ter pressa.

— Fale por você.

Seus olhos ficam ainda maiores do que o normal enquanto ela observa a cena à nossa frente.

O mercado coberto fica aberto na maioria das noites durante o inverno. O teto se perde na escuridão acima de nós, o armazém é um espaço enorme e repleto de ecos — ou seria, se estivesse vazio. Nesta época do ano, está tomado de compradores e vendedores agitados. As barracas semipermanentes são montadas em fileiras estreitas. São todas do mesmo tamanho, mas os proprietários criaram cada espaço com coberturas coloridas e placas anunciando de tudo um pouco, desde produtos agrícolas a sabonetes, sobremesas e bugigangas. Todos têm lojas espalhadas pela cidade inferior, mas guardam aqui uma amostra de seus produtos.

Algumas dessas pessoas têm lojas desde que eu era criança. Alguns desses comércios existem há gerações. Todo o armazém é ocupado pelo clamor de pessoas comprando e vendendo e por uma mistura confusa de deliciosos aromas de comida.

Uso o barulho como desculpa para enlaçar com um braço a cintura de Perséfone e puxá-la para perto, assim posso falar diretamente em seu ouvido.

— Está com fome?

— Estou.

Ela ainda não desgrudou os olhos do mercado. Não está tão lotado esta noite como costuma ficar aos fins de semana, mas ainda há um grande número de pessoas se movendo pelas fileiras entre as barracas.

— Hades, o que é isso?

— O mercado de inverno. — Inspiro o perfume veranil que emana dela. — Durante os meses mais quentes, toda essa configuração é transferida para um quarteirão especificamente projetado para essa finalidade. Fica aberto todas as noites da semana, embora alguns se revezem.

Ela se vira e olha para mim.

— Isto é como um mundo secreto. Podemos... Explorar?

Sua curiosidade e alegria são como um bálsamo para minha alma, algo que nunca soube que desejava.

— É para isso que estamos aqui. — Mais uma vez, eu a puxo de volta quando dispara no meio da multidão. — Primeiro a comida. Essa é a minha única condição.

Perséfone sorri.

— Sim, senhor. — Ela se levanta na ponta dos pés e beija minha bochecha. — Me leve para o seu restaurante favorito daqui.

Aí está de novo, a sensação de compartilhar com essa mulher partes de mim que ninguém mais consegue ver. A sensação de que ela aprecia e aproveita as partes de mim que não são estritamente Hades, governante da cidade inferior, o membro sombrio dos Treze. Em momentos como este, é como se ela realmente me enxergasse, e isso é inebriante.

Acabamos parando em uma barraca de gyro, e aceno para Damien atrás do balcão, que sorri para mim.

— Faz tempo que não te vejo.

— E aí. — Puxo Perséfone para mais perto da barraca. — Damien, esta é Perséfone. Perséfone, este é Damien. A família dele vende gyros no Olimpo há... quanto tempo? Três gerações?

— Cinco. — Ele ri: — Mas, se perguntar ao meu tio, ele vai dizer alguma coisa mais perto de dez e, além disso, vamos poder traçar nossa linhagem de volta à Grécia, com algum cozinheiro que serviu o próprio César.

— Eu acredito — dou risada como ele espera que eu faça. Já tivemos essa troca dezenas de vezes, mas ele gosta, então fico muito feliz em satisfazê-lo. — Vamos querer dois do de sempre.

— Já tá saindo.

Ele demora alguns instantes para montar os gyros, observo seus movimentos suaves e reconheço que representam anos de prática. Ainda me lembro de vir aqui quando adolescente e ver o pai de Damien o orientando no processo de anotar um pedido e fazer o gyro, supervisionando o filho com paciência e amor que eu invejava. Eles tinham um bom relacionamento, e isso era algo que eu queria absorver de longe, especialmente durante aqueles anos angustiantes da adolescência.

Damien segura os gyros.

— Por conta da casa.

— Nem pense nisso. — Tiro o dinheiro do bolso e o coloco sobre o balcão, ignorando seus protestos. Isso também se repete quase todas as vezes em que o visito. Pego os gyros e entrego um para Perséfone. — Por aqui.

Eu a conduzo ao longo da lateral do mercado, em direção a um punhado de mesas e cadeiras encostadas na parede. Existem várias áreas semelhantes espalhadas por toda a extensão do galpão, portanto, independentemente de onde se compra a comida, não é preciso andar muito para encontrar um lugar para se sentar e comer.

Viro e vejo que Perséfone está olhando para mim com uma cara estranha. Franzo a testa.

— Que foi?

— Com que frequência você vem aqui?

Minha pele formiga e tenho a incômoda sensação de que estou corando.

— Normalmente, pelo menos uma vez por semana. — Ela continua me encarando, e tenho que me esforçar para não reagir. — Acho o caos reconfortante.

— Não é só por isso.

Mais uma vez, ela é muito perspicaz. Estranhamente, não me importo de explicar.

— Esta é só uma pequena parte da população da cidade inferior, mas gosto de ver as pessoas cuidando de seus negócios. É tudo muito normal.

Ela desembrulha o gyro.

— Porque essas pessoas estão seguras.

— Exatamente.

— Porque *você* garante que estejam seguras. — Ela dá uma mordida antes que eu possa responder, soltando um gemido totalmente sexual. — Pelos deuses, Hades. Isso aqui é incrível.

Comemos em silêncio, e a pura normalidade desse momento me atinge em cheio no peito. Por coisa de pouco tempo, é como se Perséfone e eu fôssemos duas pessoas normais andando pelo mundo, sem que todo o Olimpo ameaçasse desabar caso déssemos um passo em falso.

Este poderia ser um primeiro encontro, ou um terceiro, ou um encontro daqui a dez anos. Fecho os olhos e afasto este pensamento. Não somos normais e isso não é um encontro e, no fim do nosso tempo juntos, Perséfone vai embora do Olimpo. Em dez anos, posso estar neste mesmo lugar comendo um gyro sozinho, como fiz inúmeras vezes no passado, mas ela estará em algum lugar distante, vivendo a vida que sempre quis.

Uma vida sob a luz do sol.

Ela amassa a embalagem vazia. Depois se inclina para frente com uma expressão intensa.

— Me mostre tudo aqui.

— Não há como vermos tudo esta noite. — Antes que ela possa murchar, continuo: — Mas você pode ver um pouco hoje e voltar a cada poucos dias, até ver tudo que deseja.

O sorriso dela é tão puro, parece que Perséfone abriu meu esterno e agarrou meu coração com o punho.

— Promete?

Como se eu fosse negar a ela esse prazer simplório. Como se eu fosse negar a ela *qualquer* prazer.

— Prometo.

E assim passamos uma hora andando entre as barracas antes de eu levar Perséfone de volta à entrada. Durante esse tempo, ela conseguiu encantar cada pessoa que conheceu, e acabamos com várias sacolas cheias de doces, um vestido que chamou sua atenção e um trio de estatuetas de vidro para as irmãs dela. Quase me sinto culpado por fazer a visita acabar cedo, mas confirmo que a decisão foi sábia assim que voltamos para casa. Quando chegamos ao nosso quarteirão, Perséfone está apoiada em mim.

— Não estou cansada.

Faço um esforço para não sorrir.

— É claro que não.

— Não estou mesmo. Só estou economizando energia.

— Aham. — Tranco a porta depois de entrarmos e a observo. — Então acho que não devo te carregar para cima e colocá-la na cama.

Perséfone morde a boca.

— Bom, se *quiser* me carregar, acho que posso reduzir meus protestos ao mínimo.

Essa sensação dela apertando meu coração só fica mais forte.

— Nesse caso... — Eu a pego com sacolas e tudo, apreciando seu gritinho e a maneira como ela encosta a cabeça no meu peito com tanta confiança. Apreciando Perséfone pura e simplesmente.

Hesito no patamar do segundo andar, mas ela se inclina e dá um beijo em meu pescoço.

— Me leve para a cama, Hades.

Não a dela. A minha.

Aceno brevemente com a cabeça e continuo subindo a escada para o meu quarto. Coloco Perséfone na cama e dou um passo para trás.

— Você quer que eu traga suas coisas para cá?

Ela faz de novo aquela coisa adorável de morder o lábio.

— Isso é pretensão demais? Sei que a noite passada foi uma coisa, mas estou sendo insistente demais quanto a isso, não estou?

Talvez, mas gosto de como ela abre espaço para si mesma em minha casa, em minha vida.

— Eu não ofereceria se não quisesse você aqui.

— Então, sim, por favor. — Ela estende a mão para mim. — Venha para a cama.

Seguro suas mãos antes que ela comece a desabotoar minha camisa.

— Guarde suas coisas. Preciso fazer minhas rondas.

— Suas rondas. — Ela olha para mim e parece ver demais, como sempre. Fico tenso esperando que questione por que sinto necessidade de verificar as fechaduras, quando tenho um dos melhores sistemas de segurança que o dinheiro pode comprar e uma equipe de segurança. Em vez disso, apenas assente. — Faça o que tem que fazer. Estarei esperando.

Embora eu queira ser rápido, sei que não vou conseguir pregar os olhos até verificar adequadamente todas as entradas e saídas do andar térreo. Ainda mais agora que Perséfone está aqui, confiando em mim para garantir sua segurança. Com certeza, saber disso deveria adicionar peso aos meus ombros, mas é estranhamente reconfortante. Como se as coisas tivessem que ser assim. Não faz nenhum sentido para mim, então tiro isso da cabeça.

Faço uma pausa na sala de segurança para falar com meu pessoal, mas, como esperado, não há nada de novo a ser relatado. Qualquer movimento que Zeus possa ter feito ainda não foi percebido, e é improvável que ele faça alguma coisa esta noite.

Vai haver um tempo em que *eu* vou ter que fazer outra jogada, mas hesito em agir. Ainda não, não quando tudo está indo tão bem com Perséfone. Melhor deixar as coisas ferverem em fogo baixo um pouco e ver o que Zeus faz, antes de darmos qualquer outro passo.

A desculpa parece esfarrapada demais, provavelmente porque é. Não me importo. Tiro tudo isso da cabeça e volto para o meu quarto. Não sei ao certo o que espero, mas não é encontrar Perséfone na minha cama, dormindo pesado.

Fico parado, olhando, deixando a cena passar por mim em ondas. A maneira como dorme encolhida, deitada de lado, segurando os cobertores contra o peito com a mão relaxada. Seu cabelo já era uma bagunça sobre o travesseiro. O jeito como está de costas para o que foi meu lado da cama na noite passada, como se estivesse apenas esperando eu me deitar e envolver seu corpo com o meu.

Esfrego o polegar no esterno, como se assim pudesse aliviar a dor. É tentador me juntar a ela na cama agora, mas me forço a ir ao closet me despir, e depois vou ao banheiro para fazer meu ritual noturno.

Quando volto, ela está exatamente onde a deixei; assim, apago as luzes e me deito sob as cobertas. Talvez eu esteja vendo significados demais nisso. Ela adormeceu, mas já disse que não é muito propensa a dormir abraçada a alguém. O fato de estar ali não significa que seja um convite...

Perséfone desliza para trás e segura minha mão. Chega mais perto de mim enquanto me puxa, só parando quando estamos colados, em contato do tronco às coxas. Ela puxa meu braço em torno de seu peito sobre o cobertor e suspira, sonolenta.

— Boa noite, Hades.

Olho para a escuridão, incapaz de negar que esta mulher mudou minha vida de forma irreversível.

— Boa noite, Perséfone.

20

PERSÉFONE

Um dia se passa, depois outro, então uma semana flui para a seguinte. Passo os dias alternando entre a obsessão sobre quando minha mãe e Zeus farão sua jogada e o mergulho na distração que a vida com Hades oferece. Cada cômodo da casa é uma nova área a ser explorada, um novo segredo para guardar no coração. Há prateleiras encaixadas em cada canto e recanto, todas cheias de livros com lombadas gastas devido a muitas releituras. Elimino um cômodo por dia na lista, desenhando essa jornada, sentindo que estou cada vez mais perto de conhecer o dono desse lugar.

Várias vezes por semana, voltamos ao mercado de inverno e Hades me deixa levá-lo pela mão como um bichinho de pelúcia muito amado enquanto exploro. Ele também começou a me mostrar outras joias ocultas que a cidade inferior tem a oferecer. São dezenas de colunas, cada uma retratando uma cena única relacionada ao negócio que representam. Nunca me canso de como a expressão de Hades vai de cautelosa a levemente impressionada quando ele percebe o quanto valorizo essas experiências. Sinto que, sim, ele me permite conhecer esta parte da cidade, mas também o homem que a governa.

E as noites? Minhas noites são dedicadas a conhecê-lo de uma maneira totalmente diferente.

Fecho o livro que não estava lendo e olho para ele, que está sentado do outro lado do sofá com uma pilha de papéis e um notebook.

Se eu estreitar um pouco os olhos, quase consigo fingir que somos pessoas normais. Que ele trouxe trabalho para casa. Que estou perfeitamente satisfeita com o papel de dona de casa ou qualquer rótulo que se encaixe no meu status atual.

— Você parece pensativa — comenta ele, sem levantar os olhos.

Brinco com o livro.

— É um livro muito bom. Um verdadeiro quebra-cabeças. — Nem de longe pareço convincente.

— Perséfone. — O tom sério exige uma resposta.

Uma resposta *honesta*.

As palavras brotam antes que eu possa contê-las.

— Você não me levou mais à sua masmorra do sexo.

— Não é uma masmorra do sexo.

— Hades, por favor, aquilo é a própria definição de uma masmorra do sexo.

Ele finalmente deixa o notebook de lado e me dá toda sua atenção. Uma linha aparece em sua testa.

— Temos nos divertido.

— "Divertido" é pouco para descrever tudo isso. Gosto de explorar sua casa e a cidade inferior. Gosto de *te* explorar. — Meu rosto esquenta, mas continuo: — É só que você disse que queria que as pessoas nos levassem a sério, e como podem nos levar a sério se você não está me tratando como elas esperam?

— Eu não queria dividir você com os *voyeurs* da cidade superior — diz de um jeito muito simples, como se não estivesse jogando uma bomba. Hades puxa o cobertor embaixo do qual me aninhei e o joga no chão. — Mas você tem razão. É possível que ainda não tenham tomado uma atitude porque não os forçamos a isso.

Fico derretidinha ao sentir a mão dele envolvendo meu tornozelo. É sempre assim. Estou sempre esperando a intensidade desaparecer, o acesso imediato que temos um ao outro esgotar o brilho do sexo. Ainda não aconteceu. Na verdade, as últimas semanas me fizeram desejá-lo mais. Eu sou o cachorro de Pavlov. Ele me toca, e imediatamente eu fico em chamas.

Sobre o que estávamos falando mesmo?

Eu me sacudo mentalmente e tento me concentrar.

— Estamos tentando provocar uma atitude da parte deles?

— Estamos tentando atingi-los. Ou atingi-lo, pelo menos. — Hades desliza a mão por minha panturrilha, segurando a parte de trás do meu joelho, e me puxa pelo sofá na direção dele. Viemos direto para o seu quarto depois de jantarmos em um restaurantezinho charmoso ali perto, por isso ainda estou usando um dos vestidos sedutores que Juliette mandou para mim. Pelo jeito ardente como Hades olha para mim, ele o aprecia ainda mais quando está enrolado nas das minhas coxas. — Me mostre.

Abaixo as mãos trêmulas e levanto o vestido só um pouco, o suficiente para ele dar uma espiada.

Hades arqueia as sobrancelhas.

— Olhe só isso, usando calcinha como uma boa menina.

— É, bom, às vezes eu gosto da provocação.

Então levanto a saia até a cintura, e puxo a calcinha para o lado. Não importa que Hades tenha visto e posto a boca em cada centímetro do meu corpo. A *sensação* de fazer uma safadeza como essa é um vício que não sei se algum dia vou superar. Não posso pensar nisso agora, não posso pensar no *depois*.

Depois que o inverno acabar. Depois de eu conquistar minha liberdade. Depois que eu sair da vida de Hades para sempre.

Ele me puxa alguns centímetros para mais perto e se inclina para se acomodar entre minhas coxas afastadas. Um único olhar é o suficiente para eu soltar a calcinha e me apoiar sobre os cotovelos. Hades me beija de boca aberta através do tecido. Eu gemo.

— Pelos deuses, isso é bom.

Ele parece não estar interessado em tirar minha calcinha do caminho, trabalhando sem pressa alguma através do tecido e me deixando toda molhada e escorregadia. Só quando estou respirando com dificuldade e me esforçando para não levantar o quadril, ele levanta o olhar.

— Amanhã vamos dar uma festa.

— Uma... festa.

— Aham. — Ele *finalmente* acaba deslizando a calcinha para o lado e beija minha boceta com gosto, devagar. — Me diga o que você quer. Descreva em detalhes.

Tenho que segurar um gemido.

— Quê?

— Agora.

Eu o encaro. Ele quer que eu descreva o que quero neste exato momento, enquanto está me fodendo com a língua? É isso. Mordo a boca e tento me concentrar nas ondas de prazer que ele espalha por meu corpo. Tive muito tempo para conhecer meus gostos e os de Hades, mas isso parece um nível completamente diferente.

— Eu, uh, eu quero...

Não quero contar a ele.

Enterro os dedos em seu cabelo e levanto o quadril, deixando o caminho mais fácil. A próxima lambida nunca chega. Apesar do meu domínio sobre ele, Hades levanta a cabeça e se afasta de mim com facilidade. Suas sobrancelhas estão mais próximas quando me encara.

— Depois de tudo que fizemos nas últimas semanas, o que você poderia querer agora que lhe provoca essa hesitação?

— Gosto de estar com você. Amo o que fazemos juntos.

Ele franze a testa ainda mais.

— Perséfone, se eu não estivesse pronto para te dar tudo de que você precisa, não teria perguntado.

Não quero falar. Não mesmo. É muito errado, muito sórdido, até mesmo para nós. E eu sei que é hipocrisia demais acusar Hades de se segurar comigo e depois fazer o mesmo com ele, mas parece diferente. *É* diferente.

Ele se move enquanto ainda estou debatendo comigo mesma, senta-se e me puxa para seu colo. Minhas costas em seu peito, minhas pernas abertas, uma de cada lado de suas coxas. A mesma posição em que eu estava naquela noite em que ele me fez gozar e depois cavalguei seu pau na frente de uma plateia. A mesma noite que semeou a fantasia que tenho medo de revelar agora.

Hades desliza a mão por cima da calcinha para me tocar entre as pernas e introduzir dois dedos em mim. Então para, segurando-me no lugar da maneira mais íntima possível.

— Você está tensa, pequena sereia. Por acaso, isso está trazendo lembranças?

— Claro que não — respondo, rápido demais, com a voz ofegante a ponto de fazer minha declaração soar pouco convincente.

Ele beija meu pescoço e desliza a boca até minha orelha.

— Fale.

— Não quero.

— Acha que eu vou te julgar?

Não é isso. Deixo escapar um gemido quando ele flexiona os dedos dentro de mim. E é assim que a verdade sai da minha boca:

— Não quero fazer nada que você não queira.

Hades fica imóvel por um longo instante, depois ri com a boca em minha pele.

— Naquela noite eu toquei num ponto fraco, não foi? — Outra onda deliciosa provocada pelos dedos. A voz ressoa em meu ouvido. — Fale. Conte que fantasia esconde no fundo da sua cabecinha desde aquela festa.

Minha resistência vai para o saco. Fecho os olhos.

— Quero ser eu a estar em cima do palco. Não num canto escuro com você. Lá em cima, no centro das atenções, enquanto você me fode para todos assistirem. Lá você vai me possuir e me declarar sua onde todos podem ver.

Ele continua acariciando meu ponto G.

— Foi tão difícil assim?

— *Foi*. — Seguro seu antebraço, mas não consigo dizer se estou tentando afastá-lo ou garantir que continue me tocando. — Sei que não gosta de se expor desse jeito.

— Humm. — Ele morde minha orelha e pressiona a palma da mão sobre o clitóris. — Acha que tem alguma coisa que eu te negaria, enquanto é minha? Te dou *qualquer* porcaria de coisa, pequena sereia.

Não tenho palavras, mas tudo bem, pelo jeito, ele tem palavras suficientes para nós dois. Hades continua com os movimentos lentos, e uma espiral constante de prazer se move em mim, cada vez mais forte, como se tivéssemos todo o tempo do mundo.

E tempo é uma coisa que não temos.

A mão livre dele aparece para afastar as alças do vestido dos meus ombros e deixá-lo cair em torno da minha cintura. De alguma forma, estar meio vestida enquanto ele me fode com os dedos é ainda mais sexy do que se eu estivesse nua. Hades sempre sabe o que me deixa mais excitada, e nunca hesita em colocar isso em prática.

— Vou fazer você se curvar em cima de uma cadeira e levantar sua saia para todo mundo ver sua bocetinha gulosa. Vou abrir você com os dedos.

— Isso — suspiro.

— Vou te dar isso, amor. Vou te dar tudo. — Seu sorriso é sombrio. — Quer saber uma verdade?

— Quero.

— Também vou ter prazer com essa fantasia. — Ele introduz um terceiro dedo em mim. — Se eu quiser tirar sua roupa e te foder até você implorar por misericórdia, é exatamente isso que vou fazer. Porque me dá prazer. Porque te dá tesão. Porque não há nada que você me peça que não darei a você. Entende?

— *Sim*. — É isso, essa é a coisa que eu não conseguia conceituar, a razão para aquela ameaça sombria ser tão promissora para mim. Eu devia saber que ele entenderia, não devia ter duvidado.

Hades me puxa para cima e me inclina sobre o braço do sofá. Depois levanta minha saia e abaixa a calcinha até as coxas.

— Não se mexa. — Ele se afasta por alguns segundos, e ouço o farfalhar da embalagem de uma camisinha. Em seguida, ele está abrindo caminho para dentro de mim, centímetro por centímetro.

A posição cria um encaixe mais apertado e a calcinha me impede de abrir as pernas. É a submissão mais leve que se possa imaginar, mas torna tudo isso mil vezes mais caloroso. Hades segura meu quadril e começa a se mexer. Tento me apoiar na almofada, mas meus dedos escorregam pelo couro e não consigo ficar parada. Hades não hesita. Me puxa para cima e para trás contra o peito, uma das mãos segurando meu pescoço e a outra descendo para brincar com meu clitóris. Cada movimento cria uma fricção deliciosa que me faz subir pelas paredes.

Sua voz é tão baixa que quase a sinto mais do que a ouço.

— Sua boceta é minha e vou fazer com ela o que eu quiser. Em público. Em particular. Onde eu quiser. Do mesmo jeito que você pertence a *mim*, pequena sereia.

— Se eu sou sua... — E sou. Sem dúvida sou. Não consigo recuperar o fôlego, mal consigo pronunciar as próximas palavras: — Então você também é meu.

— Sou. — A voz dele é áspera em meu ouvido. — Porra, sim, eu sou seu.

Gozo com força, contorcendo-me contra a mão dele e em volta de seu pênis. Hades me inclina para trás sobre o sofá e termina com uma série de estocadas brutais. Ele sai de dentro de mim, e mal tenho a chance de sentir sua presença em minhas costas antes que ele volte e me levante em seus braços. Depois daquela primeira noite quando visitamos o mercado de inverno, parei de reclamar quando ele me carrega. Nós dois sabemos que seria mentira se eu insistisse nisso, porque gosto desses momentos tanto quanto ele parece gostar.

Hades nos leva até o quarto que se tornou nosso e me põe na cama. Seguro seu pulso antes que ele possa ir apagar a luz, como costuma fazer.

— Hades?

— Sim?

A vontade de ignorar, de deixar isso para lá, é quase avassaladora, mas, depois que ele exigiu que eu seja honesta e me exponha a ponto de me tornar vulnerável com ele, não posso exigir nada menos que a mesma coisa em troca. Olho nos olhos dele.

— Deixe a luz acesa? Por favor.

Ele fica imóvel, acho que parou de respirar.

— Você não quer isso.

— Eu não pediria se não quisesse. — Eu sei que deveria parar de pressionar, mas não consigo evitar. — Você não confia em mim o suficiente para saber que não vou me afastar?

Sua respiração fica mais rápida.

— Não é isso.

É o que parece. Mas dizer isso o coloca em uma posição terrível. Quero sua confiança da mesma forma que ele parece desejar a minha; insistir e pressionar não é a maneira de conquistá-la. Relutante, solto seu pulso.

— Tudo bem.

— Perséfone... — Ele hesita. — Tem certeza?

Alguma coisa vibra em meu peito, algo tão leve e fluido quanto esperança, mas de um jeito mais forte.

— Se você se sentir confortável com isso, sim.

— Ok. — Ele leva as duas mãos aos botões da camisa e faz uma pausa. — Ok — repete.

E então lentamente, muito mesmo, começa a tirar a roupa.

Apesar de tentar me convencer a não olhar, não consigo deixar de absorver essa imagem. Eu já senti as cicatrizes, mas elas são quase horríveis de se ver sob a luz. O perigo que ele deve ter enfrentado, a dor a que sobreviveu, pensar nisso me deixa sem fôlego. As queimaduras cobrem a maior parte do tronco e descem pelo quadril direito. As pernas têm algumas cicatrizes menores, mas nada no mesmo nível do que se vê no peito e costas.

Zeus fez isso com ele.

Aquele desgraçado teria matado uma criancinha da mesma forma que matou os pais de Hades.

O desejo de blindar esse homem e protegê-lo torna meu tom feroz.

— Você é lindo.

— Não comece a mentir para mim agora.

— É sério.

Levanto minhas mãos e toco o peito dele com cuidado. Já o toquei no mesmo lugar dezenas de vezes, mas essa é a primeira vez que o vejo por completo. Parte de mim se pergunta o que aconteceu com ele nos anos depois do incêndio para que se esconda com tanto empenho, mesmo durante o sexo, e assim o desejo de proteção que despertou dentro de mim fica mais forte. Não posso curar as cicatrizes desse homem, nem as internas nem as externas, mas com certeza posso ajudá-lo de alguma forma.

— Você é lindo aos meus olhos. As cicatrizes são parte disso, parte de você. São as marcas de tudo a que sobreviveu, do quanto é forte. Aquele filho da puta tentou te matar quando era só uma criança, e você sobreviveu. Você vai derrotá-lo, Hades. Sei disso.

Ele me dá um esboço de sorriso.

— Não quero derrotá-lo. Eu o quero morto.

21

HADES

Acordar com Perséfone nos meus braços se tornou minha parte favorita do dia, aquele primeiro despertar da consciência e o calor do corpo dela. Apesar do que disse da primeira vez, ela gosta, sim, de dormir abraçada, e não importa onde estamos quando adormecemos, porque ela sempre dá um jeito de chegar até mim no escuro. Repetidas vezes, durante todas as noites que passamos juntos na minha cama.

Se eu fosse um homem esperançoso, veria isso como um sinal de algo mais. Mas sei que não é. Ela gosta do que fazemos juntos. E até *gosta* de mim, um pouco, pelo menos. Mas a única razão para estarmos juntos agora é trilharmos caminhos paralelos para termos um acerto de contas com Zeus. No segundo em que isso for feito, tudo termina.

Nenhum de nós é tolo o suficiente para acreditar que as últimas semanas são mais do que a calmaria antes da tempestade. Todo mundo acha que Zeus é ruidoso e impetuoso, mas ele só faz isso para distrair observadores do que está fazendo nos bastidores. Durante três semanas, ele frequentou festas e agiu como se não houvesse nada de errado. Deméter não cumpriu sua ameaça de maneira escancarada, mas as remessas para a cidade inferior diminuíram muito. Se não tivéssemos passado anos nos preparando para reduções como essa, meu povo estaria sofrendo.

Tudo por orgulho.

Afasto o cabelo dourado de Perséfone de seu rosto. Se eu fosse um homem melhor... Acontece que não sou. Eu me coloquei neste caminho e irei até o fim. Deveria estar encantado por ela querer realizar a fantasia que lhe descrevi naquela noite. Talvez transar comigo não seja suficiente para forçar Zeus a tomar uma atitude, mas toda vez que ela senta no meu pau em público chegamos mais perto desse ponto. Toda vez que o boato circula e as pessoas comentam o que testemunharam quando visitaram minha sala de brincadeiras, diminui o valor que ela tem aos olhos de Zeus. Uma jogada brilhante, mesmo que eu não tenha motivos brilhantes para a estar fazendo. Ela quer. E eu quero dar a ela. Isso é motivo suficiente para mim.

Perséfone se mexe junto do meu corpo e abre aqueles olhos castanhos. Ela sorri.

— Bom dia.

O baque surdo em meu peito que acontece com frequência cada vez maior perto dela ganha dentes e garras. Não posso deixar de responder com um sorriso, mesmo que parte de mim queira sair da porra desta cama, começar a andar e não parar até que eu tenha me controlado de novo. Nunca me senti assim antes, mas isso não significa que eu não saiba o que está acontecendo.

Estou me apaixonando por Perséfone.

Talvez houvesse tempo para me salvar se eu recuasse agora, mas não tenho tanta certeza disso. De qualquer forma, não importa. Não vou dar para trás até que seja necessário, independentemente de quanta dor isso cause no fim. Eu aliso o cabelo dela para trás novamente.

— Bom dia.

Ela se aconchega e deita a cabeça no meu peito cheio de cicatrizes, como se a visão não a repelisse. Vai saber? Talvez não. Ela seria a única, no entanto. Tive um relacionamento muito cedo em que fiquei nu com meu parceiro, e a resposta dele foi forte o suficiente para garantir que eu nunca mais fizesse algo do tipo. Talvez outros tivessem sido mais receptivos, mas nunca dei a eles a chance de me verem assim.

Não como estou dando a chance a ela agora.

— As coisas estão indo bem? — Sua mão treme, como se quisesse me tocar, mas ela parece forçá-la a parar na minha cintura. Respeitando o quanto ainda é difícil para mim estar aqui à luz da manhã com minhas cicatrizes expostas. — Você não falou muito esta semana sobre as linhas de abastecimento e coisas desse tipo.

Solto o ar aos poucos e tento relaxar. Não sei se quero que ela me toque ou não. Pelo que parece, quando se trata desta mulher, eu não sei de nada. É quase um alívio me concentrar no problema maior fora deste quarto.

— Estamos operando em ritmo de espera. Os suprimentos continuam diminuindo, mas estávamos preparados para isso. Zeus não causou nenhum problema do lado de cá das fronteiras.

Ela fica tensa.

— Não dá para acreditar que minha própria mãe é capaz de tamanha crueldade. Sinto muito. Sério, pensei... — Sua risada é melancólica. — Não sei o que pensei naquela primeira noite. Que, se eu desaparecesse, ninguém sentiria minha falta? Parece muito ingênuo quando olho para trás agora.

— Não foi ingênuo, você se apavorou e reagiu. — Mas agora conheço Perséfone bem o suficiente para saber que agir sem um plano equivale a um pecado imperdoável. — Significa que você é humana, só isso. Às vezes os humanos ficam com medo e fogem. Não é nada com que deva se culpar.

Ela ri baixinho, mas ainda está olhando para as coisas fora deste quarto.

— Não posso ser humana. Não quando todo o meu futuro está em jogo. E, mesmo que fosse, eu deveria estar pensando em alguém além de mim.

Então voltamos a isso.

Eu a pego nos meus braços e a aperto contra o peito.

— Você confia em mim, Perséfone?

— Como assim? — Ela estica o pescoço para ver meu rosto, as sobrancelhas escuras quase se tocando. — Que tipo de pergunta é essa?

— Uma legítima. — Tento não prender a respiração enquanto espero pela resposta.

Graças aos deuses, Perséfone não me faz esperar muito tempo. Ela acena positivamente com a cabeça e, de repente, assume uma atitude solene.

— Sim, Hades, eu confio em você.

A sensação de aperto no meu peito só fica mais forte. Parece que meu coração está tentando abrir caminho através do tecido calcificado para chegar até ela. Porra, estou chegando rapidamente ao ponto em que seria capaz de abrir meu peito e arrancar meu coração só para poder oferecê-lo a ela. Que porra está acontecendo comigo? Ela vai embora. Ela sempre disse que ia embora.

Nunca pensei que ela levaria meu coração partido quando o fizesse.

— Hades?

Volto à realidade e tiro da cabeça essa nova revelação.

— Se você confia em mim, então confie quando digo que está se saindo melhor do que qualquer outra pessoa na sua situação.

Ela está olhando para mim, novamente com a testa franzida.

— Não é tão simples assim.

— Pelo contrário, é simples assim.

— Você não pode decretar que é e tirar todas as dúvidas da minha cabeça.

Eu dou risada.

— Não faria isso nem se pudesse. Gosto quando você banca a durona.

Perséfone se mexe, joga uma perna por cima de mim e monta em meu corpo. Com o cabelo bagunçado e o corpo iluminado pelo sol fraco da manhã que atravessa as cortinas, parece uma espécie de deusa da primavera, toda quente e terrena.

Ela me encara.

— Já que estamos falando em confiança, quero falar sobre proteção. — Ela fica perfeitamente imóvel, como se não notasse meu pau endurecendo embaixo dela. — Eu queria parar de usá-la.

Minha respiração fica presa na garganta.

— Você não precisa fazer isso.

— Eu sei, Hades. Com você, não tenho que fazer nada que eu não queira.

O jeito fácil com que ela diz isso me faz sentir... Ela simplesmente me faz sentir. Muito. Apoio as mãos em seu quadril.

— Eu faço exames regularmente.

Ela assente, como se não aceitasse menos que isso, acreditando em minha palavra. A absoluta confiança que está depositando em mim é um pouco impressionante. Perséfone cobre minhas mãos com as dela.

— Não fiquei com ninguém desde que terminei com minha ex-namorada, e fiz exames depois disso. Também uso um contraceptivo... um DIU.

— Você não precisa fazer isso — repito.

Quero estar dentro dela sem barreiras mais do que quero quase qualquer coisa neste momento, mas não quero que ela faça algo para o qual não está cem por cento preparada. Realmente, a essa altura, eu devia conhecer Perséfone melhor.

— Hades. — Ela não se mexe. — *Você* não quer? Porque se não se sentir bem com isso, tudo bem. Sei que todo assunto relacionado a controle de natalidade envolve confiança, e, se você não se sentir confortável com isso, tudo bem também. Juro.

Por um momento, apenas a encaro em estado de choque. Quando foi a última vez que alguém levou em consideração *meu* conforto? Porra, sei lá. Não faço ideia, de verdade. Quando tinha parceiros no passado, eu era o dominante, a parte responsável que criava as cenas e as dirigia. Gosto desse papel, gosto de ter os outros se submetendo a mim, mas não percebi o quanto estou *cansado* até Perséfone me oferecer o mínimo de consideração.

Ela está franzindo a testa novamente.

— Ah, pelos deuses, passei do limite, não foi? Me desculpe. Esqueça o que eu disse.

Seguro seu quadril com ainda mais força antes que ela possa se mover.

— Espere. Me dê um segundo.

— O tempo de que precisar. — Ela diz isso com tanta docilidade que quase rio.

Finalmente consigo me controlar.

— Acho que estamos de acordo — falo, devagar, tateando o caminho. — Se você mudar de ideia a qualquer momento, voltamos aos preservativos.

— E se você mudar de ideia também. — Ela sorri para mim toda feliz e segura meus pulsos, levando minhas mãos lentamente aos seios. — Não tem momento melhor do que agora para começar.

— Com isso não dá para discordar.

Ela arqueia as sobrancelhas.

— Sério? Não vai discutir nem um *pouquinho*? Que decepcionante.

Seguro-a pela nuca e a puxo de encontro à minha boca. Por mais que eu goste de atirar para um lado e para o outro com ela, agora não estou com disposição para tanto. A confiança que deposita em mim me coloca em uma posição com a qual não estou preparado para lidar. Isso é muito diferente de confessar verdades um ao outro, algo que pode parecer simples. Ela está acreditando na minha palavra de que está segura comigo neste momento.

Perséfone se derrete toda sobre meu peito, correspondendo ao meu beijo com ferocidade. Deslizo as mãos para segurar a bunda dela e a empurrar para cima para encaixar meu pau em sua entrada. Fico perfeitamente imóvel, dando a ela tempo de sobra para mudar de ideia. Sério, a essa altura eu já devia saber. Ela se colocou nesse caminho e está pronta para avidamente se lançar adiante igual parece fazer com todo o resto.

Ela gira o quadril devagar, brincando com a cabeça do meu pau dentro dela. Perséfone se inclina para sussurrar em meu ouvido.

— Isso parece bem perverso, não acha? Você está tão duro que me deixa louquinha. — E então gira o quadril mais uma vez. — Fale comigo, Hades. Diga como eu sou gostosa. Adoro quando você fala sacanagem no meu ouvido enquanto está dentro de mim.

Eu também adoro. Deixo as minhas mãos escorregarem pela bunda dela e acaricio o ponto onde a curva encontra a parte de trás das coxas.

— Você está muito apertadinha e molhada, pequena sereia. Acho que você gosta de ser perversa.

— Gosto mesmo. — Ela desce mais um centímetro lento.

— Não se faça de tímida. Queria meu pau. Agora, pegue.

Ela geme e desce até me engolir todo, até me ter inteiro dentro de si. Seguro-a pelo cabelo e a puxo para mais um beijo. É confuso e perfeito. Fica ainda melhor quando ela começa a se mexer, balançando o quadril enquanto se esforça para não interromper o beijo. Já consigo ver que o esforço não vai ser suficiente.

Eu a solto e apoio minha mão no centro de seu peito para empurrá-la um pouco para trás.

— Cavalgue.

Ela obedece, arqueia as costas e me cavalga com movimentos lentos e decadentes. Vejo meu pau desaparecer em sua boceta e tenho que fazer um esforço para não gozar só de ver. Sentir Perséfone sem uma barreira entre nós, a absoluta confiança que ela está depositando em mim, tudo isso é muito inebriante. Não consigo pensar. Tenho a sensação de viver uma experiência extracorpórea, porque a única coisa que posso fazer é segurá-la enquanto ela me fode devagar e completamente.

Ela é uma deusa dourada e eu sou um reles mortal que nunca a merecerá.

Perséfone segura meus pulsos novamente, movendo uma das minhas mãos para a região entre suas coxas.

— Me toque. Por favor, Hades. Me faça gozar. — Ela leva minha outra mão ao próprio pescoço e se inclina em direção ao contato. — Não pare.

Puta que pariu.

Enrijeço o braço e a deixo pressionar a garganta com mais força contra a palma da minha mão, de forma que ela controle a pressão, enquanto traço círculos lentos ao redor do clitóris com meu polegar. Seus olhos se fecham de prazer e ela goza, apertando meu pau com seu corpo. É demais. Em outra ocasião vou mais devagar, vou fazer durar mais, mas agora tudo o que quero é pular no abismo atrás dela. Sendo assim, penetro seu corpo mais fundo e sou dominado pelo prazer.

Perséfone captura minha boca, *me* captura em um beijo que desacelera tudo e me acomoda de volta em meu corpo, célula por célula. Passo os braços em torno dela e a puxo para perto. Meu coração parece estar sangrando, em carne viva, e isso deveria me assustar, porém, de alguma forma, tudo é muito catártico. Não entendo, mas não preciso entender.

Beijo-a na testa.

— Vamos tomar um banho e cuidar da vida.

— Sério? — Ela se deita sobre mim, e a sensação de sua pele contra a minha é inebriante. — Pensei que talvez pudéssemos só matar qualquer compromisso hoje e passar o dia na cama.

— Mas, desse jeito, não vamos poder ir à estufa hoje de novo.

Ela levanta a cabeça tão de repente que quase acerta meu queixo.

— A estufa?

Se eu tivesse alguma dúvida quanto aos planos que fiz para o dia de hoje, a felicidade estampada no rosto de Perséfone teria acabado com ela.

— Aham.

Ela sai de cima de mim antes que eu tenha a chance de me preparar para isso.

— E então, o que está esperando? Vamos lá.

Olho para sua bunda quando ela atravessa o quarto e desaparece além da porta do banheiro. Alguns segundos depois, ouço a água caindo do chuveiro e a voz dela.

— Vai ficar aí? Acho que vamos economizar tempo se tomarmos banho juntos. — A insinuação safada em seu tom de voz desmente aquelas palavras.

Descubro que estou sorrindo quando saio da cama e caminho em direção ao banheiro.

— Economia de tempo e água. Me parece ser um bom plano.

22

PERSÉFONE

Hades e eu passamos uma gloriosa hora na estufa, e depois fazemos algumas paradas no caminho de volta para casa, de forma que ele possa ver e ser visto. Ele não diz explicitamente que é por isso que estamos andando pelos corredores de uma loja de ferramentas, depois de termos feito a mesma coisa em um mercadinho, mas vejo como as pessoas o observam. Pela maneira cuidadosa como ele observa as prateleiras vazias, não tenho dúvidas de que está criando uma lista mental de lacunas na cadeia de suprimentos e procurando por maneiras de suprir essas coisas para que seu povo não sofra.

Ele é brusco e direto a ponto de ser grosseiro, mas não poderia ser mais claro que seu povo idolatra o chão em que ele pisa. Perco a conta de quantas vezes os lojistas o agradecem por cuidar deles enquanto as coisas estão difíceis.

Além disso, as pessoas trabalham juntas para garantir que todos sejam atendidos. É uma atitude da qual me lembro vagamente de uma época antes de me mudar para o Olimpo, mas os anos na cidade superior fazem com que pareça algo novo e inovador. Não é que todos na cidade superior sejam egoístas ou maus. De jeito nenhum. É que seguem o modelo do resto dos Treze e têm muita consciência de que nunca estão verdadeiramente seguros.

Ainda assim, é mais uma diferença entre tantas que separam Hades de Zeus.

Saímos da loja de ferramentas e descemos a rua. Parece a coisa mais natural do mundo segurar a mão de Hades, como sempre faço durante caminhadas como essa. Ele entrelaça seus dedos nos meus, e parece tão *correto* que não consigo respirar por alguns passos. Abro a boca para falar... nem sei o quê.

Vejo a placa antes de ter a chance de dizer algo. E então paro.

— O que é aquilo?

Hades segue a direção do meu olhar.

— É um pet shop. Propriedade familiar há três ou quatro gerações, se não estou enganado. Sem contar os três que atualmente a administram. — Ele recita as informações exatamente como fez sobre a família que administra a barraca de gyro no mercado de inverno, sem ter nenhuma consciência de como é surpreendente que tenha essas informações prontamente disponíveis na memória.

— Podemos entrar? — Não me preocupo em esconder a empolgação. Quando ele arqueia uma sobrancelha, tento explicar: — Quando eu era criança, tínhamos dois cachorros. Eram cães de proteção, é claro, nada é desperdiçado numa fazenda, seja ela industrial ou não, mas eu os amava. Ter animais de estimação na torre é estritamente proibido, óbvio. — Tenho que me controlar para não saltitar na ponta dos pés como uma criança. — Por favor, Hades. Só quero dar uma olhadinha.

Ele arqueia ainda mais a sobrancelha.

— Por algum motivo, não acredito em você. — Mas sorri daquele jeito moroso. — É claro que podemos entrar, Perséfone. Vá na frente.

Um sino toca acima de nossas cabeças quando passamos pela porta. Sinto a mistura de aromas de animais e serragem, e um sentimento brota dentro de mim, parte nostalgia e parte alguma coisa que não consigo identificar. Não sou de pensar muito na minha vida antes de minha mãe se tornar Deméter e termos que nos mudar para a cidade. Ela nunca nos deixaria ficar, de jeito nenhum, e sonhar com uma vida que não era mais minha parecia uma loucura. Melhor, mais fácil, focar no futuro e no meu caminho para a liberdade.

Nem sei por que uma loja de animais traz tudo de volta, mas meu coração está quase saindo pela boca quando ando pelo primeiro corredor, olhando para porquinhos-da-índia e pássaros de cores vivas. Chegamos ao fim do corredor, perto de um balcão, e vemos duas lindas mulheres negras paradas ali, com as cabeças inclinadas sobre um computador. Elas levantam o olhar e percebem nossa presença. Uma delas, vestida com uma calça jeans desbotada e um suéter de tricô alaranjado, sorri em reconhecimento.

— Finalmente decidiu seguir meu conselho?

— Oi, Gayle. — Ele passa por mim e ela o puxa para um abraço.

— Estamos só fazendo as rondas.

— Ah, sim. — Ela acena para longe. — Estamos bem por aqui. Você mais do que garantiu que seja assim. — A mulher segura seus ombros e o encara. — Nós te apoiamos. Independentemente do que aconteça.

Aí está novamente, a lealdade absoluta que Hades provoca. Ele faz isso sem ameaças ou promessas generosas. Seu povo o seguirá até o fim do mundo só porque ele os respeita e faz o possível para cuidar deles. É algo poderoso de se ver.

Hades assente.

— Obrigado.

Ela abaixa as mãos e sorri novamente.

— Será que hoje é o dia em que finalmente vou te convencer a ter um ou dois cachorros para não ficar assombrando aquela casa gigante sozinho?

Eu me animo.

— Cachorros?

Ela finalmente olha para mim, e sua atitude esfria um pouco.

— Normalmente, não mantemos nenhum cachorro na loja, exceto o Velho Joe. — E então aponta para trás, para uma cama de cachorro que pensei que tivesse só um monte de toalhas. Uma cabeça se ergue e percebo que não são toalhas. É um cão komondor. Ele sacode o pelo dos olhos e dá um grande bocejo.

— Ai, meus deuses — sussurro. — Hades, olhe essa criatura magnífica.

— Estou vendo — responde ele, com tom seco.

Gayle dá de ombros.

— Como eu estava dizendo, normalmente não temos cachorros aqui, mas Jessie encontrou uma caixa de filhotinhos perto da Ponte Cipreste. Não sei se alguém da cidade superior decidiu jogá-los lá ou se foi um dos nossos, mas... — suspira. — As pessoas podem ser verdadeiras idiotas às vezes.

Consigo desviar a atenção do cachorro ao ouvir isso.

— Só foram lá e abandonaram os pobrezinhos? — Não tenho absolutamente nenhum interesse por esses filhotes que nunca vi, mas não posso negar que parece ser uma estranha reviravolta do destino. — Podemos vê-los?

— Claro. — Ela aponta com o polegar por cima do ombro. — Estão ali atrás. Parecem ter idade suficiente para o desmame, o que já é uma grande coisa.

Já estou me movendo, passando por Hades e Gayle e seguindo na direção que esta indicou. Tem uma caixa grande perto do fundo da loja. Eu me inclino, olho dentro dela e suspiro.

— Ai, meus *deuses*.

São três, todos pretos. Não tenho certeza da raça, imagino que sejam vira-latas, mas são muito fofos dormindo naquela pilha de cachorrinhos encostada em um canto. Estendo a mão, mas paro e olho para Gayle.

— Posso?

— Fique à vontade. — Boa parte da frieza desaparece quando ela olha para mim, e tenho certeza de que vejo humor em seus olhos escuros. — Pelo jeito você gosta de cachorros.

— Gosto de animais de estimação de todos os tipos. — Eu me ajoelho e estendo a mão para acariciar suavemente as costas do cachorrinho no alto da pilha. — Também gosto de gatos. Peixe... é pegar ou largar.

— Anotado. — Agora Gayle está, sem dúvida alguma, se controlando para não rir, mas tudo bem. Não me importo por ela me achar engraçada.

— Hades, *veja*.

Ele se ajoelha ao meu lado.

— Estou vendo. — Tem alguma coisa estranha em seu tom de voz, e é o suficiente para me fazer desviar a atenção dos filhotes. *Ah, meus deuses, eles são tão fofos.*

Estudo seu rosto. Ele parece quase aflito.

— Que foi?

— Nada.

Torço o nariz.

— Sua boca diz "nada", mas a expressão está dizendo algo completamente diferente.

Ele suspira, mas não é um suspiro irritado. É mais como se estivesse cedendo.

— São muito bonitinhos. — Ele se abaixa e pega um cachorrinho com todo cuidado. Agora *realmente* parece aflito. — Não deviam ter sido abandonados desse jeito.

Noto que Gayle volta para perto do computador e da mulher, que deve ser sua mãe, nos dando espaço e, pelo menos, a ilusão de privacidade.

— Acontece muito, ainda mais se não são de raça pura. Eles são essencialmente inúteis para os responsáveis, só mais bocas para alimentar. É péssimo.

— Péssimo — repete mais uma vez Hades. O cachorrinho se aninha em seu peito e se acomoda em seus braços com um longo suspiro. Ele acaricia a cabecinha do animal com um único dedo, como se tivesse medo de machucá-lo. — Não ser desejado é uma coisa horrível.

Meu coração se contrai de um jeito doloroso. Falo antes de me dar a chance de pensar:

— Você devia adotar um. Ela está certa quanto àquela casa grande e vazia, e ninguém ama como um cachorro. Ele ou ela vai te conquistar antes mesmo que você perceba.

Ele estuda o filhote, ainda o acariciando metodicamente.

— Não é uma boa ideia.

— Por que não?

— É mais fácil não se apegar.

Eu poderia rir, se restasse algum ar na sala. Hades pode fingir que não se apega, mas este homem se importa com as pessoas mais do que qualquer outro ser humano que já conheci. Ele se esforça muito para manter todo mundo distante, mas é óbvio que não percebeu que falhou terrivelmente. Não sei se devo dizer isso a ele, se cabe a mim abrir a cortina e mostrar a verdade sobre suas circunstâncias. Não sou um elemento permanente em sua vida. Pensar nisso provoca em mim uma sensação de vazio.

De repente, estou determinada a convencê-lo a levar um cachorrinho. A ideia de Hades vagando sozinho pelos corredores de sua casa depois que eu for embora, um lorde do vazio e da tristeza... não suporto nem pensar. Não posso deixar isso acontecer.

— Hades, você devia adotar o cachorrinho.

Ele finalmente olha para mim.

— Isso é importante para você.

— Sim, é. — Quando ele apenas continua em silêncio, eu revelo parte da verdade: — Todo mundo deveria ter um animal de estimação pelo menos uma vez na vida. É uma bênção, e acho que isso faria você feliz. Gosto de pensar em você feliz, Hades. — A última frase sai quase como uma confissão. Como um segredo, só entre nós.

Ele me encara por um longo instante, e não consigo adivinhar o que está acontecendo por trás de seus olhos escuros. Também está pensando no prazo que paira sobre nós? Impossível dizer. Devagar, ele finalmente acena com a cabeça.

— Talvez um cachorro não seja uma má ideia.

Quase paro de respirar.

— Sério mesmo?

— Aham. — Sua atenção se concentra nos dois filhotes restantes.

— Ele vai ficar muito sozinho sem os irmãos.

— Hum. — Tenho certeza de que meus olhos se arregalam a ponto de quase saltarem das órbitas. — O que foi?

Em vez de responder a mim, ele levanta a voz:

— Gayle? — Ela reaparece, e ele aponta para os filhotes. — Vamos levar todos.

— Não sou de dizer como alguém deve cuidar da própria vida...

— Ela comprime os lábios.

Hades arqueia uma das sobrancelhas.

— E desde quando isso te impediu?

— Três cachorros é coisa demais, Hades. Três? Você está dando um passo maior do que as pernas. — Ela aponta para os filhotes. — E eles vão estraçalhar seus sapatos caros.

Ele não se intimida. Tomou uma decisão e não vai se deixar convencer do contrário.

— Eu pago adicional de periculosidade para o meu pessoal. Vai ficar tudo bem.

Por um momento, acho que ela vai continuar argumentando, mas finalmente dá de ombros.

— Não venha chorar para mim daqui a uma semana ou duas, quando a dentição realmente aparecer.

— Não vai acontecer.

Um olhar final e ela balança a cabeça.

— É melhor chamar alguém do seu pessoal para vir ajudar. Você não está preparado para receber filhotes, vai ter que levar muita coisa.

— Negócio fechado. Vamos levar o que você achar melhor.

Ela se afasta, ainda balançando a cabeça e resmungando sobre homens teimosos. Olho para Hades e não consigo parar de sorrir.

— Você vai levar três cachorros.

— *Nós* estamos levando três cachorros. — Ele se levanta com facilidade, ainda com o filhotinho aninhado nos braços. — A essa altura, você já devia saber que não consigo te dizer não, Perséfone. É só cravar esses grandes olhos castanhos em mim, e estou em suas mãos.

Dou risada. Não consigo evitar.

— Você mente pra porra.

— Olha a boca — murmura ele, o humor iluminando seus olhos.

Explodo em risadas. A vertigem que sinto é felicidade pura, sem nenhuma diluição. Um sentimento ao qual não tenho direito, não com tudo que paira sobre a nossa cabeça, mas, de alguma forma, isso o torna mais precioso. Quero me agarrar a este momento, afastar a realidade e dar a nós dois esse tempo, sem nenhuma interrupção.

Porque não importa o que ele diga, esses cachorros não são realmente meus. São dele, como deve ser. Vou ficar com eles pelo resto do inverno, mas é isso. Depois vou embora, e eles vão ficar com Hades. Companheirismo que ele vai aceitar, espero, mesmo que mantenha os humanos à sua volta afastados.

Minha pequena bolha de felicidade esvazia nesse mesmo instante. Ele merece muito mais do que as cartas que a vida lhe deu. Merece ser feliz. Merece estar rodeado de amigos e entes queridos que encham sua casa gigante de risadas e experiências. Ele é uma pessoa tão boa, mesmo que seja um vilão aos olhos do Olimpo... e isso só quanto às partes do Olimpo que acreditam na existência dele.

Levamos trinta minutos para reunir tudo de que precisamos e para um dos homens de Hades, Caronte, aparecer com outros dois para ajudar a carregar tudo para casa. Só quando passo pela porta da frente percebo que há algum tempo estive pensando neste lugar como um lar. Que me sinto em casa aqui mais de que na cobertura de minha mãe, com ou sem a presença de minhas irmãs.

Uma onda de pânico passa por mim. Não importa o quanto estou aproveitando meu tempo com Hades, isso *não pode* ser um lar. Sacrifiquei demais, pedi para minhas irmãs sacrificarem demais, para não ir adiante. Tenho que ir embora assim que completar 25 anos, tenho que pegar meu fundo fiduciário e sair do Olimpo. Se não... de que adiantou tudo isso?

Terei trocado uma bela gaiola por outra.

E isso é uma coisa que não posso me permitir.

23

HADES

— Hades, vamos nos atrasar.

Eu me sento no chão enquanto os três filhotes pretos pulam para dentro e para fora do meu colo, brincando. Eles levaram a maior parte do dia para se sentir à vontade no espaço, e decidimos liberar um cômodo perto do pátio interno para eles terem acesso fácil ao exterior para as necessidades fisiológicas. Tanta coisa para pensar que quase me distraiu do que está por vir.

Quase.

Levanto a cabeça e a respiração fica presa na garganta. Perséfone fica linda em tudo que veste, mas fica *deslumbrante* de preto. A cor forte realça a pele dourada e os cabelos loiros. Não encobre exatamente seu brilho, mas dá a sensação de um raio de sol perdido que, de alguma forma, encontrou o caminho para o submundo. O vestido gruda na pele como óleo, derramando-se sobre os seios, descendo pelo quadril e seguindo até o chão.

Ela parece uma rainha fodona.

— Hades?

Eu me sacudo mentalmente, mas não consigo tirar os olhos dela.
— Você está linda.
Ela olha para si mesma e alisa o vestido sobre o quadril.
— Juliette se superou neste aqui. É simples, mas o corte e o tecido são simplesmente deslumbrantes.
Com todo cuidado, tiro os filhotes do meu colo e me levanto.
— Não ficaria tão deslumbrante em mais ninguém.
— Agora você só está flertando comigo. — Ela sorri como se meus elogios a deixassem feliz.

Tenho que controlar o impulso de prometer elogiá-la todos os dias se isso colocar aquela expressão em seu rosto. Será que ela notou como, aos poucos, está relaxando e se soltando nas últimas semanas? Porque eu notei. Ela parou de tomar tanto cuidado com as palavras, parou de considerar cada conversa como um campo de batalha que ela pode não conseguir atravessar. Outra indicação clara da confiança que deposita em mim.

De quanto se sente segura.

Ela aponta para os filhotes, e sua expressão se torna indulgente.
— Já pensou em nomes?
— Cachorro. — Não estou falando sério. Só falo isso para vê-la revirar os olhos para mim.

Ela não me decepciona.
— Hades, você tem três cachorros. Não pode chamar todos eles de "cachorro". Eles precisam de nomes.
— Cérbero. — Aponto para o maior dos três, aquele que é o líder da matilha, mesmo nessa idade. — Este é Cérbero.
— Gostei. — Ela sorri. — E os outros dois?
— Quero que você escolha os nomes.

Perséfone enruga a testa e, pela primeira vez desde que entrou na sala, parece insegura.
— Não acho que seja uma boa ideia.

Porque ela está indo embora.

O instinto me diz para recuar, me proteger, mas o prazo me deixa imprudente.
— Perséfone.
— Sim?

Há esperança em seu tom? Tenho medo de presumir demais.

Eu poderia dizer mil coisas agora. Eu *quero* dizer mil coisas. Passar as últimas semanas na companhia dela me deixou mais feliz do que me lembro de ter sido. Ela me desafia e me encanta. Tenho a sensação de que poderia passar décadas conhecendo essa mulher e, ainda assim, ela encontraria maneiras de me surpreender. De repente, desejo com todo o meu ser que este inverno nunca acabe, quero que a primavera nunca chegue, quero ficar com ela aqui para sempre.

Mas não existe para sempre. Não para nós.

Eu me aproximo dela e seguro seu rosto entre as mãos.

— Se fôssemos pessoas diferentes, em circunstâncias diferentes, eu me ajoelharia e imploraria para você ficar depois do fim do inverno. Eu moveria o céu e a terra e o próprio submundo para manter você aqui comigo.

Ela pisca para mim com aqueles grandes olhos castanhos e lambe os lábios.

— Se...

Parece tão hesitante que quero pegá-la nos braços e, ao mesmo tempo, não quero mover um único dedo por medo de ela nunca terminar a frase. Ela não me faz esperar por muito tempo.

— Se fôssemos pessoas diferentes, você não ia precisar implorar. Eu plantaria minhas raízes aqui nesta casa, e seria necessário um evento catastrófico para me fazer ir embora.

Se. Uma palavra-chave, uma palavra vital, que pode muito bem ser uma parede de trinta metros entre nós e aquele futuro que sou tolo demais para não querer.

— Não somos pessoas diferentes.

Seus olhos ficam um pouco mais brilhantes.

— Não. Não somos pessoas diferentes.

Todo meu corpo fica pesado quando a verdade se instala em meus ossos. Eu amo essa mulher. Tenho que me esforçar para não fazer exatamente o que disse, para não cair de joelhos e implorar para que não vá. Não seria justo com ela. Não quero ser mais um carcereiro de quem vai se ressentir. Perséfone quer liberdade, e a única maneira de tê-la é saindo do Olimpo. Não posso ser a razão para ela não seguir com seu plano. Eu me recuso a ser.

Minha voz está rouca quando, por fim, forço as palavras. Não aquelas que vão mantê-la comigo. Eu posso amá-la e, porra, só a ideia já me deixa tonto, mas, se eu contar para ela, isso vai mudar as coisas. É uma armadilha que não vou criar.

— Deixe um pedaço de você, pequena sereia. Escolha o nome dos filhotes.

Ela comprime os lábios e finalmente assente.

— Ok. — Perséfone dá um passo para trás e eu a solto. Observo enquanto se abaixa para acariciar os filhotes que agora tentam subir em suas pernas. — Este vai ser Caríbdis.

— *Caríbdis?*

Ela me ignora.

— E este menorzinho vai ser Cila.

Eu pestanejo.

— São nomes... impressionantes.

— São, não são? — Ela sorri para mim com ar travesso. — Eles vão crescer e se encaixar direitinho, tenho certeza.

Georgie explode sala adentro, olha para nós e põe as mãos na cintura.

— O que ainda estão fazendo aqui?

— Escolhendo nomes para os filhotes — responde Perséfone, com simplicidade. — Conheça Cérbero, Caríbdis e Cila.

Georgie balança a cabeça em aprovação, como se os nomes fossem completamente normais e esperados.

— Nomes bons e fortes para cães bons e fortes. Agora saiam daqui e me deixem brincar com eles. — Ela nos viu chegando mais cedo e declarou que os filhotes eram os netos que ela nunca teria.

Tenho a sensação de que daqui para frente vou ter que lutar com ela para ter algum tempo com os filhotes, mas isso é algo que vamos descobrir.

Eu ofereço o braço para Perséfone e ela apoia a mão nele, tão graciosa e majestosa quanto a rainha a que a comparei mais cedo. Enquanto caminhamos pelos corredores em direção ao porão, permito-me imaginar como seria se isso não tivesse prazo de validade. Se ela governasse ao meu lado, uma rainha das sombras para o meu reino da cidade inferior.

Eu não a deixaria permanecer nas sombras por tempo indefinido. Lutaria para dar a ela toda a luz do sol e felicidade que pudesse encontrar.

Não está no nosso destino.

Olho para a frente e paro perto da porta.

— Você sabe como funciona. Se mudar de ideia ou quiser parar, é só me dizer, e tudo para.

Ela me oferece o esboço de um sorriso.

— Eu sei disso. — Por um segundo, parece nervosa, mas se recupera quase que de imediato. — Estou pronta.

— Está tudo bem se não estiver.

Perséfone abre a boca, parece reconsiderar.

— Estou mais nervosa do que pensei que estaria. Nós transamos nas sombras da última vez e, mesmo que as pessoas estivessem vendo, parecia diferente. A fantasia é muito quente e presente quando penso nela, mas saber que isso vai realmente acontecer é um pouco... intimidador.

Estudo sua expressão. Não sei dizer se o nervosismo é bom ou se está começando a se arrepender do que pediu.

— Você não tem que fazer isso.

— Eu sei. — A segurança volta ao tom de voz dela. — Sei que não preciso fazer nada que não queira quando estou com você. — Perséfone respira fundo e endireita os ombros. — Talvez a gente possa só deixar rolar?

— É um bom plano.

Não sei o que estou sentindo neste momento. Eu não me oponho ao sexo em público sob os holofotes. Com as partes certas envolvidas e um conjunto claro de expectativas, pode ser um tesão do caralho. Quando Perséfone finalmente confessou que era isso o que queria, fiquei tão excitado quanto ela.

Não me senti tão vulnerável naquela noite. Sabia que me importava com ela, mas amor? Passei trinta e três anos sem sentir isso, então meio que me convenci de que não era capaz de experimentar essa emoção. E essa mulher fez de mim um mentiroso.

Tomo a iniciativa de voltar a andar, e nós dois passamos pela porta e entramos na sala. Apesar de ter enviado os convites esta manhã, o espaço está abarrotado de gente. Eles podem estar aqui para se divertir, mas, na verdade, vieram para assistir a outro espetáculo comigo e com a queridinha da sociedade que roubei debaixo do nariz de Zeus. Se ao menos isso fosse verdade... Então eu poderia ficar com ela.

Seguro a mão de Perséfone e começo a circular pela sala. O único caminho para o trono nos obriga a passar por vários conjuntos de cadeiras e sofás. Foi projetado dessa forma, para que pudessem olhar para mim como um tigre em um zoológico. Perto o suficiente para tocar, mas eles sabem que é melhor nem tentar. Vejo rostos familiares enquanto nos movemos pela sala. Eros está aqui novamente, com um homem sob um braço e uma mulher sob o outro. Quando passamos, ele me olha com um sorriso arrogante. Pela primeira vez, ninguém parece ter começado a festa sem nós.

Todos estão esperando pelo show.

A cada instante, os passos de Perséfone ficam mais tensos. Olho para trás e vejo seus olhos castanhos vidrados, embora o sorriso radiante esteja lá. A *máscara* dela. Cacete.

Meu trono está vazio, como sempre. Eu me acomodo nele e puxo Perséfone para o meu colo. Ela está tão tensa que chega a tremer, e isso só confirma ainda mais minha suspeita. Puxo as pernas dela para cima, sobre minhas coxas, envolvendo-a tanto quanto posso com meu corpo.

— Respire fundo, Perséfone.

— Estou tentando. — Ela parece estar sufocando, se afogando. Não no desejo. Não de expectativa. No medo.

Seguro seu queixo e puxo o rosto para encará-la.

— Mudei de ideia.

— O quê?

Tenho que fazer essa jogada com cuidado. Ela não vai me agradecer por ser manipulada, mas também não vou deixar que ela ultrapasse os próprios limites só para ir até o fim disso. Haverá outras noites, outras oportunidades. Não vou me envolver em nada que a prejudique. Olho para ela por um longo instante.

— Não estou no clima de comer sua linda bocetinha no palco esta noite.

Vejo o alívio iluminar seus olhos e ela dá um sorriso tímido.

— Sou tão transparente assim?

— Aprendi a ler você melhor do que a maioria das pessoas. — Eu me inclino. — Embora esteja dizendo a verdade. Ainda não estou preparado para exibir você nesse nível. Gosto quando ficamos nas sombras, onde o que temos é só nosso. Me perdoa?

— Sempre. — Ela relaxa contra mim e dá um beijo rápido no canto da minha boca. — Parece ser um tesão danado em teoria, mas agora que estou aqui...

— Se decidir que nunca vai estar preparada para viver essa fantasia, tudo bem.

Ela se inclina para trás.

— Mas é algo que você quer. Mais cedo ou mais tarde.

Seguro a mão dela e afago seus dedos com o polegar.

— Isso me excita, sim. Mas parte da graça é o *seu* prazer. Se você não fica excitada com isso, não faz muito sentido.

— Humm. — Ela observa nossas mãos. — Talvez a gente possa começar hoje com alguma coisa nas sombras, neste trono? E depois seguir a partir daí na próxima vez?

— Se é o que você quer... — respondo, com cuidado.

Não comento que precisaríamos de muito mais do que apenas seis semanas para lidar com todas as sacanagens que ela tem naquela cabecinha impressionante. Não seria justo, e não quero machucá-la, mesmo que superficialmente.

— Mas não hoje?

— Não hoje — confirmo.

— Tudo bem. — Ela parece relaxar ainda mais, e um sorriso malicioso surge nos cantos de seus lábios. — Nesse caso, Hades, eu gostaria muito de começar a noite com você fodendo minha boca enquanto permanece sentado em seu trono.

Fico tenso. Ela esteve com os lábios no meu pau dezenas de vezes desde a primeira vez, mas acho que nunca vou me acostumar com essas palavras sórdidas saindo de sua boca. E também nunca vou parar de desejar ouvi-las. Não digo a ela que a noite é uma criança. Ela tem estado vulnerável comigo, e agora está nos oferecendo algo que nós dois queremos como forma de nos levar de volta a um terreno mais firme. Eu a solto e me acomodo, colocando os braços sobre os apoios da cadeira.

— Seu desejo é uma ordem, pequena sereia. Fique de joelhos.

Ela não perde tempo, deslizando de cima do meu colo em obediência. Mesmo de joelhos, parece uma rainha. Ela abre minha calça e puxa meu pau para fora. A sedutorazinha lambe os lábios e olha para mim.

— Todo mundo está olhando, não está?

Não preciso olhar em volta para saber a resposta, mas o faço mesmo assim. Agora que perceberam que o cenário mudou, vários convidados já estão em meio às sombras, no meio de cenas de sexo e trepando, mas a maioria dos presentes continua nos sofás e cadeiras, olhando em nossa direção.

— Não conseguem enxergar direito, mas a imaginação preencherá as lacunas.

— Hummm. — Ela estremece e, dessa vez, é só desejo. — Eles olham para nós e veem você pervertendo a propriedade de Zeus.

— Você não é propriedade dele. — Minha voz é mais dura do que pretendo.

Ela segura a base do meu pau.

— Eu sei. — O sorriso de Perséfone é de partir o coração. — Estrague minha maquiagem, Hades. Faça um bom show, só para nós.

Nós.

Se continuar falando desse jeito, como se fôssemos nós contra o mundo, essa mulher vai acabar me matando. Como se fôssemos uma equipe, uma unidade, um par. Eu não a corrijo, no entanto. Em vez disso, permito-me mergulhar na fantasia da mesma forma que ela parece vivê-la. A fantasia de *nós* dois.

Seguro o seu cabelo e endureço a expressão, mantendo um semblante frio e contido.

— Chupe minha pica, pequena sereia. Chupe bem gostoso.

— Sim, senhor.

E então ela não hesita, só me engole até ter que afastar a mão da base para dar espaço para os lábios. Perséfone dá uma engasgada, mas isso não a impede de continuar. Não faço nada além de me segurar, enquanto Perséfone ganha ritmo com bastante facilidade, praticamente sufocando com meu pau a cada chupada. Mas a impressão é outra. Enquanto as lágrimas borram seu rímel e ela deixa batom no meu pau e em volta da própria boca, a impressão que criamos é a de que a estou forçando a isso.

Mesmo sem olhar, posso sentir a tensão sexual aumentar na sala. Mas faço questão de olhar. Examino a sala enquanto Perséfone se esforça para levar meu pau até a garganta, e vejo alguns olhando para a cena com luxúria e outros que parecem quase preocupados.

Odeio isso.

Todas as outras vezes que criei uma cena como esta foi para construir mais uma camada para o mito de Hades, para sustentar a reputação de que sou um homem com quem ninguém deve se meter. Eles já me olharam com medo antes, e isso nunca me incomodou, porque o medo deles servia a um propósito. Perséfone não é uma parceira anônima qualquer desempenhando um papel antes de voltar à vida normal. Não importa que ela precise dessa cena, que precise do resultado final, tanto quanto eu. Pensar que eles acham que estou pervertendo a noiva de Zeus só pelo gostinho da vingança é como vidro quebrado em meu peito.

O fato de acreditarem que algo tão terreno e natural quanto o sexo pode perverter uma pessoa só enterra esses cacos mais fundo.

Seus dedos apertam minhas coxas e eu desvio o olhar da sala para observar Perséfone. Ela afasta a boca do meu pau o suficiente para dizer.

— Fique aqui comigo, Hades. Esta noite, só nós dois importamos.

E ela tem razão. Sei que ela está certa. Fecho os olhos por um ou dois instantes, e depois os abro. A única pessoa que importa aqui está ajoelhada entre minhas pernas, olhando para mim com olhos tão quentes que é um milagre não estarmos os dois queimando neste mesmo lugar. Ela é linda, e saber que *me* permitiu isso? É inebriante pra caralho.

— Estou aqui. — Pigarreio para limpar a garganta, que de repente ficou apertada. — Estou com você.

Ela sorri e leva meu pau à boca de novo, volta a me deixar louco de tesão. Não tento resistir. Não quando Perséfone está me mamando tão gostoso, não quando ela transformou isso em uma coisa só para nós, em vez de um show para *eles*. Deslizo os polegares por seu rosto, recolhendo suas lágrimas.

— Estou quase gozando. — Um aviso e uma promessa. Ela imediatamente aumenta o ritmo, chupando minha pica como se sua redenção estivesse do outro lado desse orgasmo.

Deixo acontecer. A sala inteira se reduz a ela e a mim, e o prazer toma conta. Ela me engole quando gozo, me chupa até que eu tenha que remover o pau de sua boca. Perséfone lambe os lábios e olha para mim com um sorriso feliz.

— Sério, eu amo de verdade você destruído desse jeito.

Sério, eu amo de verdade você.

De alguma forma, consigo manter as palavras dentro de mim. Não posso dizer isso a ela sem acorrentá-la a mim, sem estragar tudo. Mas... posso mostrar. Posso dar a ela um presente em troca de tudo que me deu nas últimas semanas, culminando nessa cena. Essa mulher não merece ficar de joelhos. Merece ser adorada. Merece estar no trono como minha igual.

Pretendo colocá-la ali.

Guardo o pau na calça e a fecho.

— Suba.

Ela deve pensar que é para voltar ao meu colo, porque arregala os olhos quando me movo e a acomodo no espaço que acabei de vagar na cadeira. No trono. Perséfone franze a testa, mas não lhe dou a chance de me questionar. Simplesmente fico de joelhos diante dela.

Seus olhos se arregalam.

— Hades, o que você está fazendo?

Por um momento, só consigo olhar para ela. O vestido cobre suas pernas e desce até o chão, o trono escuro atrás de si e a iluminação cuidadosa criam em torno dos cabelos loiros um efeito de aura. Mesmo com a maquiagem menos que perfeita, não há como negar o poder que vibra em cada célula de seu ser. Eu achava que ela parecia uma rainha antes, mas estava errado.

Ela é a maldita de uma deusa.

24

PERSÉFONE

Não consigo olhar para o resto da sala, então me concentro inteiramente no homem ajoelhado aos meus pés. Ele não entende como isso é antinatural? Sim, Hades já esteve de joelhos diante de mim antes, mas aquilo era outra coisa. Privado, só entre a gente. Não importa a posição em que estamos, não tenho dúvidas de que ele é dominante até a alma. Ele nunca se *submeteu* a mim.

E também não está fazendo isso agora.

Mas é o que parece, o que é tudo que importa para as pessoas que estão assistindo à cena. Elas estão vendo Hades, um dos Treze, se ajoelhar aos pés de uma mulher sentada em seu trono. Achei que estávamos me marcando como dele e só dele, mas isso não se encaixa no plano.

— O que você está fazendo? — sussurro.

— Prestando uma homenagem.

As palavras não fazem sentido, mas ele não me dá tempo para compreender. Segura a bainha do meu vestido e passa as mãos pelas minhas pernas, levando o tecido com ele. Expondo panturrilhas, joelhos e coxas e, finalmente, ajeitando meu vestido em volta do meu quadril.

É tão diferente da última vez que estivemos nesta sala. Eu não estava preocupada com a modéstia naquela ocasião, estava tão louca de desejo que não estava nem aí para quem via o que fazíamos nas sombras, mas a posição de Hades faz com que esse ato pareça secreto.

Como se fosse só para nós.

Ele olha para mim como se nunca tivesse me visto antes, como se eu fosse a poderosa nesta equação e ele realmente estivesse prestando homenagem a alguém acima de sua posição. Não faz sentido, mas minha confusão não diminui o desejo. Ainda mais quando ele desliza os polegares na parte interna das minhas coxas e me pede para abrir as pernas para ele.

Sua atenção se concentra em minha boceta.

— Você adora chupar minha rola.

— Admito. Mas isso não é novidade para você. — Nós dois estamos falando baixinho, quase sussurrando. Isso cria uma camada extra de intimidade, apesar dos olhares sobre nós. — Hades... — Não sei o que dizer. Não sei o que *devo* dizer. — O que estamos fazendo?

Ele responde com a boca, mas não com palavras. Hades abaixa a cabeça e beija minha boceta. Uma carícia longa e persistente que afasta todas as perguntas da minha mente. Elas podem esperar. No momento, a única regra é o prazer, e isso ele está me dando aos montes. Ele guia uma das minhas pernas para cima e a apoia no braço da cadeira, abrindo-me para ele.

Cada chupada e beijo é como se estivesse me memorizando. Ele não quer que eu chegue ao orgasmo, isso está claro, mesmo com o desejo fervendo em meu sangue. Pode estar me chupando, mas Hades faz isso como se fosse só para *seu* próprio prazer. De alguma forma, isso torna toda a experiência muito mais gostosa.

Então levanto a cabeça.

Não é exagero dizer que todos os olhos na sala estão voltados para nós. As pessoas pararam de fazer o que estavam fazendo antes de Hades e eu começarmos nosso showzinho. A luxúria deles respinga em mim, alimentando a minha. Poder e necessidade se entrelaçam em mim quando encontro um par de olhos após o outro, vejo ciúme e desejo neles.

Alguns querem estar no meu lugar.

Alguns querem estar ajoelhados aos meus pés.

Negar isso a eles provoca em mim uma sensação como nenhuma outra que já experimentei antes.

Tínhamos razão em nos manter nas sombras, em não nos expor à luz. Isso é muito melhor, cria uma fantasia de fruto proibido que todos na sala podem ver, mas não tocar.

Todos menos Hades.

Ele chupa o meu clitóris e o leva à boca, trabalhando com a língua. É tão chocante depois das carícias leves e das lambidas provocantes, que me faz arquear as costas e arranca um grito de minha boca. A tensão na sala aumenta vários graus, mas não estou mais olhando para o público. Só Hades prende minha atenção agora. Passo os dedos pelo cabelo dele e os agarro, puxando sua cabeça para mim.

Ele rosna contra minha pele, e é tão pervertido que mal consigo suportar.

— Me faça gozar — sussurro.

Por um segundo, acho que ele pode recuar, me lembrar de que não importa quanto parecemos iguais, pois é *ele* quem está no comando agora. Mas não. Ele... obedece.

Hades enfia um, e então dois dedos em mim, gira o pulso e procura o ponto que vai fazer derreter todas as minhas articulações, sem deixar de desenhar círculos ininterruptos com a ponta da língua em volta do meu clitóris. Se antes ele construía meu prazer em ondas constantes, lambendo meu controle até fazê-lo derreter, agora ele cria um tsunami de desejo que não tenho esperança de combater.

Nunca pretendi lutar contra isso.

Eu gozo com o nome dele nos meus lábios, um som que parece reverberar em todos os cantos da sala. Mesmo quando ele me acaricia suavemente e me puxa de volta para o corpo, fico abalada com a sensação de que nada será como antes. Ultrapassamos um ponto sem volta que nenhum de nós reconheceu. Não há como voltar agora. E também nem sei se quero, mesmo que a estrada permaneça aberta.

Hades finalmente devolve meu vestido ao lugar e se levanta. À primeira vista, parece composto à perfeição... pelo menos até eu olhar em seus olhos. São selvagens, transbordando a mesma necessidade que vibra sob minha pele. Isso não foi suficiente. Mal serviu de alívio.

Ele estende a mão.

Fico olhando para ele por um instante, um pulsar do coração. Parece um gesto bastante simples, mas, mesmo abalada como estou, sei que não é. Ele não está exigindo. Está pedindo. Está nos colocando em posição de igualdade. O que não entendo é *por quê*.

No final, isso não importa. Seguro sua mão e deixo que me levante. Ele se vira para encarar o resto da sala, onde todos pararam de fingir fazer qualquer coisa além de olhar para nós. Parece... estranho, mas não necessariamente de um jeito ruim. Estão esperando por nossos caprichos e vão continuar assim pelo tempo que exigirmos.

É assim que é a sensação de poder?

Hades parece encarar cada uma das pessoas presentes.

— Quando voltarem correndo para seus arranha-céus e para a vida glamorosa na cidade superior, não deixem de contar toda a verdade a respeito do que aconteceu aqui esta noite. Ela é minha. — Sua mão aperta brevemente a minha. — E eu sou dela.

Isso não fazia parte do plano. Não tenho certeza se *havia* um plano para esta noite, não depois de eu ter dado para trás por medo. Mas Hades não está declarando que sou dele da mesma forma que tem feito desde o início disso, da maneira que foi planejada para provocar Zeus.

Ele está declarando que somos um do outro.

É algo de que falamos em particular, mas fazer essa declaração assim é algo completamente diferente. Não sei o que isso significa. E por não saber o que significa, só posso me empenhar em manter minha expressão controlada quando Hades me leva até a saída e deixamos a sala para trás. A porta mal foi fechada atrás de nós quando murmuro:

— Não vai ficar para conversar esta noite?

— Eles que se fodam. — Nem parece ele. — Só estão aqui pela fofoca, e não estou disposto a bancar o vilão. — Ele anda pelo corredor em direção à escada, quase me arrastando. — Eles não me enxergam. Porra, ninguém me *enxerga* além de você.

Meu coração para na garganta.

— Como assim?

Hades não volta a falar até entrarmos em sua suíte e ele bater a porta. Nunca o vi assim. Com raiva, sim. Até um pouco em pânico. Mas desse jeito? Não sei o que é isso.

— Hades, o que foi?

— Jurei que não faria isso. — Ele passa as mãos na cabeça. — O que temos não é simples, mas nunca fui tão honesto assim com outra pessoa desde que consigo me lembrar. Isso significa alguma coisa, Perséfone. Mesmo que não signifique nada para você, significa para mim.

Ainda não entendo, mas pelo menos para isso tenho uma resposta.

— Isso também significa algo para mim.

Minha fala o acalma um pouco. Ele cai sentado no sofá e solta o ar com um sopro ruidoso.

— Me dê um minuto. Isso não é sua culpa. É a merda da minha cabeça. Eu só... preciso de um minuto.

Mas não quero dar um minuto a ele. Quero entender o que o está chateando. Quero consertar isso. Ele me deu muito nas últimas semanas, mais do que posso começar a relacionar. Não posso ficar parada enquanto ele sofre. E, por isso, faço a única coisa em que consigo pensar.

Eu me aproximo e me ajoelho na frente dele. Quando ele se limita a me observar, eu me encaixo entre suas coxas até que Hades seja forçado a me empurrar para trás ou abrir caminho. Ele afasta as pernas com outro daqueles suspiros de partir o coração.

— Você já me mamou esta noite, pequena sereia.

— Não é nada disso. — Se eu pensasse por um segundo que o ajudaria, já teria caído de boca com todo prazer. Mas sexo não vai resolver nada agora. Disso tenho certeza.

Aconchego o corpo contra o peito dele e o abraço como posso. Ele fica imóvel. Eu poderia até pensar que está prendendo a respiração se não sentisse seu peito subindo e descendo contra meu rosto. Aos poucos, bem aos poucos, ele me envolve com os braços, primeiro de um jeito suave, depois, com força.

— Vai doer quando você for embora.

Hades fala tão baixinho que mal registro as palavras. Então quando elas me atingem, é com a força de uma explosão nuclear.

Eu suspeitava de que ele se importa, é claro. Hades pode até ser assustador de muitas maneiras, mas é honesto demais para mentir com sua linguagem corporal. Ele me toca como se eu tivesse alguma importância. Afinal de contas, abriu a cortina de partes da cidade inferior, me mostrou coisas com as quais se importa, me deixou entrar. Mesmo que eu não tenha me permitido pensar muito nas implicações de tudo isso, eu percebi. Claro que percebi.

E eu também me importo.

— Hades...

— Eu falei sério antes. Não vou pedir para você ficar. Sei que isso não é possível. — E então solta um longo suspiro.

Mordo a língua antes de dizer qualquer outra coisa. Ele está certo, não posso ficar, mas isso não muda o fato de eu também ter falado sério. Se fôssemos pessoas diferentes, este lugar seria o nosso lar e este homem seria meu.

— Três meses pareciam uma eternidade quando concordei com isso. — Uma risada suave escapa e é abafada contra a camisa dele. — Mas agora não parece uma eternidade. — Faltam pouco menos de dois meses, e isso parece um pontinho no tempo. Uma piscada e vai ter passado, a distância entre nós vai ter aumentado.

Nunca mais verei Hades.

De alguma forma, com tudo que estava acontecendo, nunca pensei *nisso*. Que posso sentir falta deste homem. Que ir embora vai ser como arrancar uma parte de mim. Tolos, pensamentos tolos. Faz apenas algumas semanas. Talvez uma das minhas irmãs se apaixonasse desse jeito por um parceiro nesse tempo, mas não eu. Entendi os limites disso quando lutei para conseguir convencer Hades a concordar com minha proposta. Era só uma farsa, uma encenação, apenas porque não tínhamos escolha.

Se eu não tivesse sido escolhida por Zeus antes, ele não teria me escolhido. Não teria nem olhado para mim duas vezes, uma mulher que é a personificação de tudo que ele odeia na cidade superior. Uma manhã de sol ambulante, uma persona falsa que criei para induzir as pessoas a fazer o que eu quero.

Eu me inclino para trás e tento outra risada. Sai entrecortada, quase um soluço.

— Eu... — O que devo dizer? Nada mudará o curso em que estamos. Um caminho compartilhado por um período breve, enquanto sua necessidade de vingança e meu desejo de liberdade se sobrepõem.

Nunca foi para durar para sempre.

Deveria me encher de alívio saber que Hades não vai me pedir para ficar, que ele não vai turvar as águas ao nosso redor com coisas que nenhum de nós deveria querer. Não. Em vez disso, um estranho desespero abre caminho em meu corpo, subindo e subindo, até sair pela boca:

— Me beije.

Ele só hesita por um breve momento, como se memorizasse minhas feições antes de diminuir a minúscula distância entre nós e capturar minha boca. Hades me beija com violência, sem nada do carinho que demonstrou várias vezes. *Melhor assim.* Não quero sua ternura. Quero a lembrança dele impressa em meus ossos.

Ele fica de pé e me puxa contra o peito, quase sem interromper o beijo. Com mãos ávidas, tiramos as roupas um do outro, rasgando meu vestido quando o tecido não se move rápido o suficiente, fazendo os botões de sua camisa voarem. Ainda estou chutando o vestido preso em meus pés quando ele vai me levando de costas para o quarto, para a cama.

— Mal posso esperar.

Já estou concordando. Não preciso da sedução lenta agora. Só preciso dele.

— Ande logo.

Ele me levanta, e com as pernas eu o enlaço pela cintura. Um pequeno ajuste, e o pau dele está entrando em mim, suas mãos na minha bunda, controlando minha descida por todo seu comprimento. Rápido, rápido, muito rápido. Não me importo. Eu me contorço, tentando me aproximar mais. Não paramos de nos beijar, não nos cansamos. Se tenho Hades, respirar deixa de ser uma necessidade. Ele é meu oxigênio.

O pensamento deveria me assustar. E talvez assuste, quando eu tiver algum tempo para pensar a respeito disso. No momento, tudo que tenho é necessidade.

Ele me levanta e me abaixa, usando sua força para me foder onde estamos. É o suficiente para me deixar tonta. Afasto a boca da dele pelo tempo suficiente para dizer:

— Mais. Mais forte.

Imagino que ele vai me levar para a cama. Em vez disso, ele se vira e vai até a cômoda para me colocar em cima dela. Hades segura meu pescoço, empurrando-me para trás, contra a parede.

— Preste atenção. — Não parece ele, a voz é baixa e cruel. — Veja o quanto você precisa de mim neste momento. Quando estiver livre e perseguindo aquele sonho da vida que quer ter, você vai se lembrar de como foi bom ser penetrada por mim, pequena sereia. — Ele empurra o pau para dentro de mim, depois o tira, e eu o vejo brilhante com a minha umidade. Não consigo desviar os olhos. Não quero.

Hades continua me seduzindo com as palavras, me aprisionando:

— Algum dia, quando deixar algum cuzão te seduzir e estiver cavalgando o pau dele, você vai se lembrar desta noite e saber que ele nunca poderá se comparar a mim. Vai pensar em mim quando ele estiver dentro de você.

Olho para o seu rosto, e vejo uma fúria possessiva tão quente quanto o que ele está fazendo com meu corpo. Quero mergulhar nele e nunca mais emergir. Mas não posso. *Não posso.*

— Não seja cruel — suspiro.

— Eu *sou* cruel. — Ele me penetra de novo, nos aproximando tanto quanto duas pessoas podem ser próximas e me beijando de um jeito violento. Então Hades levanta a cabeça o suficiente para dizer: — Você *acabou* comigo, Perséfone. Me perdoe se eu quero retribuir o favor.

E então não há mais nada a dizer. Nós voltamos para nossa versão primária, perseguindo o prazer mútuo, compartilhado. Quando gozo, parece que meu orgasmo foi arrancado de mim, como algo que nunca mais vou poder reaver. Hades me segue alguns momentos depois, colando o corpo ao meu e enterrando o rosto no meu pescoço quando goza.

Depois a quietude nos envolve.

Eu me agarro a ele e mantenho os olhos fechados, não quero deixar a realidade se impor. Mas ela está bem ali, pairando no limite de nosso prazer que se dissipa. O frescor do quarto contra a pele suada. A dor em várias partes do meu corpo pelo que fizemos um com o outro. A respiração ruidosa de Hades desacelerando, assim como a minha.

Ele por fim levanta a cabeça, mas não me encara.

— Sinto muito.

Eu deveria deixar isso acabar aqui. Podemos dar voltas o quanto quisermos, mas isso não muda nada quanto à nossa situação, ao nosso prazo. Em vez disso, engulo em seco:

— Eu, não.

25

HADES

Eu não durmo, nem mesmo depois de tomar banho e me deitar na cama com Perséfone em meus braços, enquanto sua respiração se equilibra, o sono não chega. Não consigo me livrar do pavor que aumenta a cada minuto desde o momento em que saí dela, as palavras duras ainda ecoam em meus ouvidos. Ultrapassei o limite, e ela estar ali comigo não muda o fato de que acabou.

Não quero deixá-la partir.

Um cenário impossível. Eu poderia muito bem tentar laçar a lua, seria tão fácil quanto tentar manter Perséfone ao meu lado. Mesmo que ela estivesse disposta, o preço é muito alto. A mãe dela nunca vai admitir que a filha querida prefira a cidade inferior — prefira a *mim* — ao veneno cintilante que a corte de Zeus tem a oferecer. Ela vai continuar punindo meu povo para tentar me forçar a ceder. Podemos aguentar alguns anos por conta própria, desde que não abusemos demais das linhas de abastecimento que estabeleci com Tritão, mas, no segundo em que Poseidon ou Deméter perceberem o que está acontecendo, essa via se fecha para nós. As pessoas cuja segurança depende de mim vão sofrer as consequências.

E Zeus?

Ele não vai descansar enquanto Perséfone estiver ao meu lado. Esperava que ele fizesse sua jogada agora, mas aquele velho filho da mãe é mais esperto do que eu imaginava. Ele vai agir contra mim, mas vai ser de um jeito que não acabe o comprometendo. Se eu não puder provar...

Não, há mil razões para honrar meu acordo com Perséfone e preparar o caminho para que ela ganhe sua liberdade. E só uma para pedir a ela que fique: eu a amo. Não é suficiente. Nem nunca será com todas as probabilidades contra nós.

Estou tão imerso em meus pensamentos que levo alguns instantes para registrar o som de um telefone tocando. Levanto a cabeça, mas não é meu toque.

— Perséfone.

Ela se mexe e pisca aqueles grandes olhos castanhos para mim.

— Hades?

— Tem alguém te ligando. — Ela continua tentando afastar o sono, e eu me levanto para pegar o celular dela em cima da cômoda. Uma olhada rápida na tela mostra o nome de Eurídice. — É sua irmã caçula.

Isso a faz acordar. Ela se senta e joga o cabelo para trás com uma das mãos, enquanto pega o telefone com a outra. Espero que vá atender a ligação no banheiro ou na sala de estar para ter um pouco de privacidade, mas ela coloca no viva-voz.

— Eurídice?

— Perséfone? Ah, graças aos deuses. Ninguém mais está atendendo!

O pânico na voz da mulher faz os pelos da minha nuca se arrepiarem.

— O que aconteceu?

— Tem alguém me seguindo. Vim encontrar Orfeu num bar, mas ele não apareceu e esse cara começou a pegar no meu pé, então eu saí de lá, mas... — Sua respiração parece falhar. — Ele está me seguindo. Não tem nenhum táxi. Não sei o que fazer. Havia mais gente em volta, mas agora estamos muito perto do rio e todas as ruas estão vazias. Tentei ligar para Orfeu, mas ele não atende. O que eu faço, Perséfone?

Quanto mais a irmã parece assustada, mais Perséfone desliga as próprias emoções e sua voz fica firme quando diz:

— Onde você está? A localização exata.

— Hum... — O som do vento no alto-falante. — Na Junípero com a Cinquenta e seis.

Encontro o olhar de Perséfone. A irmã dela está perto do Rio Estige, mas não o suficiente. Se tentar atravessar, o pessoal de Zeus vai tentar impedi-la. Se eu interferir, violarei o tratado.

— Ela precisa chegar ao rio — murmuro.

Perséfone assente.

— Você precisa atravessar o Rio Estige, Eurídice. Está entendendo? Desça a Junípero, você verá a ponte. Eu te encontro lá.

Eurídice não questiona, sinal de que está apavorada.

— Estou com medo, Perséfone.

— Estamos indo.

Já estou me movendo, correndo para o armário e puxando as primeiras roupas que vejo, depois ponho uma arma na cintura, na parte de trás da calça. Espero não precisar dela, mas quero estar preparado.

Pego uma calça jeans e uma blusa para Perséfone. Ela está desligando quando entro no quarto. Mando uma mensagem para Caronte ir nos encontrar na porta, acompanhado por uma equipe. Temos que agir com cuidado, mas basta olhar para a tensão estampada no rosto de Perséfone para saber que vou jogar a cautela no lixo e fazer o que for preciso para garantir que a irmã dela esteja segura.

— Isso é culpa minha.

Já estou balançando a cabeça antes que ela termine.

— Não, nem pense nisso.

— Como não? Não parece familiar? Um homem estranho cercando uma mulher assustada até o rio? Tá na cara que isso é coisa de Zeus.

Ela está certa, mas isso não muda nada. Temos que chegar à ponte.

— Vamos saber mais assim que a resgatarmos e ela estiver segura. Concentre-se nisso agora.

Eu meio que esperava um protesto, mas ela endireitou os ombros e respirou fundo.

— Ok.

— Vamos lá.

Assim, nós dois descemos a escada correndo para encontrar Caronte e os outros. A Ponte Junípero é muito longe para chegarmos lá a pé com qualquer grau de urgência, então nos dividimos em dois carros. Seguro a mão de Perséfone durante todo o trajeto. Não adianta tentar aliviar a tensão, não quando alguém de quem ela gosta está em risco. A única coisa que posso fazer é oferecer o pouco de conforto que tenho disponível. Ela continua ligando para vários números, e finalmente fala:

— Aquele filho da puta está me mandando direto para a caixa postal. O telefone dele não estava desligado antes, e agora está.

Não tenho que me esforçar para saber de quem ela está falando.

— Orfeu não é dos mais confiáveis. — Uma declaração neutra, já que não tenho certeza do que ela precisa agora.

— *Nunca* vou perdoá-lo por isso. — Seus olhos ficam frios. — Se acontecer alguma coisa com Eurídice, eu mesma mato o infeliz.

Não há nada a dizer que seja remotamente útil. *Eu o mato por você* não é o tipo de declaração romântica que uma pessoa quer ouvir, não importa o quanto esteja preocupada e furiosa. Escapo de ter que pensar em uma resposta melhor quando chegamos à ponte.

Paramos bruscamente e saímos do carro. A noite parece propícia para maldades, com um ar denso e pegajoso, uma névoa baixa subindo do rio e pairando sobre o solo. Tudo isso confere à atmosfera um toque estranho e prejudica a visibilidade.

O que me lembra da noite em que Perséfone atravessou o Rio Estige.

Eu a sigo até as grandes colunas que existem de cada lado da Ponte Junípero, uma indicação clara da fronteira do nosso lado do rio. É uma das pontes mais iluminadas, e sei que, assim como eu, ela está procurando sinais da irmã do outro lado. Fomos rápidos, mas, mesmo andando ela já deveria estar aqui.

— Hades. — O medo na voz de Perséfone é um chamado ao qual não posso deixar de atender. Ela nunca deveria ter medo. Não enquanto está comigo.

— Ela vai chegar. — Não tenho motivos para oferecer essa garantia. Não conheço as circunstâncias, só sei que Eurídice está sendo perseguida.

Como se minhas palavras a convocassem, a névoa do outro lado da ponte se move e a forma de uma mulher emerge. Ela não está correndo. Está cambaleando. Não consigo ver os detalhes a essa distância, mas ela segura o braço junto ao corpo, como se estivesse machucada.

Cacete.

Perséfone agarra meu braço e grita. Ela dá um único passo antes de eu a segurar pela cintura.

— Não podemos atravessar a ponte.

— Nós... — Ela não tem tempo de terminar a frase.

Um homem sai do nevoeiro atrás de Eurídice, um falcão caçador atrás da pomba ferida. Perséfone fica imóvel e, quando fala, sua voz é estranhamente calma:

— Me solte.

Se eu a soltar, ela vai correr para a irmã, provavelmente caindo na isca de Zeus. Não faz diferença se a intenção é capturá-la na rua esta noite ou fazer um jogo mais longo. Isso vai acontecer.

Se eu a segurar enquanto alguma coisa acontece com a irmã dela, vou perdê-la muito antes do final do inverno. E digo mais, não vou poder viver comigo mesmo se ficar de braços cruzados enquanto esta mulher é prejudicada.

— Perséfone...

O homem que persegue Eurídice a alcança e a segura pelo ombro, girando-a. Ela grita, um som agudo e apavorado. Estou me movendo antes de registrar que tomei uma decisão. Eu me viro e empurro Perséfone para os braços de Caronte.

— *Não* a deixe atravessar a ponte. — Só eu vou pagar o preço pelas transgressões desta noite. Não vou permitir que ela faça o mesmo.

Perséfone xinga e luta, mas Caronte a envolve em um abraço apertado, prendendo seus braços ao lado do corpo e mantendo-a imóvel sem machucá-la. É o suficiente. Corro pela ponte em direção à irmã dela, corro como há muito tempo não fazia. Não é o suficiente. Sei disso quando chego na metade do caminho.

O agressor de Eurídice a joga no chão. Como resultado, ela cai com um baque que me dá enjoo, mas não fica parada. Nem olha para ele. Só fixa o olhar na irmã e começa a rastejar em direção à ponte.

— Eurídice!

O grito agonizante de Perséfone me dá asas. Isso e o homem debruçado sobre a irmã dela. Seu rosto se contorce em uma carranca feroz. Ele não grita, mas apesar disso as palavras atravessam a distância.

— Chame sua irmã, Eurídice. Grite por ela.

Eu sabia que Zeus estava por trás disso; as palavras do homem são a confirmação. Não me lembro de puxar a arma, mas sinto seu peso frio em minha mão quando alcanço os pilares da ponte do lado da cidade superior.

— Afaste-se dela!

Ele finalmente olha para mim.

— Ou o quê? — Um brilho de metal reluz em sua mão quando ele se inclina e agarra Eurídice pelos cabelos. — Você está do lado errado do rio, Hades. Se tocar um dedo em mim, vai ter consequências.

— Eu sei disso. — E assim aperto o gatilho. A bala atinge o pulso da mão com que ele segurava a faca, fazendo-o girar para longe dela.

Olho para a irmã de Perséfone e tenho certeza de que ela não será capaz de cruzar a distância entre nós. Seus olhos têm uma expressão assustadoramente vaga a qual conheço muito bem. Eu via isso no espelho quando era criança. Ela foi para algum lugar dentro de si, levada pelo medo e pela violência.

A rua parece deserta, mas sei que não está. Zeus mantém pessoas vigiando seu lado do rio, assim como faço do meu lado. Se eu sair desta ponte, acabou. A guerra chega ao Olimpo.

O homem se senta, segurando o pulso contra o peito e me olha com uma expressão feia. Eurídice deixa escapar uma espécie de soluço entrecortado. Assim como antes, não me lembro de ter tomado essa decisão. Uma piscada, e o empurro para o chão e o acerto no rosto.

Porra, não estou pensando direito.

A única coisa que importa é eliminar a ameaça. Cada soco alimenta algo obscuro em mim, como se eu pudesse acertar esse cretino com força o suficiente para que o monstro na Dodona Tower sinta o impacto. Outro, e outro, e outro.

— *Hades.* Hades, *pare.*

O grito de Perséfone me deixa paralisado. Minhas mãos doem. Tem sangue por toda parte. Ele parou de se mover, embora o peito suba e desça. Está vivo. Eu me viro e olho para o outro lado da ponte. Caronte ainda segura Perséfone presa ao peito, mas os dois parecem chocados. Horrorizados.

Que porra estou fazendo?

Eu me afasto do homem e me agacho ao lado da mulher aos prantos.

— Eurídice.

Ela se encolhe.

— Não rele em mim.

— Eurídice, sua irmã está esperando por você. — Não tenho tempo para ser sutil. Seguro o queixo dela e saio da frente para que possa ver Perséfone do outro lado da ponte. Meus dedos ensanguentados não devem ser uma imagem reconfortante, mas é tarde demais para voltar atrás. — Consegue andar?

Ela pisca os grandes olhos escuros, seu medo é tão grande que ameaça nos engolir inteiros.

— Não sei.

— Vou te carregar. Não resista. — Não dou a ela a chance de se preparar para isso, simplesmente a pego no colo e corro de volta pela ponte. Fiquei no território de Zeus durante um total de dois minutos, mas não sou ingênuo o suficiente para pensar que não vai fazer diferença. Mesmo que ele não tenha orquestrado isso, e todas as evidências sugerem que *sim*, ele *vai* tirar proveito da abertura que acabei de lhe dar.

Eu me preparo para o medo de Perséfone, que acabou de me ver perder as estribeiras e bater violentamente em um homem. Ela olha para o meu rosto como se nunca tivesse me visto antes.

— Hades...

— A gente conversa quando chegarmos em casa. — Segurando Eurídice, começo a andar até o carro. — Entre agora.

Pela primeira vez, Perséfone não discute. Ela desliza pelo banco de trás e segura a mão da irmã quando a coloco cuidadosamente ao seu lado. Seus olhos estão brilhando.

— Obrigada, Hades — agradece ela, em voz baixa. — Sei que vai custar caro.

— Cuide da sua irmã. Encontro você em casa. — Fecho a porta antes que ela possa argumentar e faço um sinal para Minta. — Leve-as de volta. Tranque a casa inteira. Ninguém entra. Ninguém sai. E te garanto que você vai precisar de muita ajuda se Hermes passar pelo perímetro da casa hoje à noite.

Minta assente e corre para o lado do motorista. Fico de olho no carro até que desapareça de vista e depois me viro para Caronte.

— Problemas a caminho.

Caronte está pálido como cera.

— Você atravessou o rio.

— Não tive muita opção.

Ele abre a boca como se quisesse discutir, mas finalmente balança a cabeça.

— Não importa, acho. Agora já foi. O que a gente faz?

Tento parar de reagir e começar a *pensar*. Zeus vai partir para o ataque frontal, ou vai tentar me manipular a dar a ele algo que quer para evitar uma guerra? Não faço ideia. Não consigo pensar. Tudo que ouço é o eco do choro de Perséfone, só vejo o olhar desamparado da irmã dela, só sinto a dor nos nós dos dedos por ter espancado um homem quase à morte.

Pressiono os dedos contra as têmporas. O que Andreas diria? Dou uma risada amargurada assim que o pensamento passa por minha cabeça. Ele vai acabar comigo por ser tão impulsivo.

— Não podemos presumir que eles vão entrar pelas pontes. Desloque o maior número possível de pessoas para as fronteiras do território. Se não quiserem ir, não os force, mas divulgue a notícia. A guerra se aproxima.

Caronte hesita, depois assente.

— Você quer que eu leve todo o nosso pessoal para a casa principal?

A tentação quase me domina. Quero Perséfone segura e já sei que ela será um alvo. O desejo de reforçar nossas defesas até que nada possa passar por elas é grande.

Mas Perséfone não é a única pessoa na cidade inferior que precisa de proteção contra o que está por vir.

Eu me forço a balançar a cabeça.

— Não, mantenha as patrulhas duplicadas no rio. Mobilize todo o pessoal de que precisar para ajudar os que quiserem sair da zona de possível conflito em potencial.

— Hades. — Caronte tem que parar e se esforçar para banir o medo da voz. — Se eles vierem atrás de nós, toda a cidade inferior será uma zona de conflito.

— Eu sei. — Aperto seu ombro. — Vou resolver isso por nós, Caronte. Não tenha dúvidas quanto a isso.

Só não sei como. Não posso agir até que Zeus faça alguma coisa. Estou dividido entre a esperança de que ele não ataque de imediato e o medo de que ele prolongue isso até que todos nós enlouqueçamos.

Durante toda a viagem de volta para casa, não consigo me livrar do medo de chegar e Perséfone ter ido embora. Que Zeus de alguma forma tenha passado por todas as minhas defesas e a levado de volta. Que ela tenha percebido que não posso protegê-la como prometi e, por isso, decidido se arriscar estando por conta própria. Que ela tenha me visto como o monstro que o resto do Olimpo pensa que sou e decidido fugir. Mil cenários, cada um deles alimentado pelo conhecimento de como as coisas vão ficar feias. Eu tinha planejado vários cenários quando começamos isso, mas nenhum deles foi o que aconteceu esta noite.

Algumas coisas não podem ser desfeitas.

Quando encontro ela e a irmã sentadas na sala de estar com os três filhotes brincando ao redor delas, é como levar um soco. Elas estão aqui. Estão seguras. Por enquanto.

Eu me afundo em uma das cadeiras e olho para Perséfone. Ela põe dois dos cachorrinhos no colo da irmã e se recosta. Eu aprovo. Pressionar Eurídice agora é a decisão errada. Ela acabou de passar... Bem, não saberemos exatamente o que ela viveu até que se recupere o suficiente para nos contar. O que leva tempo.

Então, fico sentado e observo em silêncio enquanto, aos poucos, Eurídice volta a si. Começa com ela acariciando os filhotes e termina com um suspiro trêmulo que sai mais como um soluço.

— Eu estava com tanto medo, Perséfone.

— Eu sei, querida. — Perséfone deixa Eurídice deitar a cabeça em seu colo e acaricia seus cabelos pretos, um toque reconfortante.

Não há nada reconfortante em seus olhos. Ela olha para mim, e eu nunca a vi tão temível. Uma verdadeira deusa das sombras empenhada em retaliação. Ela afasta a expressão quase no mesmo instante em que surge em seu rosto, e odeio que esconda de mim essa parte dela. Um sorriso trêmulo aparece em seus lábios e ela murmura, *obrigada*.

Naquele momento, eu faria tudo de novo uma centena de vezes. Não importa o preço. Tudo vale a pena por ela.

Qualquer coisa por ela, porra.

26

PERSÉFONE

A história de minha irmã vai surgindo aos trancos e barrancos. De como ela e Orfeu deveriam se encontrar em uma parte da cidade superior que ela não conhece muito bem. De como ele não deu as caras. De como ignorou suas ligações e as deixou ir direto para a caixa postal, mesmo quando ela ficou com medo e um desconhecido passou a assediá-la.

Continuo acariciando a têmpora e o cabelo dela, tentando acalmá-la da única maneira que posso. Suas palmas estão esfoladas devido ao tombo, e ela estava tão apavorada que mal notou os ferimentos, até agora. O braço está machucado, porque o homem a empurrou contra a lateral de um prédio antes que minha irmã conseguisse escapar pela primeira vez. Há hematomas nos joelhos, porque ele a jogou no chão do outro lado da ponte.

Eu anoto e arquivo cada um dos machucados. Por mais que eu queira culpar Orfeu por isso, só há uma pessoa responsável. Zeus. Basta pensar em seu nome para a raiva queimar dentro de mim. Quero sangue por sangue.

Quando Eurídice fica em silêncio e seus olhos se fecham, finalmente volto a olhar para Hades. Ele já está de pé, cobrindo-a com um cobertor que ficou no sofá desde a última vez que vim ler nesta sala. Parece que foi há mil anos.

Ele me dá o celular.

— Avise suas irmãs.

Sim. É claro. Eu deveria ter pensado nisso. Pego o telefone, mas não o desbloqueio.

— Você sacrificou muita coisa para salvá-la. — Ele *atirou* em um homem. Deu uma surra nele. Acho que, se eu não tivesse gritado seu nome, ele não teria parado de bater. Não sei como me sinto quanto a isso. Eu queria que aquele homem sofresse, mas ver tamanha violência desencadeada foi chocante.

— Não foi nada.

— Não faça isso. — É difícil não levantar a voz, mas estou muito consciente da cabeça da minha irmã sobre minhas pernas. — Vamos arcar com as consequências por isso, e não lamento que você a tenha salvado, mas também não vou deixar você ignorar o que fez. Obrigada, Hades. É sério.

Sua mão grande segura meu rosto. Seus olhos contêm uma legião de pensamentos dos quais não tenho conhecimento.

— Sinto muito que tenha tido que me ver perder o controle daquele jeito.

Não quero fazer a pergunta, mas me obrigo a falar as palavras em voz alta.

— Você o matou?

— Não. — Ele abaixa as mãos. — E você não vai pagar preço algum pela minha decisão. Eu vou tomar as providências para isso.

Antes que eu possa argumentar, ele passa o polegar pelo meu lábio inferior e sai da sala.

Tenho que contrair a mandíbula para não o chamar. Para dizer que não precisa arcar com tudo isso sozinho. Afinal, *eu* sou a razão para ele ter quebrado o tratado. Não posso deixá-lo pagar o preço por conta própria.

Mas, antes de tudo, Hades tem razão. Preciso mandar notícias para minhas irmãs. Digito uma mensagem rápida e envio para um grupo formado apenas por Calisto e Psiquê. Elas não demoram muito a responder.

Psiquê: Que bom que ela está bem!
Calisto: Aquele idiota do caralho.

Uma foto aparece, uma captura de tela de uma das contas de Orfeu em uma rede social. É uma foto dele cercado por um trio de mulheres lindas com um sorriso gigante em seu rosto. A data e a hora da postagem correspondem mais ou menos ao horário em que ele começou a enviar minhas ligações direto para a caixa postal.

Psiquê: Ele morreu pra gente.
Calisto: Quando eu colocar as mãos nele, ele VAI ser um homem morto.
Eu: Ele não é o único responsável.
Eu: É Zeus.
Calisto: Foda-se. Eu mato os dois.
Psiquê: Pare com isso. Você não pode falar desse jeito.
Eu: A gente resolve isso depois. Agora Eurídice está segura, e isso é tudo que importa.
Psiquê: Por favor, mande notícias.
Eu: Pode deixar.

— Me desculpe.
Deixo o celular de lado e me concentro em minha irmã.
— Você não tem nada pelo que se desculpar.
Ela se deita de costas para poder ver meu rosto. A doce inocência que estou tão acostumada a ver quando olho para ela se foi. Há um cansaço do mundo que, mais do que tudo, desejo poder apagar. Ela respira fundo.
— Hades não devia atravessar o rio.
— Poucas pessoas fora do grupo dos Treze acreditam que Hades existe. — Ou, pelo menos, era assim antes de começarmos nossa campanha para esfregar na cara de Zeus o fato de que agora estou com Hades.

— Não faça isso. Sei que sou a mais nova, mas não sou tão ingênua quanto vocês fingem que sou. Não importa o que o resto do Olimpo pensa. Só importa o que Zeus pensa. — Ela segura minha mão. — Ele vai usar o que aconteceu para chegar até você, não é?

Ele vai tentar.

— Não se preocupe com isso.

Ela balança a cabeça.

— Não me exclua, Perséfone. Por favor. Não vou aguentar. Pensei que pudesse ignorar os Treze e só viver a vida, mas... — sua voz enfraquece: — Você acha que Orfeu armou para mim?

Posso estar nutrindo uma nova e intensa aversão pelo namorado dela, mas quero muito poder responder a essa pergunta com uma negativa. Orfeu nunca foi bom o suficiente para ela, mas seu único pecado de fato foi ser um músico apaixonado mais por si mesmo do que por minha irmã. Isso faz dele um putinho vagabundo, mas não um monstro.

Mas e se ele a vendeu para Zeus?

Monstro é pouco para descrevê-lo.

Aparentemente, Eurídice não precisa da minha resposta.

— Não consigo deixar de me perguntar se ele fez isso. Ele estava estranho hoje, mais distante e distraído do que o normal. Pensei que talvez estivesse envolvido com alguém. Acho que teria preferido que fosse isso. Acabou para nós. Não tem outro jeito.

— Sinto muito. — Eu queria que ela superasse Orfeu, mas não *desse* jeito.

Orfeu estava fadado a partir o coração dela em algum momento, mas esse nível de traição é tão profundo que não sei como ela vai passar por isso. Nós protegemos Eurídice tanto quanto pudemos, e veja só no que deu. Eu suspiro:

— Vamos fazer um chá para você e procurar por um comprimido para dormir.

— Ok — sussurra ela. — Acho que não vou conseguir dormir sem um.

— Eu sei, meu bem.

Então me levanto e a puxo comigo. Ela está segura. Estamos todos seguros esta noite. Haverá consequências para nossas ações, mas não há mais nada a fazer hoje, exceto acomodar minha irmã em um quarto e ficar à disposição dela.

Achei que poderia direcionar a mim toda a raiva de Zeus. Achei que sair do Olimpo não traria consequências negativas para mais ninguém. Eu me sinto ingênua pra cacete.

Mesmo se eu partisse esta noite, desaparecesse para nunca mais ser vista, minhas irmãs arcariam com as consequências de minhas ações. *Hades* arcaria com as consequências de minhas ações. Toda a cidade inferior pagaria por isso. Tenho sido incrivelmente egoísta e coloquei muitas pessoas em perigo.

Preparo um banho para Eurídice.

— Já volto, ok?

— Ok — murmura ela em resposta.

Não sei ao certo se deixá-la sozinha agora é uma boa decisão, mas ela não vai dormir sem um chá e um remédio. Tenho certeza de que Georgie tem pelo menos o chá na cozinha. Alguém vai saber onde encontrar o remédio.

Quando abro a porta, não fico nem um pouco surpresa ao encontrar Hades ali. De alguma forma, estou ainda menos surpresa ao ver a caneca fumegante de chá em sua mão e o frasco de pílulas para dormir. Por alguma razão, o jeito como ele prevê minhas necessidades me faz querer chorar. Engulo em seco para vencer o nó repentino na garganta.

— Bisbilhotando?

— Só um pouco. — Ele não sorri, permanece tão tenso que é quase como se esperasse eu me afastar. — Posso entrar?

— É claro. — Dou um passo para trás, para que ele possa entrar no quarto. A sensação de nó na garganta só piora quando Hades larga a caneca e o frasco de comprimidos e dá um passo para trás. Comprimo os lábios juntos. — Você pode me abraçar? Só um pouquinho?

Só assim a frieza de sua expressão desaparece. Hades estende os braços.

— O tempo que você precisar.

Mergulho no abraço e me agarro a ele. Estou tremendo e não tenho certeza de quando isso começou. Esta noite começou em seu ponto mais alto, no cume, depois despencou para o ponto mais baixo. Se Hades não tivesse rompido o tratado, não sei o que aquele homem teria feito. Eu poderia ter perdido minha irmã. Enterro o rosto em seu peito e o abraço com mais força.

— Eu nunca vou conseguir agradecer o suficiente pelo que você fez esta noite. Só... obrigada, Hades.

Não importa o que aconteça a seguir, não vou deixar que ele pague sozinho pelo preço de seus atos.

Já cansei de fugir.

27

HADES

Eu esperava que Perséfone se afastasse de mim. Afinal de contas, agora ela viu do que sou capaz. Não há ilusões de que sou realmente um bom homem fingindo o contrário. Passei os últimos trinta minutos me preparando para esse momento, enquanto ela acomodava a irmã no andar de cima. Nunca esperei que ela viesse *me* encontrar em busca de conforto.

— Sinto muito. — Perséfone solta um longo suspiro, e suas mãos agarram a parte de trás da minha camisa como se pensasse que eu fosse me afastar um segundo antes de ela mandar. — Parece que eu só trouxe problemas desde que cheguei à cidade inferior.

— Vem cá. — Beijo sua testa. — Nunca se desculpe por invadir minha vida, pequena sereia. Pois não me arrependo de um único momento do meu tempo com você. E também não quero que você se arrependa.

— Ok — sussurra ela e, em seguida, se agarra a mim em silêncio, enquanto ouvimos Eurídice começar a chorar no banheiro, um choro alto o suficiente para ser ouvido em meio ao barulho do chuveiro.

Finalmente, Perséfone suspira: — Não tenho como deixar minha irmã sozinha esta noite.

— Eu sei.

Não quero deixá-la ir, sair deste quarto. Com tempo e distância suficientes, ela pode reconsiderar o que sente quanto ao que aconteceu esta noite. Eu limpo a garganta.

— Obrigado por gritar meu nome. Eu... Eu não sei se teria parado. — Fico tenso, esperando pela rejeição inevitável que a confissão trará.

Devagar, ela balança a cabeça.

— Foi por isso que eu gritei. — Perséfone ameaça dizer mais alguma coisa, mas o chuveiro é desligado. Nós dois olhamos na direção do banheiro. Esta noite Eurídice precisa dela mais do que eu. Aperto seu corpo entre os braços mais uma vez e me obrigo a soltá-la. — Você estará segura aqui. Não importa o que mais tenha mudado, *isso* não mudou.

— Hades... — Seu queixo treme um pouco, antes que ela faça um esforço para firmá-lo. — Ele vai usar isso para me forçar a voltar e fazer você se ajoelhar.

Não posso mentir para ela, mesmo que uma mentira reconfortante seja boa agora.

— Ele vai tentar — eu me viro em direção à porta —, mas não vou deixá-lo te levar, Perséfone. Nem que eu tenha que matá-lo com minhas próprias mãos.

Ela se encolhe.

— Eu sei. — As palavras não têm alegria. Pelo contrário, soam tristes. Quase como se ela estivesse se despedindo.

Sair de perto dela é mais difícil do que eu imaginava. Não consigo me livrar da sensação de que ela não estará aqui quando eu voltar. Mas, independentemente de qualquer outra coisa, Zeus não vai correr o risco de perder a vantagem atacando esta noite. Ele vai precisar do apoio do restante dos Treze quando vier atrás de mim, e isso vai demorar.

Espero eu.

Encontro Caronte do lado de fora do meu escritório. Ele está olhando para a porta, mas o conheço bem o suficiente para saber que ainda está perturbado com a forma como as coisas se desenrolaram esta noite. Ele parece se sacudir ao me ver.

— Andreas está esperando.

— Não vamos deixá-lo esperando por mais tempo então.

O velho já está balançando a cabeça quando entramos na sala e eu fecho a porta.

— Sabia que a situação chegaria a esse ponto. Ele vai te destruir assim como fez com seu pai. — Suas palavras são lentas, arrastadas, e o copo de líquido âmbar em sua mão é o culpado evidente.

Dou uma olhada para Caronte, mas ele dá de ombros. Não há nada a dizer. Mesmo em sua idade avançada, Andreas faz o que der na telha. Preciso do meu pessoal focado, mas primeiro tenho que enfrentar isso. Afinal, devo isso a ele. Devo tudo a ele, porra.

— Eu não sou meu pai. — Houve um tempo em que essa verdade parecia uma urticária de que eu nunca conseguiria me livrar. Andreas amava meu pai, era leal a ele de corpo e alma. A imagem que ele pinta do homem é maior que a vida, um tipo estranho de expectativa que pesou, e muito, sobre mim quando eu era criança. Como eu poderia corresponder a *isso*?

Mas aí é que está. Não preciso competir com o espectro do homem que me gerou. Ele se foi. Partiu há mais de trinta anos. Eu sou dono de mim, e já passou da hora de Andreas reconhecer isso.

Eu me sento na cadeira diante dele.

— Eu não sou meu pai — repito, tomando meu tempo. — Ele confiou nas regras e leis, e isso o levou a ser morto. Ele não antecipou a chegada de Zeus. — Uma verdade com a qual nunca vou me conformar. Se ele era tão bom quanto Andreas diz, por que não viu a cobra que Zeus é? Por que não nos protegeu?

Afasto esses pensamentos. Sem dúvida, eles voltarão para me atormentar nas noites solitárias que estão por vir, mas agora tiram meu foco. Não posso me dar ao luxo de dar um passo em falso sequer.

— Passei minha vida inteira estudando Zeus. Você acha que não sou capaz de prever as reações dele?

— O que você pode fazer? — Andreas soa como um fantasma de si mesmo, fala com aquela voz outrora estrondosa, agora fraca e falha. — O que pode fazer contra o rei dos deuses?

Eu me levanto lentamente.

— Ele não é o único rei no Olimpo. — E então olho para Caronte. — Leve-o para o quarto e peça para alguém fazer companhia. Depois precisamos conversar. — Colocamos Andreas de pé e eu seguro seus ombros. — Descanse um pouco, velhote. Temos uma guerra para vencer.

Andreas estuda meu rosto.

— Hades? — Um sorriso motiva seu rosto envelhecido: — Hades, meu velho amigo. Que saudade eu estava.

Não de mim. Do meu pai. Meu peito se contrai, mas aperto seus ombros pela última vez e deixo Caronte levar o avô para fora da sala. Vou para trás da minha mesa e pego a garrafa de uísque que Andreas deixou, mas a coloco sobre a mesa sem abri-la. Não importa o quanto é atraente a ideia de aparar minhas arestas mais cortantes, pois esta noite preciso estar afiado. Mais do que esta noite, até o fim de tudo isso.

Alguém abre a porta às minhas costas, causando um leve rangido, e sinto os pelos de minha nuca se arrepiarem. Cada um dos meus instintos grita perigo, mas, em vez de me virar e jogar a garrafa de uísque, viro-me devagar, já desconfiando de quem vou encontrar. Só uma pessoa é capaz de passar pela minha segurança. E, para ser sincero, estou surpreso por ela finalmente ter usado a porta em vez de aparecer na cadeira do meu escritório como em um passe de mágica.

— Algum dia, você vai ter que me contar como consegue passar pela minha segurança, mesmo quando estamos em alerta máximo.

— Algum dia, talvez, eu considere essa possibilidade.

Hermes não exibe seu sorriso característico. Veste uma calça preta e justa e uma longa camisa roxa que parece um cruzamento entre roupa masculina e um vestido. Pelo jeito, o melhor traje para se misturar às sombras.

Eu dou a volta na mesa e me apoio na frente dela.

— Visita oficial, imagino.

— Pois é. — Algo como pesar transforma seus traços. — Você pisou na bola, Hades. Não devia ter dado uma abertura a ele. Estamos todos de mãos atadas, mesmo os que o consideram um amigo.

Por alguma razão, é isso que me incomoda. *Amigos.* Mal consegui assimilar que ela e Dionísio podem ser meus amigos, e agora os dois se foram. Apesar da determinação de não perder o controle, a mágoa ganha vida.

— Se acabarmos em lados opostos de uma guerra, então não são amigos tão bons assim.

Ela semicerra os olhos.

— Você não sabe como as coisas funcionam na cidade superior. É um mundo diferente do que tem aqui. Você pode ser o rei benevolente da cidade inferior, mas Zeus é o completo oposto. Desafiá-lo implica pagar um preço mais alto do que a maioria de nós pode arcar.

Penso a respeito disso. Conheço Hermes há anos, mas nunca conversamos sobre o passado dela ou o meu, graças a um acordo mútuo e tácito. Não sei de onde ela veio, não sei nada sobre a família dela ou se sequer tem uma. Não sei quanto ela pagaria para tentar enfrentar Zeus.

Um suspiro escapa do meu peito. Não quero parecer tão cansado, mas a enormidade do que está por vir vai me dominar se eu pensar muito nisso. Planejei essa possibilidade desde que tinha idade suficiente para entender o que havia acontecido com meus pais e quem era o responsável por isso.

No entanto, nunca esteve em meus planos alguém como Perséfone. A ideia de ela ter que enfrentar qualquer parcela das consequências? Não. Não vou permitir isso. Eu estou cagando e andando para o que é exigido de mim.

— Então, vamos em frente. — Faço um sinal para ela entregar a mensagem que evidentemente trouxe. — O que o velho filho da puta tem a dizer?

Hermes balança a cabeça e pigarreia para limpar a garganta. Sua voz, quando emerge, é uma aproximação surpreendente dos tons estrondosos de Zeus.

— Você tem treze horas para devolver as duas Dimitriou ao lado do rio a que pertencem. Não fazer o que digo resultará em sua aniquilação e na de todos sob seu comando. Não posso ser responsabilizado pelas perdas civis. Tome a decisão certa, Hades. — Hermes exala e se sacode. — Transmissão encerrada.

A piada morre entre nós.

Eu a encaro.

— Treze horas?

— Nunca alguém vai poder dizer que Zeus não tem um senso teatral. Uma hora para cada um dos Treze.

— Ele não vai recuar, mesmo que eu as devolva.

O velho esperou tempo demais por uma oportunidade como esta. Não sei o que acontece caso eu morra e não tenha ninguém da minha linhagem para herdar a posição. O título morre comigo, e ele divide a cidade inferior com Poseidon? Ou Zeus intervém e designa alguém de *sua* escolha? Nenhuma das opções beneficiaria meu povo.

— Não, acho que não. — O conflito em seu rosto diz tudo o que preciso saber. Hermes não gosta de como essa situação está se desenrolando, mas não vai colocar o dela na reta para impedir nada. Não sei nem se ela, mesmo que quisesse, poderia impedir.

Enquanto ainda penso em respostas, Hermes avança e me abraça.

— Por favor, por favor, tome cuidado.

Retribuo o abraço sem jeito, meio esperando uma facada nas costelas.

— Não vou prometer nada.

— É disso que eu tenho medo. — Ela me dá um último aperto e depois recua. Seus olhos escuros brilham um pouco antes de ela piscar para afastar as lágrimas. — Você tem alguma resposta?

— Ele terá minha resposta em treze horas.

Ela abre a boca, como se quisesse argumentar, mas acaba concordando com a cabeça.

— Boa sorte, Hades.

— Use a porta da frente quando sair.

— Ah, e onde estaria a diversão nisso? — Ela sorri para mim, depois vai embora, passando pela porta e me deixando pensar em que caralhos eu vou fazer.

Não importa com que intensidade me preparei para isso, nada muda o fato de que o custo será alto. Zeus vai atacar com força e rapidez assim que o prazo se esgotar, e vai trazer a guerra ao meu território para ter certeza de que meu povo vai pagar o custo mais alto. Serve ao duplo propósito de me atingir e talvez destruir a lealdade inabalável de minha gente, abrindo caminho para que aceitem um novo líder quando ele finalmente conseguir me derrotar.

Eu tenho um plano. E preciso segui-lo à risca.

28

PERSÉFONE

Em um minuto estou só, decidindo quanto tempo deixo minha irmã ficar no banheiro, e no outro ouço um farfalhar atrás de mim. Quando me viro, vejo Hermes empoleirada na cama. Levo a mão ao peito tentando me acalmar, mas não me permito nenhuma reação mais forte, não quando ela está tão perto.

— Hermes.

— Perséfone. — Sua expressão é cuidadosamente neutra. — Tenho uma mensagem para você. Vai ouvi-la?

Nada de bom virá disso. Apenas duas pessoas usariam Hermes para me enviar uma mensagem. Sinto vontade de dizer a ela para sair do quarto, e assim me esconder do que está por vir. Mas sou mais forte que isso. Não vou me permitir enfiar a cabeça na areia e ignorar as consequências de meus atos.

— Vou.

Ela assente e fica em pé. Quando fala, é com uma voz masculina inconfundível. Preciso de duas palavras para identificar de quem é. Zeus.

— Há uma guerra no horizonte, Perséfone. Esmagarei a cidade inferior e todos os que vivem nela. Você sabe que Hades não é capaz de resistir ao poder que o restante dos Treze pode mobilizar. Volte agora, traga sua irmã, e reconsiderarei meu ataque.

Espero, mas ela fica em silêncio.

— Essa é a oferta dele? *Reconsiderar?*

— Aham. — Hermes encolhe um único ombro. — Pelo que parece, ele acha que é justo.

— E também, pelo que parece, pensa que sou uma idiota. — Zeus não vai reconsiderar porcaria nenhuma.

Ele pode querer que eu e Eurídice voltemos, seja para apaziguar minha mãe ou para provar seu poder, mas não vai perder a oportunidade de atacar Hades.

A não ser que eu dê a ele motivos para hesitar.

Meu estômago revira e minha cabeça fica leve e cheia de estática. Prometi a mim mesma que não me esconderia das consequências de minhas ações, mas algumas delas têm um preço muito alto. Hades é mais do que capaz, mas contra números tão superiores e inimigos mais bem equipados? E mesmo com as precauções que ele tomou, o que dizer de seu povo? Todas aquelas pessoas que conheci nas últimas semanas, enquanto Hades me mostrava a cidade inferior. Juliette, Matthew, Damien, Gayle. Todos que frequentam o mercado de inverno, que têm barracas, lojas e negócios que remontam a gerações.

Eles podem se tornar vítimas. *Sempre* há baixas na guerra, e são sempre as pessoas que menos merecem arcar com o custo.

E se eu puder evitar isso?

Hermes está a meio caminho da porta quando recupero minha voz, embora não saia muito alto:

— Hermes — chamo-a e então espero até que me encare para, enfim, continuar.

Se eu seguir adiante com isso, não terei como voltar atrás. O preço pode ser alto demais para pagar, mas não posso deixar que todos lutem minhas batalhas por mim.

O tempo de se esconder atrás da reputação de Hades já passou. Agora é hora de agir.

— Quero mandar uma mensagem para minha mãe.

∼

Depois que Hermes sai, eu me questiono milhares de vezes se fiz a coisa certa, vendo os minutos se transformarem em horas enquanto espero uma resposta de minha mãe. Cuidar de Eurídice requer alguma concentração, mas ela acaba dormindo, e eu continuo esperando na companhia dos meus pensamentos.

Não sei se estou fazendo a coisa certa. Desejo com todas as minhas forças a possibilidade de repassar este plano com Hades, que pudéssemos chegar a uma solução juntos. Uma boa solução racional que nos conduza por essas águas traiçoeiras até um porto seguro.

Mas esse é o problema. Não me sinto racional. O pânico não diminui com o passar do tempo. Pelo contrário, fica mais forte. Zeus quer a cabeça de Hades em uma bandeja. Ele quer isso há anos, e finalmente dei a ele uma maneira de fazer isso acontecer.

Não posso deixar Hades morrer.

Pensar neste mundo sem ele? A ideia me faz estremecer como se meu corpo pudesse repelir o pensamento. Ele não vai pensar em si mesmo, apenas em proteger seu povo. Em *me* proteger. Ele prometeu, afinal de contas, e conheço Hades bem o bastante para saber que ele vai cumprir com sua palavra, mesmo que isso signifique submergir para me manter acima da água.

Eu *tenho* que protegê-lo. Ele não tem mais ninguém que...

Minha respiração fica presa no peito, e olho às cegas para as paredes azuis do quarto decorado com bom gosto. Atordoada, termino a frase, mesmo que apenas na minha cabeça. *Ele não tem mais ninguém que o ame como eu.*

Eu amo Hades.

Fecho os olhos e me concentro em respirar, apesar da contração que domina meu corpo. Amor nunca esteve no meu plano, mas nada disso esteve. Não posso falar para ele. Se contar, isso pode abalar Hades além do que é considerado razoável. Ele vai interpretar minhas atitudes como traição, nada além disso. Pode até fazer alguma coisa que coloque seu povo em risco, e *isso* eu não posso permitir.

Não, não posso contar a ele. Tenho que esconder, trancar isso bem no fundo do meu ser. Se eu tiver sucesso, talvez reste algo de nós para salvar do outro lado. Se eu falhar... Bem, daí nós teremos problemas maiores.

Ainda estou lutando contra as emoções quando a janela se abre e Hermes entra. Eu a encaro.

— Você acabou de escalar as paredes? Para o segundo andar?

— Qual é, por acaso isso é um bicho de sete cabeças? — Seu sorriso é uma sombra do que foi. Os acontecimentos da noite a afetaram, assim como afetaram todos nós. Ela se endireita e a voz de minha mãe sai de seus lábios. — Negócio fechado.

Toda a força deixa meu corpo por um momento aterrorizante. Para ser sincera, não esperava que ela fosse concordar. Agora não tenho escapatória. Fecho os olhos e respiro devagar. As coisas agora estão em movimento. Não há como voltar atrás.

Passo a mão pelo cabelo de minha irmã.

— Acorde, Eurídice.

Depois disso, as coisas acontecem rapidamente. Aproveito o tempo para vestir outro vestido preto que Juliette fez para mim. Tem mangas longas, decote generoso e saia rodada, mas o verdadeiro destaque é o espartilho abaixo do busto, o qual é usado por cima dele. É preto com fios de prata, e me faz pensar em uma armadura estilizada. Sinto-me uma rainha das trevas com ele.

Como uma *deusa* das sombras.

Hermes olha para mim por um longo instante.

— Essa roupa é uma baita de uma declaração.

— Na cidade superior, as aparências são sempre importantes.

— Só terei uma chance de acertar. — É importante conseguir o tom certo.

Ela ri baixinho.

— Quando você passar pela porta, eles não vão fazer ideia do que os atingiu.

— Ótimo. — Aliso o vestido com as mãos. Não há mais tempo a perder. — Vamos lá.

Eurídice me interrompe antes que eu abra a porta do quarto.

— Eu vou ficar aqui.

Eu paro.

— Como assim?

— Preciso de um tempo. — Ela envolve o corpo com os braços. — Amanhã eu descubro o que vou fazer, mas não vou voltar para a cidade superior esta noite. Para mim não dá.

Ameaço discutir, mas Hermes interrompe:

— Olha, se isso tudo sair do jeito que você quer, ela ficar não fará diferença. Se as coisas derem errado, ela ter ficado aqui também não fará diferença. — Hermes está certa. E eu odeio que esteja. Sem falar que o lugar mais seguro para Eurídice agora é na casa de Hades. Seja lá o que vai acontecer a seguir, ele não vai permitir que nenhum mal aconteça a ela.

Engulo em seco.

— Ok — concordo, puxando minha irmã para um abraço apertado. — Se cuide.

— Você também. — Ela me abraça de volta com a mesma intensidade. — Te amo.

— Também te amo. — Eu me forço a soltá-la e olho para Hermes. — Estou pronta.

Meio que espero Hermes me guiar até a janela, apesar de ter trocado de roupa, mas ela me leva para a porta e do corredor até a escada dos fundos, que termina perto da cozinha. Depois, descemos para os túneis que não voltei a visitar desde a noite em que conheci Hades. E acabo sem perguntar sobre a aparente habilidade mágica dela de se locomover pela casa de Hades. É muito estranho, mas funciona. Nós chegamos à saída sem ninguém nos ver.

O ar da noite esfriou desde a última vez que saímos. Eu tremo, e lamento não ter pegado um casaco, mas o que Hades me deu não combina com esta roupa, e só terei uma única chance para causar a impressão que quero. Além disso, parece mais apropriado que eu tenha fugido para a cidade inferior sem casaco e então voltar do mesmo jeito.

Hermes olha para mim.

— Falta pouco agora.

A dois quarteirões dali, encontramos um sedã preto comum, escondido entre dois prédios ocupado por um Dionísio estranhamente sério atrás do volante. Hermes se senta no banco do passageiro e eu me acomodo atrás.

Ele olha para mim pelo espelho retrovisor e balança a cabeça.

— Droga, pelo jeito Hermes estava certa, afinal.

— Vou querer meu pagamento em dinheiro — ela fala como se estivesse só seguindo o fluxo das brincadeiras entre eles, mas com a cabeça a milhares de quilômetros de distância. — Bora lá.

O pânico se acumula em minha garganta à medida que percorremos a cidade inferior e passamos pela Ponte Cipreste. A pressão é mais leve que antes, quase imperceptível. *Porque Hades me convidou para estar na cidade inferior.* Eu tremo, mas resisto à vontade de me envolver com meus braços. Meu coração fica apertado quando deixamos a cidade inferior para trás. Não há como voltar agora. Talvez essa nunca tenha sido uma opção.

Imagino que vamos em direção a oeste, para a cobertura da minha mãe, mas, em vez disso, eles viram rumo ao norte. Isso não está certo. Eu me inclino para a frente entre os bancos.

— Aonde estamos indo?

— Vou levar você para a sua mãe. Ela está com os outros na Dodona Tower.

Pulo em cima de Hermes antes que ela possa se mover e, então, a agarro pelo pescoço.

— Você me enganou.

Dionísio nem diminui a velocidade. Mal chega a olhar para nós.

— Não briguem, crianças. Eu ia odiar ter que dar meia-volta.

Hermes revira os olhos.

— Você que é uma idiota por não pedir mais detalhes. Você ofereceu um acordo. Sua mãe o aceitou. Eu só repasso as mensagens, e agora levo a encomenda. Sente-se direito ou vai acabar se machucando.

Em vez disso, eu aperto o pescoço dela com mais força.

— Se isso for um jogada dupla...

— O que você vai fazer, Perséfone? Me matar? — Hermes deixa escapar uma gargalhada sem humor. — Bem, você pode tentar.

Esta frase combina com algo que Hades disse anteriormente. Que Zeus tentaria me levar e acabaria com a cidade inferior. A primeira parte não é um problema por causa de minhas ações. É a segunda que estou tentando evitar. Droga, Hermes está certa. Eu pedi por isso. Não posso ameaçar nem dar chilique por não estar acontecendo da forma exata como eu esperava.

Mesmo sabendo disso, preciso de mais controle do que prevejo para tirar os dedos do pescoço dela e me encostar no banco.

— Preciso que ele saia vivo disso. — Não quero dizer isso. Eles podem até gostar de Hades, mas não são meus amigos. Não posso confiar neles.

Por fim, Hermes me olha.

— Você parece ter as coisas sob controle.

Não sei dizer se ela está sendo sarcástica ou não. Escolho aceitar as palavras como um elogio e deixar que elas me motivem quando preciso disso com tanto afinco.

À nossa volta, as ruas assumem rapidamente uma aparência mais chamativa. Tudo foi renovado nos últimos anos, mais evidências da maneira como a cidade superior se preocupa mais com a *aparência* das coisas e menos com o conteúdo por trás dela. As empresas são as mesmas, as pessoas que trabalham nelas também, pelo menos até que não consigam mais se manter no lugar onde estão. Quantos vão parar na cidade inferior? Estou tão envergonhada de mim mesma por manter o olhar no horizonte quando havia coisas que eu devia ter percebido ao meu redor.

Dionísio estaciona em frente à Dodona Tower. Quando olho para Hermes, ela dá de ombros.

— Eu só estava brincando quanto a entregar pacotes. Você fez esse acordo, então tem que entrar lá por conta própria. Estava certa antes... a ótica importa.

— Eu sei — respondo, com franqueza. E não peço desculpas por atacá-la. Ela não está do lado de ninguém, exceto o dela própria e, apesar de eu entender, não posso deixar de usar isso contra Hermes.

Hades precisa de aliados neste momento e, bem quando ele está passando por um período de necessidade, ela e Dionísio o deixam na mão. Para quem olha de fora, pode parecer que fiz a mesma coisa, mas tudo que fiz desde o momento em que mandei Hermes levar a mensagem para minha mãe foi por ele.

Saio do carro e olho para o arranha-céu à minha frente, mais alto do que qualquer um dos prédios em volta, como se Zeus precisasse dessa demonstração física de poder para lembrar a todos na cidade do que ele pode fazer. Sinto minha boca comprimida. Patético. Ele é uma criança, pronto para fazer birra e causar uma destruição incalculável, tudo por não conseguir o que quer.

A última coisa que quero fazer na vida é enfrentar Zeus e sua multidão de lacaios cintilantes depois de tudo o que aconteceu, mas foi por isso que eu pedi. Este é o preço a que estou disposta a pagar para evitar a guerra. Não posso me dar ao luxo de desistir antes de entrar no campo de batalha.

A viagem de elevador até a cobertura parece levar mil vidas. Faz pouco mais de um mês que estive aqui pela última vez, desde que fugi de Zeus e do futuro que ele e minha mãe planejaram para mim sem o meu consentimento.

Preciso de mais esforço do que nunca para controlar minha expressão. Na companhia de Hades, acabei perdendo esse hábito. Eu me sinto segura ao lado dele, e não como se tivesse que mentir com o rosto e as palavras para garantir uma vida mais tranquila. Mais uma razão para eu o amar.

Deuses, eu o amo, e se esse plano der errado, nunca terei a chance de dizer isso em voz alta. Não é como se ele tivesse me dito que sente a mesma coisa por mim. Temos sido muito cuidadosos em evitar qualquer conversa relacionada a emoções mais profundas, mas não consigo deixar de pensar na conversa que tivemos quando escolhemos os nomes dos filhotes. Ele não teria traçado um futuro alternativo no qual éramos pessoas diferentes se não estivesse sentindo o mesmo que eu. Ele não me chamaria de *amor*. Mas agora é tarde demais para me preocupar com isso. Tenho que deixar esse assunto de lado.

Não se nada com tubarões, a menos que se possa ficar completamente concentrado em não perder um membro durante o ato.

Dou um último suspiro quando a porta do elevador se abre e endireito os ombros. É hora do jogo.

A sala está lotada, as pessoas desfilam em roupas de todas as cores do arco-íris, vestidos brilhantes e smokings elegantes. Mais uma festa em andamento. É quase como se todos tivessem permanecido nesta sala durante todo o tempo em que estive fora, presos em alguma realidade distorcida em que a festa nunca acaba. As roupas são um pouco diferentes, os vestidos hoje são de cores mais vivas do que as da última vez, mas as pessoas continuam as mesmas. A atmosfera venenosa na sala é a mesma. *Tudo* continua a mesma merda.

Como eles podem estar festejando quando há tanta morte no horizonte?

A fúria vibra em minhas veias, queimando até o último dos meus nervos e toda hesitação que ainda persiste. Essas pessoas podem até não se importar com o custo que suas decisões terão sobre aqueles que não frequentam seus círculos, mas eu me importo. Saio do elevador, sentindo o vestido se mover em volta das minhas pernas a cada passo que dou. Todas as outras vezes que estive nesta sala, não consegui escapar do claro desequilíbrio de poder. Eles o tinham. Eu, não. Fim da história.

Mas isso mudou.

Não sou apenas uma das filhas de Deméter. Sou Perséfone e amo o rei da cidade inferior que tanto temem. Para eles, Hades poderia muito bem ser o próprio rei do submundo, o senhor dos mortos.

Vejo minha mãe entretida em uma conversa séria com Afrodite, as duas estão bem próximas, falando baixo, e então me viro na direção delas. Dou dois passos antes de uma voz ecoar pela sala.

— Minha noiva está de volta.

Sinto um frio descendo pelas costas, mas minha expressão não deixa transparecer nada disso quando olho para Zeus. Ele sorri para mim como se não tivesse feito ameaças atrás de ameaças para me levar de volta à cidade superior. Como se eu não tivesse passado as últimas cinco semanas dormindo com seu inimigo. Como se todos nesta sala ignorassem essas duas verdades.

Conforme avanço, as pessoas se afastam. Não, não é isso o que fazem. Eles realmente tropeçam umas nas outras para se afastarem e saírem do meu caminho. Não olho para nenhuma delas. Neste momento, estão abaixo do que reconheço. Neste instante, só duas pessoas nesta sala importam, e tenho que lidar com Zeus antes de poder passar para o meu xeque-mate.

Paro antes de me colocar ao alcance dele e aceno com as mãos para mim mesma.

— Como você pode ver, voltei em segurança.

— Segura, sim, mas não intocada — responde ele, em voz baixa, só para mim, mas sorri como se eu tivesse prometido o mundo e então ergue a voz: — Este é realmente um bom dia. É hora de comemorar. — Em seguida, ele se move mais rápido do que imaginei ser capaz e passa um braço em volta da minha cintura, me segurando com bastante força. Tenho que fazer um esforço enorme para não me encolher. Zeus acena com a mão imperiosa e me puxa. — Sorria para a câmera, Perséfone.

Sorrio com facilidade quando uma câmera ilumina a sala, e meu peito se aperta ao pensar em Hades vendo esta foto publicada em todos os lugares pela manhã. Não vou ter a oportunidade de me explicar, nem de dizer que estou fazendo isso por ele, por seu povo.

Zeus desliza a mão pela lateral do meu corpo, embora o espartilho crie uma barreira que dá a impressão de mantê-lo longe.

— Você tem sido uma garota muito má, Perséfone.

Detesto o jeito como ele fala comigo. Como se eu fosse uma criança que precisasse ser educada, apesar da luxúria em seus olhos desmentir essa percepção.

Vou matar Zeus com minhas próprias mãos antes de deixar que ele me leve para a cama, mas dizer isso agora prejudicaria meus objetivos. Então, sorrio para ele, um sorriso ensolarado e doce a ponto de ser enjoativo.

— Acho que, com a devida penitência, eu posso ser perdoada por várias coisas. Você não concorda?

O desejo brilha mais forte em seus olhos, e meu estômago revira de enjoo. Ele aperta meu quadril, os dedos se movendo como se quisessem rasgar meu vestido. Mas, por fim, acaba me soltando e dando um passo para trás.

— Vá para a casa de sua mãe e aguarde. Meu pessoal vai te buscar quando tudo isso acabar.

Luto para manter o sorriso, baixar os olhos como uma boa e obediente noivinha. Suspeito de que ele vai mandar alguém me seguir até a casa de minha mãe e, dessa vez, não vai haver uma corrida dominada pelo medo até o Rio Estige. Tudo bem. A casa da minha mãe é o destino que eu quero.

Minha mãe me vê chegando, e o alívio em seu rosto é real. Ela se importa. Nunca duvidei disso. É o orgulho e a ambição que atrapalham tudo. Ela me puxa para um abraço apertado.

— Estou muito feliz por te ver segura.

— Eu *nunca* estive em perigo — murmuro.

Ela recua, mas mantém as mãos sobre meus ombros.

— Onde está sua irmã?

Ajusto minha voz ao tom baixo adotado por ela:

— Preferiu ficar lá.

Minha mãe estreita os olhos.

— Está na hora de ir para casa. — Onde poderemos conversar sem restrições.

Nós nunca saímos de uma festa tão depressa. Mal olho para as pessoas presentes. Elas só se importam com que papel vão desempenhar no confronto que se aproxima.

Sem minha interferência, todos vão apoiar Zeus contra Hades. Não posso permitir que isso aconteça. Hades é mais forte do que qualquer um que conheço, mas nem ele pode vencer sozinho uma guerra contra os outros Treze. Vou tomar providências para que isso não seja necessário.

Minha mãe não fala mais nada até chegarmos em segurança ao nosso prédio e subirmos no elevador até o último andar. Ela me encara no segundo em que a porta é fechada.

— Como assim, ela preferiu ficar lá?

— Eurídice está segura na cidade inferior. Ou estará, desde que tenhamos sucesso.

Ela olha para mim como se nunca tivesse me visto antes.

— E você? Você está bem? Ele te machucou?

Dou um passo para trás quando parece que ela pode tentar me abraçar de novo.

— Eu estou bem. Não é *Hades* quem quer me machucar, e você sabe muito bem disso. — Eu a encaro. — Também não foi ele quem cortou metade dos suprimentos da cidade num ataque de raiva.

Ela se empertiga. Minha mãe sempre parece maior que a vida, mas temos a mesma altura.

— Me desculpe se eu quero proteger minhas filhas.

— Nem vem. — Balanço a cabeça. — Você não pode falar em proteger suas filhas depois de ter me vendido para Zeus sem sequer perguntar se era isso que eu queria, *sabendo* da reputação dele. Ele é um Barba Azul moderno, e não finja que todo mundo não sabe.

— Ele é o homem mais poderoso do Olimpo.

— Como se isso resolvesse tudo. — Cruzo os braços. — Suponho que também não se incomode por ele ter mandado um de seus homens perseguir Eurídice pelas ruas como uma corça correndo da flecha de um caçador? Não foi um blefe, mãe. Ele tinha uma faca e pretendia usá-la, e é o que teria feito se Hades não a salvasse. Seu precioso Zeus ordenou que fizessem isso.

— Você não sabe disso.

Eu a estudo.

— Foi o que ele fez comigo. Parece que gosta de deixar a presa chegar no limite da cidade inferior antes de atacar, mas nós duas sabemos que, com Eurídice, foi intencional. Ele preparou uma armadilha e, se Hades não tivesse caído nela, aquele homem a teria esfaqueado. Olhe nos meus olhos e diga que acredita piamente que Zeus nunca, jamais, faria qualquer coisa para atingir uma de suas filhas e para me manipular. Fale com sinceridade.

Ela abre a boca, obviamente determinada a ignorar tudo o que eu disse, mas então para.

— Pelos deuses, Perséfone, você é muito teimosa.

— Como é que é?

Ela balança a cabeça, de repente parecendo cansada.

— Você nunca correu perigo algum. Só precisava se casar com o desgraçado e bancar a boa esposa por tempo suficiente para ele baixar a guarda. Eu teria cuidado do resto.

A suspeita que venho alimentando desde o início vem à tona.

— Você tinha um plano.

— É claro que eu tinha um plano! Ele é um monstro, mas é um bem poderoso. Você poderia ter sido *Hera*.

— Eu nunca quis ser Hera.

— Eu sei. — Ela acena com desdém, como parece fazer com qualquer coisa que não se encaixe convenientemente em seus planos. — Agora isso é um ponto questionável. Zeus se tornou um fardo.

Eu a encaro.

— Você decidiu isso tudo antes de eu fazer minha oferta.

— Mas é claro que sim. — Seus olhos castanhos, tão parecidos com os meus, se estreitam. — Ele ameaçou duas das minhas filhas. Deixou de ter utilidade. Prefiro lidar com o filho e herdeiro dele no futuro.

Entendo o que ela está insinuando, e isso me deixa sem ar. Eu sabia que minha mãe podia ser implacável em sua ambição, mas isso aqui é outro nível. Minhas pernas tremem um pouco, mas cheguei longe demais para recuar agora.

— Qual plano? Aquele que eu mandei para o ralo quando fugi.

— Nada muito complicado. — Ela dá de ombros. — Um veneninho sutil para deixá-lo fora de combate sem matá-lo.

Porque, se ele morresse, Perseu assumiria o papel de Zeus, e eu deixaria de ser Hera.

— Porra, mãe. — Balanço a cabeça. — Você é assustadora.

— E você aprendeu com a melhor. — Ela aponta para si mesma.

— É um bom negócio que está oferecendo.

— Pois é. Eu sei. — Pigarreio para aliviar a garganta, que de repente ficou seca. — Vou ficar no Olimpo e incentivarei Hades a fazer várias aparições anualmente com a nossa família. — Não tenho o direito de fazer essa última oferta, mas faço qualquer coisa para evitar a guerra iminente. *Qualquer* coisa.

Minha mãe franze a testa.

— Você planeja deixar o Olimpo desde que assumi minha posição.

Claro que ela sabe dos meus planos. Não tenho mais energia para me surpreender com isso.

— Isso não a impediu de me entregar de mão beijada a Zeus.

Ela hesita.

— Sinto muito que tenha se machucado por isso.

O que não é a mesma coisa que se arrepender do que fez.

Levanto o queixo.

— Então aceite o acordo que estou oferecendo. Se quer mesmo que eu fique, esse é o jeito. — Vejo que ela está em dúvida, e decido pressioná-la de todos os modos: — *Pense*, mãe. As únicas pessoas beneficiadas por uma guerra são os generais. Não as linhas de abastecimento. Não os que trabalham no segundo escalão. Se deixar Zeus persistir nessa vingança pessoal e arrastar toda a nossa cidade para um conflito, isso vai minar o poder que vem construindo desde que se tornou Deméter. — Nada do que estou dizendo é novidade. Ela não teria concordado com o acordo que propus se já não tivesse pensado nas mesmas coisas.

Finalmente ela desvia o olhar, contraindo a mandíbula.

— É um risco enorme.

— Só se você acredita que Zeus é de fato mais poderoso do que o resto dos Treze. Você mesma disse; ele se tornou um fardo. A posição dele não é a única herdada. Ele nem é o responsável pelos recursos mais vitais. Alimentos, informações, importação e exportação, nem mesmo pelos soldados que vão lutar numa guerra que não escolheram. Tudo isso é tratado por outros membros dos Treze. Se eles... se *você*... retirarem o apoio, que recurso ele vai ter?

— Não posso falar pelos outros.

Dou uma risadinha triste.

— Mãe, agora você só está sendo difícil. Sabe tão bem quanto eu que metade dos Treze te deve favores. Você tem trabalhado muito para ignorar sua influência quando finalmente tem a chance de usá-la para algo *bom*.

Ela olha para mim.

— Isso vai criar inimizades.

— Na verdade, vai trazer à tona os inimigos que você já tem — corrijo.

Minha mãe sorri de um jeito estranho.

— Você tem prestado mais atenção do que eu pensava.

— Como você mesma disse, aprendi com a melhor. — Não concordo com as escolhas dela, mas não posso mentir e fingir que criei sozinha a persona que tenho usado há tanto tempo. Observei os movimentos dela entre os poderosos jogadores desta cidade e me moldei de acordo com isso para viajar por esses redemoinhos e fluxos sem criar ondas. — Você tem que fazer isso.

Ela respira fundo, e é como se toda a sua hesitação a deixasse junto com o ar.

— Seis eventos.

— Oi?

— Você vai garantir que Hades esteja presente em pelo menos seis eventos ao longo do ano, de preferência os que eu escolher. — Ela sustenta meu olhar. — Além disso, ele vai ser visto comigo o suficiente para sugerir que somos aliados.

Semicerro os olhos.

— Você não tem o direito de colocá-lo num cabresto.

— Claro que não. Mas impressão é tudo. Se o resto do Olimpo pensar que Hades é uma cartada que eu tenho na manga, isso vai aumentar meu poder de forma exponencial.

É um risco enorme. Os Treze podem saber que Hades existe, mas até recentemente, o resto da cidade superior não fazia nem ideia. Se pensarem que ele e minha mãe são aliados, isso vai influenciar vários acordos que ela fizer. Ninguém quer abrir a porta e encontrar o bicho-papão do Olimpo só porque irritou Deméter.

Esse é o fator decisivo. O que ela quer é a impressão de uma aliança. Hades não vai ser forçado a apoiá-la, a menos que realmente queira. Só precisa ser visto na companhia dela.

— Ok.

— Então temos um acordo. — Ela estende a mão.

Eu a encaro por um longo momento. Assim que eu concordar, não vai ter volta. Não tem fuga do Olimpo. Não vou poder evitar os jogos de poder, a política nem as traições que fazem parte da vida aqui. Se eu aceitar, vou mergulhar até o pescoço e vou fazer isso de bom grado. Não vou poder fingir que não tive escolha. Não posso mudar de ideia depois e chorar as pitangas. Estou entrando nisso com os olhos bem abertos e tenho que aceitar.

Se eu não aceitar esse acordo, haverá guerra. Centenas de pessoas podem morrer — provavelmente mais. *Hades* pode morrer. E mesmo que ele sobreviva, qual será o custo? Ele já sobreviveu a tantas coisas, lutou para se recuperar de tantas perdas. Se eu puder salvá-lo de mais essa, então eu quero tentar. Se eu não fechar esse acordo, nunca mais o verei.

Seguro a mão da minha mãe e a aperto com firmeza.

— Fechado.

29

HADES

Ela foi embora.
Estou sentado no meu quarto quando o amanhecer começa a se espalhar pelo céu e olho para a cama vazia. O quarto nunca pareceu tão grande, tão deserto. Sinto a ausência dela em minha casa como um membro perdido. Dói, mas não tem um ponto de origem. Não há conserto.

Me inclino para a frente e cubro os olhos com as mãos. Vi as imagens das câmeras de segurança. Eu a vi sair com Hermes. Se fosse só isso, poderia deduzir que Perséfone mudou de ideia, que não quer ter nada a ver com essa guerra nem comigo depois do que aconteceu esta noite.

Mas ela deixou a irmã aqui.

E estava usando um vestido preto.

Não sou um homem de procurar sinais quando eles não existem, mas ela também estava usando um vestido preto antes. Noite passada representou um ponto de virada para nós, um dos últimos em uma longa lista de muitos. Ela ficou ao meu lado vestida de preto e admitimos nossos sentimentos um pelo outro. Se Perséfone não se importasse comigo, não teria partido vestida como minha rainha das trevas. Não teria deixado Eurídice aqui, mandando uma mensagem não pronunciada de que confia em mim para garantir a segurança da irmã.

Ela está fazendo uma declaração.

Eu me levanto e vou até a cama. Não vou ter tempo para dormir, mas preciso tomar um banho e tentar clarear as ideias. As coisas estão avançando rápido demais. Não posso me dar ao luxo de deixar algo passar batido.

Vejo o papel no momento em que entro no banheiro. Tem um lado rasgado e, quando o pego, reconheço o título do livro que Perséfone estava lendo quando a vi pela última vez. Sua caligrafia é quase ilegível, o que, apesar de tudo, me faz sorrir. Uma parte dela que não é perfeitamente comedida. O bilhete é curto, mas me rouba o ar do mesmo jeito.

Hades,
Me desculpe. Isso vai parecer ruim, mas garanto que estou fazendo isso por você. É imperdoável dizer dessa maneira, mas não sei se terei outra chance. Eu te amo. Eu arrumei essa confusão, e agora vou consertar as coisas.
Sua,
P

Leio mais uma vez. E uma terceira.

— Puta que pariu. — Se ela tivesse me deixado para salvar a si mesma ou a suas irmãs, seria mais fácil de engolir. Eu suspeitava, mas suspeitar e saber a verdade são duas coisas muito diferentes.

Algo dentro de mim esfria e se parte quando pego o celular e verifico os sites de fofoca. Perséfone saiu daqui há poucas horas, mas suas fotos já estão por toda parte. Ela naquele vestido preto na festa de Zeus. Este com o braço em volta da cintura dela, possessivo. Ela olhando para ele com aquele sorriso de manhã de sol que é falso e doce o suficiente para fazer meus dentes doerem. Perséfone voltou para os braços dele esperando me salvar. Não consigo assimilar isso.

Ela acompanhou meus preparativos. Sabe do que sou capaz. Meu povo e eu podemos resistir a qualquer coisa que Zeus faça contra nós. Não vai ser bonito, mas podemos enfrentar tudo isso.

Perséfone pulou na frente da bala que era para mim.

Pensar nisso faz o frio dentro de mim virar gelo. Zeus vai fazê-la pagar por ter fugido, por deixar que eu a tocasse na frente daquela gente toda. Por, na cabeça dele, *maculá-la*. Vai descontar sua raiva nela, e nem mesmo Perséfone é capaz de sobreviver a isso para sempre. Talvez o corpo suporte, mas ele vai fraturar sua alma, a força que a torna quem ela é. Zeus não é o tipo de homem que tolera qualquer resistência.

Prometi que a protegeria.

Eu a *amo* pra um caralho.

Deixo o bilhete exatamente onde o encontrei e saio do banheiro. Já passei por esses corredores tantas vezes que é mamão com açúcar evitar meu pessoal e as câmeras. Caronte vai perder as estribeiras quando perceber o que eu fiz. Andreas nunca vai me perdoar. Mas nada disso importa. Nada além de fazer o que for preciso para garantir que Perséfone esteja em segurança.

Mesmo que isso signifique que ela corra para o mais longe possível do Olimpo. Tão rápido e tão longe de *mim* quanto ela puder. Mesmo sabendo que sua liberdade signifique que eu a perderei para sempre. É melhor que ela se perca para mim, em troca de sua vida mundo afora e sua liberdade, do que ela ter que se submeter a Zeus para pagar pelo preço de seus pecados reais e imaginários.

Eu vou acabar com a raça dele.

Andei um único quarteirão depois de sair da minha casa quando um sedã escuro aparece na esquina e reduz a velocidade ao chegar ao meu lado. A janela do carona se abre, e Hermes oferece uma sombra de seu sorriso normal.

— Você está prestes a fazer uma tremenda idiotice.

Dionísio está no banco do motorista, e parece tão exausto quanto se tivesse passado uma semana inteira enchendo a cara.

— Hades sempre teve uma veia nobre.

— Prefiro que vocês não fiquem no meio. Sei como os dois odeiam isso. — Minha voz é muito mais dura do que eu pretendia, mas não tenho como evitar. Contrariando meu julgamento, comecei a considerar Hermes e Dionísio meus amigos, e veja só aonde isso me levou. À traição. A uma porra de traição sem fim.

O sorriso dela desaparece.

— Todos nós estamos desempenhando os papéis a que nos são atribuídos. Eu conhecia o roteiro quando aceitei o título. — Ela olha para Dionísio. — Nós dois conhecíamos.

— Nem todos nós tivemos essa escolha. — Não consigo esconder a amargura, a raiva em minha voz.

Nunca pedi para ser Hades. A decisão deixou de ser minha a partir do momento em que respirei pela primeira vez. Um manto pesado para colocar na cabeça de um recém-nascido, mas ninguém se importou com o que eu queria. Nem meus pais. Certamente não Zeus quando me deixou órfão e fez de mim o Hades mais jovem da história do Olimpo.

Ela suspira.

— Entre no carro. Vai ser mais rápido do que andar, e você não vai querer bater na porta da casa de Zeus todo amarrotado e bagunçado. Uma boa apresentação representa oitenta por cento das negociações.

Eu paro. O carro para ao meu lado.

— Quem disse que estou indo para a casa de Zeus?

— Tá de sacanagem? — Dionísio ri: — O amor da sua vida acabou de fazer um acordo para salvar sua pele, então é de se esperar que você vai fazer um movimento muito romântico e impulsivo para retribuir o gesto e salvá-la.

Meu debate interno dura apenas um momento. No fim das contas, eles estão certos. Os dois têm um papel a desempenhar, assim como todos nós. Criticá-los por isso é como ficar com raiva do vento por mudar de direção do nada. Dou a volta no carro e entro no banco de trás.

— Você ajudou ela a partir, Hermes.

— Ela contratou meus serviços. — Hermes se vira para olhar para mim, enquanto Dionísio volta ao lado direito da rua e segue para o norte. — E mesmo que não tivesse me contratado, eu ainda assim teria ajudado. — Ela bate com os dedos no apoio de braço do banco, incapaz de ficar parada nem por um momento. — Gosto dela. E gosto de você quando está com ela.

— Bem, eu não estou com ela agora.

Dionísio dá de ombros e continua olhando para a rua.

— Relacionamentos são complicados. Você a ama. E ela obviamente te ama, ou não estaria andando por aí para te salvar de Zeus e do resto dos Treze. Você vai descobrir uma solução.

— Não sei o que vou fazer se alguma coisa acontecer com ela por causa disso. — Nunca vou me perdoar por não a ter protegido como prometi.

— Algo já estava acontecendo com ela antes de vocês se conhecerem, Hades. Ela estava fugindo de Zeus quando se jogou em seus braços reconfortantes. Isso não tem nada a ver com você. — Hermes dá uma risadinha: — Bem, não tinha nada a ver com você, mas, se há alguém que Zeus odeia mais do que você, esse alguém é seu pai. Ele vai fazer tudo o que puder para aniquilar a posição de Hades. Vai transformar esse posto em cinzas com a força de sua fúria e orgulho ferido.

Houve um tempo em que a sede de vingança de Zeus me cansava. Quero vingança pela morte de meus pais, mas odiá-lo por me deixar órfão faz sentido. Seu ódio por mim, não. Porra, seu ódio por meus pais também não.

— Ele devia ter superado.

— Sim. — *Tap, tap, tap,* fazem os dedos de Hermes. — Mas ele meteu na cabeça que faz sentido essa história de filho por filho, e aqui estamos nós.

Não entendi.

— Do que você está falando?

— Do que estou falando? — Hermes faz um gesto como se isso não fosse importante. — Ele não vai parar, você sabe. Mesmo que você consiga negociar para sair dessa confusão, ele vai continuar lá com uma faca apontada para suas costas pelo tempo que aquele velho coração maldoso dele continuar batendo.

Quero insistir na parte de filho por filho. Zeus tem quatro filhos, dois homens e duas mulheres, os que são oficialmente reconhecidos, pelo menos, os quais têm desde a mesma idade que eu até seus vinte e poucos anos. Perseu vai herdar o título de Zeus quando o pai morrer. Ele é tão mau quanto o pai, motivado por poder e ambição e disposto a esmagar qualquer um que atravesse seu caminho. Ao que tudo indica, o outro filho de Zeus era diferente. Ele bateu de frente com o pai e perdeu, e então lutou para sair do Olimpo e nunca mais olhou para trás.

— Hércules está morto?

— O quê? Não, claro que não. Tudo indica que ele está muito feliz agora. — Hermes não olha para mim. — Não se preocupe com enigmas, Hades. Preocupe-se com o que o dia de hoje trará.

Esse é o problema. Não sei *o que* o dia de hoje trará.

Olho pela janela e vejo a Ponte Cipreste. Atravessá-la é como entrar em outro mundo, pelo menos na minha cabeça. Posso contar nos dedos de uma das mãos quantas vezes entrei na cidade superior, e ainda sobram quatro dedos. Antes da noite em que salvei Eurídice, a última vez foi quando assumi oficialmente o título de Hades. Fiquei naquela sala fria, com Andreas atrás de mim enquanto eu enfrentava o restante dos Treze. Estavam todos lá, a primeira esposa de Zeus ainda era viva.

Eu era só uma criança, e eles me deram um papel e uma única opção, aceitá-lo e me tornar algo.

Agora eles têm que reconhecer o monstro que criaram.

Não falo de novo até Dionísio parar junto ao meio-fio de um quarteirão cheio de arranha-céus. Mesmo com toda a riqueza dos prédios ao nosso redor, não há dúvida quanto a qual deles pertence a Zeus. É muito mais alto que o resto e, apesar de bonito, é frio e sem alma. Apropriado.

Faço uma pausa com a mão na porta.

— É como entrar num campo de batalha do qual não vou sair com vida.

— Hum. — Hermes limpa a garganta. — Então, tenho uma história engraçada. Eu tenho uma mensagem para você.

— *Agora*? Por que não entregou assim que me viu?

Hermes revira os olhos.

— Porque, Hades, você precisava de uma carona. Prioridades, meu amigo.

Antes que eu possa pensar em uma resposta para isso, ela estremece e a voz de Deméter sai de sua boca:

— Você tem meu apoio, o de Hermes, Dionísio, Atena... e Poseidon. — Ela se inclina e põe uma arma na minha mão. — Faça o que tiver que fazer.

O choque me congela. Mal consigo respirar.

— Ela acabou de citar metade dos Treze.

Existe uma estrutura de poder dentro dos Treze e a maioria dos principais jogadores empresta seu poder a Zeus: Ares, Afrodite, Apolo. Mas *Poseidon* está do lado de Deméter? Isso nivela o campo de forma considerável. Faço uma contagem rápida.

— Temos a maioria.

— Sim, temos. Trate de não desperdiçar essa chance. — Ela projeta o queixo na direção do prédio. — A porta dos fundos está destrancada. Sua janela de oportunidade não vai durar muito.

Não posso confiar nela. Não completamente. Hermes jurou entregar as mensagens conforme lhe fossem dadas, mas isso não significa que o remetente é obrigado a dizer a verdade. Isso pode muito bem ser uma armadilha. Olho para o prédio uma última vez. Se é uma armadilha, então é isso. Perséfone está em perigo e não posso recuar agora.

Se *não* é uma armadilha, então Deméter praticamente me deu sinal verde para seguir em frente com o plano de matar Zeus. Ela deixou claro seu apoio a mim e tem metade dos Treze atrás dela.

Se eu fizer isso, há uma chance de Perséfone nunca me perdoar. Eu vi a cara dela depois que derrotei o homem de Zeus. Ela ficou chocada com a violência daquilo. Cometer assassinato me coloca na categoria de monstro junto de Zeus, independentemente do quanto ele mereça uma bala no meio da cara.

Respiro lentamente. Sim, posso perdê-la, mas pelo menos ela estará segura.

Vou pagar com um sorriso no rosto o preço que for para que isso aconteça.

Parece que minha vida caminha para esse momento há muito tempo. Desde a noite do incêndio. Talvez até antes disso. Para o bem ou para o mal, este capítulo termina hoje.

Verifico se a arma está carregada e a coloco atrás das costas, no cós da calça. Abro a porta dos fundos do prédio com facilidade. Então entro e espero, mas ninguém aparece para me atacar ou me forçar a sair. Na verdade, os corredores imponentes parecem desertos. Abandonados. Não sei ao certo se é desleixo do pessoal de Zeus ou Deméter abrindo caminho, mas não posso tratar essa oportunidade como se não fosse importante.

Sigo pelo corredor até a porta da escada. Quando eu tinha vinte e um anos, pesquisei e planejei um ataque em grande escala a este edifício — contra Zeus. Eu tinha plantas, crachás de segurança e todas as informações de que precisava para chegar até Zeus e meter uma bala na cabeça dele.

Quase coloquei o plano em prática.

Na época, eu não estava nem aí que fosse uma missão suicida, nem mesmo que o poder dos Treze cairia sobre minha cabeça se eu sobrevivesse. Tudo em que conseguia pensar era em vingança.

Até que Andreas me deu uma surra verbal para acabar com qualquer ideia. Ele me forçou a ver quem realmente pagaria o custo de minha imprudência. Ele me forçou a aprender a ter paciência, mesmo que esperar me matasse.

Eu pensava que todo aquele esforço e planejamento foram em vão. Estava errado.

Tem um elevador de serviço que sobe a partir do terceiro andar. Não tem o mesmo esquema de segurança dos elevadores normais, já que é utilizado apenas por funcionários autorizados. Não encontro ninguém enquanto me movo em silêncio pelo território de Zeus. Mais uma vez, tenho a sensação de que alguém deixou o caminho livre para mim, mesmo que não haja sinal de violência. Minha tensão aumenta cada vez mais a cada corredor vazio, a cada sala vazia.

Todo o edifício é desprovido de segurança?

O último andar é dominado por uma espécie de salão de baile moderno, onde há janelas de parede a parede com vista para uma varanda acima do Olimpo e retratos gigantescos dos Treze nas duas paredes opostas. O Rio Estige desenha uma faixa escura pela cidade, e não deixo de notar que as luzes quase parecem mais fracas do meu lado do rio. Essa gente aqui tem a mesma impressão, não tem?

Não se incomodam em ver o valor da história escrita em cada superfície da cidade inferior. Por que se interessariam, depois de a terem expurgado sistematicamente da área ao redor da Dodona Tower?

Idiotas, cada um deles.

Saio do salão de baile e ando pelo corredor. Tem o dobro da largura necessária, e todo o espaço é praticamente um luminoso anúncio do patrimônio líquido de Zeus. Olho pela fresta de uma porta de um lado e vejo uma sala cheia de estátuas. Como as pinturas no salão de baile, elas são gigantes, cada uma retratando a versão do escultor para a perfeição humana. Devem ser as mesmas esculturas que Perséfone mencionou logo após chegar à cidade inferior. A tentação de ir até a minha e remover o pano que a cobre é quase grande demais para resistir, mas não importa a aparência desse Hades. Ele com certeza não tem as minhas cicatrizes, nem nenhuma das características que fazem de mim o homem que sou.

A voz de Perséfone ecoa em minha mente, suave e segura. *Você é lindo aos meus olhos. As cicatrizes são parte disso, parte de você. São as marcas de tudo a que sobreviveu, do quanto é forte.*

Solto o ar que estava prendendo e fecho a porta sem fazer barulho. Não há nada para mim aqui.

A última porta no fim do corredor é enorme, projetada para intimidar. Ela se estende quase do chão ao teto e parece ser revestida em ouro de verdade. Puta merda, Zeus realmente é insuportável em todos os níveis, não é mesmo?

Como tudo neste lugar, é prova do ego desse homem que ele mantenha seu escritório particular no mesmo andar onde as camadas superiores do Olimpo circulam com regularidade. Sim, ele tem segurança, mas qualquer um com um pouco de habilidade pode contorná-la. Para alguém como Hermes? Tão simples que beira o ridículo.

Depois de como isso tem sido fácil, eu meio que espero passar pelas portas e encontrar a sala cheia de seguranças, prontos para meter bala em mim. Zeus não se deixaria tão exposto, certo?

Passo pela porta e paro para me orientar. O escritório é o que eu esperava — cheio de vidro, aço e madeira escura, com detalhes em ouro por toda parte. É luxuoso, sem dúvida, mas tão sem vida quanto o resto do prédio.

Um grunhido vem da porta parcialmente aberta no canto de trás, e eu saco a arma que Hermes me deu. Levo alguns segundos para reconhecer a origem do som acompanhado pelo choque cadenciado de carne contra carne.

Meu coração para. Ele está comendo alguém naquele banheiro. Não tenho como afirmar se os sons são de sexo ou de dor, e pensar que pode ser *Perséfone* lá dentro...

Meus pensamentos cessam. Toda estratégia vai pelo ralo. Uma fúria entorpecida toma conta de mim quando me dirijo à porta e a abro. Estou tão ocupado me preparando para salvar a mulher que amo, que levo vários momentos para entender que não é Perséfone curvada sobre a pia. Não reconheço a mulher, mas pelo menos ela parece estar se divertindo. Nenhum deles me notou antes de eu voltar para as sombras.

Não consigo controlar meu coração acelerado quando me posiciono no canto perto da porta, escondido nas sombras onde nenhum dos dois vai me ver quando saírem do banheiro.

Não era Perséfone.

Mas, se eu não fizer isso direito, da próxima vez pode ser.

Se ela o escolhesse, isso ficaria entalado em minha garganta como cacos de vidro, mas eu respeitaria a escolha dela. Mas Perséfone não o escolherá. Não de boa vontade. Ele vai ter prazer em domá-la, e isso não posso permitir.

Eles levam apenas alguns minutos para terminar. Não sei por que fico chocado quando mal trocam uma palavra antes de saírem do banheiro. A mulher sai primeiro e corre pelo escritório até a porta. Zeus demora um pouco mais. Estou impaciente quando ele sai e se joga na cadeira atrás de sua mesa.

Só então saio do meu esconderijo e aponto a arma para ele.

— Bom dia, Zeus.

30

HADES

Zeus se vira lentamente para me encarar. Vi a foto dele estampada em jornais e sites de fofoca mais vezes do que posso contar, mas ali, em pessoa, ele parece desbotado. Não há uma luz cuidadosamente dirigida para maximizar as características masculinas. O terno está amarrotado e ele pulou um botão quando abotoou a camisa. Ele é... humano. Adequado e atraente o suficiente, mas não um deus, um rei ou mesmo um monstro. Não passa de um velho.

Ele olha para mim, e o choque domina suas feições.

— Pessoalmente, você se parece ainda mais com seu pai.

Isso me tira do choque.

— Lave sua boca para falar do meu pai. — Saio do canto empunhando a arma com cuidado. — Levante-se.

— Não acredito que você foi idiota a ponto de aparecer aqui. — Ele se levanta devagar, esticando-se para alcançar toda sua altura. Tem alguns centímetros a mais do que eu, mas não importa. Nunca tive a intenção de promover uma luta justa.

Ele não parece preocupado com esse confronto.

— Tenho que admitir, seu plano foi inteligente. Eu nunca teria imaginado que aquela cadelinha iria correr para você e se dispor a fazer *aquele* tipo de coisa.

Aperto a arma com mais força.

— Você também não tem o direito de falar dela.

Puxe o gatilho. Basta puxar o gatilho e acabar com isso.

Zeus sorri para mim.

— Toquei num ponto fraco, foi? Ou é o fato de ela ter corrido de volta para mim quando percebeu onde está o poder de verdade?

— Para alguém que é ameaçado por um homem com uma arma, você está muito confiante.

— Se fosse atirar em mim, teria feito isso no segundo em que me sentei. — Ele balança a cabeça. — Acontece que você é como seu velho, e a semelhança vai além da aparência. Ele também *sempre* hesitou em puxar o gatilho.

Mais uma vez, digo a mim mesmo para fazer o que tem que ser feito, atirar nele agora mesmo e acabar com isso. Zeus cometeu incalculáveis atos de maldade.

Se alguma vez houve um homem que mereceu ser executado, esse alguém é ele. Enquanto estiver vivo, Perséfone não estará segura. Meu povo não estará seguro. Porra, enquanto ele estiver por perto, o *Olimpo* não estará seguro. Eu estaria fazendo um favor a cada pessoa nesta droga de cidade, acabando com o sofrimento proporcionado por esse monstro.

Deméter e metade dos Treze estão muito felizes por eu ser a arma deles. Não tem uma droga de pessoa que vai usar isso contra mim se eu o matar...

Exceto Perséfone.

Exceto *eu*.

— Se eu puxar este gatilho, não serei melhor do que você. — Devagar, balanço a cabeça. — Não serei melhor do que qualquer outro membro dos Treze que se disponha a cometer atos imperdoáveis para ter mais poder. — E eu não quero mais poder, mas ninguém que olhasse de fora acreditaria nisso.

Zeus sorri.

— Você *não* é melhor que nós, garoto. Pode bancar o rei na cidade inferior, mas, quando tem uma oportunidade, espanca um homem quase até a morte e aparece aqui para me ameaçar com uma arma. É exatamente o que eu teria feito no seu lugar.

— Eu não tenho nada de parecido com você. — Praticamente cuspo as palavras.

Ele ri.

— Não mesmo? De onde estou, você não parece o mocinho.

Odeio admitir que ele está certo.

Não posso matá-lo.

Não desse jeito.

Lentamente, abaixo a arma.

— Não sou nada parecido com você — repito.

Mais uma vez, ele ri.

— Essa é a segunda vez em dias que você viola nosso tratado. Mesmo que eu estivesse disposto a ignorar na primeira vez, os Treze não vão ignorar este ataque. Eles vão clamar por seu sangue.

— Será? — Eu me permito um sorriso feroz. Porra, *finalmente* sei algo que esse cuzão não sabe. Se não posso matá-lo, pelo menos isso posso fazer. — Você realmente acredita nessa sua fantasia, não é?

— De que merda você está falando?

— Você não devia ter mandado seus homens atrás das filhas de Deméter. — Estalo a língua em um "tsc" reprovador. — Se ela se dispôs a cortar metade da comida da cidade para trazer Perséfone de volta, o que acha que ela está disposta a fazer por ter ordenado que seu homem esfaqueasse Eurídice?

— Cortar metade da comida... — Zeus fica imóvel, os olhos arregalados com a surpresa. — Isso não fazia parte do plano.

Tenho que segurar o riso. Nunca vou perdoar Deméter por tentar entregar Perséfone a este homem, mas não consigo deixar de me divertir ao ver como ela o minou completamente em tão pouco tempo.

— Talvez não seja o *seu* plano. Ela está fazendo o próprio jogo desde o início. Você é o único idiota do caralho que não percebeu.

— Ela pode ter decidido fazer todo esse esforço e passar por tudo isso para ir contra *você*, mas sabe quem a alimenta.

— Sim. — Espero ele relaxar um pouco antes de quebrar suas pernas. — O Olimpo a alimenta. O Olimpo alimenta todos os Treze. Até mesmo você... você em especial. Eles fizeram vista grossa várias vezes e ignoraram seus pecados, mas a conta chegou.

— Você não está aqui por justiça — debocha ele. — Está aqui atrás de uma vingança mesquinha.

Minha mão aperta a arma antes de eu recuperar o controle. Vingança mesquinha. É assim que ele enxerga meu desejo por justiça pela morte de meus pais.

Respiro com calma.

— Cancele tudo, e eu darei nossas contas por acertadas.

Zeus arqueia as sobrancelhas.

— Cancelar o quê? A guerra? Ou meu casamento com a filhinha linda de Deméter, Perséfone?

— Tire o nome dela dessa sua boca. — Caminho até ele.

— Esse acordo está assinado, selado e só precisa ser cumprido. Ela é minha recompensa por esmagar o resto de resistência que você representa. — Zeus sorri: — Pretendo ter muito prazer, agora que você a amaciou.

Sei que ele está me provocando, jogando uma isca, mas agora que estou aqui nada parece certo.

— Ela não é sua. Ela não pertence a ninguém além dela mesma.

— Esse é o seu erro. — Ele ri. — Você acha que pode pegar tudo... minha vida, aquela mulher, sua vingança... e então perde a coragem no último momento. — Um brilho maldoso surge nos pálidos olhos azuis dele. — Assim como seu velho.

— Vai se foder.

Zeus avança sobre mim com mais rapidez do que deveria e agarra a arma. Ele também é mais forte do que eu esperava. Embora eu tente me soltar, ele continua segurando meu braço. Como reflexo, acabo puxando o gatilho, mas a bala vai longe. Zeus me puxa para mais perto, ainda tentando tirar a arma da minha mão. A expressão em seus olhos anuncia minha morte. Posso ter hesitado em matá-lo, mas ele não vai retribuir o favor.

Registro ao longe o som de vidro estilhaçando, mas estou ocupado demais lutando pela posse da arma para me preocupar com isso. Viro o braço na direção dele e puxo o gatilho novamente, mas ele está preparado e a bala atinge o chão aos nossos pés.

Zeus finalmente consegue segurar meu pulso e empurra meu braço contra o joelho. Porra, isso doeu. Apesar de todo o esforço, perco o controle da arma. Olho para baixo, tentando descobrir para onde ela foi. Zeus aproveita minha distração e me dá um soco na cara.

A sala gira ao meu redor. Aquele filho da puta tem uma força infernal. Outro soco e ele pode acabar me apagando. Balanço a cabeça, mas não adianta, o zumbido nos ouvidos persiste.

Pensamentos, planos e estratégias voam pela janela. O instinto governa sozinho. Consigo levantar o braço para bloquear o próximo soco, e o impacto me faz recuar vários centímetros. Enfio o punho na barriga dele, que arfa. Zeus é rápido e me acerta como um trem de carga, e sou prejudicado porque, embora odeie esse cuzão, ainda consigo ouvir a voz de Perséfone em pânico no fundo da minha cabeça.

Hades, pare.

Não posso matá-lo. Não vou. Só preciso abrir espaço suficiente entre nós para me mover, para *pensar*. Eu o empurro para trás.

— Por que você matou meu pai?

O pau no cu ri. Ele *ri*!

— Ele merecia sofrer. — Zeus balança o corpo novamente, mas dessa vez estou preparado. Eu me esquivo do soco e solto um gancho de esquerda que o acerta de lado. Ele se curva e solta um xingamento, mas isso não é suficiente para fazer mais do que atrasá-lo. — Mas sua mãe... que pena.

— Vai. Se. Foder.

Não há respostas para mim aqui. Não sei por que pensei que poderia haver. Zeus é um encrenqueiro desgraçado determinado a eliminar qualquer ameaça que surja. Meus pais eram uma ameaça, novos demais para a posição e ingênuos, porque achavam que poderiam pavimentar o caminho para um Olimpo novo e melhor. Zeus não permitiria que nada afetasse seu poder, então os eliminou. Fim da história.

Continuo tentando abrir espaço entre nós, mas não adianta. Zeus não me dá espaço para respirar. Preciso de toda energia que tenho para manter seus punhos longe do meu rosto. Meu olho já inchou e está fechando, e é só uma questão de tempo até eu perder a capacidade de enxergá-lo. Se ainda estivermos lutando quando isso acontecer, vou me ferrar.

Eu me esquivo de um gancho de direita e o seguro pelo braço, usando o impulso para girá-lo e empurrá-lo para longe de mim.

— Pare. Não precisa ser assim.

— Não vou parar até você estar morto, seu filho da puta. — Ele balança a cabeça como um touro e me ataca.

Não registro em que parte da sala estamos até o vento frio me atingir como um tapa na cara. *Porra.*

— Espere.

Mas Zeus não escuta. Ele avança para um soco que, se me acertar, vai doer muito, mas calcula mal a distância entre ele e a janela quebrada, assim como eu fiz. Ele balança no parapeito, girando os braços em uma tentativa de recuperar o equilíbrio.

O tempo desacelera.

Ele ainda não chegou ao ponto do qual o retorno é impossível. Posso puxá-lo de volta. Só preciso chegar lá. Corro para a frente com a intenção de agarrar seu braço, sua camisa, *alguma coisa.* Não importa que tipo de monstro ele seja, ninguém merece um fim desses.

Ele faz contato com minhas mãos, mas, apesar de todo meu esforço, os dedos dele escorregam dos meus. Entre uma piscada e outra, ele se foi, e o deslocamento de ar e um grito de surpresa que vai desaparecendo são as únicas evidências de que esteve aqui antes. Olho para a janela quebrada, para o ar vazio, para as luzes piscando ao longe.

Será que percebi o quanto estávamos perto? Eu o conduzi intencionalmente para uma queda mortal?

Acho que não, mas ninguém acreditaria em mim se eu dissesse que foi um acidente. Não depois de ter aparecido armado no escritório dele nas primeiras horas da manhã, quando não havia mais ninguém por perto. O vento gelado me atinge de novo, me jogando de volta para dentro de mim.

Não posso ficar aqui. Se alguém descobrir que quebrei o tratado, que efetivamente matei Zeus, meu povo pagará o preço. No momento, estou confiando demais na palavra de Deméter, e nossa breve história já provou que não posso confiar nela.

Sendo assim, volto ao corredor e paro quando percebo que não estou sozinho. Eu pisco na escuridão, enquanto o reconhecimento vai tomando forma. *Falando no diabo...*

— Não esperava ver você aqui.

Deméter veste um par de luvas pretas.

— Alguém tem que limpar essa bagunça.

Ela se refere à cena que deixei para trás na sala... Ou a *mim*? Solto o ar lentamente.

— Isso tudo foi uma armadilha, então?

Ela arqueia uma das sobrancelhas e, por um momento, fica tão parecida com Perséfone que meu coração dá uma guinada dolorosa. Deméter ri:

— É claro que não. Já lhe fiz vários favores hoje, e isso é o mínimo que posso fazer para garantir que você ainda vai estar por perto no futuro, quando pretendo recolher o pagamento. — Ela dá um passo em minha direção e para. — Mas, se você fizer minha filha sofrer, vou sentir um prazer enorme em dilacerar sua garganta.

— Não vou me esquecer disso.

— É bom mesmo. Eles nunca encontrarão o corpo. — Ela examina a mão enluvada. — Os porcos são criaturas muito eficientes, sabia? Praticamente os trituradores de lixo da natureza.

Essa mulher é tão assustadora quanto a filha. Dou um passo para o lado e ela segue em direção à porta do escritório de Zeus.

— O que você vai fazer?

— Já falei, a faxina. — Ela abre a porta e olha para mim. — Minha filha deve te amar muito, se estava disposta a pedir minha ajuda para garantir sua segurança. Espero que honre o acordo que ela fez.

— Eu vou. — Não preciso saber quais são os detalhes para concordar com eles. Seja qual for o preço cobrado, eu pago com alegria. É o mínimo que posso fazer depois de tudo o que aconteceu.

— É o que espero. Agora, saia daqui antes que o pessoal de Ares venha investigar.

Investigar a morte de Zeus.

A morte que eu causei.

Depois de hoje, Perséfone nunca mais vai me olhar da mesma forma.

Saber disso pesa tanto quanto a morte de Zeus quando volto ao térreo. Passo pela porta e encontro uma pequena multidão já se reunindo, as pessoas olhando para o céu como se as respostas estivessem lá. Algumas olham na minha direção, mas não me dão muita atenção. O anonimato é uma das vantagens de ser um mito.

Eu me viro e vou embora. Nas profundezas do coração, eu esperava me sentir vitorioso assim que Zeus fosse para o saco. É o equilíbrio da balança, uma forma de retribuir todas as crueldades que ele fez ao longo dos anos. Para mim, sim, para meus pais, definitivamente, mas também para mais pessoas do que eu gostaria de contar. A extensão de sua destruição é grande e se estende por décadas. Em vez disso, não sinto absolutamente nada.

Não me lembro muito da viagem de volta à cidade inferior. Parece que em um momento eu estava com as mãos nos bolsos, de cabeça baixa e enfrentando o vento no meio das lojas da cidade superior, e, no momento seguinte, pisco e estou parado na frente da minha casa. Só as pernas e os pés doloridos comprovam que percorri todo esse caminho.

Eu me viro e olho para a torre de Zeus, quase invisível contra o horizonte daqui de onde estou. Atrás dele, o sol já pode ser visto totalmente no céu. Um novo dia. Tudo mudou e, no entanto, nada mudou.

Eu ainda sou Hades. E ainda governo minha porção do Olimpo. O restante dos Treze vai ter coisas para resolver, mas, no final das contas, Perseu se apresentará como o novo Zeus, se casará com uma nova parceira e criará uma nova Hera. Honrarei qualquer acordo feito com Deméter. Agora que está segura, Perséfone vai poder sair da cidade e ir atrás de seus sonhos. Nunca mais a verei. As coisas continuarão mais ou menos como sempre.

Pensar nisso me deprime pra caralho.

Entro pela mesma porta pela qual saí e sigo para a sala de estar que agora tem um cercadinho para os cachorros, muitos brinquedos e várias camas. Eu me sento ao lado da cama central, onde os três filhotes estão dormindo. Mesmo ficando quieto, eles não demoram muito para perceber que têm companhia. Cérbero vem primeiro, cambaleando na minha direção com as pernas instáveis, e sobe no meu colo como se estivesse demarcando seu território. Os irmãos o seguem, acordados pela falta do calor de sua presença, e pressionam contra mim os corpinhos peludos.

Acariciá-los libera algo em meu peito, deixo a cabeça descansar contra a parede e fecho os olhos. Que tipo de monstro sou eu, que sinto uma perda maior quando penso em nunca mais ver Perséfone do que quando penso na morte horrível de Zeus? Não sei, mas não sou monstruoso o suficiente para ir procurá-la. Se eu tentar prendê-la, não serei melhor que ele. Fecho os olhos.

Ela está livre.

Tenho que deixá-la voar.

31

PERSÉFONE

Acordo com a notícia da morte de Zeus. Está no computador em torno do qual minhas irmãs se amontoam, lendo tudo com graus variados de satisfação. Eu me inclino sobre o ombro de Calisto e franzo a testa ao ler a manchete que sobe a partir da parte inferior da tela.

— Ele caiu e morreu?

— Quebrou a janela e pulou, é o que estão dizendo. — Psiquê soa cuidadosamente neutra. — Não há evidências de que mais alguém esteja envolvido.

— Mas por quê...

Minha mãe escolhe este momento para entrar na sala. Apesar da estranheza da manhã, ela está totalmente maquiada e veste um terninho elegante que destaca sua silhueta.

— Preparem-se, meninas. Vai haver uma coletiva de imprensa hoje à noite com os Treze. Eles vão dar uma atualização quanto à morte de Zeus, além de nomear oficialmente Perseu como o próximo Zeus.

Calisto dá risada.

— Você não perde tempo, hein?

— Sempre deve haver um Zeus. Você sabe disso tão bem quanto qualquer um. — Ela bate palmas. — Então, não, não desperdiço um tempo valioso.

Aos poucos, minhas irmãs vão saindo da sala, obedecendo à ordem dela, mas mantendo um silêncio desaprovador. Eu, não. Ela está muito alegre, ainda mais depois de pedir favores para convencer metade dos Treze a trair Zeus na noite passada e depois sair para "cumprir uma missão, nada com que se preocupar". É muita coincidência ele ter morrido.

— Ele não cometeu suicídio.

— Mas é claro que não. Ele era o tipo de homem que teria que ser arrastado para o submundo esperneando. — Ela levanta meu queixo e franze a testa. — Vamos ter que dar um jeito nessas olheiras.

Eu bato na mão dela.

— Você não está nada preocupada com o assassinato?

— E você está?

Abro a boca para responder que é claro que estou, mas acabo balançando a cabeça.

— Estou feliz por ele ter morrido.

— Você e a maioria do Olimpo. — Ela já está se afastando e mexendo no celular. — Se arrume. O carro vai estar lá embaixo esperando para te levar até a ponte para a cidade inferior. De lá você vai ter que atravessar e ir ao encontro de Hades por conta própria.

Tudo isso é muito rápido. Eu a encaro, tentando enxergar além da fachada de perfeição que ela apresenta.

— Mãe...

— Que foi?

Como alguém pergunta à própria mãe se ela cometeu assassinato? Ela é capaz disso. Sei que é. Mas a pergunta continua presa na minha garganta.

— Foi você...

— Se eu matei o desgraçado? — Ela finalmente desvia os olhos do telefone. — Não, claro que não. Se fosse eu, teria escolhido um jeito menos público do que jogá-lo pela janela.

Não sei bem se isso deveria me confortar, mas acredito nela.
— Ok.
— Agora que tiramos isso do caminho. — Ela pega o telefone novamente. — Estou cobrando sua primeira parte do acordo. Providencie para que Hades compareça à coletiva de imprensa hoje.

Expectativa se mistura com ansiedade.
— Você não me deu muito tempo para argumentar.
— Tenha mais autoconfiança, Perséfone. — Ela não levanta os olhos da troca de mensagens. — Ele está apaixonado por você. Vai concordar com qualquer coisa que a mantenha ao lado dele por vontade própria. Não perca essa oportunidade.
— Tudo bem. Vou tomar as providências.
— E traga Eurídice para casa. — Seu tom fica mais suave. — Agora ela vai estar segura aqui, e precisa da família para superar a decepção com aquele ex-namorado idiota dela.

Nisso, pelo menos, estamos de acordo.
— Está bem.

Não adianta discutir sobre a minha capacidade de convencer Hades. Minha mãe viu cada um de seus casamentos como um trampolim para algo melhor, os maridos como peões a serem manipulados, em vez de parceiros. Nunca pensaria que vejo Hades como meu igual.

Entro em meu quarto sem dizer uma única palavra. Não demoro muito para ficar pronta, embora xingue baixinho e capriche no corretivo embaixo dos olhos. Depois de pensar um pouco, visto uma calça pantalona preta e uma blusa vermelha tão escura que poderia muito bem ser preta. Puxo o cabelo para trás em um rabo de cavalo elegante e passo batom quase do mesmo tom de vermelho da blusa.

Por um longo momento, estudo meu reflexo. A imagem que escolhi com muito cuidado ao longo dos anos é ensolarada e radiante, cheia de cores claras e lábios rosados. Eu pareço uma pessoa totalmente diferente agora. Eu me sinto *diferente*.

Que bom. A garota que eu era um mês atrás nunca teria a audácia de fazer o acordo que fiz na noite passada. Tanta coisa mudou em tão pouco tempo. E ainda não terminamos.

A viagem da casa da minha mãe até a ponte leva menos tempo do que eu esperava. Parecem mundos diferentes, mas, na realidade, são menos de trinta minutos, mesmo com trânsito. Saio do carro e me preparo. O ideal seria ter pelo menos 24 horas para fazer Hades ver as coisas do meu jeito, mas estou trabalhando com algumas horas.

Ainda tenho que me desculpar por fugir no meio da noite como se fosse uma ladra.

Atravessar a ponte à luz do dia parece estranho. Eu me preparo para a mesma dor que senti da primeira vez, mas sinto apenas uma leve pressão na pele. Tenho a estranha sensação de que é como receber as boas-vindas ao voltar para casa. Atravesso a passos largos e cruzo as colunas, adentrando na cidade inferior. É... é mesmo como voltar para casa. Levanto o queixo e começo a andar, percorrendo a distância entre a ponte e a casa de Hades. Ainda é cedo o suficiente para que haja apenas algumas pessoas andando por ali, e a presença delas é só mais uma garantia de que tomei a decisão certa.

Nenhuma dessas pessoas vai arcar com as consequências dos meus atos.

Acabou.

Bem, quase.

Prendo a respiração ao subir os degraus da casa de Hades e bater na porta, sentindo o coração quase saindo pela boca. Um momento depois alguém a abre e sou puxada para um abraço contra um corpo macio. Levo vários segundos para entender que é Eurídice.

— O que você está fazendo abrindo a porta?

— Psiquê mandou uma mensagem dizendo que você estava a caminho. — Ela me puxa para dentro da casa e fecha a porta. — Zeus está mesmo morto?

— Aham. — Minha irmã parece exausta, com olheiras e o cabelo despenteado, como se tivesse passado as mãos nele. Seguro suas mãos. — Mamãe quer que você volte para casa. Todas nós queremos.

Ela abre a boca, hesita e finalmente concorda.

— Eu volto. — Eurídice me dá um sorriso triste. — Mas algo me diz que você não está aqui por minha causa. Hades está com os filhotes. Ele está lá há horas.

— Não vou demorar...

— Relaxa. — Outro daqueles sorrisos tristes. — Caronte se ofereceu para me dar uma carona para casa quando eu decidisse voltar. Não se preocupe comigo.

Mais fácil dizer do que fazer, mas ela está certa. Eurídice tem o próprio caminho para trilhar daqui para frente. Eu a abraço de novo.

— Estou aqui sempre que precisar de mim.

— Eu sei. Agora, vá procurar seu homem.

Ela me dá um leve empurrão na direção da sala que foi designada para os filhotes.

Encontro Hades sentado contra a parede com os olhos fechados, os cachorrinhos esparramados sobre suas pernas. Ele abre os olhos quando entro na sala e pisca lentamente.

— Você voltou.

— É claro que voltei. — Dou um passo à frente e paro, de repente me sentindo estranha e insegura. Uno as mãos diante do corpo. — Sinto muito por ter saído sem me despedir. Vi um jeito de tentar resolver tudo isso e agarrei a oportunidade.

Ele passa a mão pelas costas do cachorrinho em seu colo.

— Você podia ter falado comigo antes de partir. Quando disse que você não é uma prisioneira aqui, estava falando sério.

— Eu não podia arriscar — sussurro. — Você faz de tudo pelas pessoas de quem gosta, mas é completamente implacável quando se trata da própria segurança.

— Sou descartável. — Ele dá de ombros. — Parte do território.

— Não, Hades. Você *não* é descartável, de jeito nenhum.

Ando a passos largos na direção dele e me ajoelho na sua frente. Só agora dou uma boa olhada em seu rosto. Não consigo parar de arfar, assim como não consigo parar de passar o dedo pelo hematoma que escurece sua bochecha e deixa o olho roxo.

— O que aconteceu?

Hades ainda não olha para mim.

— Você fez um acordo com sua mãe ontem à noite para garantir que eu pudesse agir contra Zeus sem sofrer as consequências. Quais eram os termos?

— Como você... — Paro de falar quando entendo o que ele está dizendo. — ... Zeus. Foi você? — Deve ter sido, a menos que Hades tenha se metido em uma briga de bar no tempo em que estive fora. A resposta mais lógica é também a mais simples. Ele foi atrás de Zeus e eles lutaram. Agora Zeus está morto e Hades está em casa, e parece que sofreu um acidente de carro.

Estendo a mão e seguro a dele. Hades aperta a minha com força, antes de perceber o que está fazendo e tentar afastar nossos dedos. Seguro a mão dele com ainda mais força.

— Você foi atrás dele.

— Pensei que você tivesse negociado com ele para me poupar. Eu sabia que ele ia te deixar em pedaços, e não podia ficar parado e deixar isso acontecer. — Ele parece vazio. — Gostaria de poder dizer que não queria que ele caísse, mas... não sei. Simplesmente não sei. Se isso mudar as coisas...

— Hades, pare.

— Sim, você me disse isso antes.

Demoro um pouco para entender a que ele está se referindo.

— Na ponte.

— Quase o matei também. — A voz dele está *diferente*. Não soa como ele. — Eu poderia tê-lo matado se você não tivesse me impedido.

Pigarreio e tento novamente:

— Zeus era um crápula. Não vou fingir que assassinato é a maneira certa de resolver um problema, mas acha mesmo que ele não teria te matado se tivesse a chance? Ele tinha muito sangue naquelas mãos. Lamento que tenha que carregar o fardo da morte dele, mas não lamento que ele esteja morto. — Estendo a mão livre e seguro seu rosto, tomando cuidado com o hematoma. — E aquele homem que você espancou tinha machucado minha irmã. Não gritei porque queria salvá-lo. Gritei porque sabia que você se sentiria culpado caso acabasse perdendo o controle.

Ele solta um suspiro trêmulo.

— Então, acho que isso é um adeus.

Eu poderia rir se não me sentisse como se estivesse no meio de uma maratona. Agora é a hora da verdade, mas meu coração está batendo tão rápido que, de repente, tenho medo de desmaiar. Foi muito mais fácil escrever as palavras e fugir antes que ele as encontrasse.

— Hades, eu não vou embora. Eu te amo. Vou ficar e fazer o que for preciso para proteger a você e ao seu povo.

— Mas, com a morte de Zeus, você está livre.

— Eu sei disso. — Respiro para tentar me controlar. — E, por estar livre, eu escolho isso. *Eu escolho a nós.* — Ele não me rejeita, e eu crio coragem para continuar: — Um mês atrás, tudo o que eu queria era partir. Não sabia que você existia, quem dirá que me apaixonaria por você. Não sabia que havia uma parte do Olimpo que poderia me fazer sentir em casa. — Quando ele me encara confuso, puxo sua mão de leve. — Aqui, Hades. Estar com você é estar em casa. Nesta casa, na cidade inferior. Eu quero ficar com você, se me aceitar.

Ele dá um sorriso lento.

— Está falando sério...

— Com todo meu coração e minha alma.

— Também te amo. — Hades levanta nossas mãos entrelaçadas e pressiona um beijo em meus dedos. — Não queria dizer para não te prender aqui, mas... também te amo.

Ele me ama. Ele me *ama.* Eu suspeitava, mas ouvir essas três palavras me deixa tonta de alegria. Gostaria de poder mergulhar nisso completamente, mas o pedido de minha mãe ainda precisa ser atendido.

— Hades, tem mais uma coisa.

— Os termos do seu acordo.

— Isso. — Aperto sua mão com força. — Prometi à minha mãe seis presenças à escolha dela na cidade superior. Seis aparições com nós dois.

Hades me encara por um longo momento.

— Só isso?

— Como assim, só isso? Ter o homem por trás do mito de Hades à disposição dela algumas vezes por ano vai aumentar exponencialmente o poder que as pessoas enxergam nela. Mesmo que você não seja um aliado, as pessoas vão *pensar* que é. É um grande negócio.

Ele move os filhotes com cuidado e se levanta, me puxando junto.

— É um preço pequeno a se pagar.

— Tem certeza? Porque se tiver alguma dúvida...

— Perséfone. — Hades segura meu rosto. — Pequena sereia. Você acha que tem algum preço que eu não pagaria de bom grado por sua felicidade e segurança? Pela sua liberdade? Deméter podia ter pedido muito mais do que pediu.

Minha garganta fica apertada.

— Não diga isso a ela.

— Pode deixar. — Ele sorri para mim: — Fale mais uma vez.

Não há como confundir o significado desse pedido. Deslizo as mãos por seu peito e passo os braços em volta de seu pescoço.

— Te amo.

Seus lábios tocam minha orelha.

— De novo.

— Te amo.

Sinto seus lábios se curvarem em minha pele.

— Eu também te amo, pequena sereia.

— Este deve ser um momento inoportuno para fazer uma piada, não?

Suas mãos tocam minha cintura e ele me puxa para mais perto, me envolvendo em seu calor.

— E desde quando isso te impediu de dizer alguma coisa?

Dou risada. Começa um pouco irregular, depois evolui para um som de pura alegria.

— Tem razão. — Então eu me mexo um pouco contra ele.

Mal posso acreditar que acabou. Ou, no caso, não acabou, está apenas começando. Parece bom demais para ser verdade, e não consigo parar de tocá-lo, garantindo a mim mesma que ele está aqui, que isso está acontecendo.

— Nesse caso, tenho uma pergunta.

— Tudo bem. — Hades se afasta o suficiente para que eu possa vê-lo sorrindo. — Pergunte.

— Você me ama mais do que ama seus preciosos assoalhos?

Ele ri. Um som encorpado que parece preencher a sala ao nosso redor. Hades abaixa a cabeça até seus lábios tocarem os meus.

— Com toda certeza eu amo você mais do que amo meus preciosos assoalhos. Mas vou insistir para que evite sangrar neles no futuro.

— Não vou prometer nada.

— Não espero que faça promessas — diz ele, beijando-me.

Faz menos de um dia desde a última vez que senti a boca dele na minha, mas parece muito mais tempo. Eu me agarro a ele e abro a boca ansiosamente para aprofundar o beijo, me perdendo na sensação dele, na perfeição desse momento.

Pelo menos até ele levantar a cabeça alguns segundos depois.

— Se não pararmos, vamos nos atrasar para o nosso primeiro compromisso oficial.

— Eles que se fodam.

Ele dá aquela risada deliciosa de novo.

— Perséfone, sério, eu não quero voltar para a lista de inimigos da sua mãe, ainda mais por algo que podemos evitar.

Hades tem razão. Sei que tem. Então seguro-o pelos cabelos e os puxo de leve.

— Promete que esta noite vamos trancar as portas, desligar os celulares e borrifar repelente de Hermes. Quero você só para mim.

— Negócio fechado.

Com isso, nos afastamos com relutância. Como tenho a maioria das minhas coisas aqui, as uso para tentar cobrir os hematomas de Hades. Os óculos escuros fazem o resto do trabalho. Ele veste um terno preto sobre camisa preta e parece um vilão se aventurando à luz do sol. Ficamos de mãos dadas durante todo o trajeto até a coletiva de imprensa.

O resto dos Treze e suas famílias estão reunidos em um dos pátios no entorno da Dodona Tower, todos vestidos com perfeição. Os três filhos de Zeus que permanecem no Olimpo estão vestidos de preto dos pés à cabeça, exibindo expressões cuidadosamente vazias. Minhas irmãs estão atrás de minha mãe. Aperto a mão de Hades uma última vez antes de começar a caminhar na direção delas. Ele segura minha mão.

— Fique.

— O quê? — Olho em volta. — Mas...

— Seja minha, Perséfone. Me deixe ser seu. Em público e em particular.

Olho para ele e, na verdade, só existe uma resposta, a qual vibra em meu peito como um pássaro preso.

— Sim.

Não sei o que espero. Um confronto. Acusações, talvez. Em vez disso, Hades se encaixa perfeitamente em sua fileira quando os repórteres aparecem e Poseidon dá um passo à frente para fazer o anúncio oficial, declarando Perseu como o novo Zeus. As pessoas se importam menos com as respostas do que com o que veem, e isso funciona a nosso favor agora. Também não é ruim que os repórteres estejam tão intensamente concentrados em Hades.

No meio de tudo isso, a expressão de Hades é relaxada, como se ele participasse com frequência de coletivas de imprensa. O único sinal de que está pouco à vontade é a maneira como continua apertando minha mão quando ninguém pode ver. Quando começamos a nos dispersar, inclino-me e sussurro em seu ouvido:

— Você foi ótimo. Está quase terminando.

— Tem mais gente do que eu esperava — comenta ele pelo canto da boca, quase sem mover os lábios.

— Vou manter você seguro. Prometo.

Seguimos para os carros, e os repórteres correm atrás de nós, fazendo tantas perguntas que mal consigo acompanhar.

— Você esteve na cidade inferior esse tempo todo?

— Por que se apresentar agora? É porque Zeus está morto?

— Você é o homem misterioso com quem Perséfone Dimitriou fugiu?

— O relacionamento entre vocês dois é oficial?

Levanto minha mão, trazendo a atenção deles para mim.

— Amigos, teremos a grande felicidade de fazer uma declaração oficial... amanhã. Hoje, estamos aqui para lamentar a perda de Zeus. — Já tenho prática suficiente com declarações em público para nem tropeçar na mentira. Apenas espero em silêncio e com a devida calma, e eles finalmente se controlam e voltam a se concentrar no assunto em questão.

Hades me olha quando finalmente conseguimos escapar, e está fazendo aquela coisa de olhar para mim como se nunca tivesse me visto antes.

— Minha cavaleira de armadura de sol, cavalgando para me salvar da imprensa.

— Sim, você não é o único que gosta de bancar o herói. — Aperto sua mão mais uma vez. — Demora um pouco para se acostumar com todo esse circo.

— Acho que vou me virar bem enquanto você estiver ao meu lado. — Ele não espera uma resposta. Só me abraça e se apodera da minha boca. Eu me levanto na ponta dos pés e passo os braços em volta do pescoço dele. Estou ciente do barulho de câmeras e da intensidade dos sussurros, mas não me importo.

Quando Hades finalmente levanta a cabeça, continuo agarrada a ele para evitar que minhas pernas me derrubem.

— Venha para casa comigo.

— Claro.

— Não estou falando só de hoje. Quero dizer para sempre. Para morar lá.

— Eu sei que é isso que quer dizer. — Sorrio e beijo seus lábios. — E minha resposta ainda é afirmativa. Sim para tudo.

EPÍLOGO

— Você está pronta?

Perséfone sorri para mim, mas é seu sorriso feliz, seu sorriso *verdadeiro*.

— Você me perguntou isso uma dúzia de vezes na última hora. — Ela bate com o ombro no meu. — *Você* está nervoso?

Nervoso seria muito corriqueiro. Nas últimas duas semanas desde que saí das sombras e adentrei no ninho brilhante de víboras que é a cidade superior, tive que passar por muitos ajustes. Perséfone esteve ao meu lado a cada passo do caminho, me guiando com habilidade em cada interação com a mídia. Não sei o que faria sem ela.

Pelos deuses, espero nunca ter que descobrir.

Mas esta noite? Esta noite é só nossa.

— Não estou nervoso — digo, por fim. — Se você não estiver pronta...

— Hades, estou pronta. Estou *mais* do que pronta.

Ela olha para a porta que dá para a sala de jogos. O isolamento acústico é muito bom para sermos capazes de ouvir as pessoas reunidas atrás dela, mas nós dois sabemos que elas estão presentes. Nos aguardando.

Perséfone respira fundo.

— Como estou?

É outra pergunta que ela fez meia dúzia de vezes desde que entrei em nosso quarto e a encontrei se vestindo.

— Perfeita.

É verdade. Ela deixou o longo cabelo loiro solto e fez algo para deixá-lo ondulado, e está vestida com a mais nova criação de Juliette. É outro vestido preto que envolve seu corpo, descendo do pescoço em um decote frente única e deslizando sobre os seios, o ventre e o quadril para flutuar sobre as coxas. As costas ficam nuas, e toda vez que ela se vira tenho que lutar contra o desejo de cair de joelhos e beijar a depressão na parte inferior de sua coluna.

— Pequena sereia...

— Estou pronta. — Ela dá um pulinho e beija minha boca rapidamente. — Estou pronta, de verdade. Garanto.

Acredito nela.

— Então vamos.

Já falamos acerca de como isso vai acontecer. Eu expliquei para ela passo a passo. Há momentos em que a surpresa faz parte do jogo, mas não quero que nada estrague a noite de Perséfone. Nossa noite. Não quando isso parece ser um passo particularmente significativo no meio de duas vidas que foram viradas de cabeça para baixo.

Eu a guio pela sala. Mais uma vez, esta foi configurada de acordo com minhas especificações. A mobília ao redor do palco foi um pouco afastada, uma indicação clara de que se trata de um show, não de um convite para participar. A iluminação foi bem reduzida e todos os lugares estão ocupados.

A mão de Perséfone na minha é relaxada e confiante, e ela me segue com alegria enquanto ziguezagueio entre as cadeiras e os sofás até o palco. Antes que eu possa dar a ela uma última chance de mudar de ideia, ela sobe e ocupa seu lugar sob o holofote. Em seguida, olha para mim por cima do ombro como se soubesse exatamente o que eu estava prestes a fazer. Engulo um sorriso e a acompanho.

As luzes dão um tipo de privacidade diferente da que se tem nas sombras. Posso ver cada centímetro de Perséfone, mas o resto da sala é um borrão brilhante. Outro ajuste que pode ser feito mais tarde, se isso se tornar uma coisa repetida; esta noite, tudo é orquestrado para garantir que ela tenha os melhores momentos que puder ter.

Aponto para o centro do palco.

— Fique ali.

— Sim, senhor. — Ela fala com seriedade afetada, como se não houvesse um sorriso dançando em seus lábios.

Eu a contorno sem qualquer pressa, aumentando a expectativa. Pelos deuses, ela é tão perfeita que mal posso acreditar que é minha ou que me fez dela com tanta firmeza como se tivesse tatuado seu nome em minha alma. Eu faria qualquer coisa por esta mulher. Conquistar a cidade superior. Derrubar os outros Treze de suas torres de marfim. Dar outra entrevista interminável para um colunista de fofocas.

Sacudo a bainha de seu vestido, fazendo-o flutuar em torno de suas coxas.

— Se eu levantar esse vestido, vou descobrir que você está sem calcinha?

Seu sorriso se alarga.

— Só tem um jeito de descobrir.

— Daqui a pouco. — Consigo não sorrir da decepção evidente e me aproximo para deslizar as mãos por seus braços, sobre os ombros, segurando seu rosto. Abaixo a voz e falo só para ela: — Você tem sua palavra de segurança, e se quiser que isso pare a qualquer momento, é só me dizer.

Ela segura meus pulsos.

— Eu sei.

— Ótimo.

— Hades? — Ela sorri para mim. — Quer ver a melhor coisa neste vestido?

Perséfone não espera uma resposta, essa atrevida, antes de levar a mão à nuca e desamarrá-lo. O tecido desliza pelo corpo dela e flutua até o chão, delicado como uma pétala de flor.

Ela não está usando nada por baixo.

Pego a mão dela e a levanto sobre a cabeça, fazendo-a girar.

— Você quer dar um show, pequena sereia? Deixe-os verem. — Gosto de como um rubor invade sua pele dourada.

Solto a mão dela por tempo suficiente para caminhar até a beirada do palco e pegar uma cadeira que deixei lá no início da tarde. É de metal preto com assento largo e encosto alto o suficiente para se curvar com conforto.

Faço sinal para que ela se sente na cadeira.

— Abra as pernas, Perséfone.

Sua respiração agora é mais rápida, como pequenos suspiros, e quando coloco a mão em sua nuca, ela se inclina sob meu toque. Porque o que minha pequena sereia precisa não é apenas estar em exibição; ela precisa ser castigada enquanto se exibe.

Eu me inclino sobre o encosto da cadeira e passo as mãos em suas coxas, as afastando mais. Toco sua bocetinha e descubro que está molhada e pronta. Pressiono os lábios em sua têmpora enquanto a acaricio.

— Eles olham nessa direção e, sabe o que veem?

— Não — responde ela entre suspiros, levantando o quadril para tentar guiar meu toque. — Me diga.

— Eles veem a princesa dourada corrompida. — Empurro dois dedos para dentro dela. — A deusa das sombras ascendendo em seu lugar.

Ela choraminga e não consigo me controlar. Beijo-a na boca. Com o gosto de Perséfone na língua, esqueço-me de tudo temporariamente. Me esqueço do público. Me esqueço de tudo, mas faço o que for preciso para ela emitir aquele ruído novamente. Pressiono a palma da mão sobre seu clitóris enquanto a penetro lentamente com os dedos, aumentando seu desejo. Seus movimentos ficam mais frenéticos quando ela persegue seu prazer, cavalgando minha mão enquanto dou a ela exatamente aquilo de que precisa para decolar.

Interrompo o beijo para dizer:

— Goza para mim, pequena sereia.

E ela goza. Pelos deuses, como goza.

Eu a faço explodir mais duas vezes, antes de finalmente suavizar o toque e tirar os dedos de dentro dela.

— Agora vou te inclinar sobre essa cadeira e te foder.

Perséfone sorri, atordoada, com os olhos castanhos cheios de amor.

— Sim, senhor.

Ela está um pouco cambaleante quando a ajudo a se levantar e a coloco na posição que desejo, inclinada sobre o encosto da cadeira. Então afasto seus pés e dou um passo para trás, para dar uma boa olhada nela.

Cacete.

A confiança que esta mulher deposita em mim. Isso me faz querer ser um homem melhor, para garantir que nunca vou falhar com ela. Perséfone estremece e eu diminuo a distância entre nós, passando as mãos sobre a bunda e as costas dela.

— Pronta?

— Ai, minha nossa, só me *coma* de uma vez por todas.

Uma risada percorre a sala em onda, e várias vozes se juntam à minha em resposta. Dou um tapinha na bunda dela.

— Que impaciente.

— Sim. Muito. — Ela se mexe um pouco. — Por favor, Hades. Não me faça esperar mais. Preciso de você.

No fim das contas, não quero provocá-la mais do que ela quer ser provocada. Outro dia, talvez. Hoje a necessidade é grande demais. Tiro o pau da calça e agarro seu quadril para penetrá-la. Perséfone solta um gemido baixo que quase encobre o ruído do ar saindo de mim.

Nunca vou me cansar disso. A maneira como ela se agarra a mim, como se nunca quisesse me soltar. Como empurra o corpo contra o meu, como precisa de mim o mais profundamente possível. Seus gemidos. O resto da sala pode pensar que também tem acesso a isso, mas o único papel dessa gente aqui esta noite é amplificar o prazer *dela*.

Eu me abaixo e a agarro pelo cabelo, puxando-o até que ela olhe para a escuridão que cerca o palco.

— Eles estão vendo. Gulosos por qualquer pedaço seu que vamos deixá-los ver. Hoje à noite, eles vão buscar o próprio prazer lembrando de mim dentro de você.

— Que bom — geme ela. — Agora vá mais forte.

Dou risada, mas obedeço. Penetro Perséfone com movimentos fortes enquanto a seguro no lugar. Não há como esconder que estamos fazendo uma exibição, e o jeito como ela fica apertada à minha volta é a prova de que está amando cada momento.

Ela chega ao orgasmo com gritos agudos e cheios de necessidade. Tenho que me esforçar com todo o meu ser para não a acompanhar, mas esta noite é dela. Não é sobre mim.

Respiro profundamente e recuo para poder guardar o pau na calça. Depois a levanto e a jogo sobre um ombro. O grito de Perséfone me faz conter um sorriso. Então eu giro lentamente no palco, encarando o público.

— Espero que vocês tenham gostado do show. Acabou!

— E como gostamos! — grita alguém da plateia. Parece a voz de Hermes.

Balanço a cabeça e desço do palco, e a risada de Perséfone nos acompanha. Ela parece *feliz* pra caralho, e o som combina perfeitamente com o calor no meu peito. Ando a passos largos até o trono e me sento nele.

Este é o nosso reino, nosso trono, tudo *nosso*.

Perséfone ainda está rindo quando se acomoda no meu colo.

— "Espero que vocês tenham gostado do show. Acabou!" *Sério mesmo?*

— Curto e grosso.

— Aham. — Ela se move e monta em mim. — Eu ia sugerir um segundo trono por aqui.

Seguro seu quadril e a deixo guiar.

— A pessoa que fez este aqui ainda mora na cidade inferior. Posso encomendar outro, se você quiser.

— Não. — Perséfone me segura através da calça. — Gosto de compartilhar. Facilita o acesso. — Ela se inclina até que seus lábios rocem minha orelha. — Você não gozou no palco para eu poder te foder neste trono, Hades?

— Sim.

Ela ri novamente. Deuses, eu amo essa risada.

— Insaciável.

— Só com você. — Passo as mãos por seu corpo. — Te amo, pequena sereia.

— Também te amo. — Ela me beija, um beijo lento e decadente que faz a sala girar por vários momentos. Perséfone segura meu cabelo e sorri com a boca em meus lábios. — E ainda bem que é tão insaciável quanto eu, porque ainda não terminei com você.

AGRADECIMENTOS

Muito obrigada a todos os meus leitores por amarem Hades o suficiente para estarem dispostos a ler duas versões diferentes dele. Vai ter mais? Só o tempo dirá! Sou mais grata a vocês do que posso expressar com palavras. Espero que tenham gostado desta história!

Muito obrigada à minha editora, Mary Altman, por me ouvir divagar sobre a ideia de uma releitura *supersexy* de Hades e Perséfone e imediatamente exigir que eu enviasse uma proposta. Estou muito, muito feliz por *Deuses de Neon* ter encontrado um lar em você e na Sourcebooks. Graças à sua contribuição, este livro é aproximadamente mil vezes melhor do que era quando começamos.

Agradeço à minha agente, Laura Bradford, por trabalhar comigo neste livro. Mais uma historinha estranha que encontrou um lar graças a você e sua confiança em mim e nas histórias que conto. Obrigada!

Escrever um livro é um esforço individual, mas eu não teria conseguido sem o apoio de meus amigos incríveis. Muito obrigada a Jenny Nordbak por conversar a respeito de mitologia comigo, pelo *brainstorming* quanto a pares diferentes e por estar totalmente de acordo com os vários homens considerados galinhas e embustes nos mitos gregos. Todo meu amor e gratidão à Piper J. Drake e Asa Maria Bradley por estarem sempre disponíveis para me tirar de uma derrapada ou me ajudar a navegar por um ponto complicado da trama.

    Todo meu amor e gratidão à minha família. Este livro foi escrito em 2020 e, nem preciso dizer, foi um ano particularmente infernal para todos. Obrigada aos meus filhos por seguirem a onda e se adaptarem a esta nova versão da vida enquanto equilibramos a escola on-line e comigo trabalhando por todos os cantos, bem como todos os novos desafios que surgem. Obrigada a Tim por nunca duvidar de que posso atingir meus objetivos mais altos, por sempre estar disposto a intervir quando preciso de algo e por me amar mesmo quando estou sendo meio idiota. Te amo!

Primeira edição (abril/2023) • **Primeira reimpressão**
Papel de miolo Luxcream 60g
Tipografia Calluna e Jupiter
Gráfica LIS